HEYNE
BÜCHER

W0023126

Das Buch
Für Sarah Lancaster gibt es nur einen Weg: den Weg nach oben. Als sich ihr die Möglichkeit eröffnet, im größten Baukonzern Amerikas zu arbeiten und endlich die Gebäude zu entwerfen, von denen sie immer geträumt hatte, greift sie zu. Sofort fühlt sie sich zu Byron Lloyd, dem charismatischen, aber unnahbaren Vizepräsidenten von Haladay Enterprises, hingezogen, und auch er ist fasziniert von der schönen, energischen Sarah. Doch die Arbeit läßt ihnen keine Zeit, sich näher zu kommen.
Nachdem Sarah ihre ersten Aufträge zur vollen Zufriedenheit des Unternehmens abgeschlossen hat, wird sie nach Paris entsandt, um dort ein Kulturzentrum zu errichten. In der französischen Hauptstadt lernt sie den Manager Januel Bounnet kennen und lieben – und als er ihr einen Heiratsantrag macht, ist sie überglücklich. Sie ahnt nicht, daß der Franzose sie noch am selben Tag betrügen wird. Als sie daraufhin Frankreich verläßt, muß sie erfahren, daß Januel nicht nur ein leidenschaftlicher, sondern auch ein gefährlicher Mann sein kann ...

Die Autorin
Nora Roberts, geboren in Maryland, zählt zu den erfolgreichsten Autorinnen Amerikas. Für ihre mehr als 75 in 26 Sprachen übersetzten internationalen Bestseller erhielt sie nicht nur zahlreiche Auszeichnungen sondern auch die Ehre, als erste Frau in die Ruhmeshalle der Romance Writers of America aufgenommen zu werden. Ein Großteil ihrer Werke liegt im Wilhelm Heyne Verlag vor.

NORA ROBERTS

ZÄRTLICHKEIT DES LEBENS

Roman

Aus dem Amerikanischen
von Christiane Haak

WILHELM HEYNE VERLAG
MÜNCHEN

HEYNE ALLGEMEINE REIHE
Nr. 01/9105

Titel der Originalausgabe
PROMISE ME TOMORROW

Umwelthinweis:
Dieses Buch wurde auf
chlor- und säurefreiem Papier gedruckt.

8. Auflage

Taschenbuchausgabe 06/2000

Printed in Germany 2000
Umschlagillustration: Stone/Rosanne Olson, München
Umschlaggestaltung: Eisele Grafik-Design, München
Druck und Bindung: Elsnerdruck, Berlin

ISBN 3-453-07556-0

http://www.heyne.de

Für Ruth und Marianne, die das Buch gelesen, mir zugehört und mich vor allem zum Lachen gebracht haben.

1

Es war ein makelloses, harmonisches Gebäude. Die ersten fünf Stockwerke glichen einem Kubus, durchwirkt von einer Fensterfront, und auf diesem Sockel erhob sich ein gläserner Turm, der dank seiner Lichtdurchlässigkeit und trotz seiner fünfzig Stockwerke filigran wirkte. Fast schwerelos schien er den azurblauen Himmel zu durchschneiden.

Sarah stand unter der gleißenden Sonne, beschattete sich mit einer Hand die Augen und legte den Kopf weit in den Nacken, so daß sie das oberste Stockwerk sehen konnte. Ihr Gesicht spiegelte jene Sammlung und Bewunderung wider, die man bei Kunststudenten beobachten kann, die das Werk eines alten Meisters betrachten. Sie empfand die künstlerische Vollendung, die sich in der Grazilheit des emporstrebenden Turms, der Anmut der horizontalen Linie, dem perfekten Zusammenspiel von Form und Funktion ausdrückte. In seiner Höhe und Schlankheit lag Eleganz – und auch Kraft. Sie erkannte Macht darin. Sarah schätzte Macht sehr, ungeachtet dessen, ob sie einem unbelebten Gegenstand oder einem Lebewesen zueigen war. Ihr eigenes Machtbewußtsein hatte sie ihr ganzes Leben lang kultiviert.

Sie war das Kind ruhiger, durchschnittlicher Eltern. James Lancaster war Kinderarzt gewesen, ein hochgewachsener, hagerer Mann, bei Sarahs Geburt fünfunddreißig Jahre alt. Er hatte rostbraunes Haar, kluge Augen, eine lange, dünne Nase und einen großen Mund mit schmalen Lippen. Sarah erinnerte sich an ihn als an einen Mann mit behutsamen Händen, der häufig lächelte. Ein Mann ohne List und Tücke.

Penelope Lancaster, die zehn Jahre jünger als ihr Mann war, glich ihr Konto jeden Monat bis auf den Pfennig genau aus; donnerstags studierte sie die Sonderangebote in der Zeitung. Sie führte ihren Haushalt in New Rochelle mustergültig und strich alle zwei Jahre eigenhändig die Fensterläden. Obwohl klein von Statur, hatte sie überraschend lange Beine und feste, gut entwickelte Brüste. Ihr Gesicht war klassisch oval geschnitten und rosig überhaucht, ihre Augen groß und grün. Im Ganzen eine jener natürlichen blonden Schönheiten, die bis ins hohe Alter ansprechend bleiben.

Dem Zusammenwirken der Gene dieser beiden freundlichen, gutaussehenden Menschen war die sprühende, atemberaubende Schönheit ihrer Tochter zu verdanken. Ihr Gesicht hatte die gleiche Form wie das ihrer Mutter, ihr Teint war eine Mischung aus der hellen Haut ihres Vaters und der blühenden Frische ihrer Mutter. Sie hatte einen großen Mund mit einer Leidenschaft verheißenden vollen Unterlippe. Ihre schöne, gerade und klar gemeißelte Nase verlieh ihrem Provil etwas Ägyptisches. Die großen, mandelförmigen Augen mit den ungewöhnlichen grünen Einsprengseln fesselten den Betrachter. Ihr Haar hatte die Farbe eines Rehkitzes, ein schwer beschreibbares Hellbraun mit unzähligen Lichtnuancen.

Schöne Kinder verfügen über Macht, obwohl dies oft verborgen bleibt, wenn sie nicht gleichzeitig gescheit sind, was Sarah jedoch von jeher gewesen war; ihre Intelligenz war früh gereift. Es hatte ihre Eltern oft beunruhigt, solch wache Klugheit in einem Kindergesicht zu bemerken, das Verständnis eines Erwachsenen in jugendlichen Augen zu entdecken. Ihre Angewohnheit, anderen geradewegs in die Augen zu schauen und nach dem Menschen dahinter zu suchen, hatte sie schon als junges Mädchen entwickelt. Diese reife, fragende Intelligenz hatte sie möglicherweise ihren Altersgenossen entfremdet, doch davor bewahrte sie ihre aufrichtige Zuneigung für andere. Kleine Fehler störten Sarah nicht. Wurden sie von ihr entdeckt, nahm sie sie hin, schätzte sie manchmal sogar wegen ihrer Einzigartigkeit. Gleichförmigkeit verabscheute sie, menschliche Schwächen nahm sie hin. Sie gehörte überdies zu den Menschen, denen es nicht nur gefällt, wenn sie ihren Willen durchgesetzt haben, sondern die auch den Weg dorthin ernstzunehmen wissen.

Von frühester Kindheit an hatte sie ihren Charme ganz selbstverständlich und wirksam als Waffe eingesetzt. Wenn sie damit keinen Erfolg hatte, was hin und wieder passierte, änderte sie einfach ihre Taktik. Sie konnte andere einschüchtern, war launenhaft und eigensinnig. Tränen gebrauchte sie nie als Mittel zum Zweck. Frauen, die Weinen als Waffe benutzten, setzten nach Sarahs Meinung ihre Gleichberechtigung für einen kurzzeitigen Sieg aufs Spiel. Tränen zur passenden Gelegenheit empfand sie als scheinheilig. Sarah hatte noch nie geheuchelt. Zudem wußte sie, daß ihr nüchterner, durchdringender Blick ein ganzes Arsenal von Tränen aufwog.

Jetzt setzte sie ihn ein, um das Haladay-Gebäude gründlich anzuschauen und zu analysieren. In architektonischer Hinsicht schien es hervorragend gelungen zu sein, sowohl was Funktionalität wie auch Ästhetik betraf. Schon immer war es Sarahs Ziel gewesen, wenn sie am Reißbrett saß, diese beiden Aspekte gleichermaßen zu berücksichtigen. Das Haladay-Gebäude paßte zu Phoenix. Es wirkte so klar und leicht wie die Wüstenluft.

Auf seine Art war Maxwell Haladay wohl ebenso hervorragend wie das Gebäude, das für ihn geschaffen worden war. Er war schlau, schnell von Begriff und hatte sich von unten hochgearbeitet. All dies sprach Sarah an. Ihr gefiel das Bodenständige an Haladays Kampf um Erfolg, und sie war gefühlvoll genug, um sich über den glücklichen Ausgang zu freuen. Darüber hinaus regten die geheimnisvollen Gerüchte, die sich um sein Privatleben während seines fünfzigjährigen Aufstiegs zur Macht rankten, ihre Fantasie an.

Sie wußte, daß Haladay vor etwa dreißig Jahren wegen gesundheitlicher Probleme seiner Frau nach Arizona gezogen war. Nach ihrem Tod war die Hauptniederlassung seines Unternehmens in Phoenix geblieben, obwohl Haladay-Niederlassungen sich über die ganze Welt erstreckten. Sarah hoffte, daß der Mann sich als ebenso interessant wie sein Gebäude erwies. Sie beendete ihre Prüfung der auf fünfzig Stockwerke hochgetürmten Fassade und schaute dann schnell nach links und rechts, ehe sie im grellen Sonnenschein die Straße überquerte.

Die Eingangshalle erwies sich als weitläufig und angenehm kühler als der Bürgersteig. Der mit einem Mosaik geschmückte Boden funkelte im Licht eines Dutzends silberner Kronleuchter. An den Wänden hingen Gemälde mit Szenen aus Arizona, mit Wüsten, Bergen, Ebenen, Canyons, und eine besonders ausdrucksvolle Kohlezeichnung einer alten Navajo-Indianerin. Die Künstlerin in Sarah zog es zu dem Porträt, während der Stadtmensch in ihr ein wenig durch die Weite der Landschaftsbilder eingeschüchtert wurde. Ferner gab es noch eine Sammlung von Kakteen, ein Blumenarrangement und etliche Sessel und Sofas, doch im wesentlichen bot die Halle Weite und Kühle. Eine Reihe von Aufzügen säumte eine dezent beigefarbene Wand.

Es ist soweit, sagte sie sich und schüttelte eine gewisse Spannung im Nacken ab. Es gibt nichts Unhöflicheres, als zu spät zu einem Termin zu kommen. Sie rückte sich das Ledertäschchen, das diagonal über ihrem Blazer hing, auf der Hüfte zurecht, als sie sich den Aufzügen näherte. Dann drückte sie einen Knopf und schickte sich an zu warten.

»Entschuldigen Sie, Miß!«

Sarah drehte sich um und fand sich einem uniformierten Wachmann gegenüber. Er hatte ein eckiges, vom Leben gezeichnetes Gesicht und müde Augen. Sarah hatte eine Schwäche für müde Augen und versuchte seine berufsmäßige Nüchternheit mit einem raschen Lächeln aufzuhellen. »Einen schönen guten Tag.«

Ihr fantastisches Aussehen verfehlte seine Wirkung nicht. Er erwiderte zwar ihren Gruß nicht, zog jedoch den Bauch ein. »Zu wem möchten Sie denn?«

»Ich bin mit Byron Lloyd verabredet.«

»Wie ist Ihr Name, Miß?«

»Sarah Lancaster.« Sie warf einen flüchtigen Blick auf sein Namensschild. Dann lächelte sie ihn wieder an.

Ihr aufrichtiges, bezauberndes Lächeln gab den Ausschlag. »Fünfzigster Stock. Ich rufe hinauf und gebe Bescheid, daß Sie unterwegs sind.«

»Danke, Joe.« Schließlich fügte sie hinzu: »Schaue ich annehmbar aus?«

Sie trug ihr Haar in einem dicken Zopf geflochten und tief im Nacken zu einem Knoten gebunden. Ihr dreiteiliges graues Kostüm wurde durch eine knallrosa Bluse aufgepeppt.

»Sie schauen echt hübsch aus.«

Da sie dies als Joes allerhöchstes Lob interpretierte,

schenkte ihm Sarah erneut ein Lächeln, ehe sie den Aufzug betrat. »Wünschen Sie mir viel Glück«, bat sie ihn, was er auch tat, als sich die Aufzugtüren hinter ihr schlossen. »Ich glaube, ich kann es gebrauchen«, flüsterte sie und holte tief Luft.

Dieses Gespräch war der wichtigste Meilenstein in ihrem bisherigen Berufsleben, denn Sarah konzentrierte zur Zeit all ihre Kraft auf ihre Karriere als Architektin. Sie wollte unbedingt für Haladay arbeiten. Das Vorstellungsgespräch in New York war gut gelaufen, erinnerte sie sich, während sie an den kleinen roten Zahlen ablas, daß sie sich dem fünfzigsten Stock näherte. Schritt eins, ihre Bewerbung, war erfolgreich gewesen. Schritt zwei, das Vorstellungsgespräch mit dem Niederlassungsleiter in Manhattan, hatte bestens geklappt. Schritt drei mußte also ebenfalls von Erfolg gekrönt sein. Das folgte doch wohl logisch daraus, oder etwa nicht? Sarah biß sich auf die Unterlippe. Wenn es ihr in den Kram paßte, dachte sie gern, daß ihre Angelegenheiten sich in folgerichtiger Ordnung entwickeln sollten. Eins, zwei, drei, ohne Umwege. Schritt drei war Byron Lloyd. In Haladays gewaltigem Unternehmen hielt lediglich Maxwell Haladay mehr Macht in Händen als der Mann in der fünfzigsten Etage.

Sarahs natürliches Selbstvertrauen schwand, je höher die Zahlen kletterten. Eine Stelle als Architektin bei Haladay konnte die Weiche stellen zwischen einer einigermaßen erfolgreichen beruflichen Laufbahn und einer glänzenden Karriere. Bei anderen Unternehmen würde sie lediglich Gebäude entwerfen, bei Haladay hingegen würde sich ihr die Chance bieten, *bedeutende* Gebäude zu entwerfen. Wenn Sarah schon als Architektin tätig war, dann wollte sie auch etwas Großartiges bauen. Der Ehrgeiz hatte sie durchs College getrieben, dann in ein namhaftes New Yorker Büro, und jetzt zu Haladay Enterprises. Auch dies in drei Schritten. Einfache Mathematik, dachte sie und biß sich wieder auf die Unterlippe. Sarah wußte, sie verfügte über so großes Talent, daß sie Schritt drei verwirklichen konnte. Sie bedurfte lediglich einer günstigen Gelegenheit. Während sie zusah, wie die Zahlen sich in den Vierzigerbereich bewegten, fragte sie sich, ob Byron Lloyd ihr diese Chance bieten würde.

Von der nächsten halben Stunde hing so viel ab. Ich kann es mir nicht leisten, meine Nervosität die Oberhand gewinnen zu lassen. Byron Lloyd muß mich unbedingt als fähig, selbstbewußt und beherrscht kennenlernen. Und das bin ich... die meiste Zeit. Es wäre leichter, wenn mir die Stelle nicht so sehr am Herzen läge. Sarah seufzte, doch als die Türen aufgingen, hob sie das Kinn. Sie würde die Stelle bekommen.

Der Empfangsbereich im fünfzigsten Stock war mit einem goldfarbenen Teppichboden ausgelegt. Sarah konnte sich nicht vorstellen, daß selbst ein Stöckelabsatz jemals durch den zentimeterdicken Flor bis zum Boden gedrungen war. Die drei anwesenden Sekretärinnen musterten sie flüchtig, und schon eilte eine kleine Brünette auf Sarah zu. Sie trug das Haar in einem glatten, kinnlangen Pagenschnitt, der ihre Gesichtszüge und die runden grünen Augen gut zur Geltung brachte. Obwohl sie sich sehr gewandt bewegte, kam Sarah zu dem Schluß, daß ihre Anmut eher einstudiert denn natürlich war. Als sie näher kam, fing Sarah einen leichten Hauch von Arpège auf.

»Miß Lancaster, ich bin Kay Rupert, die Sekretärin von Mr. Lloyd.« Kay streckte die Hand aus. »Hoffentlich hatten Sie einen angenehmen Flug?«

»Ja.« Da sie Kays Hand zu kühl fand, ließ Sarah sie schnell wieder los. »Ich fliege gern von Osten nach Westen.« Sie schaute auf die Uhr und rechnete schnell den Zeitunterschied aus. »Natürlich verliert man beim Rückflug wieder all die Zeit, so daß sich nichts wirklich ändert.«

Kay hob bei Sarahs strahlendem Lächeln fast unmerklich die Braue.

»Nein, wohl kaum. Mr. Lloyd erwartet Sie. Wenn Sie bitte mit mir kommen.«

Die perfekte Sekretärin, dachte Sarah. Gott sei Dank ist sie nicht meine.

Sie folgte Kay durch doppelte Glastüren, die auf einen breiten Korridor führten. Die Wände waren in einem perlfarbenen Ton makellos gestrichen, was einen ausgezeichneten

Hintergrund für die dort hängenden Gemälde abgab. Zu Kays Mißfallen blieb Sarah stehen, um einen Matisse anzuschauen. »Gehört zu Mr. Lloyds Sammlung«, teilte Kay ihr knapp mit.

Ein Mann mit Geschmack, dachte Sarah, während sie an ihrer Unterlippe nagte. Und mit finanziellen Mitteln. Dieser Gedanke verursachte ein unruhiges Kribbeln in ihrem Magen. Ein Sammler. Sie drehte sich wieder zu Kay um, und ihre Blicke trafen sich. Wie es so ihre Art war, schaute Sarah die Sekretärin unverhohlen an und versuchte nicht, ihren musternden Blick zu verbergen; auch als sie das wachsende Unbehagen der anderen Frau spürte, verschwand ihr Lächeln nicht.

»Das Bild ist schön«, sagte sie schlicht und schloß sich Kay wieder an.

Kay drehte sich um und ging weiter den Korridor entlang. Diese Dame, dachte Sarah, leistet bestimmt ausgezeichnete Arbeit, die Zusammenarbeit mit ihr ist aber sicher alles andere als ein Zuckerschlecken. Nach einem knappen Klopfen öffnete Kay eine Tür und trat über die Schwelle. »Miß Lancaster ist hier, Mr. Lloyd.« Mit der Unaufdringlichkeit, die Sarah von ihr auch erwartet hatte, zog sich Kay zurück und verschwand.

Einen Augenblick lang, in dem seltsamerweise die Zeit für sie stillzustehen schien, nahm Sarah nichts von dem Zimmer wahr. Ihr Blickfeld verengte sich und konzentrierte sich auf den Mann, der sich hinter einem großen Ebenholzschreibtisch erhob. Als er auf sie zuging, überkam Sarah heftig und derart intensiv kalte Angst, daß es sich wie ein stechender Schmerz anfühlte. Wie aus großer Entfernung hörte Sarah ihn ihren Namen sagen, und seine Stimme schien irgendeine bekannte Seite ihrer Erinnerung anzuschlagen. Ihr schoß durch den Kopf, daß es kein Zurück mehr gäbe, wenn sie erst einmal in die ausgestreckte Hand eingeschlagen hätte.

»Miß Lancaster, geht es Ihnen gut?«

Sarah schüttelte den Kopf wie ein Taucher, der plötzlich aus dem Wasser auftaucht, und zwang Luft in ihre Lungen und wieder heraus. Die Nerven, sagte sie sich. Und zuviel Sonne. »Ja, ja, danke«, murmelte sie und legte ihre Hand in die seine. Sein Händedruck war warm und fest. »Ich fürchte, ich habe zu lange in der Sonne gestanden und das Gebäude angeschaut.« Sie lächelte in der Hoffnung, damit ihren ungeschickten Auftritt vergessen zu machen.

Er sagte nichts. Ihre Hand lag kalt in der seinen. Einen Augenblick lang standen sie da und schauten einander an.

Er war größer, als sie erwartet hatte, und zeigte sowohl im Gesicht wie auch am Körper eine fast animalische Hagerkeit. Sein volles, leicht gewelltes Haar war von jenem tiefen Schwarz, das im Sonnenlicht wahrscheinlich einen leichten bläulichen Schimmer zeigte. Über die Gesichtsknochen spannte sich fest die gebräunte Haut. Er hatte das schmale, knochige Gesicht eines Kriegers oder Gelehrten. Irgendwie stand es ihrer Meinung nach im Widerspruch zu dem perfekt geschnittenen Anzug. Der Kontrast gefiel ihr auf Anhieb. Seine Brauen verliefen in einem leicht geschwungenen Bogen über den großen, schwerlidrigen und überraschend blauen Augen.

»Ich habe Sie mir ganz anders vorgestellt«, sagte Sarah. Lächelnd wartete sie, daß er ihre Hand losließ.

Byron neigte den Kopf, hielt aber ihre Hand noch einen Augenblick länger fest, da er die Wärme in sie zurückfließen spürte. »Was haben Sie denn erwartet?«

»So genau weiß ich das jetzt nicht mehr.«

Er wies mit der Hand auf eine Sitzgruppe, dann führte er sie durch den Raum. Sie ließ sich auf einen weich gepolsterten Sessel aus elfenbeinfarbenem Leder nieder.

»Darf ich Ihnen etwas anbieten?« fragte er.

Eine Griechenlandreise, einen Mercedes 450 SL und einen Kühlschrank mit Abtauautomatik. Sarah hakte die ersten drei Wünsche ab, die ihr in den Sinn kamen. Ihr ging es schon wieder besser. »Nein«, antwortete sie und lächelte dann unbefangen. »Danke.«

Byron sah das schnelle Aufblitzen von Humor, äußerte sich aber nicht dazu. Als er sich hinter seinen Schreibtisch setzte, beobachtete Sarah, wie er unbewußt eine Autoritätshaltung annahm. Nun entsprach er ihren Erwartungen. Autorität paßt gut zu ihm, fand sie.

»Dave Tyson von unserer New Yorker Niederlassung hat

sich positiv über Sie geäußert.« Seine Stimme war tief und weich, wie gut gealterter Scotch. Sarah fiel auf, daß er so große Hände und lange Finger wie ein Musiker oder Chirurg hatte. Beim Sprechen ließ er die Hände ruhig auf dem Schreibtisch liegen. Sie wandte ihre Aufmerksamkeit von seinen Händen ab und seinem Gesicht zu. Einem äußerst attraktiven Gesicht von unverhohlener Sinnlichkeit, mit Augen, die einen in ihren Bann zogen, weil sie Geheimnisse bargen.

»Ich freue mich, das zu hören«, meinte sie. Während sie sich entspannter auf ihrem Sessel zurücklehnte, versuchte sie sich vorzustellen, daß sie es sich eher für einen freundlichen Plausch denn für ein wichtiges Vorstellungsgespräch bequem machte. »Ich nehme an, ich habe es ihm zu verdanken, daß Sie mich zu diesem Gespräch eingeladen haben.«

»Ihr beruflicher Werdegang war von großer Bedeutung«, bemerkte er. »Er hat Mr. Haladay sehr gefallen.« Während er weitersprach, dachte sie über das Wunder nach, daß Maxwell Haladay höchstpersönlich ihren Lebenslauf gelesen hatte. »Haladay Enterprises ist, wie Sie sicher wissen, das größte und diversifizierteste Bauunternehmen in den Vereinigten Staaten. Wir haben die Meßlatte sehr hoch angelegt und stellen nur die besten Fachleute ein. Mr. Haladay war beeindruckt von Ihren Entwürfen und den Gebäuden, an denen Sie mitgearbeitet haben. Tysons Empfehlung stellt einen weiteren Pluspunkt für Sie dar. Er vertritt die Meinung, daß Ihre Arbeiten für Boumell und Söhne Kreativität und Können beweisen.«

»Das hört man gern.« Sarah zog die Brauen kurz zusammen. »Ich ahnte nicht, daß Mr. Haladay derart umfangreiche Nachforschungen über mögliche künftige Mitarbeiter anstellt.«

»Mr. Haladay interessiert sich für alle seine Angestellten«, versicherte ihr Byron. »Weshalb möchten Sie denn Boumell verlassen und für Haladay arbeiten?«

Sarah hatte eine derartige Frage erwartet, aber nicht damit gerechnet, daß sie so unverblümt gestellt würde, und war angenehm überrascht. »Weil ich bedeutende Gebäude bauen möchte. Diese Chance bietet sich mir bei Boumell nicht, bei Haladay hingegen schon.«

»Sind Sie ehrgeizig oder von Ideen besessen?«

»Beides.« Die Antwort kam wie aus der Pistole geschossen.

Einen Augenblick sah er sie ausdruckslos an. Sarah fragte sich, ob sie nicht vorschnell geantwortet hatte. Vielleicht hätte sie diplomatischer und nicht so ehrlich vorgehen sollen.

»Sie haben bei William Turhane am City College in New York studiert. Auch er hält viel von Ihnen«, sagte Byron.

»Ja?« Sie lächelte. »Als ich bei ihm studierte, war das nicht immer der Fall. ›Sie bringen mich noch zur Verzweiflung‹ war, glaube ich, sein Lieblingsausdruck. Ein treffender allerdings, da bin ich mir sicher.« Sarah hielt kurz inne, dann entschloß sie sich, den Sprung zu wagen. »Vielleicht könnten Sie mir etwas erklären. Als es sich herumsprach, daß Haladay Enterprises einen neuen Architekten sucht, müssen Sie doch in Bewerbungen geradezu ertrunken sein. Bestimmt verfügten Dutzende von Bewerbern über mehr Erfahrung als ich. Warum bin ich so weit gekommen?«

Byron zögerte einen Moment. Er nahm ein goldenes Zigarettenetui aus seiner Jackentasche und hielt es Sarah hin. Mit einem Kopfschütteln lehnte sie ab. Innerhalb von Sekunden beurteilte er sie neu. Ihre Schönheit hatte ihn einen Augenblick lang verblüfft, ebenso das kurze Sichtbarwerden ihrer Verletzlichkeit beim Betreten seines Büros. Man hatte ihm berichtet, daß Sarah Lancaster alleinstehend war und dem linken Flügel der Demokraten zugeneigt, sich allerdings mehr an Kunst und alten Filmen als an Politik interessiert zeigte. Man hielt sie für herausragend begabt und ein wenig exzentrisch. Nun stellte er selber fest, daß sie auch ehrlich und offen war. Obwohl er ihre Nervosität spürte, gefiel es ihm, daß sie sich ohne sichtbare Anstrengung beherrschen konnte. Er lehnte sich zurück und verschränkte die langen Finger.

»Sie gehörten zu den besten fünf Prozent in Ihrem Jahrgang am City College. Ihre Arbeiten für Boumell zeigen Potential und Einfallsreichtum. Besonders beeindruckt hat uns Ihr Entwurf der Unitarierkirche in Buffalo.«

Sarah hörte mit gehobenen Brauen zu. Sie fühlte sich nicht

geschmeichelt, denn er sprach so unpersönlich wie ein Automat, war aber ganz bei der Sache. Die Unitarierkirche hatte sie ganz alleine entworfen.

»Sie wurden als ein wenig unkonventionell geschildert.« Er hielt inne und beobachtete, wie ein überraschter Ausdruck über ihr Gesicht huschte. Einen Augenblick verlor sie ihren üblichen Schutzwall, und Byron erhaschte ein kurzes Aufflackern von Unsicherheit. »Tatsächlich«, fuhr er fort, da er diesen Punkt weiter verfolgen wollte, um zu sehen, wie sie darauf reagierte, »hat man Sie als ›überkandidelt‹ bezeichnet.«

Einen Herzschlag lang sagte Sarah nichts. Ihre Gedanken jagten sich. Wer hatte sich so geäußert? Sie konnte aus Byrons Stimme absolut nicht entnehmen, ob Überkandideltsein einen Nachteil oder einen Pluspunkt für sie darstellte. Sollte sie das leugnen? Sollte sie beiläufig zustimmen? Sie wußte, daß man sich eine Stelle wie diese leicht mit einer einzigen falschen Antwort verscherzen konnte.

»›Überkandidelt‹ klingt so altjüngferlich«, gab sie in der Hoffnung zurück, unbekümmert zu klingen. »Unkonventionell mag stimmen, je nachdem, was man darunter versteht. Ich habe gehört, daß Maxwell Haladay selbst ein unkonventioneller Mensch sein soll.«

Noch immer gaben Byrons Augen nichts von seinen Gedanken preis. Der ist ganz schön kaltblütig, schloß sie. Ist eine Stelle denn all das wert? fragte sie sich, während sie seinem Blick standhielt, ohne mit der Wimper zu zucken. Himmel ja. Diese Stelle schon. Sie zwang sich dazu, die Schultern locker zu lassen.

Langsam drückte Byron seine Zigarette aus. Hinter ihm fiel das Sonnenlicht schräg durch das getönte Glas auf seinen Schreibtisch. »Dave Tyson hat Ihnen bestimmt die finanzielle Seite dieser Position ausführlich dargelegt?«

Sein abrupter Themenwechsel warf Sarah beinahe aus dem Gleichgewicht. »Ja, er hat mir das Gehalt und die Sozialleistungen des Unternehmens erläutert.«

Byron hob die Braue angesichts dessen, wie beiläufig sie über die großzügigen Sozialleistungen des Unternehmens und die für sie mit einem Stellungswechsel verbundene Gehaltserhöhung von zehntausend Dollar pro Jahr hinwegging.

»Andere Faktoren sind für mich von größerer Bedeutung. Mich interessiert, wieviel schöpferische Freiheit ich als Architektin hätte und wieviel Kontrolle ich über ein von mir entworfenes Gebäude noch während der Bauphase ausüben könnte.«

Byron beobachtete sie. Ihm entging nicht das rauchige Timbre ihrer Stimme, einer Nachtstimme. Er betrachtete ihre feingliedrigen, anmutigen Hände mit den unmodisch kurzen und unlackierten Nägeln, mit denen sie lebhaft gestikulierte. Sie vereinigte, folgerte er, ein ganzes Bündel von Widersprüchen. Das konventionelle Kostüm, die auffallende Bluse, die erotische Stimme, die damenhaften Hände. Ihm gefiel ihre Unverblümtheit, doch er schob sein Urteil über sie noch ein wenig auf.

»Erstens«, setzte er an, »hängt die schöpferische Freiheit vom Ergebnis ihrer schöpferischen Arbeit ab. Mr. Haladay behält sich stets die letzte Entscheidung vor, aber wenn er nicht die Urteilsfähigkeit seiner Mitarbeiter hoch einschätzen würde, würden sie nicht für ihn arbeiten. Zweitens müssen die Architekten bestimmte Bauabschnitte eines von ihnen entworfenen Projekts selbstverständlich beaufsichtigen.«

Sarah stand auf. »Ich verstehe«, murmelte sie und begann, im Zimmer umherzugehen. Seine Antworten gefielen ihr nicht so ganz. Aber zumindest, rief sie sich ins Gedächtnis zurück, hatte er ihr geantwortet. Das war schon etwas. »Ruhige Farben, die Autorität vermitteln«, bemerkte sie, während sie mit dem Finger über die Textiltapete strich. »Elfenbein, crème, beige.« Sarah schätzte das Büro auf etwa fünfunddreißig Quadratmeter und beurteilte es als bestens ausgestattet. Sie spürte, daß in den neutralen Farben und den glatten Oberflächen des Büros sich wenig vom Innenleben dieses Mannes offenbarte. Nur ihre Intuition sagte ihr, daß er weder neutral noch glatt war. Wir hätten uns vielleicht außerhalb dieses Raums etwas zu sagen, dachte sie, ohne diese geschniegelten Büroklamotten und die Ledersessel. »Ihre Wohnung ist wohl anders eingerichtet«, meinte sie und ließ damit ihre Gedanken an die Oberfläche steigen. Sie drehte sich wieder zu Byron um, schaute ihn lange und kühl an und fühlte sich wie beim Schachspiel. Wenn sie schon matt gesetzt wurde, dann wollte sie wenigstens mit wehenden Fahnen untergehen. »Ich eigne mich nicht gut für gefällige Plaudereien«, erklärte sie, »aber ich bin eine gute Architektin.«

»Und eine sehr junge«, gab Byron zurück, der gegen seinen Willen von ihr fasziniert war. Er bemerkte das prompte Aufblitzen von Ärger in ihren Augen.

»Ich bekenne mich schuldig.« Ihre Stimme klang kalt, mit einer Spur von Zorn. »Ich bin sechsundzwanzig, was bedeutet, daß ich kaum die Schulkreide unter meinen Fingernägeln herausgekratzt habe.«

»Sie müssen sich für Ihr Alter nicht entschuldigen, Miß Lancaster. Ihre Jugend ist einer der Gründe, weshalb Mr. Haladay diese Position mit Ihnen besetzen möchte.«

Bei diesen Worten schaute Sarah hoch. »Verstehe ich Sie recht, daß Sie mir diese Position anbieten?«

»Nein«, verbesserte Byron sie. »Mr. Haladay bietet Ihnen die Stelle an.«

Sarah wandte sich dem Fenster zu und wartete, daß ihre Gedanken sich wieder ordneten. Ihr anfängliches Erschrekken wich einer Mischung aus Freude, Triumphgefühl, Aufregung und Angst. Die Angst kam unerwartet und schien ihr zu sagen: *»Jetzt bietet sich dir die Gelegenheit, Sarah, der Rest hängt von dir ab. Vermaßle es nicht.«*

»Darf ich fragen«, begann sie, überrascht von der Gelassenheit in ihrer Stimme, »wann Mr. Haladay seine Entscheidung getroffen hat?«

»Letzte Woche.«

»Letzte Woche«, wiederholte sie töricht. Sie erinnerte sich lebhaft an die Höllenqualen, die sie in der letzten Woche durchlebt hatte, an die Pein des Zweifels während des Flugs von New York hierher, an ihr Nervenflattern im Aufzug vor wenigen Minuten. All diese Qualen hätte sie sich sparen können! Sie atmete tief aus. »Warum haben Sie mir das nicht von vornherein erzählt, statt mich hier auf Kohlen sitzen zu lassen?«

»Mr. Haladay wollte gerne, daß ich mir einen persönlichen Eindruck von Ihnen mache. Hätten Sie die Entscheidung schon gekannt, wären meine Fragen nur Spielerei gewesen.«

Freudige Erregung begann jetzt die Oberhand über ihre anderen Gefühle zu gewinnen. Sarah unterdrückte sie. Sie wollte sie sich für später, wenn sie sie auch genießen konnte, aufsparen. Byron sprach weiter, und sie zwang sich dazu, ihm ruhig zuzuhören.

»Phoenix wird Ihnen bestimmt gefallen, Miß Lancaster, wenn Sie sich erst einmal hier eingewöhnt haben.«

»Phoenix? Ich dachte, die Stellenausschreibung bezog sich auf die New Yorker Niederlassung.« Ihre Stimme verklang zu einem Gemurmel. »Ich hatte gar nicht damit gerechnet, daß ich nach Phoenix ziehen müßte.«

»Stellt das ein Problem für Sie dar?«

Einen Moment starrte sie ihn an, als sie im Geiste seine Frage wiederholte. Ein Problem? Ist es ein Problem? Traurigkeit trat flüchtig in ihre Augen, dann war sie verschwunden. »Ich kann sofort alles Nötige in die Wege leiten und bis Ende des Monats in Phoenix sein. Werde ich Mr. Haladay kennenlernen, wenn ich mich hier erst eingerichtet habe?«

»Sie handeln recht flott, nicht wahr?« Byron beobachtete ihren Umschwung innerhalb von zehn Sekunden von Wehmut über praktisches Denken zu Eifer.

»Himmel, ja. Und wenn ich jetzt auch schnell bin, erwische ich die Nachmittagsmaschine nach New York noch.« Sarah durchquerte das Büro. »Ich muß erst noch ein Projekt abschließen, ehe ich meine beruflichen Verpflichtungen lösen und mich auch um allerhand private Angelegenheiten kümmern kann. Eigentlich vergeht ein Monat doch wie im Flug. Und der Mai hat nur dreißig Tage.«

»Einunddreißig«, verbesserte Byron sie automatisch, während er sie zur Tür begleitete.

»Nun, was macht ein Tag schon aus?« Sarah wandte sich ihm zu und schaute ihn lange und offen an. Wie es wohl war, mit ihm zu arbeiten? Schwierig zu beurteilen – nach dem Vorstellungsgespräch.

»Auf Wiedersehen, Mr. Lloyd«, sagte sie energisch und streckte die Hand aus. »Ich melde mich.«

Er ließ ihre Hand nicht los, sondern legte seine linke noch

über ihre, die schon auf dem Türgriff lag. So stellte er eine seltsame, intensive Verbindung her. Sie konnte nur knapp den Drang, sich loszureißen, unterdrücken. Aus irgendeinem Grund fühlte sie sich sowohl im Gleichklang als auch uneins mit ihm.

»Rufen Sie Dave an, wenn Sie soweit sind. Das Unternehmen läßt dann Ihre Sachen hierher transportieren.« Seine Stimme klang geschäftsmäßig, aber Sarah fing ein flüchtiges, rätselhaftes Aufblitzen in seinen Augen auf.

»In Ordnung«, stimmte sie zu. »Gibt es noch etwas zu besprechen?«

Sein Blick wich dem ihren nicht aus. Erst jetzt fiel ihr auf, daß sie ihn während des ganzes Gesprächs noch kein einziges Mal hatte lächeln sehen.

»Einen guten Flug«, sagte er und machte ihr die Tür auf.

2

Drei Wochen danach saß Sarah in einem alten Plüschbademantel mit übergeschlagenen Beinen zwischen einem Haufen Kisten und Umzugskartons. Die Fenster ihrer Wohnung waren weit geöffnet und ließen die New Yorker Atmosphäre an ihrem letzten Abend in dieser Stadt ins Zimmer. Acht Stockwerke weiter unten toste und pulsierte es. Liza Minnelli hatte gerade am Broadway Premiere, zwei Stadtstreicher zählten ihre Tageseinnahme an einem Brunnen gegenüber von Radio City, Bloomingdale bekam eine neue Lieferung von Gucci, und eine Geschichtslehrerin wurde in diesem Moment im Central Park überfallen.

In der Küche stand Benedict Eager, ein Psychiater mit Praxis auf der Fifth Avenue, und schenkte Wein in mit Comicfiguren verzierte Senfgläser. Fast ein Jahr lang hatten sie eine gemütliche Liebesbeziehung gepflegt, wie Sarah sich ausdrückte. Eine Beziehung, in deren Rahmen jeder die Füße auf den Tisch legen konnte, die keine Kinkerlitzchen brauchte, keine Blumen und kein Kerzenlicht. Sie sahen einander in klarem Licht, ohne Weichblende. Mit Benedict konnte sich Sarah völlig entspannen.

Er war ein kleiner, magerer Mann Ende Dreißig mit runder Nickelbrille, der stolz einen üppigen braunen Bart zur Schau trug, weil er meinte, daß dies zu seinem Image paßte. In seiner Sprache schimmerte noch immer ein Bostoner Akzent durch, obwohl er schon seit zehn Jahren in Manhattan lebte. Er mochte Woody Allen und Tolstoi und war Sarahs engster Vertrauter.

»Sarah, Liebes.« Benedict kam mit zwei Gläsern ins Wohnzimmer. »Magst du lieber Goofy oder Donald Duck?«

»Donald Duck.« Sie streckte die Hand nach dem Glas aus. »Aber du ähnelst Goofy viel stärker als ich.«

»Danke.« Er setzte sich auf einen Umzugskarton ihr gegenüber.

»Ich betrinke mich jetzt in aller Ruhe, Benedict«, verkündete sie, als sie ihr Donald-Duck-Glas hob und zuschaute, wie der Wein darin hin und her schwappte. »Dann verkrümle ich mich in den Schlafsack dort drüben und verbringe meine letzte Nacht in New York in einem Apfelweinnebel.« Sie neigte den Kopf und trank einen kleinen Schluck. »Wenn du magst, kannst du dich mir anschließen.«

Benedict kratzte sich grinsend am Kopf. Eines der Dinge, die ihn an Sarah anzogen, war ihre Einstellung zur Sexualität. Sie war die leidenschaftlichste Frau, und die interessanteste, die er im Bett und außerhalb desselben je gekannt hatte. Mit Sarah zu schlafen war ein einziges Abenteuer. Er hob sein Glas. »Klingt verlockend.«

»Ich habe mich richtig entschieden«, murmelte sie. Dann nahm sie zwei kräftige Schlucke. Da er ihre Art zu denken kannte, wußte Benedict, daß sie keine Antwort von ihm erwartete. Im Augenblick hätte sie genausogut auch allein sein können, dennoch spendete seine Anwesenheit ihr ein wenig Trost. »Es gibt überhaupt keinen Grund, warum ich an New York hängen sollte, bestimmt nicht, weil ich immer hier gelebt habe. Jetzt, wo Mom und Dad nicht mehr sind...« Sarah schloß die Augen und rieb sich mit Daumen und Zeigefinger die Nasenwurzel. Heilte die Zeit wirklich alle Wunden? Drei Monate hatten den Schmerz nicht gemildert, das unbestimmte, unbeschreibbare Gefühl von Schuld und Verrat. Sie fragte sich, ob eine sechsundzwanzigjährige Frau das Recht hatte, sich wie ein Waisenkind zu fühlen.

Gelegentlich an seinem Wein nippend, schwieg Benedict während Sarahs Grübelei. Ihr Gesichtsausdruck verriet ihm, daß sie ganz in Gedanken versunken war. Sie wußte, daß Haladays Stellenangebot zu einem idealen Zeitpunkt gekommen war. Dadurch hatte sie etwas, in das sie sich hineinstürzen konnte, etwas, das ihre Gedanken beschäftigte, während die Trauer noch immer in ihr wütete. Das Vorstellungsgespräch bei Dave Tyson hatte nur einen Monat nach dem plötzlichen Tod ihrer Eltern stattgefunden.

Nach Abklingen des ersten Schocks hatte Sarah eine ganze Skala von Gefühlen erlebt, angefangen von Kummer und Einsamkeit bis hin zu Zorn. Die Liebe zu ihren Eltern war eine beständige, unverbrüchliche Tatsache gewesen. Eines

Abends hatten sich ihre Eltern warm eingekuschelt – in ihrem Bungalow in New Rochelle, dessen Hypothek nur mehr drei Jahre laufen würde und dessen Küche sie erst frisch tapeziert hatten. Am nächsten Tag lebten sie nicht mehr. Das Feuer hatte sogar das Haus verschlungen und nichts als Mauern übriggelassen. Keiner der kleinen Schätze einer achtundzwanzig Jahre währenden Ehe blieb erhalten: kein Foto, keine angeschlagene Tasse, keine Treppenstufe, die beim Heruntergehen auf der linken Seite knarzte. Alles nicht mehr da, dachte Sarah und spürte das vertraute Stechen von Schmerz und Wut. Fort, als hätte es all das nie gegeben. Ab und zu erinnerte sie sich an die muntere, sachliche Stimme ihrer Mutter oder einen von Vaters albernen, harmlosen Witzen.

Warum lief das Huhn über die Straße? Weil die Ampel auf Grün schaltete.

Ach, Dad, du änderst dich doch nie.

Natürlich hatte er sich nicht verändert. Dafür hatte er nicht mehr die Zeit gehabt. Ich hätte sie öfter besuchen sollen. Ich hätte mehr Zeit mit ihnen verbringen sollen. Man denkt, man hat Zeit, Zeit genug, und dann kommt etwas überraschend daher, und weg ist alles. Verfluchte Zeit. Ich schlage dich schon noch. Ich hinterlasse ein Zeichen. Mich wird nichts einfach so auslöschen, als hätte es mich nie gegeben. Zorn stieg in ihr auf, aber sie verdrängte ihn. Schau nicht zurück, sagte sie sich. Schau nach vorn, schnurstracks nach vorn. Für Haladay zu arbeiten bedeutete die größte Zäsur in ihrer beruflichen Laufbahn. Und das war erst der Anfang.

»Wenn einem eine solche Chance geboten wird, dann muß man sie auch ergreifen«, sagte sie laut. Benedict sah sie liebevoll an. Er machte sich nicht die Mühe, sie wirklich zu verstehen, sondern genoß einfach ihre Anwesenheit.

Sie hob den Blick und schaute ihm in die Augen. Dieser Blick, dachte er. Ihm entgeht nicht viel. Scharf wie ein Skalpell. Sarah streckte die Hand nach ihm aus. Ihre schlanken Finger fühlten sich fest in den seinen an.

Sarah wollte und brauchte die gleiche Hingabe, die sie selbst auch gab. Leute, die sich distanziert verhielten oder mit ihren Gefühlen knauserten, waren ihr ein Rätsel. Sie blühte auf im Umgang mit anderen, durch die Berührung einer Hand etwa oder durch ein Wort, das Streifen an einer Schulter in einem überfüllten Aufzug. Sie packte Benedicts Hand fester, klammerte sich an das Vertraute.

»Es wäre anders, wenn wir verliebt gewesen wären. Richtig verliebt.«

Er schenkte ihr sein kleines, ironisches Lächeln. »Ach, wirklich?«

Sie stieß enttäuscht den Atem aus. »Verflixt, jetzt spiel mir nicht den Seelendoktor vor.« Sarah stand auf und ging durchs Zimmer, ehe sie stehenblieb und sich Wein nachschenkte. »Weiß Gott, eigentlich sollten wir ineinander verliebt sein. Es ist absolut lächerlich, daß wir's nicht sind. Vielleicht sind wir's auch und wissen es nicht einmal. Wir haben uns den *Malteserfalken* zweiunddreißigmal zusammen angeschaut – das will doch was heißen.« Lieber Himmel, dachte sie wütend, das ist nicht nur ein Umzug, sondern eine Amputation... ein völliger Bruch mit allem Vertrauten. Was weiß ich schon über Phoenix? Was weiß ich, wie es in einem so riesigen Unternehmen wie Haladay zugeht? Was verleitet mich zu der Annahme, ich könnte das so leicht packen wie einen Wochenendtrip nach Long Island? Sie stürzte noch etwas Wein hinunter und tigerte im Zimmer hin und her, bis sich ihre Gedanken allmählich beruhigten. Vor Benedict blieb sie schließlich stehen und legte mit einem Seufzer ihre Stirn an die seine. »O Gott, was mache ich nur ohne dich?«

»Alles.« Er gab ihr einen freundschaftlichen Klaps auf den Po. »Das ist nur die Aufregung; das geht vorbei.« Kurz dachte er daran, daß es ihm noch bevorstand, mit der Lücke, die ihr Abschied in seinem Leben reißen würde, zu leben. »Du weißt doch – das ist genau das, was du brauchst und was du willst; sonst würdest du nicht gehen. Du hast lange auf eine solche Gelegenheit gewartet.«

»Ich möchte ja auch gehen«, gab sie zu. »Ich muß gehen. Du bist ja so gescheit.«

»Aha, du hast dich wieder mit meiner Mutter unterhalten.«

Ihr belustigtes Glucksen entzückte ihn. Ohne das Glas abzusetzen, schlang sie ihm die Arme um den Hals. »Niemand in Phoenix weiß, wie man mich zum Lachen bringt, wie man mir den Rücken abrubbeln muß oder wohin ich meine Schlüssel verlege.«

»Aha, deshalb magst du mich also?« Benedict küßte sie kurz, überlegte es sich anders und gab ihr dann einen langen, ausgiebigen Kuß. Seine Hände glitten zu ihren Hüften. »Deine Anziehungskraft ist zu vielfältig, als daß man alles aufzählen könnte.«

Die Wange an die seine geschmiegt, sagte sie leise: »Ich hätte die vergangenen Monate ohne dich nie durchgestanden. Du hast mich nach dem Verlust meiner Eltern nicht nur aufgerichtet. Du hast es geschafft, daß ich heil geblieben bin. Immer wenn ich dabei war, in Stücke zu zerfallen, warst du zur Stelle.«

»Du bist eine starke Frau, Sarah«, sagte er, während er ihr mit den Fingern durchs Haar strich. Ihr Duft umwehte ihn, und er runzelte die Stirn. Sie würde eine größere Lücke hinterlassen, als er gedacht hatte. »Du wärst auf jeden Fall auf den Füßen gelandet, ob nun mit mir oder ohne mich. Ich habe den Aufprall nur ein wenig abgemildert.«

»Nein.« Er spürte, wie sie energisch den Kopf schüttelte. Sie schlang ihm die Arme noch fester um den Hals. »Das glaube ich nicht. Wenn du nicht beim Tod meiner Eltern bereits ein Teil meines Leben gewesen wärst, hätte ich dich wahrscheinlich am Ende beruflich statt privat gebraucht.«

Er küßte sie aufs Ohr. »Ich verlange fürchterlich hohe Honorare.«

»Kapitalist«, murmelte sie.

»Weißt du, wo unser Problem liegt, Sarah? Wir mögen uns zu gern. Wir sind zu sehr in Einklang miteinander.« Wange ruhte noch immer an Wange. »Es gab nie einen Kurzschluß, nichts, wodurch es einem von uns unbehaglich geworden wäre. Liebe, Leidenschaft brauchen ein wenig Verzweiflung – ein paar Beulen und Kratzer.«

Einen Augenblick bewegte sich Sarah nicht und genoß nur seine Wärme und seine vertraute Nähe. Er hat natürlich recht, dachte sie. Sie waren einander immer mehr Freunde und nicht so sehr Geliebte gewesen. Ihre Liebesnächte hatte sie stets als angenehm, nie als ekstatisch erlebt. Es hatte keine heftigen schmerzhaften Aufwallungen gegeben, kein wildes Drängen, nur Unbeschwertheit und Freude. Ein bißchen hatte sie Angst davor, mit einem anderen Mann ins Bett zu gehen, erkannte sie plötzlich. Es könnte sich als nicht so unkompliziert erweisen.

»Ich habe dich wirklich lieb, Benedict«, murmelte sie. Sie streichelte ihm über den Bart, dann richtete sie sich auf. »Und ich hoffe, daß du irgendwann jemanden findest, mit dem du nicht so sehr übereinstimmmst.« Ernst sah sie ihn an und beugte sich vor, um ihn auf die Wange zu küssen. Dann lächelte sie, ihr langsames Lächeln, das ihr Gesicht nach und nach aufhellte. Benedict liebte dieses Lächeln; es war so typisch für Sarah. Innerhalb von Sekunden gab es alles und forderte alles. Sie schaute ihn an, wie er das Lächeln erwiderte, ehe sie sich abwandte und ein paar Schritte durchs Zimmer ging. Höchste Zeit, dachte sie, an morgen statt an gestern zu denken.

Sie schaute aus dem Fenster auf die Straße hinunter. Bei der Ampel schnitt gerade ein Taxi ein anderes. Das Geräusch von quietschenden Reifen, schmetternden Hupen und promptem Gefluche drang zu ihr hoch. Es war eine heiße Nacht. Sarah konnte die Stadt durch den Vorhang hindurch riechen.

»Ich habe einige Nachforschungen über den Ersten Maat auf dem Haladay-Schiff angestellt«, sagte sie unvermittelt.

»Ach ja?« Benedikt schlüpfte aus seinen verschlissenen Tennisschuhen.

»Mhm.« Sarah beobachtete, wie die Autos die Straße hinauftuckerten und zuckte nervös mit den Schultern. »Er hat mich fasziniert. Er hat etwas ziemlich...«, mit einer kreisenden Handbewegung suchte sie nach dem passenden Ausdruck, »... etwas Piratenhaftes an sich.« Lachend schüttelte Sarah den Kopf. »Vielleicht treibe ich jetzt den Vergleich zu weit. Jedenfalls frage ich mich, wie ein so junger Mensch der Zweite in der Hierarchie sein kann. Er ist schließlich erst sechsunddreißig.«

Sie stellte fest, daß sie sehr gern ihre Gedanken über Byron Lloyd in Worte fassen wollte. »Mit sechzehn hat er bei Haladay zu arbeiten angefangen. Haladay war von jeher seiner

Zeit voraus und bot schon damals seinen Leuten Weiterbildungsbeihilfen an. Byron arbeitete auf dem Bau, aber er nahm an jedem Kurs teil, in den er sich hineinquetschen konnte. Irgendwie ist er Haladay aufgefallen.« Sie strich sich das Haar aus dem Gesicht und schaute Benedict ernst an. »Haladay soll so leicht nichts entgehen. Deshalb kann ich mir lebhaft vorstellen, daß ein Heranwachsender, der sich tagsüber abschuftet und abends wie verrückt büffelt, sein Interesse geweckt hat. Offensichtlich hat er seine Möglichkeiten erkannt, denn er hat Byron die Technische Hochschule finanziert.« Bei der Erinnerung an seine abweisenden Augen, die niemals zu lächeln schienen, dachte sie, daß Byron eine Mischung aus Computer und Rechenschieber sein könnte.

»Allmählich wurde er befördert, nachdem er praktisch in jedem Aufgabenbereich gearbeitet hatte, vielleicht mit Ausnahme des Schreibbüros. Jedenfalls hat er seine Lehrjahre abgedient.« Sarah hob das Glas und nippte. Der Wein prikkelte ihr kalt und herb auf der Zunge. »Noch vor seinem dreißigsten Lebensjahr hat er sich zum Stellvertretenden Vorstandsvorsitzenden emporgearbeitet.«

»Keine geringe Leistung«, bemerkte Benedict, als sie innehielt und ins Leere starrte. »Anscheinend hat sich sein Ehrgeiz schon in jungen Jahren entwickelt. Ich kenne da Leute, die ähnlich strukturiert sind.« Er grinste.

Sarah warf ihm einen schnellen Blick zu. »Tatsächlich?« Dann fuhr sie mit ihrer Schilderung fort. »Er gilt als brillant, nüchtern, kühl und gelassen.« Stirnrunzelnd schwenkte Sarah ihren Wein und dachte an den Eindruck, den Byron bei ihr hinterlassen hatte. Beherrscht und gefährlich. Vielleicht verstärkte seine Selbstbeherrschung die Gefahr noch. Irgend etwas an ihm hatte sie ein wenig durcheinandergebracht. Noch drei Wochen danach hatte sie sich dieses Gefühls nicht völlig entledigen können, und der Gedanke an ihn bereitete ihr leichtes Unbehagen. Sarah paßte das gar nicht.

»Er gilt auch als großer Frauenkenner«, fuhr sie fort.

»Ein vielbeschäftigter Mann«, kommentierte Benedict. Sarah schaute ihn finster an. Lachend stand er auf und hob die halbleere Flasche. »Er hat dich offensichtlich durchaus beeindruckt.« Nachdem er ihr Glas nochmals gefüllt hatte, stellte er die Flasche ab und knotete dann ihren Gürtel auf. Der Bademantel glitt willig auseinander.

»Er hat tatsächlich einen gewissen Eindruck bei mir hinterlassen«, stimmte sie zu und schlang dann Benedict die Arme um den Hals. »Ich weiß nur noch nicht, welchen.«

»Denk morgen darüber nach«, schlug er vor und legte ihr die Arme um die Taille. Dann ließ er die Hände zu ihren Brüsten wandern, die sich klein und fest in seine Handflächen schmiegten. Sarah hob den Kopf, bis sich ihre Lippen trafen. Dann seufzte sie wohlig auf, wie vertraut er doch mit ihrem Körper war. Er kannte die Stellen genau, an denen sie gerne berührt wurde. Sein Bart streifte über ihre Schulter, als er den Mund zu ihrem Hals niedersenkte. Ihre Brustwarzen wurden hart, und er ließ die Hand zu ihrem Oberschenkel wandern und berührte federleicht mit den Fingern das weiche krause Haar. Sarah stöhnte leise auf und biß ihn ins Ohrläppchen, als er sie mit den Fingern tiefer berührte.

»Ich werde dich vermissen, Benedict«, murmelte sie. Dabei knöpfte sie seine Jeans auf und zog sie ihm über die Hüften; dann liebkoste sie ihn mit beiden Händen. Eine Welle des Bedauerns wogte über sie hinweg, sie vergrub das Gesicht an seiner Schulter, schloß die Augen, verdrängte alle Gedanken und ließ sich auf den Wonnen, die seine Hände und sein Mund ihr schenkten, dahintreiben. Seine Finger bewegten sich jetzt rasch, während er sie mit der anderen Hand näher an sich zog, als ihr Körper vor Lust erbebte.

»Komm schon«, sagte er und kitzelte ihre Ohrmuschel mit der Zunge. »Ich zeige dir jetzt ein paar Sachen, die man in einem Schlafsack anstellen kann, obwohl sie nicht im Pfadfinderhandbuch stehen.«

Die Nase des Flugzeugs senkte sich, und der Erdboden schien sich gekrümmt gen Himmel zu heben. Sarahs Magen hob sich mit, und sie setzte sich stöhnend die Sonnenbrille auf. Ihr dröhnte der Kopf. Zusätzlich zu dem Kater, den sie ergeben hinnahm, spürte sie eine bleiernde Müdigkeit, die von einer schlaflosen Nacht herrührte, was sie verabscheute. Den Kater hatte sie freiwillig verursacht, aber hinsichtlich der Schlaflosigkeit war ihr keine Wahl geblieben. Weder der

Wein noch Benedicts Zärtlichkeiten hatten ihr zu Schlaf verholfen.

Stundenlang hatte sie wach gelegen und dem Straßenlärm gelauscht, der acht Jahre lang Teil ihres Lebens gewesen war. Sie hatte sich gefragt, wie viele Tage und Nächte sie in dieser Wohnung verbracht hatte, ohne das unter ihrem Fenster brandende Leben bewußt wahrzunehmen. Sie hatte das beständige Treiben für ebenso selbstverständlich gehalten wie die zwei lieben Menschen in New Rochelle.

Das Flugzeug berührte den Boden, rumpelte ein wenig und kam dann endgültig auf. Sie schwor sich, nie wieder etwas für selbstverständlich zu halten. Das Kunststück bestand darin, auf alles gefaßt zu sein. In Phoenix erwartete sie ein ganz neues Leben. Sie war dazu bereit. Als das Flugzeug zum Stehen kam, zog sie in Erwägung, sich ein Hotel zu suchen, drei Schmerztabletten zu schlucken und sich für die nächsten vierundzwanzig Stunden auszuklinken. Sie setzte sich einen smaragdgrünen Schlapphut auf und öffnete den Sicherheitsgurt.

Byron sah ihr beim Aussteigen zu. Er wunderte sich, wie man einen derart lächerlichen Hut mit solcher Selbstsicherheit tragen konnte. Ihre knopflose Jacke, die sie über einer dezent elfenbeinfarbenen Bluse-Rock-Kombination trug, hatte denselben lebhaften Grünton. Keine der anderen Frauen, die aus dem Flugzeug stiegen, schauten auf so lässige Weise wie aus dem Ei gepellt aus.

Byron hielt sich im Hintergrund; dank seiner Größe konnte er sie über die Menschenmenge hinweg im Auge behalten. Sie bewegte sich rasch und geschmeidig. Er machte sich ihr nicht durch Zeichen bemerkbar, sondern wartete, bis sie nahezu vor ihm stand, und berührte sie dann am Arm.

Sie blieb stehen und schaute auf. »Mr. Lloyd, was für eine Überraschung.«

»Ich bin gekommen, Sie abzuholen.«

Sarah sah unter der Hutkrempe zu ihm auf. Ihre Lippen öffneten sich zu einem Lächeln. »Ich fühle mich geehrt; eigentlich habe ich einen Lakaien erwartet.« Dann nahm sie die Brille ab und musterte ihn eingehend.

Byron las in ihren Augen Aufrichtigkeit, gute Laune und

eine unerwartete Angst vor Verletzungen. Wie bei ihrer ersten Begegnung machte ihn diese Verletzlichkeit vorsichtig. Um ihre Lider lagen auch zart bläuliche Schatten, ein deutliches Zeichen einer schlaflosen Nacht. »Kein weiteres Handgepäck«, bemerkte er schließlich mit einem Blick auf ihre kleine Unterarmtasche.

»Ich reise mit leichtem Gepäck.« Ob er wohl jemals lächelte? Konnte er sie nicht leiden, oder verhielt er sich generell so?

»Schön. Ich habe veranlaßt, daß man Ihre Koffer ins Hotel schickt. Möchten Sie gleich dorthin oder erst einmal im Büro vorbeischauen?«

Sarah mißfiel seine Reserviertheit, und sie paßte sich schnell seinem Ton an. »Ich soll wohl sofort an die Arbeit gehen?«

»Ich dachte, Sie würden vielleicht gern einen Rundgang durch das Gebäude machen.« Byron schien sich durch ihren veränderten Ton nicht aus der Ruhe bringen zu lassen. Als er sie am Ellbogen faßte und sie durch das Terminal zu führen begann, protestierte sie.

»Erst einmal möchte ich in eine Apotheke und dann will ich eine Tasse Kaffee trinken.« Als sie ins gleißende Sonnenlicht traten, schob sie sich ihre getönte Brille wieder auf die Nase. Ihr dröhnte der Schädel.

»Warum schauen wir uns nicht gleich ein paar Stockwerke des Firmengebäudes an?« Byron öffnete den Schlag seines hellgrauen Mercedes. Er sprach in ruhigem Ton. Sarah schickte sich zum Einsteigen an, doch dann wandte sie ihm das Gesicht zu, die geöffnete Tür befand sich zwischen ihnen.

»Wollen Sie mich aus der Fassung bringen?«

»Warum sollte ich das, Sarah?«

»Vielleicht entspricht es Ihrem Naturell.« Sie wandte sich ab, doch er packte ihre Hände, die oben auf der Autotür ruhten, mit einer Kraft und Nachdrücklichkeit, die Sarah überraschte.

»Sie sind sehr jung«, meinte er leise. In diesem Augenblick erkannte sie, wie richtig sie mit ihrer Vermutung gelegen hatte, daß unter seiner Beherrschung Heftigkeit lauerte. »Ich habe nicht viel Erfahrung im Umgang mit Kindern.«

»Kindern?« Sie atmete ein paarmal tief durch. »Ich bin weder ein Kind, noch will ich eine Sonderbehandlung.«

»Gut. Wir werden wohl einigermaßen miteinander auskommen.« Byron ließ ihre Hände los, und sie stieg ins Auto ein.

Nachdem Byron auf seinen Parkplatz in der Tiefgarage gefahren war, blieb er schweigend sitzen. Er wußte, daß Sarah im Schutz des Schlapphuts und der überdimensionierten Sonnenbrille einem Morgennickerchen frönte und studierte ihr Profil, die deutlich gemeißelte Nase und Wangenlinie. Dann kurbelte er das Fenster hoch und zündete sich eine Zigarette an. Er würde warten, bis sie aufwachte. Zu den Tugenden, die er sich angeeignet hatte, gehörte auch Geduld.

Byron Lloyd hatte eine kurze, schwere Kindheit gehabt, war vaterlos in ärmlichen Verhältnissen aufgewachsen. Er hatte zu überleben gelernt, indem er seine Unbeugsamkeit, seinen Verstand und seine Geduld gebrauchte. Geduld aufzubringen war ihm am schwersten gefallen. Er hatte gearbeitet und gebüffelt. Seinetwegen hatten seine Altersgenossen ruhig ihren Widerstand gegen das ausleben dürfen, was sie selbst in einem Jahrzehnt sein würden. Er jedoch wußte von Anfang an, was er wollte. Macht. Byron hatte für seine Stellung bei Haladay Enterprises geschuftet. Und hatte dafür seine Jugend geopfert. Mit Hunderten von Leuten stand er auf Du und Du, kannte Tausende noch flüchtiger. Doch er traute nur zwei Menschen vorbehaltlos. Der eine davon hieß Byron Lloyd.

Er rutschte ein wenig auf seinem Sitz herum und zog genießerisch an seiner Zigarette. An seine Vergangenheit dachte er nicht oft, doch irgend etwas umgab Sarah, das ihn daran erinnerte. Vielleicht weil sie etwas ausstrahlte, was er übersprungen hatte: Jugend, Unschuld. Dennoch sah er in ihr, was er auch in sich selbst gesehen hatte: Ehrgeiz und Hunger nach Macht.

Einen Moment lang schaute er sich noch einmal ihr Profil an und rief sich seine Gefühle bei ihrer ersten Begegnung ins

Gedächtnis zurück. Verlangen. Ein plötzliches, heftiges und unerwartetes Verlangen. Er hatte schon mit bereitwilligen Frauen im Bett gelegen und keine so große Begierde verspürt wie bei jener Begegnung. Mit Dutzenden schöner, einfallsreicher Frauen hatte er schon geschlafen. Seine erste hatte er als Sechzehnjähriger im Fahrerhäuschen eines Haladay-Lasters gehabt. Gestern nacht hatte er auf Seidenlaken mit einer Konzertpianistin mit kundigen Fingern und vollen, milchigweißen Brüsten geschlafen und hatte sein Vergnügen mit ihr gehabt, sie benutzt, ihr Lust bereitet. Sie bedeutete ihm nicht mehr als jenes Mädchen damals, vor langer Zeit, im Fahrerhäuschen des Lasters. Sein ganzes Leben lang hatte Byron nie Gefühl mit Sex verbunden. Das hätte nur zu Verwicklungen geführt, für die er nicht die Zeit hatte. Er schlief mit den unterschiedlichsten Frauen und vermied Sex generell mit jenen, mit denen er zusammenarbeitete. Seine Sekretärin schätzte er wegen ihrer Intelligenz und Fähigkeit und sorgte dafür, daß sie gut bezahlt wurde. Doch es wäre ihm nicht im Traum eingefallen, mit ihr ins Bett zu steigen.

Byron wußte von Sarahs Beziehung zu Benedict und dachte über die Tatsache nach, daß sie im letzten Jahr nur einen Liebhaber gehabt hatte. Sie hatten nicht zusammengelebt, also hätte sie sich doch mit anderen Männern vergnügen können. Nachdenklich zog Byron an seiner Zigarette. *Treue*. Ein nützlicher Charakterzug, sinnierte er, insbesondere, wenn er sich auch auf andere Bereiche erstreckt.

Der Bericht in Sarahs Personalakte umfaßte auch ihr Privatleben. Es hätte sie entsetzt und erzürnt, wenn sie davon erfahren hätte.

Für Byron war der Bericht lediglich ein Mittel zum Zweck. Er würde ihn wie einen Rechner oder einen Computer benutzen. Doch enthielt er bloß Fakten und war somit unvollständig. In Byrons Akte stand nichts über Sarahs Gefühle, ihre Gedanken und Ängste, ihre Träume. Trotz seines Wissens über die Höhe ihres Überziehungskredits, ihrer politischen Zugehörigkeit und Schuhgröße blieb die Frau neben ihm eine Fremde – eine Fremde, die sich nicht bequem in irgendeine Schublade stecken ließ.

»Das hat gut getan.«

Byron wandte den Kopf und beobachtete, wie Sarah sich dehnte und streckte. Sie hob die Schultern und senkte sie dann in einer langsamen, wohligen Bewegung. Während sie die Sonnenbrille abnahm, lächelte sie ihn an. Das Schläfchen hatte ihre Laune aufgehellt. »Wie lange haben Sie denn höflicherweise darauf gewartet, daß ich wieder zu mir komme?«

»Nicht lange.« Ihm fiel auf, daß sie die Brille in ihrer Handtasche verstaute, ohne nach einem Spiegel zu greifen.

Sarah unterdrückte seufzend ein Gähnen. Sie war froh, daß sowohl die Kopfschmerzen als auch die Müdigkeit verschwunden waren. »Ich habe nicht gerade einen vielversprechenden Start hingelegt, nicht wahr?« Es klang mehr wie eine Feststellung denn wie eine Frage oder Entschuldigung. »Kündigen Sie mir jetzt?«

»Das war außerhalb der Arbeitszeit.« Er beugte sich über sie, um die Tür aufzumachen. Es war ihr Duft, entdeckte er, irgendeine Wildblumenmischung, die den ganzen Vormittag über seine Sinne betört hatte. Wieder überkam ihn Verlangen. Er spürte es heftig in sich auflodern, als er an ihrem Blick sah, daß sie es erkannte. Unwillkürlich preßte er, ein Mann, der sich niemals seinen spontanen Gefühlen hingab, seinen Mund auf den ihren.

Sarah war von dem Kuß nicht überrascht worden. Sie hatte sogar das unerbittliche Fordern, das ihn begleitete, vorhergesehen. Doch seine Wirkung auf sie war unerwartet. Ohne eine Sekunde zu zögern, ohne auch nur einen Augenblick zu überlegen, schmiegte sie sich an ihn. Vom ersten Berühren ihrer Lippen an lag Hunger in diesem Kuß. Es gab kein vorsichtiges Herantasten, kein anfängliches Erkunden, sondern sofortiges Verstehen, als ihre Zungen einander trafen. Sarah stöhnte auf, als der Kuß leidenschaftlicher wurde. Mit einem leichten Biß in die Unterlippe verschaffte ihr Byron einen kurzen Schauder des Schmerzes, einen heftigen Stich der Begierde. Ihre Beine begannen zu zittern und sie spürte, wie die schmerzliche Begierde vom Unterleib prickelnd bis in die Fingerspitzen reichte. Was sie hier erlebte, überstieg all ihre Vorstellungen. Solche Leidenschaft hätte sie niemals in sich vermutet. Dies war eine Qual der Wonnen, von der sie bisher nie erfaßt worden war. In der Beziehung mit Benedict hatte genau das gefehlt, und deshalb war Benedict ihr mehr ein Freund denn ein Geliebter gewesen. Weil sie noch mehr wollte, streichelte sie Byron mit den Händen über den Rükken und packte ihn schließlich an den Schultern.

Nichts Weiches schien an ihm zu sein. Sein Körper war straff, sein Mund hart und rücksichtslos. Hier gab es keine Behaglichkeit, kein unbeschwertes Vergnügen, sondern Gefahr und Abenteuer. Jeder andere Kuß, den sie bisher bekommen hatte, war im Vergleich dazu fade gewesen. Unvermittelt löste Byron seine Lippen von ihren und schaute sie an. In seinen Augen konnte sie keine Frage, keine Antwort entdecken, nur ihr eigenes Spiegelbild.

»Dir ist doch klar«, murmelte er und ließ die Hand von der Biegung ihrer Schultern bis zur Hüfte hinuntergleiten, »daß wir jetzt miteinander schlafen würden, wenn wir zuerst zum Hotel gefahren wären.«

»Wie schade, daß die Arbeit dir so wichtig ist.«

Angesichts ihrer unverblümten Ehrlichkeit runzelte er die Stirn. Eine Strähne fiel ihr in die Augen, und er widerstand dem Impuls, sie ihr aus dem Gesicht zu streichen. »Vielleicht ist es so am besten. Meiner Meinung nach ist es nicht besonders klug, als Auftakt einer geschäftlichen Verbindung miteinander ins Bett zu gehen.« Er sprach jetzt im Konversationston.

Sarah, die noch immer zitterte, wählte ihre Worte und Stimmlage mit Bedacht. Der Kuß war ihr nähergegangen als jede Liebesnacht, die sie je erlebt hatte. Die Heftigkeit ihres eigenen Verlangens versetzte sie in Erstaunen, aber sie war nicht so töricht, ihre Gedanken preiszugeben und hob die Brauen. »Mit Sicherheit nicht, Sie haben zweifelsohne recht, andererseits haben Sie damit angefangen.«

»Zugegeben. Sie sind eine schöne Frau und sind sich ihrer Wirkung auf Männer durchaus bewußt.«

»Schon möglich.« Sarah beobachtete, wie er die Stirn in Falten legte, öffnete die Tür und stieg aus. Draußen räkelte sie sich noch einmal, während sie auf Byron wartete.

»Wir fahren mit meinem Privataufzug«, kündigte er an und führte sie zu einer Tür, die zurückglitt, als er einen Schlüssel ins Schlüsselloch steckte.

»Wie praktisch.« Sarah stieg ein und bemerkte mit einem schnellen Blick den dicken roten Teppichboden und die Rauchglaswände. »Die Tür in Ihrem Büro ist mir schon aufgefallen, obwohl sie sehr geschickt in der Wandtäfelung versteckt ist. Wer darf ihn denn sonst noch benutzen?«

»Mr. Haladay.« Byron drückte auf einen Knopf, worauf sich die Türen lautlos schlossen. »Der Aufzug fährt durch mein und sein Büro. Es gibt zwar auf jedem Stockwerk eine Tür, aber man braucht einen Schlüssel, um sie zu öffnen. Er bringt mich auch nach oben ins Penthouse. Ich habe dort eine Wohnung. Das ist praktischer, als jeden Tag hin und her zu fahren.«

»Sind Sie immer so aufs Praktische bedacht, Mr. Lloyd?« Sie lächelte, schüttelte aber den Kopf, bevor er antworten konnte. »Nein, sagen Sie nichts, das finde ich schon selbst heraus.«

Byron drückte auf einen zweiten Knopf. Der Aufzug setzte sich in Bewegung.

3

Die Aufzugstüren öffneten sich, und als sie aus der Kabine in eine große Halle traten, schob Byron seinen Arm unter den Sarahs.

»Sie möchten bestimmt Cassidy kennenlernen, da Sie unmittelbar mit ihm zusammenarbeiten werden. Ihm untersteht die Architekturabteilung; er ist also Ihr unmittelbarer Vorgesetzter.«

John Cassidy. Rasch spulte Sarah im Geist sechs seiner wichtigsten Bauwerke herunter. Das Gebäude von Pepoles' Building and Trust in Seattle blieb ihr Favorit, weil es grundlegende Einfachheit und Kraft vereinte. Ja, dachte sie, als sie sich von Byron zu Cassidy führen ließ, ich möchte John Cassidy nur allzu gern kennenlernen.

Am Ende der Halle öffnete sich eine doppelte Glastür bei ihrem Näherkommen, und Sarah riß sich augenblicklich wieder von ihren Gedanken los. In der Mitte eines großen Empfangsbereichs stand ein ausladender Schreibtisch mit drei Telefonen, an dem eine Frau saß. Sie hatte herrlich volles, weißblondes Haar, das in Wellen von dem hageren Gesicht zurückgekämmt war. Typisch neuenglisch, diese Wangenknochen, dachte Sarah und bewunderte sie und den hellschimmernden Teint. Die Frau schenkte ihnen ein glattes Lächeln.

»Guten Tag, Mr. Lloyd.« Sarah hörte Katherine Hepburn in der Frauenstimme anklingen, aber anders als bei der Hepburn funkelte kein flammender Esprit in den Augen dieser Frau.

»Guten Tag, Mrs. Fitzwalter.« Mit einem Nicken blieb Byron vor ihrem Schreibtisch stehen.

Was machst du hier eigentlich? fragte Sarah sich und ließ ihren Blick durch den geschmackvoll eingerichteten, aber absolut unpersönlichen Raum schweifen. Was zum Teufel hast du hier verloren? Die Karriereleiter hinaufklettern, erinnerte sie sich – dabei schwelen die Brücken noch, die ich hinter mir abgebrannt habe.

»Ich würde gern mit Cassidy sprechen, wenn er Zeit für uns hat.«

»Ja, Mr. Lloyd.« Mrs. Fitzwalters Stimme klang geschäftsmäßig kühl. »Er ist in seinem Zimmer. Gehen Sie doch bitte gleich durch; ich sage ihm Bescheid.«

Während sie durch den Raum und durch eine weitere Glastür gingen, wandte sich Sarah an Byron. »Sie ist sehr tüchtig, nicht wahr? Solche Leute erschrecken mich.«

Byron schaute ihr in die grünen Augen. »Das bezweifle ich.«

Sarah grinste. »Vielleicht kommt ›verwirren‹ der Wahrheit näher. Meine Sekretärin bei Boumell kicherte fortwährend und hatte gefärbtes Haar.«

Byron gab einen nichtssagenden Laut von sich und riß eine Tür auf. Der dahinterliegende Raum vermittelte einem einen ganz anderen Eindruck – den von Unordnung, Durcheinander und Tabakrauch. Sarah entspannte sich.

»Ah, Byron, da bringst du sie also.«

Ein rothaariger Mann mit kräftigen Armen, einem enormen Bauch und gerötetem Gesicht kam auf sie zu. Er trug ein kariertes Hemd, verknitterte Hosen und heruntergelatschte Gesundheitsschuhe. Sieht eigentlich aus wie ein Heinzelmännchen, dachte Sarah, das sich aufs Gewichtheben verlegt hat. Er war ihr auf den ersten Blick sympathisch, und einen Moment lang vergaß Sarah den begnadeten Architekten hinter dem koboldhaften Grinsen.

»Sarah Lancaster«, setzte Byron an. »John Cassidy, unser Chefarchitekt.«

»Guten Tag, Mr. Cassidy.« Sarah lächelte ein Gesicht an, das so rund, haarlos und pausbäckig wie das eines Botticelli-Engels war. Tabakduft schien es zu umwabern.

Sein Händedruck erwies sich als warm und fest. »Willkommen bei uns, Sarah Lancaster. Wie gefällt Ihnen unsere Abteilung?«

»Dies hier ist die erste Station auf unserem Rundgang«, erwiderte Sarah. »Aber bisher gefällt sie mir.«

Ihr offener Blick machte Cassidy ein wenig verlegen. Nach einem Räuspern fuhr er fort. »Freut mich, das zu hören. Man wird Ihnen sagen, daß ich streng bin, und das mit Recht. Bei

Haladay wird nur Erstklassiges gebaut. Manchmal muß ich das für euch durchkämpfen.« Cassidy winkte Byron mit onkelhafter Zuneigung zu. Sarah war überrascht zu sehen, wie ein Lächeln Byrons Gesicht erwärmte. »Der hier ist schließlich ein Ingenieur.«

Sarah spürte die unbefangene Zuneigung zwischen den beiden Männern. Das verdutzte sie, da es zwischen ihnen doch so viele grundlegende Unterschiede zu geben schien. »Ich werde mich bemühen, ihm daraus keinen Vorwurf zu machen«, meinte sie.

Glucksend stimmte Cassidy ihr zu, drehte sich um und ging schwerfällig zu seinem Reißbrett. »Kommen Sie«, lud er sie ein. »Schauen Sie sich das an. Das ist mein Lieblingskind. Man kann ja schließlich nicht die ganze Zeit mit Verwaltungsarbeiten zubringen. Da vertrocknet man völlig.« Er setzte sich unter einigem Geseufze und Geächze auf einen hohen Hocker. Sarah schaute ihm über die Schulter. Der Entwurf war nur zur Hälfte fertiggestellt, strahlte aber schon jetzt Einfachheit, Stabilität und Dauerhaftigkeit aus.

»Haben Sie auch die Querschnitte?«

Cassidy lachte dröhnend. »Gleich ins Auge gefallen, nicht?« Er blinzelte Byron über die Schulter zu. Sarah war zu sehr mit dem Entwurf beschäftigt, als daß sie das gemerkt hätte.

»Ist Ihnen J. T. Orwell ein Begriff?« fragte Byron, als er zu ihnen schlenderte.

»Verlagswesen«, brummte Sarah und konzentrierte sich weiter auf Cassidys Entwurf. Mit diesem einen Wort umschrieb sie ein Zweihundert-Millionen-Dollar-Verlagsimperium.

Byron beobachtete sie. Sie war von dem Entwurf ganz gefesselt. Er konnte ihren Eifer geradezu fühlen.

Cassidy ließ den Blick über den Mann und die Frau wandern und sah dann seinen Entwurf an. »Das ist das J.-T.-Orwell-Gedenkhospital.« Nachdenklich kratzte er sich unter dem Kinn. »Das Grundstück befindet sich in der Heimatstadt des Verlegers in Illinois. Sie müssen sich mit den Aufrißschnitten gedulden, bis Sie sich offiziell zur Arbeit melden.«

»Bestechung zählt als Verbrechen, Mr. Cassidy«, murmelte Sarah. Das eindimensionale Skelett des Gebäudes verlangte nach weiterer Begutachtung, doch sie schaute Cassidy wieder in die Augen.

»Ach ja?« Cassidy lächelte sie offen und über das ganze Gesicht an. Ja, mit Sicherheit. Sie war goldrichtig.

Sarah dachte noch immer über den Entwurf nach, als sie an Mrs. Fitzwalter vorbei und durch die Glastür gingen. »Ich zeige Ihnen Ihr Büro«, erbot sich Byron und führte sie nach rechts.

»Ja, gerne.« Sarah riß sich von ihren Gedanken los, dann wandte sie ihm das Gesicht zu. Ihr Blick verschärfte sich kurz. Byron bemerkte, wie zwei feine Linien zwischen ihren Brauen auftauchten. »Er mag Sie sehr gern.«

»Sie klingen überrascht.«

»Das bin ich auch.«

Die schnörkellose Ehrlichkeit dieser Worte erlaubten keinen Kommentar. Dennoch wurmten sie ihn. Während sie den Korridor entlanggingen, öffnete sich eine Tür, und ein Mann, der das Traumbild jeder Frau vom typischen Kalifornier verkörperte, trat heraus – groß, braungebrannt, blond, mit einem durchtrainierten Surferkörper in einem Boß-Anzug. Er blieb stehen und grinste Sarah an. Das Grinsen wirkte auf lässige Art sexy.

»Sarah Lancaster, Evan Gibson. Sie sind Kollegen.«

»Aha, das ist also die neue Architektin aus dem Osten.« Evan schüttelte ihr die Hand, wobei er sie besonders innig drückte, und musterte sie schnell von Kopf bis Fuß, so schnell, daß man es kaum wahrnahm. Sarah spürte, wie sie abgeschätzt wurde. Vorsicht, dachte sie und entzog ihm behutsam die Hand. Der ist nicht so harmlos, wie er ausschaut.

Auf seinen Wangen zeigten sich Furchen, die in seiner frühen Jugend einmal Grübchen gewesen waren. Die Augen waren blau, aber heller als die Byrons. Als ob, kam es Sarah in den Sinn, zwei oder drei Nuancen herausgewaschen worden wären. Trotz seines tadellosen Anzugs umgab ihn eine gewisse Nachlässigkeit, eine Formlosigkeit, die sich bei Byron nicht fand. Sein Grinsen verkündete *trau mir,* während Byrons Augen *bleib mir zwei Schritte vom Leib* forderten. Während seines Gesprächs mit Byron ließ Evan den Blick weiterhin auf Sarah ruhen. »Haben Sie mit Miß Lancaster den großen Rundgang gemacht?«

»Den kleinen. Miß Lancaster ist nach dem Flug ein wenig erschöpft. Mit dem großen Rundgang warten wir lieber noch.«

Sarah fand es an der Zeit, ihre Unabhängigkeit zu zeigen. Sie ließ es aus Prinzip nicht zu, daß man über ihren Kopf hinweg über sie redete. »Miß Lancaster«, meinte sie trokken, »ist am Verhungern, erstens wegen der Zeitverschiebung und zweitens wegen des ungenießbaren Frühstücks im Flugzeug. Kann ich den Herren vielleicht einen Hamburger schmackhaft machen?«

Jetzt schauten sie beide Männer an, doch noch ehe einer von ihnen antworten konnte, öffneten sich die Türen des Privataufzugs. Der Mann, der herauskam, war groß, vielleicht knapp einen Meter neunzig. Er hatte Schultern wie ein Athlet und einen Brustkasten wie ein Zebubulle. Auf den ersten Blick strahlte Maxwell Haladay Stärke und Kraft aus. Absolute Stärke. Sein weißes, volles Haar hatte er aus der hohen Stirn zurückgekämmt und den Schnurrbart sorgfältig gestutzt. Die Augenbrauen zeichneten sich als buschige, gerade schwarze Balken ab. Von den Augen bis zu den Schläfen verliefen feine Linien, und tiefe Furchen an jeder Seite des Mundes. Seine Haut zeigte jenes gebräunte, alterslose Aussehen der wirklich reichen Leute.

Sarah spürte, wie Evan Habachtstellung einnahm. An Byron bemerkte sie überhaupt keine Veränderung. Sie folgerte daraus, daß er sich vor niemandem duckte.

Haladay blieb vor ihnen stehen. Er lächelte nicht und sagte kein Wort. Lediglich seine Augen verengten sich ein wenig, als er Sarah lange und sorgfältig musterte. Maxwell Haladay ging auf die Siebzig zu, aber er schaute zehn Jahre jünger aus. Die Macht stand ihm gut, dachte Sarah. Als sie seine Nase, die eine Faust vor ungefähr fünfzig Jahren krummgeschlagen hatte, und die dünne Narbe an seiner Schläfe begutachtete, kam sie zu dem Schluß, daß er sich alles selbst verdient hatte. Niemand hatte Maxwell Haladay den Erfolg auf dem Silbertablett überreicht. Das gefiel ihr an ihm, weil sie eine gebrochene Nase mehr als Jackettkronen achten konnte.

»Maxwell Haladay, Sarah Lancaster.« Byron machte eine kurze Pause bei der Vorstellung und schaute dabei Haladay in die Augen. »Ihre neue Architektin.«

Haladay wandte seine Aufmerksamkeit erneut Sarah zu. »Diejenige, die wir New York abspenstig gemacht haben.« Seine Stimme klang wie eine Kiesgrube, tief mit rauhen Kanten. Sarah fand sie sofort ansprechend. Lächelnd streckte sie die Hand aus.

»Ich freue mich sehr, Sie kennenzulernen, Mr. Haladay.« Seine Hand, die sich um die ihre schloß, war kräftig und fleischig, doch die Haut fühlte sich erstaunlich trocken und glatt an.

»Ich habe gehört, daß Sie ehrgeizig und gescheit sind.« Sein Blick schweifte kurz zu Byron hinüber. »Ich mag Leute mit Köpfchen und Ehrgeiz. Eins ohne das andere finde ich ärgerlich. Warum sind Sie nicht verheiratet?«

»Soll das ein Antrag sein?« gab sie zurück und hörte, wie Evan Luft holte. Haladays Lachen dröhnte durch die ganze Halle.

»Das Mädchen hat nicht nur Köpfchen, sondern auch Courage«, sagte er zu Byron. »Mit der kriegen Sie womöglich noch Scherereien.«

»Zweifellos«, erwiderte Byron gut gelaunt.

»Ich lasse Ihnen eine Woche Zeit, sich hier einzugewöhnen, Miß Lancaster. Dann erwarte ich Sie in meinem Büro. Gibson, übernehmen Sie jetzt die restliche Führung für Miß Lancaster.« Dies war die erste Bemerkung, die Haladay an Evan richtete. »Kommen Sie mit mir hinauf, Byron.« Ohne auf Zustimmung oder ein Auf Wiedersehen zu warten, drehte er sich um und ging zum Aufzug zurück.

»Melden Sie sich morgen früh bei Cassidy«, wandte sich Byron an Sarah. »Und schauen Sie am besten noch in der Personalabteilung vorbei, ehe Sie heute das Haus verlassen.«

»In Ordnung.« Sarah nickte. »Mache ich.«

»Wenn es irgendwelche Probleme geben sollte, lassen Sie es mich wissen.« Dann drehte er sich um und ging durch die Halle, um sich Haladay anzuschließen. Die Aufzugtüren schlossen sich mit einem leisen Klicken. In der Kabine wechselten die Männer einen Blick, ehe Byron den Knopf für den fünfzigstens Stock drückte. Sie sprachen kein Wort.

Ein imposanter Mensch, dachte Sarah. Zwei imposante Menschen, verbesserte sie sich. Während sie sich eine widerspenstige Haarsträhne hinters Ohr strich, wandte sie sich wieder an Evan. »Sagen Sie, Evan, ist Mr. Haladay immer so?«

»Immer. Er ändert sich nicht.«

Sarah erwiderte nichts. Sie dachte an die Alterszeichen in Haladays Gesicht, und in ihr stieg eine schnelle Woge des Bedauerns hoch. *Zeit.* Trotz all seiner Macht, all seines Geldes, seiner Vitalität konnte auch er der Zeit kein Schnippchen schlagen. Dann schüttelte sie dieses Gefühl ab und rief sich in Erinnerung, daß sie vor allem seine Stärke und Macht wahrgenommen hatte. Im Augenblick wollte sie glauben, daß Maxwell Haladay und alles, was er verkörperte, unzerstörbar waren.

Evan griff nach ihren Fingerspitzen.

»Hoffentlich hatten Sie nichts Wichtiges zu tun. Wie es scheint, hat man mich Ihnen einfach aufgehalst«, sagte sie.

»Ich habe ein Leben lang darauf gewartet, daß man mir so eine reizende Person aufhalst.«

Sie entzog ihm ihre Hand. »Wenn dem so ist, haben Sie sicher nichts dagegen, mir mein Büro zu zeigen.« Sie wechselte ihre Handtasche in die andere Hand und schaute sich um. »Und danach könnten wir uns vielleicht ernsthaft über den Hamburger unterhalten.«

Folgsam geleitete Evan sie durch die Halle. Er begann zu spekulieren, wie lange er wohl brauchen würde, sie ins Bett zu bekommen. Sarah hingegen sinnierte darüber nach, wie lange es wohl dauern würde, bis sie ihren ersten großen Auftrag bekam.

Die nächsten Tage machte sich Sarah mit dem Arbeitsalltag von Haladays Architekturabteilung vertraut. Während dieser Zeit bekam sie Maxwell Haladay gar nicht und Byron nur selten zu Gesicht. Den größten Teil ihrer Arbeitszeit verbrachte sie mit Cassidy oder Evan Gibson. Sie fand Cassidy freundlich, aber gleichzeitig fordernd und launisch. Die Worte ›von neun bis fünf‹ waren für ihn Fremdwörter und die Mittagspause ein Luxus, auf den man verzichten konnte, wenn ein Projekt die ungeteilte Aufmerksamkeit verlangte. Als er aufhörte, Sarah als ein weibliches Wesen zu behandeln, wofür er etwa eineinhalb Tage brauchte, ließ er die Zügel, die er sowohl seiner Redeweise als auch seinen Launen angelegt hatte, locker. Sarah mochte sein einfallsreiches Gefluche, genoß die Schärfe seiner Launen und war dankbar für seinen zwanglosen Stil. Er schaute immer gleich verknittert aus und roch ständig nach Tabak. Innerhalb einer Woche verehrte Sarah ihn nahezu. Zweifellos war er brillant.

Evan zu durchschauen bedurfte es nur kurzer Zeit. Er sah gut aus, war begabt und unzuverlässig. Die Frauen liefen ihm nach, und er widmete sich dem Spiel der Jagd und Eroberung ebenso hingebungsvoll wie andere Männer dem Golfsport. Sarah begriff sehr schnell, daß Evan alle Frauen als leichte Beute betrachtete. Seine Einstellung hätte ihn ihr rechtschaffen unsympathisch erscheinen lassen, wenn er das nicht durch seine stets gute Laune wieder wettgemacht hätte.

Evan und Sarah teilten sich die Sekretärin, eine kleine Rothaarige mit einer verblüffenden Anzahl Sommersprossen und dem Gedächtnis eines ganzen Karteikastens. Sie hieß eigentlich Marguerite Jean Childress, wurde aber von Kindheit an Mugs genannt und erwies sich als tüchtig, verläßlich und ständig auf Ordnung bedacht. Ihr wildgekraustes Haar fiel ihr bis in die Augen; sie kaute Nägel und las in den Pausen Schundromane. Sarah hätte Mugs nicht gegen ein Dutzend Kays oder Mrs. Fitzwalters eingetauscht. Mit ihrer Hilfe hatte Sarah sich bald ein brauchbares Wissen des Ablagesystems, der Telefonanlage und der Unternehmensstrukturen angeeignet.

Sich an einem neuen Arbeitsplatz einzugewöhnen, das entdeckte Sarah nun, war ein langer und schwieriger Prozeß. Den vierten Abend hintereinander verließ sie das Büro erst nach sieben Uhr. Sie entdeckte Mugs an ihrem Schreibtisch lümmelnd, ein Taschenbuch mit dem zweifelhaften Titel

›Wilde Nächte im Waschsalon‹ in der einen und eine halbaufgegessene Banane in der anderen Hand.

»Mugs.« Sarah stellte ihre Aktentasche auf die Schreibtischkante und wartete, daß Mugs sich von ihrem Buch losriß. »Sie hätten doch nicht warten müssen.«

»Ist schon in Ordnung, Miß Lancaster.« Mugs lächelte sie fröhlich an, dann pustete sie sich den Lockenwust aus den Augen. »Es hat mir nichts ausgemacht. Hätte ja sein können, daß Sie noch was brauchen.«

»Es ist Freitagabend«, erinnerte sie Sarah mit einem flüchtigen Blick auf die Armbanduhr. »Sie sind doch bestimmt verabredet.«

»Klar.« Mugs grinste. »Jerry holt mich ab; er arbeitet in der Buchhaltung. Wir gehen nur auf eine Pizza und ins Kino, nichts Besonderes.«

Einen Augenblick lang beneidete Sarah sie um ihren Jerry aus der Buchhaltung mit seiner Pizza und dem Kino. Seufzend hob sie die Aktentasche hoch. »Kommen Sie, sausen Sie ab ins Wochenende. Ich muß in aller Frühe aufstehen und mich wieder auf die Wohnungssuche machen.«

»Hat Ihnen die Personalabteilung keine Liste gegeben?« fragte Mugs, während sie den letzten Bissen ihrer Banane verschlang. Sie ließ die Schale in den Abfalleimer fallen, verstaute das Buch in ihrer Handtasche und stand auf.

»Doch, aber bis jetzt...«, schulterzuckend ließ Sarah den Satz unvollendet. Während Mugs die Lichter ausschaltete, ging sie zur Tür.

»Kann ich mal einen Blick drauf werfen?«

Sarah nahm die Liste auf ihrem Weg zum Aufzug aus ihrer Tasche, warf einen flüchtigen Blick auf die Tür des Privataufzugs und fragte sich, ob sich Byron wohl in seinem Penthouse aufhielt. Er war wohl kaum allein, dachte sie. Dann runzelte sie angesichts ihres Gedankengangs die Stirn.

»Die hier«, bemerkte Mugs und lenkte Sarahs Aufmerksamkeit wieder auf sich. Sie tippte mit einem unlackierten, abgekauten Fingernagel auf eine Adresse aufs Sarahs Liste. »Die ist genau richtig für Sie, Mrs. Lancaster. Darauf können Sie Gift nehmen.« Mugs holte per Knopfdruck den Aufzug, ehe sie Sarah die Liste zurückgab.

»Ich schaue sie mir morgen gleich als erstes an«, versprach Sarah. Plötzlich war sie müde. Der Gedanke an einen langen, ruhigen Abend allein schien einladend. Sie hörte das Rumpeln des herauffahrenden Aufzugs und wandte sich wieder Mugs zu. »Mugs«, sagte sie betont neugierig. »Was genau kann in einem Waschsalon passieren?«

Mugs rollte dramatisch die Augen. »Sie würden es nicht glauben, Mrs. Lancaster. Sie würden es einfach nicht glauben.« Sie stiegen in den Aufzug, während Mugs ihr Taschenbuch durchblätterte.

Sarah hatte sich bei ihrer Wohnungssuche auf die Stadtmitte konzentriert; der Stadtkern mit seinem Lärm und dem Verkehrsgetümmel waren ihr vertraut. Am Stadtrand von Phoenix erstreckte sich weites, verdorrtes Land, dahinter ragten in einiger Entfernung die Berge auf. Zwischen ihnen und der Stadt erstreckte sich die Wüste; offen, dürr, leer. Dort gab es spitze Felsen und Canyons, Höhlen und Kakteen, warme Farben, Raum, Stille. Für Sarah hatte der Wechsel von Ost nach West schon genug an Anpassung gefordert. Sie wollte sich der Weite jetzt noch nicht aussetzen.

Sarah war in einem Vorort aufgewachsen. Ihr bisheriges Leben als Erwachsene hatte sie in einer der größten Städte der Welt verbracht und war dabei regelrecht aufgeblüht. In ihrem Leben hatte es immer Menschenmengen und nahezu ununterbrochene Bewegung gegeben. Da sie dachte, daß die Wüste ihr zu leer, zu still und zu reglos sei, hatte Sarah beschlossen, sie zu meiden.

Obwohl der von Mugs empfohlene Wohnblock näher am Stadtrand lag, als Sarah eigentlich lieb war, wollte sie ihn sich doch anschauen. Nachdem sie bereits sechs Objekte auf der Liste besichtigt und abgelehnt hatte, war sie nun bereit, auf Mugs Vorschlag einzugehen. Doch als sie von der Eingangshalle zu der leeren Wohnung ging, war sie alles andere als zuversichtlich. Warum sollte diese Wohnung hier anders sein? Sie war sicher entweder zu klein oder zu groß, und der Herd bestimmt Ausschuß von vorgestern. Seufzend klimperte sie mit den Schlüsseln und blieb vor 612 kurz stehen. Dann warf sie sich das Haar über die Schulter zurück und steckte den

Schlüssel ins Schloß. Nachdem sie die Tür aufgesperrt hatte, blieb Sarah wortlos auf der Schwelle stehen.

»Mugs ist ein Goldschatz«, murmelte sie und lehnte sich an den Türrahmen. Das leere Zimmer war lichtdurchflutet. Der Eichenholzfußboden und die frisch gestrichenen Wände warfen die Strahlen großzügig zurück. An der Südwand führte eine große Glastür auf einen Balkon mit schwarzem schmiedeeisernem Geländer. Sarah konnte sehen, daß er mit Blumentöpfen vollgestellt war und daß sich dort Wein entlangrankte. Keine Gardinen, beschloß sie, während sie den Blick zu den Fenstern wandern ließ. Jalousien... aus Bambus oder Holzstäben. Sie schätzte überschlagsweise das Wohnzimmer auf etwa dreißig Quadratmeter. Ihre Schritte hallten, als sie eintrat und durch das Zimmer ging. Die westliche Zimmerecke schien in besonders helles Licht getaucht. Ein gitterartiger Raumteiler würde ihren Arbeitsbereich vom restlichen Zimmer abtrennen. Sie zog ein Maßband aus ihrer Handtasche, warf die Tasche auf den Fußboden und machte sich an die Planung. Bald sah sie Bücherregale entlang der Nordseite aufgereiht und ihren Maisstrohteppich auf dem Fußboden liegen. Beim Abmessen der Wandflächen und der Fenster nahm Sarah das Zimmer in Besitz.

»Himmel, schauen Sie toll aus!«

Sarah wirbelte herum. In der Tür stand eine große, schlanke Frau in ausgewaschenen, kurz abgeschnittenen Jeans und einem T-Shirt. Sie hatte lange, schlanke, braungebrannte Beine, war barfuß, und ihre Zehennägel hatte sie kupferrot lackiert. Ihr koboldhaftes Gesicht wurde von einem kastanienbraunen Lockenschopf umrahmt. Sarah entdeckte sowohl etwas von Puck als auch von Titania in ihr und war sofort begeistert. Die Wimpern hatte sie kräftig getuscht, und sie schaute eindeutig prüfend drein. »Danke, kommen Sie doch rein«, lud Sarah sie ein, wobei sie das Maßband von ihrer Hand herunterbaumeln ließ.

»Dieses Haar! Unglaublich! Das ist doch eine Sünde, daß all diese Pracht nur einem Menschen gehören soll!« Die Frau kam rasch und energisch auf sie zu und ging in einem Kreis um Sarah herum. »Verflixt, Kleidergröße achtunddreißig und Haare geradewegs bis zum Hintern.« Sie stemmte sich die Hände auf die mageren Hüften und schüttelte den Kopf.

Sarah wartete lachend darauf, daß sie die Begutachtung beendete.

»Na, vielleicht hat es auch sein Gutes.«

Erheitert sah Sarah in die nüchternen grauen Augen. »Meinen Sie?«

»Ja. Ich könnte mich um Ihren Überschuß kümmern. Die Männer, die Ihnen zuviel werden, brauchen nur ein paar Türen weiter anzuklopfen.« Sie lachte über das ganze Gesicht. »Ich bin Dallas Darcy.« Sie streckte die schlanke, langfingrige Hand aus. »Werden wir Nachbarinnen?«

»Sarah Lancaster.« Der Händedruck fiel fest und herzlich aus. »Ja, ich denke schon.« Sarah warf sich das Maßband über die Schultern. Wenn die Wohnung sie nicht bereits überzeugt hätte, dann spätestens diese Frau. »Ich habe noch nicht einmal einen Blick ins Bad geworfen und bin schon ganz Feuer und Flamme.«

»Ich spiele die Fremdenführerin«, bot sich Dallas an, worauf sie sich umdrehte und nach rechts auf den Vorplatz schwenkte. »Zum Bad geht es hier entlang. Bitte versuchen Sie, mit der Reisegruppe Schritt zu halten, und scheuen Sie sich nicht, Fragen zu stellen. Wir befinden uns in einem Haladay-Gebäude. Deshalb gibt es hier nur Ia-Qualität bei Keramik und Armaturen.« Sie öffnete die Tür zum Bad und vollführte eine weitausgreifende Geste. »Ich muß das schließlich wissen, ich bin nämlich eine treue Angestellte.«

»Im Ernst? Ich auch. Das heißt, zumindest bin ich dort angestellt. Nach einer Woche kann ich mich wohl kaum schon als furchtbar treu bezeichnen.« Sarah drehte den Wasserhahn auf und schaute zu, wie das heiße Wasser aus dem Abfluß dampfte.

»Welche Abteilung?« Dallas lehnte an der Tür und kam zu dem Schluß, daß ihr, falls sich die Gelegenheit ergeben sollte, wahrscheinlich ohne große Mühe Sarahs Klamotten passen würden.

»Ich bin Architektin.« Sarah drehte den Hahn ab.

»Oh-oh-oh.« Sie zerlegte das Wort in drei Silben, erst tief, dann hoch, schließlich wieder tief. Sarah sollte noch lernen, daß dies ihre typische Antwort in den unterschiedlichsten Situationen war. »Sie sind das also.« Dallas richtete sich gerade auf und fuhr sich durch die Locken, die sofort genauso unordentlich wie vorher wieder zurückfielen. »Ich habe schon gehört, daß wir ein Talent aus dem Osten bekommen haben. Aus New York, nicht wahr?«

»Mhm.« Sarah zog die eine Tür des zweitürigen Medikamentenschranks auf, sah, daß er leer war und schloß sie wieder. Dallas wiederholte die Prozedur mit der anderen Tür. Im Spiegel trafen sich ihre Blicke für einige Zeit. Diesmal lag nichts Begutachtendes darin, sondern gegenseitige Sympathie.

»Sie sollen eine hervorragende Architektin sein«, warf ihr Dallas vor. »Hervorragende Leute machen mir nichts als Scherereien.«

»Bösartiger Klatsch«, versicherte ihr Sarah. Dann drehte sie sich um, um das Schlafzimmer anzuschauen. »Steht im Mietvertrag irgend etwas über Tapeten?« fragte sie. »Ich würde gern ein paar Wände tapezieren und hier drin einen Teil der Decke. In welcher Abteilung arbeiten Sie denn?« Sie zog sich das Maßband von den Schultern und drückte Dallas das eine Ende in die Hand. »Da, halten Sie mal.« Sie maß den Abstand zwischen Wandschrank und einem Fenster aus.

»Ich sage Ihnen das furchtbar ungern zu einem so frühen Zeitpunkt unserer Bekanntschaft. Ich bin Leiterin der Beschaffungsabteilung. Niemand kann den Leiter der Beschaffungsabteilung ausstehen.«

Sarah wickelte das Maßband auf und verzog mitfühlend die Lippen. »Ach, das ist doch bestimmt übertrieben.«

»Nein, nein. Kreative Gemüter bringen überhaupt keine Wertschätzung für Beschaffungsvorgänge auf.«

Sarah grinste. »Es ist ein elender Job, stelle ich mir vor.« Sie steckte sich das Maßband in die Potasche ihrer Jeans.

»Ach, ekelhaft«, stimmte Dallas fröhlich zu. »Ich kann mir keinen schöneren vorstellen.« Sie gingen durchs Wohnzimmer in die Küche. »Sie arbeiten doch mit Evan Gibson zusammen?«

»Hmmm...« Sarah hörte auf, im Geist ihre Möbel zu arrangieren, und schaute Dallas an. »Höre ich da nicht ein gewisses Interesse heraus?«

Während sie ein Fenster untersuchte, lachte Dallas sie entwaffnend über die Schulter an. »Ich bemühe mich seit über einem Jahr um Evan Gibson. Vielleicht sollte ich es mal mit Pralinen und Blumensträußen probieren. Womöglich ist er altmodisch.«

Sarah sah Dallas lange und gründlich an. »Sie sind viel zu intelligent für Evan, für diesen gräßlich bornierten Langweiler.«

Der Blick und der Kommentar überraschten Dallas so sehr, daß sie sich ganz herumdrehte. »Ich habe eine gewisse Schwäche für schöne Körper, ein Lächeln, das schöne weiße Zähne zeigt, und sonnengebleichtes Haar«, gestand Dallas. »Spiel und Spaß und guter Sex. Andere Frauen mögen lieber den dunklen, rätselhaften Typ.«

»Wie Byron«, meinte Sarah, als sie mit der Begutachtung des Herdes fertig war. Selbstreinigend.

»*Byron?* Himmel, erzählen Sie mir bloß nicht, daß Sie ihn auch in seinem Beisein so nennen!« Schockiert und beeindruckt zugleich zog sich Dallas auf die Küchentheke hoch, während Sarah leere Schränke durchstöberte, und ließ ihre langen Beine baumeln.

»So heißt er. Wie sollte ich ihn denn sonst nennen?«

»Ach, ich weiß nicht.« Sie zuckte mit den Schultern.

Sarah machte die Kühlschranktür auf, aber ihre Gedanken wanderten wieder zu dem Mann, an den sie im Verlauf dieser Woche nur allzu oft gedacht hatte. Was hat er nur an sich? fragte sie sich kopfschüttelnd und knallte die Tür zu. »Wie nennen Sie Mr. Haladay?« wandte sich Sarah wieder fragend an Dallas. »Königlicher Gebieter?«

»Ich nenne ihn überhaupt nicht beim Namen. Ich werfe mich lediglich demütig zu Boden, wenn er vorbeigeht.«

»Muß sich ja verheerend auf Ihre Strumpfrechnung auswirken.«

»Ich freue mich, daß Sie meine Nachbarin werden.« Dallas verschränkte die Finger und streckte die Arme Richtung Decke aus. »Sie haben wohl keine schicken Klamotten aufgesammelt, als Sie in New York in Saus und Braus lebten?«

Sarah musterte Dallas' jungenhaftes Gesicht. Manchmal entstehen Freundschaften auf den ersten Blick. Wenn ich sie extra bestellt hätte, dachte Sarah dankbar, könnte sie nicht gelegener kommen. »Ich habe ein Kleid von Halston, das schon lange nach einer Beschaffungsabteilungsleiterin zu lechzen scheint.«

»O Gott.« Dallas glitt von der Theke herunter und griff nach Sarahs Hand. »Nun, kommen Sie, unterzeichnen Sie den Mietvertrag, und dann machen wir uns ans Auspacken.«

4

Maxwell Haladay hatte ganz unten an der Karriereleiter angefangen. In der Tat sagte er gern, er habe den Sockel für die Leiter gegraben. Mit dreizehn Jahren hatte er mit der Schule aufgehört und einen Job als Zementmischer auf Baustellen angenommen. Es war eine heiße, langweilige Arbeit gewesen, die bloß Muskeln erforderte und seine Intelligenz kein bißchen strapazierte. Stunde um Stunde, und das sechs Tage pro Woche, verrührte Haladay Sand, Mörtel und Wasser für schwitzende, tabakkauende Maurer in Südkalifornien. Schon mit dreizehn teilte er sein Geld und seine Zeit klug ein. Zwischen den Zementladungen erledigte Haladay kleinere Handreichungen für andere Arbeiter. Er hatte Zimmerleuten und Elektrikern zugesehen und gelernt, zwischen denen, die ihr Handwerk verstanden, und denen, die einem Job nachgingen, zu unterscheiden. Wenn Ingenieure und Architekten auf die Baustellen kamen, fand Haladay immer einen Grund, damit er in ihrer Nähe bleiben konnte. Er hörte zu und nahm ihre Fachterminologie ebenso in sich auf, wie er sich die derberen Ausdrücke der Arbeiter angeeignet hatte. Er lernte schnell und merkte sich alles.

Vier Jahre lang zog er von Baustelle zu Baustelle. Mit siebzehn Jahren hatte er schon seine volle Größe und sein Erwachsenengesicht erreicht und war zum Maurer aufgestiegen. Niemand fragte nach, als er sein Alter mit einundzwanzig angab. Er war ein Meter neunzig groß, wog zwei Zentner und hatte Schultern wie ein Bär. Wer sollte da auch schon fragen?

Haladay gab einen Teil seines Lohns seiner Mutter, um ihr beim Unterhalt des Hauses zu helfen, das sie am Stadtrand von Los Angeles gemietet hatte. Seinen Vater hatte er nie gekannt und nie Scham bei dem Begriff ›Bankert‹ empfunden. Er schätzte vielmehr die Tatsache, daß dies bedeutete, daß er mit keinem Mann verwandtschaftlich verbunden und somit auch keinem verpflichtet war. Ein Mann hatte mit seiner

Mutter geschlafen und ihn gezeugt. Haladay war überzeugt davon, daß er den Rest selbst schaffen, daß er seine Erfolge wie seine Mißerfolge nur sich selbst verdanken würde. Allerdings gedachte er nicht, viele Fehlschläge einzustecken. Von Kindheit an glaubte er daran, daß jeder Mensch Herr seines Schicksals war. Sobald wie möglich ging er daran, das zu beweisen.

Als er sich den Zwanzigern näherte, sah Haladay noch besser aus. Die helle, rosige Haut, Erbteil seiner irischen Vorfahren, hatte die kalifornische Sonne tief gebräunt. Er war gewitzt genug, seine Zunge zu gebrauchen, um einem Kampf aus dem Weg zu gehen, und stark genug, falls nötig seine Fäuste einzusetzen. Bald hatte er den Ruf eines gutmütigen Rabauken, der sich nicht scheute, für seinen Lebensunterhalt hart zu arbeiten. Er schlief ausschließlich mit Prostituierten, da er keine Gefühlsverwicklungen und keinen zufällig entstandenen Nachwuchs wollte. Frauen im Geschäftsleben begegnete er mit dauerhaftem Respekt.

Mit achtzehn hatte er für Farmore Construction als Maurer zu arbeiten begonnen. Farmore beobachtete ihn, erkannte, daß er Köpfchen und die Fähigkeit hatte, andere anzuleiten, und betraute ihn mit mehr Verantwortung. Haladay verlangte mehr Lohn und bekam ihn auch. Er schloß Freundschaft mit dem Buchhalter und schaute sich einiges von ihm ab. Das einzige, was er zu diesem Zeitpunkt seines Lebens bedauerte, war sein Mangel an formaler Bildung und das Wissen, daß er dieses Versäumnis nicht mehr würde aufholen können.

Dann schlug die Wirtschaftskrise zu, und die Bauindustrie wurde wie alle anderen Industriebereiche ins Chaos geschleudert. Während dieser mageren, verzweifelten Jahre arbeitete Haladay weiter für Farmore, wenn es dort Arbeit gab, und drängte sich nach Gelegenheitsarbeiten, wann immer er konnte. Haladay lernte zu knausern und sich einen Dollar selbst dann dazuzuverdienen, als Nebenverdienste nahezu illusorisch waren. Wenn er eine Frau wollte, verzichtete er aufs Abendessen. Er legte sich Zeitungspapier in die zerlöcherten Schuhe und behalf sich so. Einen Sommer arbeitete er einen Monat lang als Rausschmeißer in einem schmutzigen Rasthaus und kam dort zu der dünnen Narbe, die Sarah an seiner Schläfe bemerkt hatte. Eine zerbrochene Flasche, und der Schnitt mit sechs Stichen genäht.

Während der Wirtschaftskrise lebte Haladay mehr in der Zukunft als in der Gegenwart und erkannte, daß Männer mit Mut und Verstand gerade in einer Zeit der Hoffnungslosigkeit ein Vermögen verdienen konnten. Er verfügte über beides.

Haladay investierte kleine Beträge seines Ersparten an einer noch immer erschütterten Börse. Seine Mutter lief mit einem arbeitslosen Musiker davon und verschwand aus seinem Leben. Nunmehr allein, zog Haladay aus dem gemieteten Haus aus und schlief auf einer Bank in Farmores Büro. Das Geld, das er an Miete sparte, legte er an. Hin und wieder schmuggelte er Whisky über die mexikanische Grenze, hielt den Mund und investierte die Erlöse. 1932, als das Ende der Weltwirtschaftskrise in Sicht war, hatte Haladay aus seinem schwerverdienten Ersparten fünftausend Dollar gemacht.

Das Geld ließ er für sich arbeiten. Während seine Altersgenossen die Rennergebnisse verfolgten, beobachtete er die Aktienkurse. Mit fünfundzwanzig hatte er mehr als zehntausend Dollar zusammen, sah seine Chance und ergriff sie. 1935 nahm Maxwell einen Kredit auf, kaufte die Firma Haladay Harmore Construction, heiratete eine ortsansässige Schönheit namens Laura Winters und fing an, sein Empire zu errichten.

Einige Jahrzehnte und zweihundert Millionen Dollar später saß Haladay in seinem mahagonigetäfelten Büro. An der Wand hing ein frühes Ölgemälde von Picasso, in einer antiken Vitrine aus dem 18. Jahrhundert stand eine Skulptur von Rodin, und ein halbes Dutzend Flaschen Napoleon-Cognac warteten in der Bar. Er trug einen anthrazitfarbenen, maßgeschneiderten Anzug aus edler, weicher Wolle. Seine Schuhe aus italienischem Leder kosteten mehr, als er im ganzen Jahr 1929 verdient hatte. Die goldene Uhr kam aus der Schweiz, seine seidene Krawatte aus Frankreich. Noch immer dachte Haladay mehr an die Zukunft als an die Gegenwart.

»Ich möchte, daß man termingerecht nächste Woche mit dem Erdaushub beginnt«, bellte er ins Telefon. »Wenn es dabei Probleme gibt, leitet es an die Rechtsabteilung weiter und schreibt mir schnellstens einen Bericht. – Dumme Hunde«, brummte er, als er aufgelegt hatte. »Warum laufen nur derart viele blöde Kerle auf der Welt herum?«

»Sagten Sie nicht einmal, daß es die blöden Kerle sind, die die Welt zusammenhalten?« fragte Byron ruhig, während er in einem dicken Vertragswerk blätterte.

»Was ist das denn für ein Mist?« Haladay zerknackte stirnrunzelnd ein Pfefferminzbonbon zwischen den Zähnen.

»Der Ihre, Max. Übrigens, mir gefällt dieser Ausdruck in Abschnitt acht nicht. Die Formulierung muß noch in Ordnung gebracht werden.« Byron umkringelte die unpassende Textstelle, ehe er wieder aufschaute. Sein Gesichtsausdruck war ruhig, als sein Blick die wütenden grünen Augen traf. Maxwell Haladay war der andere Mensch, dem Byron rückhaltlos vertraute. »Die Bauarbeiten auf dem Ridgefield Projekt gehen gut voran. Wir sind im Zeitplan und bisher auch im Finanzrahmen geblieben. Warum fliegen Sie nicht nach Chicago und schauen es sich an? Vielleicht würde das Ihre Laune heben.«

»Klugschwatzender Grünschnabel.« Haladay brummte wieder, aber diesmal zuckte es in seinen Mundwinkeln. Er strich sich über den Schnurrbart, um es zu verbergen. »Ich pfeife bekanntlich darauf, ob ein Projekt im Zeit- und Finanzplan bleibt. Schließlich halten diejenigen, die beides sprengen, die Pumpe am Arbeiten. Ohne Pannen würden meine Arterien wie Zement erster Güte ausschauen.«

Byron lehnte sich in seinem Stuhl zurück, entspannt und ohne seine übliche kühle Distanz. Hätte ihn Sarah jetzt sehen können, wäre er ihr weniger rätselhaft erschienen.

»Ich sage Ihnen mal was«, meinte Byron. »Warum schauen Sie sich nicht die Kostenexplosion bei dem Hotel in Madrid an? Ich muß hinfliegen und jemandem dafür den Hintern an die Wand nageln, sobald hier alles geregelt ist. Vielleicht hätten Sie gerne das Vergnügen?«

»Ich habe das Zimmererhandwerk nach meiner zweiten Million aufgegeben.« Immerhin senkten sich Haladays

Brauen. »Um wieviel sind denn die Kosten aus dem Ruder gelaufen?«

»Um einen schönen Batzen.« Byron schaute wieder auf den Vortrag. »Sie bekommen einen Bericht.«

Gedankenverloren schürzte Haladay die Lippen. »Madrid, Madrid. Gab es nicht eine Tänzerin in Madrid? Rosa, Isabella? Hübscher Hintern.«

»Carmen«, verbesserte Byron und schrieb noch eine Bemerkung an den Rand. »Eine Sängerin. Aber der Rest stimmt.«

»Mein Gedächtnis ist unfehlbar.«

»Und selektiv.«

Lachend drückte Haladay auf die summende Gegensprechanlage auf seinem Schreibtisch. »Ich habe schon immer Ihren Geschmack bewundert«, fügte er noch hinzu. »Ja«, grummelte er. »Sarah Lancaster?« Er hielt inne und schaute Byron wieder in die Augen. »Ja, schicken Sie sie herein. Bleiben Sie nur, Byron.« Mit einem Nicken legte Byron den Vertrag beiseite, dann standen beide auf, als Sarah das Büro betrat.

Beim Hereinkommen fiel Sarah als erstes auf, daß diese beiden Männer, die so völlig unterschiedlich aussahen, dennoch irgendein gemeinsames Charakteristikum besaßen. Und zwar, so schloß sie, die Befehlsaura. Eine spürbare Kraft schien von ihnen auszuströmen. Ich würde es ungern mit beiden gleichzeitig aufnehmen müssen, dachte sie. Ein Sieg wäre unmöglich, überleben fraglich. Sie beschloß, daß sie den beiden nur getrennt begegnen wollte, falls je ein Angriff nötig sein sollte.

»Guten Morgen, meine Herren.«

Haladay erwiderte ihr Lächeln; Byron beachtete es gar nicht. Mit einem Blick erwiderte er ihren Gruß, hieß sie aber keineswegs willkommen.

»Hoffentlich komme ich nicht ungelegen, Mr. Haladay. Sie sagten, ich sollte mich nach einer Woche bei Ihnen melden.«

»Das habe ich gesagt, ja.« Er forderte sie mit einer Geste auf, Platz zu nehmen. »Haben Sie sich schon eingelebt?«

»Ja. Ich habe mich sogar schon an Evans Kaffee gewöhnt.« Und daran, seinen Annäherungsversuchen auszuweichen, dachte sie insgeheim. Sie saß in einem beigen Ledersessel und bemerkte aus dem Augenwinkel, daß Byron sich in einem ihr gegenüberstehenden niederließ. »Mugs hat mich in den üblichen Büroalltag eingewiesen, Cassidy hat mir die allgemeinen Verfahrensweisen eingepaukt. Jetzt würde ich gerne an einem Projekt zu arbeiten anfangen.«

»Sie können es kaum mehr erwarten, nicht wahr?« Haladay lehnte sich in seinem speziell für ihn angefertigten Sessel zurück und schaute Sarah über seine verschränkten Finger hinweg an.

»Ja.« Auch Sarah lehnte sich zurück und schlug die Beine übereinander. Eine Sekunde lang kam es ihr seltsam vor, daß der Mann neben ihr sie mehr einschüchterte als der Mann hinter dem Schreibtisch. Weil ich ihn verstehen kann, stellte sie fest. Ich kann erkennen, wer er ist. Aber ich weiß nicht, wer Byron ist. Sie verdrängte ihn aus ihren Gedanken. »Ich kann es nicht leiden, wenn ich zwischen zwei Projekten hänge. Für Unterbrechungen habe ich noch nie viel Geduld aufgebracht.«

»Soso.« Er kniff die Augen ein wenig zusammen. »Ich würde Ihnen gern eine Frage stellen, Sarah.«

»Aber selbstverständlich, Max«, erwiderte sie so beiläufig, daß er einen Moment brauchte, ehe er reagierte. Er hob die Brauen und legte die Stirn in tiefe Falten. Sarah wartete ab, ohne seinem Blick auszuweichen. Unvermittelt warf er den Kopf in den Nacken und brüllte vor Lachen. Sarah atmete langsam und ruhig aus.

»Sie hat so viel Courage wie Sie«, sagte er zu Byron. »Und fast soviel wie ich.« Er grinste sie an. »Wir werden gut miteinander auskommen.«

Dann fügte er in einem geschäftsmäßigeren Ton hinzu: »Na schön, Sarah, was möchten Sie tun?«

»Bauen.«

»Für mich oder für sich selbst?«

Eine berechtigte Frage, dachte sie. »Ihnen gehört die Kunstgalerie, Max, aber ich will die Bilder malen. Und möchte rechts unten mit meinem Namen signieren.«

»Das lasse ich gelten.« Ihm gefiel ihre Offenheit. Er nickte, dann vertieften sich wieder die Falten auf seiner Stirn.

»Meine Leute leisten erstklassige Arbeit. Die Haladay-Gebäude beruhen auf diesem Ruf. *Meinem Ruf.*« Sarah hörte die Betonung auf dem Pronomen deutlich heraus. »Unsere Materialien sind immer, und zwar ausnahmslos, erster Güte. Die Bauvorschriften werden buchstabengetreu eingehalten. Bei mir wird das Gesetz nicht umgangen. Wenn ich herausfinde, daß ein Mitglied meines Unternehmens sich nicht an die Regeln gehalten hat, fliegt der oder die Betreffende auf der Stelle.« Haladay ließ einen goldenen Füllfederhalter wie eine Zigarre durch die Finger gleiten. Dann legte er ihn ungeduldig auf den Schreibtisch. »Das umfaßt mehr als das Vermeiden von Geldbußen und Bestechungsgeldern. Es ist eine Sache des Stolzes. Solange ich Haladay Enterprises leite, gibt es keine Schmiergelder, keine Mauscheleien.«

Sarah faltete die Hände. »Mir bereiten Ihre Standards keine Probleme, Max. Ich habe schließlich auch welche.«

Er schaute sie einen Moment lang aufmerksam an, ehe er zu Byron hinübersah. Sarah bemerkte, wie die beiden einen schnellen Blick miteinander wechselten. »Byron wird sich mit Cassidy über ein passendes Projekt unterhalten.«

»Gut.« Obwohl ihre Nerven zu flattern begannen, stürmte sie vorwärts, bevor man sie verabschieden konnte. Halt das Rad am Laufen und tu so, als wärst du dir absolut sicher. Sie handelte rasch und nach ihrem eigenen Gutdünken. »Ihr Angebot für das Delacroix-Kulturzentrum in Paris wurde angenommen.«

Haladay strich sich mit dem Zeigefinger über den Schnurrbart. Byron, der die Geste kannte, wußte, daß er überrumpelt worden war. »Sie wissen bestens Bescheid.«

»Ich weiß natürlich, daß man sich dabei durch eine Menge Rechtsfragen graben muß – Verträge, Zeitpläne, Strafklauseln und was nicht alles. In etwa drei Monaten sollte das Projekt in das Entwurfstadium übergehen.« Mit Bedacht wandte sie sich an Byron und sprach ihn zum erstenmal direkt an. »Stimmt das in etwa, Byron?«

Gleichmütig musterte er sie. »Ja, in etwa.«

»Ich möchte das Theater entwerfen.« Sowie es heraus war, fühlte Sarah sich besser. Jetzt konnte sich ruhig Schweigen um sie herum ausbreiten.

»Das ist ein sehr großes, wichtiges Projekt.« Die Furchen auf Haladays Stirn vertieften sich.

»Ich weiß.« Eine Spur von Überheblichkeit schwang in ihrer Stimme mit.

»Wir beschäftigen einen Stab von Architekten in unserer Pariser Niederlassung.«

»Auch das ist mir bekannt. Aber die Niederlassung in Paris ist beträchtlich kleiner als das Hauptbüro in Phoenix. Und Ihr dortiger Chefarchitekt ist in ein anderes Großprojekt in Südfrankreich eingebunden.«

»Gibt es irgend etwas, das Sie nicht wissen?« erkundigte sich Haladay.

Sarah lächelte gelassen, verlagerte ein wenig das Gewicht und schlug die Beine anders übereinander.

»Zweifellos wissen Sie auch, daß Byron derartige Aufgaben vergibt«, meinte Haladay leicht ironisch.

»Ja. Deshalb hielt ich es für das beste, das Thema jetzt anzuschneiden, da Sie beide vermutlich darüber nachdenken wollen.« Beim Aufstehen fügte sie heiter hinzu: »Einen schönen Tag noch, Max. Auf Wiedersehen, Byron.« Sie ging schnell aus dem Zimmer, wobei sie einen schwachen Wildblütenduft zurückließ.

Als sich die Tür hinter ihr schloß, stand Byron auf. »Ich würde gerne mit ihr reden.«

»Werden Sie ihr das Projekt anvertrauen?«

»Wollen Sie das denn?«

Haladay nahm wieder den goldenen Füllfederhalter in die Hand und schaute ihn grimmig an. »Wir haben ausgemacht, daß ich mich nicht einmische.«

»Ich komme noch mal zurück«, meinte Byron.

Im Korridor überholte er Sarah. Überrascht wandte sie ihm das Gesicht zu. »Sie haben ihn beeindruckt«, sagte er ohne Einleitung.

»Ja? Ich habe nur gesagt, was ich dachte.«

»Es geht weniger um das, was Sie sagten, als vielmehr um die Tatsache, daß Sie den Nerv hatten, es auszusprechen. Sie gehen mit Tempo voran, und Sie haben Courage. Max bewundert beides.«

Sie hatte es geschafft. Es war vorbei... fürs erste. Dann erinnerte sie sich daran, daß sie Byrons Schwachstelle noch entdecken mußte. »Und Sie, Byron, was bewundern Sie?«

Einen Augenblick lang beobachteten sie einander. Dann versetzte er sie in Erstaunen, indem er ihr eines seiner raren Lächeln schenkte. »Gemälde von Corot.« Er hakte sie unter und zog sie mit sich. »Ich bin Ihnen noch ein Mittagessen schuldig.«

Sarah handelte spontan. Sie neigte mit gespielter Sittsamkeit den Kopf zur Seite, schlug die Augen zu ihm auf und blinzelte ihn unter den Wimpern hindurch an. »Ist das eine Einladung oder eine Feststellung?« Sie waren sich beide der Bedeutung und der Macht ihres Blickes bewußt, und sie wartete auf seine Reaktion. Die Spur eines Lächelns umspielte ihre Lippen. Byron dachte an den Geschmack ihres Mundes und ihre glatte Haut. Verlangen durchströmte ihn, aber er verdrängte es. Wenn er sich mit ihr einließ, dann wollte er Zeit und Ort selbst bestimmen.

»Beides«, konstatierte er, als er den Aufzugknopf drückte. »Wir halten kurz bei meinem Büro. Kay soll Ihrer Sekretärin Bescheid sagen, daß Sie weggehen.«

5

Sowie Sarah in einer Ecknische des Hilton-Hotels saß, streifte sie ihre Schuhe ab. Außerhalb des Büros war Sarah geneigt, Byron einfach als Mann und nicht als einen der Ranghöchsten bei Haladay Enterprises zu betrachten.

Ihre Augen verweilten kurz beim Hummersalat. »Ist die Quiche hier gut?« Beim Aufschauen bemerkte sie, daß er sie beobachtete. Sarah stützte die Ellbogen auf den Tisch, vergrub das Kinn in der Hand und musterte ihn ebenfalls. »Was sehen Sie denn?«

»Daß Sie ein bemerkenswertes Gesicht haben.«

»Sie auch.« Sie spürte, daß ihm etwas ungewohnt Spontanes entschlüpft war und freute sich darüber. »Ich studiere Gesichter«, teilte sie ihm mit. »Sie haben interessante Bakkenknochen. Sind sie indianisch oder keltisch?«

»Meine Mutter ist eine Navajo-Indianerin.« Byrons Stimme klang ausdruckslos, doch als er in seine Sakkotasche nach Zigaretten langte, ruhte sein Blick weiter auf ihr. Er erwartete eine der bekannten Reaktionen: irgendwelche Spekulationen, Neugierde, herablassende Kommentare oder den Rückzug, an den er sich von seiner Jugend her erinnerte.

»Ach, deshalb.« Sarah klappte die Speisekarte zusammen und legte sie beiseite. »Für meine Wangenknochen ist wohl irgendein wilder keltischer Einschlag verantwortlich. Aber wie schmeckt denn hier nun die Quiche?«

Keine der Reaktionen, die Byron vorhergesehen hatte, wären Sarah in den Sinn gekommen. »Gut«, meinte er und winkte dem Kellner.

Sarah beobachtete ihn, als er die Quiche bestellte und einen Chablis auswählte. Sein Benehmen war tadellos. Sie merkte, daß ihr das besonders imponierte, weil sie dabei nichts Manieriertes spürte. Etwas Verwegenes in seinen Augen ließ in ihr den Wunsch aufsteigen, tiefer unter die Oberfläche zu schauen. Sie wollte Byron Lloyd besser einordnen können und herausfinden, weshalb er sich so von anderen unterschied.

Er ist anders, sinnierte sie, während sie mit halbem Ohr Byrons Gespräch mit dem Kellner verfolgte. Glatt und ruhig nach außen, aber darunter brodelte es. Ob er wohl Befehle ebenso leicht entgegennimmt, wie er sie erteilt? Sie dachte an Maxwell Haladay und runzelte die Stirn. Die beiden verband eine Vertrautheit, ein gegenseitiges Verstehen, das keiner Worte bedurfte. Einen Augenblick fragte sie sich, wer wirklich Haladay Enterprises managte. Byron wandte sich wieder Sarah zu und bemerkte ihre gefurchte Stirn und ihren konzentrierten Blick. Er hob eine Braue und wartete, daß sie zu reden anfinge.

»Ich frage mich, wer Sie sind«, meinte sie. »Ich frage mich, was Sie sind.«

Er lächelte, und sein Lächeln war eine Herausforderung. *Finden Sie es doch heraus,* teilte es ihr mit. *Wenn Sie können.* »Sind Sie schon am Umziehen?« fragte er nach einer Pause.

»Ja, ich bin gerade dabei.« Der Kellner brachte den Chablis und schenkte ihnen ein. Byron und Sarah kosteten den Wein. Sarah ließ ihn kurz auf der Zunge verweilen, er war kühl und trocken. »Meine Möbel kommen morgen aus New York. Wir haben an den Abenden ein paar Schönheitsreparaturen vorgenommen.«

»Wir?«

»Dallas und ich. Dallas Darcy, die Leiterin Ihrer Beschaffungsabteilung.« Byron erinnerte sich vage an eine schlanke Frau mit einem Wust fuchsroter Haare. »Ihr gefällt meine Pendelleuchte, aber sie besteht darauf, daß ich noch ein paar hiesige Töpfersachen kaufe. Meine Einrichtung ist ihr anscheinend viel zu ostküstenmäßig.« Und ich bin es auch, dachte sie in einem plötzlichen Anfall von Heimweh.

»New York geht Ihnen ab.« Bei dieser Feststellung schaute sie ihm wieder in die Augen und bewegte unruhig die Schultern; sie ärgerte sich über sich selber.

»Ich habe in den vergangenen paar Monaten gelernt, daß ich mich nicht schnell an veränderte Situationen gewöhne.«

»Das würde auch gar nicht zu Ihnen passen.«

»Wahrscheinlich haben Sie recht. Ich habe gern alles unter Kontrolle. Darin ähneln wir uns.«

»Wollen Sie deswegen das Delacroix-Projekt leiten?«

Sarah antwortete nicht sofort, sondern drehte den Stiel des Glases zwischen den Fingern und schaute zu, wie der Wein hin und her schwappte. Sie hatte gewußt, daß er sie das früher oder später fragen würde, hob den Blick und sah ihm in die Augen.

»Ich möchte das Delacroix-Projekt, weil ich weiß, daß ich das schaffe, und zwar gut. Bei Boumell wurde ich in erster Linie beim Entwurf beschäftigt, oder besser als gefeierte Dekorateurin. Ich bin Architektin, Byron, und eine verdammt gute.« Sarah hielt einen Moment inne, dann stellte sie nachdenklich das Glas ab. »Man hat mich mit der Unitarierkirche, die Max so gut gefallen hat, betraut, weil ein Freund von mir ein paar Fäden gezogen hat.« Sie atmete schnell und ungeduldig aus, während sich auf ihrem Gesicht Widerwillen zeigte. »Ich gebe das gar nicht gerne zu.«

»Nun, das ist deutlich zu sehen.« Byron schaute sie an. »Warum haben Sie es mir denn gesagt?«

»Weil wir zusammenarbeiten werden. Weil ich möchte, daß Sie mich verstehen.« Die zweite Bemerkung war Sarah entschlüpft, ehe ihr dieser Gedanke überhaupt bewußt geworden war. »Boumell hätte mir diesen Auftrag nie gegeben, wenn man nicht ausdrücklich nach mir verlangt hätte. Ich wußte, daß das Projekt ideal für mich war und daß ich genau dadurch Anerkennung gewinnen konnte. Ich lechzte danach. Also habe ich Beziehungen spielen lassen.«

»Da stehen Sie nicht alleine.« Byrons Antwort fiel ruhig aus und stand so in völligem Gegensatz zu Sarahs wütend blitzenden Augen.

»Das weiß ich, aber deswegen muß es mir nicht auch gefallen. Verflucht, werde ich denn nie auf andere Weise etwas Wichtiges bauen können? Bei Boumell war man der einhelligen Meinung, daß ich jung bin und viel Zeit habe. Aber das war noch nicht alles. Ich hatte drei Negativpunkte gegen mich. Ich bin eine Frau, und Frauen dürfen hauptsächlich zeichnen. Ich bin jung, und jungen Leuten traut man wenig

Disziplin und Urteilsvermögen zu. Man hält mich für gutaussehend. Leider laufen noch immer viele Idioten herum, die glauben, daß eine gutaussehende Frau im Beruf nur deshalb Karriere macht, weil sie mit den richtigen Leuten schläft.«

»Damit haben Sie nicht ganz unrecht, aber auf Haladay trifft das nicht zu. Max weiß, daß Intelligenz nicht an ein Geschlecht gebunden ist.«

»Ja, das habe ich gehört.« Sie atmete tief durch und stützte sich wieder am Tisch auf. »Das ist einer der Gründe, weshalb ich mich bei Haladay beworben habe. Hören Sie, Byron, wir beide wissen um die Fortschritte, die Frauen im Berufsleben erzielt haben, aber die Architektur ist noch immer eine der letzten Männerdomänen.« Sie legte wieder die Stirn in Falten. »Ich habe nicht Architektur studiert, um etwas zu beweisen.«

»Warum dann?«

»Weil ich bauen möchte. Ich möchte Häuser bauen, die nicht nur ästhetische Normen erfüllen, sondern auch funktional sind, Häuser, in denen Menschen leben können und an denen sie ihre Freude haben.«

»Klingt einleuchtend.«

Byron hörte auf, ihr Chablis nachzuschenken. Sie sah ihn freundlich und offenherzig an, als sich ihre Blicke trafen.

»Ich habe auf ein Projekt wie das Delacroix-Kulturzentrum gewartet. Natürlich weiß ich, daß Sie viele Aspekte in Betracht ziehen müssen, ehe Sie einen Architekten damit beauftragen. Und ich erwarte keineswegs, daß ich den Auftrag lediglich deshalb bekomme, weil ich darum gebeten habe. Aber ich will ihn, da ich gut genug bin und ihn verdiene, und das werde ich unter Beweis stellen.«

»Es mangelt Ihnen wirklich nicht an Selbstvertrauen.«

»Das kann ich mir nicht leisten.« Sarah hob die Schultern. »Ich bin ungeduldig.«

»Bekennen Sie damit einen Fehler oder eine Tugend?«

»Das können Sie sich aussuchen«, entgegnete sie mit einem strahlenden Lächeln.

»Sie hatten vor, eine eigene Firma zu gründen, als wir in Kontakt mit Ihnen traten?« Byron beobachtete, wie das Lächeln einem überraschten Gesichtsausdruck wich.

Sie fragte sich, wieviel Byron von ihr wußte. Daß wir darüber reden würden, dachte sie, damit habe ich nicht gerechnet. Unschlüssig trank sie etwas Wein, dann schaute sie in ihr Glas. »Ich war zu etwas Geld gekommen«, setzte sie mit beherrschter Stimme an – doch dann schlossen sich ihre Finger fester um den Stiel des Weinglases. »Meine Eltern kamen ums Leben, und ich erhielt Geld von der Versicherung.« Ihr Magen krampfte sich zusammen, und Schmerz schimmerte in ihren Augen. Ein ordentlicher kleiner Scheck, erinnerte sie sich. Dem Empfänger ist alles auszuzahlen, was von James und Penelope Lancaster übriggeblieben ist. »Daraufhin habe ich tatsächlich erwogen, eine eigene Firma zu gründen oder mich vielleicht nach einem Partner umzuschauen. Eins von beidem hätte ich wahrscheinlich auch gemacht, wenn ich nicht die Stelle bei Haladay bekommen hätte.«

»Wie kam es zu Ihrem Gesinnungswechsel?«

»Ich mußte mich zwischen meiner Eitelkeit und meinem Beruf entscheiden. Wenn ich für Haladay arbeite, weiß ich, daß ich bedeutende Gebäude bauen kann. Wenn ich selber ein Architekturbüro aufmache...« Sarah zuckte mit den Schultern. »Wer weiß, ob einer meiner Entwürfe jemals realisiert worden wäre? Ich spiele gut genug, um das bessere Blatt zu erkennen.«

»Offenbar handeln Sie nicht nur gefühlsmäßig.«

Sie lachte prompt und herzlich. Byron ließ den Blick kurz auf ihrem Mund verweilen, erinnerte sich an ihre feurige Reaktion auf seinen Kuß und ertappte sich bei der Überlegung, wie sie wohl mit offenem Haar und ohne Kleider aussah.

»Willen, Ehrgeiz, Ego...«, fuhr Sarah fort. »Ich glaube, wir beide haben davon unser Teil abgekriegt. Und dennoch arbeiten wir für ihn, nicht wahr?« Ihre Lippen wölbten sich, als sie die Gabel zum Mund führte. »Sie hatten recht mit der Quiche. Sie schmeckt köstlich.«

Sarahs Büro war schön nach Süden gelegen. Um die Glasflächen hinter ihrem Schreibtisch zu schmücken, hatte sie Pflanzen in unterschiedlichen Höhen aufgehängt. Sonnenlicht strömte durch das klare Glas, durchflutete den Raum und drang selbst durch das Blätterdickicht.

Die Wände ihres Büros waren weiß tapeziert, der Teppich hellgrün. Beim Aufhängen der Pflanzen hatte sie die bodenlangen Vorhänge abgenommen; ohne sie fühlte sie sich weniger eingeengt. Mit hübschem Schnickschnack hier und da hatte sie dem sonst kühlen, zweckmäßigen Raum eine persönliche Note verliehen. Da gab es eine schwarze Vase mit tiefen Gravuren auf einem Glastisch, einen knallbunten Dali-Druck im Wechselrahmen und einen hohen, schmalen Spiegel. Eine Schale mit bunten Murmeln stand auf einem Hokker, und eine anmutige Schäferin aus Meißner Porzellan posierte auf einem Regalbrett. Jetzt trug das Büro ihren Stempel ebenso unverwechselbar wie ihre Wohnung.

Cassidy ging von den Pflanzen zum Dali, von den Murmeln zur Porzellanfigur. Dabei hatte er die Hände auf dem Rücken verschränkt und hielt den Kopf geneigt, wobei ihm das Haar in die Stirn fiel. Bei jedem Schritt atmete er schnaubend ein und aus. Gelegentlich zappelte er mit den Fingern. Sarah saß an ihrem Schreibtisch und schaute ihm zu.

»Die Reichen sind mir ein Rätsel, das ist die Wahrheit. Warum Harrison Reed ein Gästehaus braucht, wenn er eh schon in einem Fünfzig-Zimmer-Mausoleum lebt, weiß ich nicht. Ganz zu schweigen von dem Badehaus, das wir ihm vor fünf Jahren hingestellt haben. Da könnte eine vierköpfige Familie samt Hund drin leben. Ach, diese Schauspieler!« Er schnalzte mehrmals hintereinander mit der Zunge. »Aber nun ja, schließlich ist es sein Geld! Es ist nur ein kleines Projekt, Sarah, aber es eignet sich gut für Sie. Fünf Schlafzimmer, drei Bäder, Wohnzimmer, Eßzimmer, Spielräume. Steht alles in den Unterlagen.« Er deutete auf den Hefter aus Manilapapier auf ihrem Schreibtisch. »Da sind auch Fotos vom Grundstück dabei, und ein paar von der Villa. Himmel, ist das ein Ding. Ich kriege das Zittern, wenn ich nur daran denke. Er sagt, daß er das Gästehaus ganz einfach haben will.« Cassidy schnaubte. »Unter einfach versteht dieser Kerl zehn griechische Säulen statt zwanzig.« Wieder schnaubte er laut.

Vergnügt schaute Sarah ihrem Chef beim Hin- und Herrennen zu. Sie hatte ihm zugehört und seine Theatralik genossen. Jetzt richtete sie ihre Aufmerksamkeit auf den Hefter auf ihrem Schreibtisch, schlug ihn auf und schaute die Fotos durch. »Machen Sie sich keine Sorgen, Cassidy. Wir geben Harrison Reed genau das, was er will.« Sie warf einen Blick auf die zwei Bilder von der Villa und blätterte dann zu den Bildern vom Grundstück um. »Ich mache ein paar vorläufige Skizzen, dann fliege ich nach Kalifornien und bespreche sie mit ihm. Schließlich möchte ich mir erst einmal das Grundstück persönlich anschauen.«

»Bitten Sie Mugs, alles Nötige vorzubereiten«, sagte er mit einem energischen Nicken. Aber an der Tür blieb er stehen und blickte zurück auf den dunkelblonden, über die Fotos im Ordner gebeugten Kopf. Er legte die Stirn in tiefe Furchen. »Nehmen Sie sich vor Reed in acht, Sarah. So junge Mädchen wie Sie vernascht er zum Frühstück.«

Sarah schaute auf. Auf Cassidys Gesicht zeigte sich echte Sorge und ein Hauch von Verlegenheit. Sie lächelte. »Machen Sie sich meinetwegen keine Sorgen, Cassidy. Ich bin zäh. Über den ersten Happen kommt er nicht hinaus.«

Cassidy gab einen krächzenden Laut von sich, ehe er die Tür aufriß und schwerfällig hinausstapfte. Sarah vergaß die Warnung, sowie sich die Tür hinter ihm schloß. Sie stand auf und ging an ihr Reißbrett. Das war vielleicht nicht Cassidys Krankenhaus oder das Delacroix-Kulturzentrum, aber es war ein Anfang. Sie stellte die Fotos vom Bauplatz auf ein Bord in Augenhöhe und schaute sie mit zusammengekniffenen Augen lange an. Ein guter Anfang. Entschlossen nahm sie ihre Zeichengeräte zur Hand.

Die nächsten zwei Stunden machte Sarah freihändig Skizzen. Dies war die Zeit, in der sie ihre Gedanken frei strömen lassen konnte, in der sie gestaltete, sich etwas vorstellte. Denken auf Papier... planlos auf Papier Geworfenes, Zeichnungen, Bruchstücke ihrer persönlichen Vorstellung von einem Gästehaus auf einem bewaldeten Grundstück in Südkalifornien. Sie konnte den Platz, seine Aufteilung und seine Bebauung vor sich sehen. Es gab keine schwierigen technischen Probleme zu lösen. Eigentlich ein einfaches Projekt. Doch bevor sie nicht auf dem Bauplatz gewesen war und mit Harrison Reed gesprochen hatte, konnte sie keine detaillierteren Entwürfe zeichnen.

Unter den vier fertigen Skizzen hatte Sarah schon einen Favoriten. Jetzt mußte sie nur noch Reed dafür begeistern. Sie entschloß sich, zehn vorläufige Entwürfe mitzunehmen, weil sie der Meinung war, daß man einen Kunden leichter zum richtigen Entwurf hinführen konnte, wenn man ihm eine größere Auswahl vorlegte. Bei einem scharfen Blick auf die Grundstücksfotos und auf ihre Skizzen hegte Sarah keinen Zweifel daran, welcher Entwurf der richtige war. Als sie ein frisches Blatt Papier aufzog, ertönte der Summer. Sie drückte mit der einen Hand auf die Wechselsprechanlage, während sie mit der anderen weiterzeichnete.

»Was gibt's, Mugs?«

»Mr. Lloyd und Mrs. Woodloe-Winfield sind gekommen.«

»Wer?« Sarah hörte auf zu zeichnen und schenkte Mugs ihre ungeteilte Aufmerksamkeit.

»Mr. Lloyd ist hier, zusammen mit Mrs. Woodloe-Winfield.«

Sarah runzelte die Stirn und legte ihren Bleistift hin. »Kenne ich denn Mrs. Woodloe-Winfield, Mugs?«

»Nein, Madam. Ich glaube nicht, aber ich hole gern Informationen über die Dame für Sie ein.«

Sarah lachte. »Im Augenblick reicht es, wenn Sie sie hereinschicken.«

Während sie sich wunderte, was jemand namens Woodloe-Winfield mit ihr zu tun hatte, glitt Sarah von ihrem Hokker und schlüpfte in ihre Schuhe. Woodloe-Winfield klingt nach kleiner alter Dame mit bläulich getöntem Haar und einer Gucci-Tasche, dachte sie, als sie den Knöchelriemen an ihrem Schuh zumachte.

Mit der Gucci-Tasche hatte sie recht gehabt, stellte sie fest, als Mrs. Woodloe-Winfield zusammen mit Byron eintrat. Das bläulich getönte Haar aus Sarahs Vorstellung erwies sich jedoch als glattes, rotblondes Haar, das ein junges, herzförmiges Gesicht umrahmte.

»Guten Morgen, Byron«, sagte Sarah.

»Guten Morgen, Sarah. Gloria Woodloe-Winfield, Sarah Lancaster. Gloria ist eine alte Freundin von mir. Sie braucht einen Architekten.«

»Byron, *gute* Freundin klingt doch um so viel netter als *alte* Freundin.« Glorias Stimme klang schleppend und träge.

Sarah konnte sie auf Anhieb nicht leiden, kämpfte aber gegen ihren ungünstigen ersten Eindruck an. »Bitte, nehmen Sie Platz.« Sie wartete, bis Gloria sich in einen Sessel gesetzt hatte. Als sie merkte, daß Byron stehenbleiben wollte, entschied sie selbst sich für eine Schreibtischecke. »Wie kann ich Ihnen helfen, Mrs. Woodloe-Winfield?«

»Wie, ich... Vielleicht könntest du es erklären, Byron.« Gloria verschränkte die Finger und schlug die Beine übereinander.

»Glorias Mann starb letztes Jahr und hinterließ ihr eine einhundertsechzig Hektar große Ranch«, sagte Byron. »Das Ranchhaus entspricht jetzt nicht mehr ihren Bedürfnissen. Sie möchte sich ein kleineres Heim näher bei der Stadt bauen.«

»Ein behaglicheres Zuhause, wenn Sie verstehen, was ich meine.« Gloria schenkte Sarah ein Lächeln von Frau zu Frau. »Das alte Haus ist zu groß und birgt zu viele Erinnerungen. Ich muß allmählich wieder mehr in der Gegenwart leben.«

»Gewiß. Vielleicht vermitteln Sie mir eine Vorstellung davon, welche Art von Haus Ihnen vorschwebt? Die Größe, die Sie im Auge haben, Ihr Lebensstil, die Einladungen, die Sie zu geben planen, irgendwelche bestimmten Vorlieben in bezug auf Stil oder Materialien.«

»Oje«, meinte Gloria wehleidig. »Davon habe ich überhaupt keine Ahnung. Warum zeichnen Sie nicht einfach etwas für mich?«

»Jetzt?« Sarah kniff die Augen zusammen.

»Das ist doch Ihr Job, oder?« Gloria lächelte. »Irgendwelche Dinge zeichnen.«

Prompter Ärger stieg in Sarah auf, doch schluckte sie ihn hinunter. Schließlich legte sie großen Wert auf ihre professionelle Einstellung. »Es ist mir nicht möglich, etwas Vernünftiges zu entwerfen, Mrs. Woodloe-Winfield, wenn ich nicht weiß, welche Art von Haus Sie sich vorstellen.« Nur mit Mühe konnte Sarah einen sarkastischen Unterton aus ihrer Stimme heraushalten. Sie war überzeugt, daß Gloria ihre Unwissenheit nur vorgab. »Wenn ich erst einmal eine Ahnung davon habe, welche Größe Sie gern hätten, die Anzahl der Räume, die Lage und topographische Beschaffenheit des Grundstücks, könnten wir von da aus weitermachen.«

»Herrjemine, das klingt alles so gräßlich technisch. Haben Sie nicht ein paar Bilder oder Muster?«

»Sie brauchen mir nur ein wenig detaillierter zu beschreiben, wonach Sie suchen«, beharrte Sarah geduldig.

»Mit Gebäuden kenne ich mich überhaupt nicht aus.« Gloria verband eine hilflose Handbewegung mit einem schmelzenden Blick zu Byron hinüber.

Sarah sah sie offen und unbeugsam an. »Vielleicht gefällt Ihnen der Renaissance-Stil? Oder vielleicht Gotik, französische Gotik mit einem Strebebogen?« Sarah erhaschte Byrons warnenden Blick. Zum Teufel mit ihm, beschloß sie. »Ich selbst habe seit jeher eine Schwäche für Jugendstil. Selbstverständlich könnte ich meiner Kreativität einfach freien Lauf lassen und ein Haus entwerfen für die Frau, für die ich Sie halte.« Sie lächelte, weil sie erkannte, daß dieses Argument eingeschlagen hatte. »Nun, wie viele Zimmer möchten Sie gern haben?« Sie nahm einen Notizblock und wartete.

»Sechs Schlafzimmer, drei Bäder, mit einem Ankleidezimmer und einem zusätzlichen Bad von meinem Schlafzimmer aus.« Sie fügte noch einen Salon, ein Dienstmädchenzimmer und eine Sommerküche hinzu.

»Das hilft mir um vieles weiter«, meinte Sarah. Diesmal brauchte sie keine Ironie in ihrer Stimme zu verbergen. »Ich muß das Grundstück auch sehen, dann können wir uns über die beste Lage für das Haus unterhalten. Ist es schon gärtnerisch gestaltet, oder wollen Sie das erst noch machen lassen?«

»Dabei können Sie mit Dutch Kelly zusammenarbeiten«, sagte Byron kühl. »Er meldet sich bei Ihnen.«

Sarah kümmerte sich nicht weiter um seinen verärgerten Blick. Ich bin im Recht, sagte sie sich, und ich werde mich wieder so verhalten. »Schön«, erklärte sie laut. »Ich schaue mir das Grundstück an und habe bis nächste Woche ein paar Skizzen fertig.«

»Gut.« Gloria blickte auf ihre perfekten Nägel. »Wenn Sie es nicht schneller schaffen, wird das vermutlich reichen müssen.«

»Ich danke Ihnen für Ihre Geduld.« Sarah gelang es, gleichzeitig höflich und sarkastisch zu klingen.

Gloria stand auf und streckte eine Hand nach Byron aus. »Und jetzt kann ich das Mittagessen, das du mir versprochen hast, wirklich vertragen. Ich habe für heute genug Geschäftliches erledigt.« Sie wandte sich zum Gehen.

Sarah verdrehte die Augen. Byron beobachtete sie über Glorias Kopf hinweg. »Ich muß noch ein oder zwei Dinge mit Miß Lancaster besprechen. Warum wartest du nicht in meinem Büro auf mich?«

»Aber beeil dich«, mahnte ihn Gloria und stellte sich auf die Zehenspitzen, um ihn auf die Wange zu küssen. Mit der Andeutung eines Nickens für Sarah entschwand sie.

»Haben Sie generell die Angewohnheit, sich Klienten gegenüber so zu verhalten?« fragte Byron, als die Tür hinter Gloria ins Schloß gefallen war.

»Ich weiß leider überhaupt nicht, wovon Sie reden«, antwortete Sarah sanft.

»Zum Teufel, das wissen Sie sehr wohl.«

»Aber – huch – Rhett Butler!« Sarah stolzierte ans Fenster, warf den Kopf in den Nacken und klimperte mit den Wimpern. »Ein Herr spricht doch nicht so mit einer Dame aus dem Süden.«

Wenn er nicht so wütend gewesen wäre, hätte ihn Sarahs treffsichere Nachahmung von Gloria amüsiert.

»Ich habe es jetzt nicht mit einer Dame, sondern mit einer Architektin zu tun.«

»Der Punkt geht an Sie.« Das Sonnenlicht fiel in Tüpfelchen um sie, als sie an den Blättern einer Grünlilie herumzupfte. »In Ordnung, Byron, ich gebe Ihrer kleinen, hierher verpflanzten Südstaatenblume den richtigen Hintergrund. Mir wird es sogar gelingen, die große Villa, die ihr vorschwebt, ein wenig heimelig zu machen, weil ich meinen Beruf sehr gut verstehe. Aber ich bin keine Illustratorin, und ich baue Häuser nicht in Massenproduktion.« Ihre schlechte Laune begann wieder aufzuwallen, was ihr schon an den Augen abzulesen war, als sie ihm das Gesicht zuwandte. »Wenn sie Fertighaus Nummer 321A möchte, ist sie hier an der falschen Adresse.«

Byrons Stimme wurde kälter, ein gefährliches Zeichen. »Mrs. Woodloe-Winfield ist sich lediglich nicht bewußt, wie es in einem Architekturbüro zugeht.«

»Ach was, so ein Quatsch«, unterbrach ihn Sarah. »Sie muß nicht die technischen Feinheiten kennen, um zu wissen, daß man ein Haus nicht wie ein Kilo Rindfleisch oder ein paar Vorhänge bestellen kann.« Sie durchquerte das Zimmer, bis sie Schuhspitze an Schuhspitze vor ihm stand. »Schließlich ist sie nicht der Hohlkopf, der zu sein sie vorgibt, und wir beide wissen das. Sie haben doch auch dieses Ich-brauche-einen-Mann-der-mich-führt-Getue durchschaut. Aber gut, wenn Sie für Ihr Selbstwertgefühl so etwas brauchen, Lloyd, dann ist das Ihre Sache. Spielen Sie ruhig den Macho mit Miß Scarlett und lassen Sie mich mit meiner Arbeit weitermachen.«

Er packte sie am Arm, als sie sich abwenden wollte, und zwar so grob, daß sie nach Luft schnappte und so weit zurückwich, wie es sein Griff zuließ. Der Zorn in seinen Augen erschreckte sie. In ihm loderte ein Feuer, auf das sie nicht gefaßt war.

»Kommandieren Sie mich nicht herum.« Die Warnung traf sie wie ein Peitschenschlag, als er ihren Arm noch fester umklammerte. Sarah hämmerte das Herz in der Brust. »Ich lasse mir nichts befehlen und dulde keine Bemerkungen über mein Privatleben. Und niemand dreht mir den Rücken zu.«

Ihre Gesichter waren sich nahe, ihre Körper berührten sich beinahe, als er sie festhielt. Er beobachtete, wie ein furchtsamer Ausdruck in ihre Augen trat, verfluchte sich selbst und ließ ihren Arm los. Schon lange war er nicht mehr so nahe daran gewesen, die Beherrschung zu verlieren.

Sie war blaß geworden und massierte die Stelle, an der er sie gepackt hatte, als wolle sie den Blutkreislauf wieder anregen. Es dämmerte ihm, daß ihr Arm schlank war und daß er zu fest zugegriffen hatte. Mit Sicherheit war ein blauer Fleck entstanden. Wütend blitzte sie ihn an. Zwar waren ihre Augen tränenlos, aber sie atmete unregelmäßig. Er verfluchte sich noch einmal.

»Wir schlagen Angestellte heutzutage nicht mehr wegen Unbotmäßigkeit, Sarah.« Es freute ihn, als er die Farbe in ihr

Gesicht zurückströmen sah. »So ist es besser.« Er nickte ihr zu. »Ich schüchtere andere nicht gerne ein.«

»Wie schade«, warf sie ihm hin. »Wo Sie sich doch so ausgezeichnet darauf verstehen.«

Byron drehte sich um und ging zur Tür. »Eine arbeitsreiche Woche liegt vor Ihnen«, sagte er brüsk. »Sie sollten sich besser Ihre Energien aufsparen.«

»Ingenieure!« Das Wort brach aus ihr heraus, als er die Tür aufmachte. Draußen runzelte Mugs die Stirn.

»In zehn Tagen will ich Entwürfe sehen.« Geräuschvoll schloß er die Tür. Kurz darauf ging sie wieder auf, und Dallas spazierte herein.

»Bist du fertig fürs Mittagessen? Ich bin nebenan halb verhungert, während ich darauf wartete, daß du Mr. Lloyd los wirst. Hey, schaust du wütend aus. Ich vergesse wohl besser meine Idee, dich dazu zu überreden, daß du mich zum Mittagessen einlädst.«

»Byron Lloyd«, sagte Sarah statt einer Antwort, »ist ein arroganter, rechthaberischer Leuteschinder und ein hundsgemeiner Scheißkerl.«

»Selbstverständlich ist er das, meine Liebe. Deshalb steht er auch an der Spitze.« Dallas warf einen Blick in den Spiegel und zupfte einige wirre Locken zurecht. »Abgesehen davon sieht er toll aus, oder ist dir das entgangen?«

»Das tut eine 1966er Corvette auch.« Sarah langte nach ihrer Handtasche in der untersten Schreibtischschublade.

»Jetzt ist wohl ein ungünstiger Zeitpunkt, dich zu überreden, mich mit Evan zu verkuppeln.« Sie beobachtete im Spiegel Sarahs Gesichtsausdruck und fing dabei den schnellen Seitenblick auf, der bedeutete, daß Sarah durchaus nicht ihrer Meinung war.

»Dallas«, begann Sarah vorsichtig, »Evan ist ja ganz nett, aber ziemlich oberflächlich.«

»Alles, was ich von seiner Oberfläche sehe, schaut großartig aus. Mich interessiert nicht seine Meinung zur Atomenergie oder seine Vorliebe für Romanautoren des 20. Jahrhunderts.« Sie grinste Sarah an.

»Wie lange kennen wir uns jetzt, Dallas?« fragte Sarah.

»So um die drei Wochen.«

»Also fast eine Ewigkeit.« Sarah durchquerte das Zimmer und blieb knapp vor ihr sehen, wobei sie weiterredete. »Evan ist viel zu engstirnig für dich. Er würde dich gar nicht richtig schätzen können.«

Dallas dachte kurz nach. »Wahrscheinlich nicht«, gab sie zu. »Ich muß womöglich meinen Traum, ihn zu heiraten und mit ihm Kinder zu haben, aufgeben. Vielleicht kann ich mich aber mit einem Abendessen und einer Nacht voller heftiger Leidenschaft und trivialem Sex zufriedengeben?«

Sarah seufzte. Er wird ihr weh tun, dachte sie und fühlte sich bereits jetzt dafür verantwortlich.

»Mich kann nichts umbringen«, erklärte ihr Dallas, die in ihren Augen gelesen hatte. Es rührte sie, daß Sarah sich um sie sorgte. Sie lächelte wieder. »Ich bin schmerzunempfindlich. Siehst du diese Stelle?« fragte sie und tippte mit dem Zeigefinger auf die Innenseite ihres linken Ellbogens. »Das ist der einzige verwundbare Teil meines Körpers.« Ihre dichtbewimperten grauen Augen strahlten, als sie Sarahs Lächeln sah. Sie nutzte ihren Vorteil, indem sie sich umdrehte und sich bei Sarah unterhakte. »Du willst doch nicht, daß ich mich Nacht für Nacht allein in einer dunklen, freudlosen Wohnung gräme und zu meiner Unterhaltung nur olle Wiederholungen in der Glotze anschaue, nicht wahr?«

»O. K., du hast gewonnen.« Mit einem schnellen Seufzer nahm Sarah die Niederlage hin.

»Ich wußte, du würdest mich verstehen.« Dallas tätschelte ihr die Wange und führte sie aus dem Zimmer. »Und womit hat dich Mr. Lloyd so sehr verärgert?«

6

Kurz nach fünf hatte Sarah ihre Entwürfe für Harrison Reeds Gästehaus fertiggestellt. Sie war damit zufrieden, doch als Ergebnis ihrer anhaltend schlechten Laune stellte sich bohrender Kopfschmerz ein. Wenn Sarah sich stritt, wollte sie gewinnen; bei Byron hatte sie mit gesenkten Händen verloren. Sein Gewaltpotential hatte sie überrumpelt. Das nächste Mal würde sie darauf gefaßt sein und sich nicht so leicht Angst einjagen lassen. Ihr gefiel das Bild, wie sie sich angesichts zorniger Blicke und einiger barscher Worte duckte, überhaupt nicht. Gar nicht meine Art, sagte sie sich, als sie unter ihren Blusenkragen faßte, um die Spannung wegzumassieren. Vergiß es... oder vielmehr, verbesserte sie sich, vergiß *ihn*. Sarah hob den Hörer der Wechselsprechanlage, aber ehe sie etwas sagen konnte, spazierte Evan Gibson zur Tür herein.

»Ich grüße Sie, schöne Dame. Diesen Arbeitstag hätten Sie geschafft.«

»Nicht ganz«, gab sie freundlich zurück, als er zu ihr kam und sich auf ihren Schreibtisch setzte. »Du mußte erst noch das Anklopfen lernen, Evan«, meinte sie. Dann kam sie schnell zur Sache, weil die Kuppelei für Dallas ihr Unbehagen bereitete. »Was hältst du denn von Rothaarigen?«

»Ich bevorzuge Blondinen.« Evan griff sich mit Daumen und Zeigefinger eine lose Strähne ihres Haars.

»Aber du hast doch keine Vorurteile, oder?« Sarah schenkte ihm ein freundliches Lächeln. »Hoffentlich nicht, denn ich kenne eine bezaubernde Rothaarige. Ich könnte sie vielleicht sogar dazu überreden, mit dir auszugehen.« Ihre Augen waren arglos und freundlich. Vielleicht passen sie ja auch zusammen, dachte sie. »Ja, womöglich würde mir das gelingen«, fuhr sie fort. »Ein gemeinsames Abendessen wäre doch eine gute Idee. Sie ißt gern chinesisch.«

»Sarah.« Evan schwelgte in dem Anblick, wie ihre Bluse über ihre Brüste fiel. Einen Augenblick lang stellte er sich voller Vergnügen vor, wie er sie ihr auszog. »Ich möchte mit dir zusammen sein. Wir können von mir aus gerne mit einem Abendessen anfangen.«

»Ach, nein, ich esse lieber beim Italiener«, gab Sarah eilends zurück. Sie kritzelte etwas auf einen Zettel, riß ihn ab und gab ihn Evan. »Ich werde dich wärmstens empfehlen«, versprach sie. Sie drückte auf Mugs Taste. »Verflixt, ist denn Mugs nicht an ihrem Platz? Sie antwortet nicht.«

Evan warf einen flüchtigen Blick auf den Namen auf Sarahs Zettel und steckte ihn sich dann in die Sakkotasche. »Ich habe sie heimgeschickt.« Er legte den Kopf schräg, um die auf dem Schreibtisch verstreuten Zeichnungen anzuschauen.

»Das hättest du doch vorher mit mir absprechen können.« Sarah runzelte die Stirn.

»Tut mir leid. Hättest du sie gebraucht?«

Sarah zuckte die Schultern. Der Anlaß war es nicht wert, sich zu ärgern. »Ach, nichts. Ich kann den Anruf auch ohne sie tätigen.« Sie fing an, in den Unterlagen nach Harrison Reeds Telefonnummer zu suchen.

»Nichts ist so wichtig, als daß es nicht bis morgen warten könnte.« Evan stellte sich hinter sie und legte ihr die Hände auf die Schultern. Er ließ die Daumen über ihren Nacken wandern.

»Nur ein oder zwei Sachen«, murmelte sie, völlig in ihre Unterlagen vertieft. Sie war überhaupt nicht darauf gefaßt, als er sie von ihrem Stuhl hochzog.

Sein Mund preßte sich so schnell auf den ihren, so leidenschaftlich, daß Sarah keine Zeit blieb zu reagieren. Die Glut dieses Kusses überraschte sie. Sie hatte gewußt, daß er sie begehrte, hatte aber nicht erkannt, wie sehr. Zuerst war sie so verblüfft, daß sie sich nicht wehrte. Seine Hände glitten schnell an ihr herunter, dann fand er den Reißverschluß ihres Rocks. Sarah spürte seine Finger und schaffte es, ihm ihren Mund zu entziehen. »Evan«, sagte sie atemlos. »Hör auf.« Ihr fortgesetztes Wehren brachte ihn schließlich dazu, sie loszulassen und anzuschauen. Weil sie erkannte, in welch gefährliche Situation sie sich begeben hatte, verwünschte sich Sarah. »Könntest du jetzt damit aufhören.«

»Ich werde mit dir schlafen.«

Seine Stimme schwankte. Sarah lief vor lauter Angst ein kalter Schauder den Rücken hinunter. »Nein, Evan.« Sie sprach leise und beherrscht. »Das wirst du nicht.« Ihre Hände lagen auf seiner Brust, und sie stieß ihn heftig weg. Nachdem sie sich von ihm losgerissen hatte, rannte sie um den Schreibtisch herum. »Evan, tut mir leid.« Sie schüttelte den Kopf, dann strich sie sich einige lose Haarsträhnen zurück. »Ich hätte das nicht soweit kommen lassen dürfen. Aber ich werde auf keinen Fall dulden, daß das hier weitergeht.«

»Ich habe dich nicht für den Typ gehalten, der vorher neckische Spielchen braucht, Sarah.«

»Der bin ich auch nicht.« Ihre Stimme war jetzt fest und kühl. »Hoffentlich machst du dich jetzt nicht zum Narren und fängst an, mich um den Schreibtisch zu jagen.« Diese Worte verfehlten ihre Wirkung nicht.

»Verdammt, Sarah. Du weißt, wie du einem was vor den Latz knallst, wie?«

»Evan, ich bin...« Die Tür ging auf, und Cassidy platzte herein.

»Du meine Güte, wo steckt ihr bloß?«

»Klopft denn heute kein Mensch mehr an?« beschwerte sich Sarah. Cassidy spürte die Spannung, und weil er die Situation auf einen Blick erfaßte, polterte er weiter.

»Ich habe eine geschlagene Viertelstunde lang versucht, Sie anzurufen«, teilte er Evan mit. »Sie müssen nach Boulder fliegen und ein paar Probleme mit dem Martindale-Sommerhaus bereinigen. Nehmen Sie Ihre Aktentasche und packen Sie sich eine frische Unterhose ein. Ihr Ticket liegt schon am Flughafen für Sie bereit.«

»Worum geht es denn?«

»Das erfahren Sie dort.« Cassidy schaute vielsagend auf die Uhr. »Ihre Maschine geht in fünfundvierzig Minuten. Machen Sie sich auf die Socken.«

»Bin schon unterwegs«, meinte Evan. Im ersten Moment, als sich seine und Sarahs Blicke trafen, sah sie seinen Zorn, dann trat sein bekannter Charme an dessen Stelle. Er winkte ihr kurz zu, dann war er weg. Sie sank auf einen Stuhl, überrascht, wie sehr sie dieser Zwischenfall mitgenommen hatte.

»Wenn Sie schon hier sind«, sagte sie zu Cassidy, während sie die Papiere auf ihrem Schreibtisch umschichtete, »könnten Sie sich vielleicht gleich meine Einfälle für Reeds Haus anschauen.«

»Ist alles in Ordnung mit Ihnen?«

Sarah schaute auf. Sie wollte weder über Evans Benehmen reden, noch wollte sie ihre eigene armselige Reaktion darauf zugeben. Cassidys Augen waren zu nüchtern und zu direkt. »Ja.« Sie hob die Hände und spreizte die Finger. »Es war nichts weiter.«

»Unsinn.« Cassidy stand auf der anderen Seite des Schreibtischs, die kräftigen Arme über der Brust verschränkt, das Kinn gesenkt. Sarah seufzte. »Evan ist ein bißchen aus der Rolle gefallen. War zum Teil meine Schuld.«

Cassidy schnaubte. »Ich rede mit ihm«, meinte er.

»Ach, nein, bitte nicht, Cassidy.« Sie schüttelte rasch den Kopf und stand auf. »Tun Sie das nicht. Wir könnten sonst nicht mehr vernünftig miteinander arbeiten.« Sie steckte ein paar Haarnadeln fester, dann fand sie auch ihre Schuhe. Allmählich beruhigte sie sich. Auf dem Schreibtisch sitzend, fingerte sie an ihren Knöchelriemchen herum, wobei sie Cassidy nicht aus den Augen ließ. »Evans Selbstwertgefühl hat einen kleinen Knacks abgekriegt. Er kommt schon darüber hinweg. Ich hätte die Situation weit besser meistern sollen.«

Cassidy runzelte die Stirn. Bei Gibson sitzt der Verstand in der Hose, dachte er verärgert. Verdammte Nervensäge, denkt nur darüber nach, wie er rumbumsen kann, wo es hier doch jede Menge Häuser zu bauen gibt. »Ich spreche ihn nicht darauf an. Wenn Sie mir«, fügte er hinzu, als sie ihm danken wollte, »Bescheid sagen würden, falls er Sie noch einmal belästigt.«

Sarah tätschelte ihm die Wange. »In Ordnung, Papa.« Als er sein breites Gesicht in Falten legte, ahmte sie seinen irischen Akzent nach. »Mr. Cassidy, werden Sie meine Ehre und Unschuld verteidigen?«

»Sie sind ganz schön frech, Sarah Lancaster. Ich gehe jede

Wette ein, daß Sie von irgendwoher irisches Blut in sich haben«, murmelte er.

»Haben wir das nicht alle, Cassidy? Und werden Sie mich jetzt zum Aufzug geleiten?« fragte sie und hakte sich bei ihm unter.

»Klugschnabel«, brummte Cassidy, ließ aber seinen Arm mit dem ihren verschränkt, als sie aus dem Zimmer gingen.

Um sieben Uhr abends hatte Byron einen Zwölf-Stunden-Tag hinter sich. Die Jahre, in denen es ihm gelungen war, einen Arbeitstag und einen Studientag in vierundzwanzig Stunden hineinzuquetschen, hatten ihn zäh gemacht. Er wußte, er war ein bißchen zu ernst, ein bißchen zu penibel. Nun, die Umstände hatten ihn so werden lassen. Verstand und Ehrgeiz können die Hölle sein, wenn sie mit Armut kombiniert sind.

Byron hatte keine Jugend gehabt. Bereits mit sechzehn war er in die Erwachsenenwelt vorgedrungen, ohne zurückzuschauen. Seine erste Frau hatte er gehabt, als sich seine Altersgenossen noch auf Autorücksitzen mit BH-Verschlüssen herumplagten.

Maxwell Haladay hatte Byron die Dinge gegeben, die er brauchte, um seine Ziele zu erreichen: Geld, eine Chance – und das Wichtigste: Bildung. Er hatte auf den Jungen gesetzt und zugesehen, wie sich seine Investition in dem Mann bezahlt machte. Vom Anfang ihrer Beziehung an hatten sie einander als Erwachsene behandelt. Und doch hatte der eine nie einen Sohn gehabt, der andere keinen Vater. Sie erfüllten Bedürfnisse füreinander, von deren Existenz keiner der beiden etwas ahnte.

Während ihrer fünfzehn Jahre währenden Freundschaft hatte Byron Gefallen an gutem Wein, französischen Malern und schönen Frauen entwickelt. Jetzt befand er sich in einer Stellung, die leicht kleinliche Eifersüchteleien wecken konnte; doch sein Aufstieg vom Arbeiter an die Unternehmensspitze hatte ihn zum Helden des kleinen Mannes gemacht, während sein profundes Fachwissen ihm die Achtung der anderen Ingenieure einbrachte. Mit Vorstandsmitgliedern und Bankpräsidenten stand er auf vertrautem Fuß, aber im Hinterkopf klangen in ihm noch die Jahre der Armut nach – wie er aufgewachsen war in dem Bewußtsein, weder Weißer noch Indianer zu sein. Selbst im 20. Jahrhundert kann der Begriff ›Halbblut‹ noch Narben hinterlassen. Er hatte früh gelernt, daß er seine Gefühle unter Kontrolle halten mußte, wenn er in Haladays Welt Erfolg haben wollte. Sein Zorn war, wenn er erst einmal ausbrach, brutal und gefährlich. Er hielt ihn fest am Würgehalsband.

Sarah hätte dieses Band beinahe zerrissen. Er dachte ungern an diesen Zwischenfall, weil er nicht gern zugab, daß sie mehr als einmal den Panzer seiner Selbstkontrolle durchbrochen hatte. Vielleicht hatte er eben deshalb so schnell die Beherrschung verloren. Er wußte, er hatte sie sehr erschreckt. Dennoch war ihre Reaktion nicht die gewesen, die er von einer Frau erwartet hätte. Sie war nicht davongelaufen, hatte nicht geweint oder gekatzbuckelt, sondern hatte ihn mit angsterfüllten Augen angestarrt. Er achtete sie dafür und für ihren schnellen Widerstand.

Als er mit dem Aufzug zu seiner Wohnung ganz oben im Haladay-Gebäude fuhr, ging ihm Sarah nicht aus dem Sinn. Obwohl seither schon Wochen vergangen waren, erinnerte er sich, wie ihr Mund sich anfühlte und wie er schmeckte, erinnerte er sich an die Weichheit ihres Körpers, an den Geruch, der sie umgab. Frauen war der Zugang zu Byrons Gedankenwelt, sofern nicht ausdrücklich eingeladen, nicht gestattet. Sarah entpuppte sich nun als ungebetener Eindringling.

Byron betrat seine Wohnung und ging sofort ins Schlafzimmer. Trotz seiner erlesenen Einrichtung war es gemütlich genug, um einige der Frauen, die in dem breitgestreiften großen Bett geschlafen hatten, zu überraschen. Die Wände waren in einem satten Blauton gestrichen; Bambusrollos erlaubten der Sonne, durch hoch wuchernde Ficus-Bäume zu dringen. Den auf Hochglanz polierten Holzfußboden bedeckte ein langer Navajo-Läufer.

Byron zog sich schnell aus, wobei er seine Kleider achtlos auf einen Stuhl warf, ehe er ins angrenzende Bad ging. Eine Viertelstunde lang stand er unter der Dusche, fing erst mit einem brühheißen Strahl an und ließ das Wasser allmählich eiskalt werden. Seine Muskeln entspannten sich, und zum erstenmal seit zwölf Stunden auch seine Gedanken. Nach dem Abtrocknen zog er einen kurzen Seidenkimono an und ging zurück ins Schlafzimmer.

Dort lag Gloria Woodloe-Winfield nackt auf dem Bauch, die Beine in der Luft gekreuzt. Byron zögerte lediglich einen Herzschlag lang, dann knotete er sich den Bademantel zu. »Guten Abend, Gloria. Wie kommst du hier herauf?«

»Ich habe den Portier unten gesagt, daß du mich erwartest. Er hat uns zusammen gesehen.« Gloria stützte den Kopf auf die Hände, wobei sich ihr Haar über die Schultern ergoß. »Ich wollte dich überraschen.«

»Was dir auch gelungen ist.« Byron ging zu der eingebauten Bar in einer Zimmerecke und goß sich einen Brandy ein. Er notierte sich in Gedanken, daß er mit dem Portier sprechen sollte. Dann drehte er sich um und musterte seinen Gast von den Zehenspitzen bis zum Scheitel. Ihre Haut war milchig weiß, ohne jede Spur von Sonnenbräune; die Beine, ein wenig kurz, aber wohlgeformt, führten zu einem runden, sanft geschwungenen Po. Ihr Busen mit den dunklen Brustwarzen war so voll, wie es die Hüften verhießen.

»Brandy?« fragte er im Plauderton und prostete ihr mit seinem Schwenker zu.

Gloria erhob sich lasziv. Sie hielt kurz inne, um sich das Haar auf den Rücken zu schleudern; dabei wiegten sich ihre runden Brüste. Sie schaute ihm in die Augen, während sie auf ihn zuging.

»Zu Jacks Lebzeiten hättest du mich nicht angefaßt. Ich habe dir nie gesagt, daß ich dich begehre, weil du sein Freund warst. Jack ist jetzt seit sechs Monaten tot.« Sie ließ die Hände unter seinen Kimono gleiten und legte ihm die Handflächen auf die noch feuchte, dichtbehaarte Brust. Als sie weitersprach, klang ihre Stimme heiser. »Ich kann nicht ewig trauern, Byron. Das würde Jack auch gar nicht wollen.«

Byron nahm ihre Hände behutsam von seiner Brust, trank beiläufig einen Schluck Brandy und stellte dann sein Glas ab. »Du hast keine sechs Minuten getrauert, geschweige denn sechs Monate. Jack hat dich aus einem elenden Sumpf in Louisiana herausgeholt und dir eine Handvoll Kreditkarten gegeben. Er wollte dich immer nur glücklich machen und dich vorzeigen – wie das eben ein alter Mann mit einer Schwäche für Spielzeug tut. Und du hast die fünf Jahre Ehe durchgehalten, weil du mit deinen gierigen kleinen Händen auch noch an den Rest seines Geldes kommen wolltest.«

Gloria senkte den Blick. Sie hatte Byron zu lange begehrt, als daß sie jetzt riskieren wollte, ihn zu verlieren. Nächtelang hatte sie schwitzend neben dem alten Mann gelegen und an Byron gedacht. »Byron, bitte.« Ihre Lippen strichen über seine Brust, dort wo sich die Kimonoblenden trafen. Nur mit Mühe beherrschte sie ihren Impuls, ihm über die Haut zu lekken. Ihre Finger fummelten an seinem Gürtelknoten. »Ich fühle mich so einsam. Und möchte wieder geliebt werden.«

Er hob mit der Hand ihr Kinn so weit hoch, bis sich ihre Blicke trafen. »Du bist seit Jacks Beerdigung ein Dutzendmal *geliebt* worden, und zweifellos auch schon zu seinen Lebzeiten heimlich ein paarmal. Ich kenne Hunderte wie dich.«

Wütend riß sie sich los, aber er packte sie am Arm. Ihr hilfloses Kleinmädchengesicht war durch den Zorn wie verwandelt. Die kühlen blauen Augen schimmerten so hart wie Diamanten.

»Du weißt, was du bist, Gloria, und solltest die Tatsache schätzen, daß ich es auch weiß und mich einen Dreck drum schere. Übrigens« – er zog sie näher zu sich heran, bis ihre Brüste sich an seinen Brustkorb preßten – »mag ich dich lieber ohne das Getue. Du bist hierhergekommen, weil du etwas wolltest. Nennen wir es doch beim Namen.«

Ihr Kopf fiel nach hinten, und sie schüttelte ihn, um sich ein paar Haarsträhnen aus dem Gesicht zu werfen. Dann lächelte sie, und ihr Lächeln war nicht länger unschuldig oder hilflos. So gefiel es ihr besser. Sie wollte lieber als Katze denn als Kätzchen behandelt werden. Nachdem sie fünf Jahre lang der Wunschtraum eines alten Mannes gewesen war, wünschte sie sich jetzt das erregende Erlebnis, die Wirklichkeit eines jungen Mannes zu sein. »In Ordnung.« Ihre Hände glitten unter seinen Seidenkimono und wanderten die Rippen hinunter. »Ich bin hergekommen, weil ich dich will. Ich begehre dich schon seit Jahren, vom ersten Augenblick unserer Bekanntschaft an. Es ist allgemein bekannt, daß du nicht mit verheirateten Frauen schläfst. Ich mußte also warten. Jedesmal, wenn ich mir einen Liebhaber nahm, stellte ich mir vor, du wärst es. Ich habe von dir geträumt – und von dem, was wir miteinander alles anstellen könnten. Du wirst nicht enttäuscht sein«, fügte sie flüsternd hinzu, während sie ihm die Hüften streichelte. »Ich bin wirklich sehr gut.«

»Darauf gehe ich jede Wette ein«, murmelte er.

Ein schmaler Sonnenstrahl fiel ihr schräg über das Gesicht. Byron beobachtete, wie ihre Gesichtszüge fein und zart und ihre Lippen voller zu werden schienen. Selbst ihre Augenfarbe veränderte sich von Blau zu einem zarten, mit Grün gesprenkelten Braunton. Der plötzliche Wildblumenduft raubte ihm fast den Atem.

»Verdammt«, fluchte Byron. »Zum Teufel noch mal!« Er vergrub den Mund an Glorias Hals – und glaubte Sarah zu schmecken.

7

Dallas öffnete ein Auge, schaute verdrossen auf die Sonne, die gleißend durch das vorhanglose Fenster schien, und warf einen wütenden Blick auf den Wecker neben dem Bett. »Scheiße.« Mit dem Vorsatz, beides nicht zu beachten, drehte sie sich auf die andere Seite.

»Hey, Dallas«, brummte Dennis Houseman und schob ihren spitzen Ellbogen von seinen Rippen. »Paß doch auf.«

Gähnend stützte sie sich auf die Unterarme und schaute ihn an. Dennis Houseman ging auf die Vierzig zu und hatte das, was sie als perfekte graumelierte Schläfen bezeichnete. Sein Gesicht war gut anzusehen, nicht berauschend, aber zweifellos gut geschnitten mit der eckigen, verläßlichen Kinnpartie und der breiten Stirn. Selbst im Schlaf, ohne seine Hornbrille, sah er wie ein Wirtschaftsprüfer aus, fand Dallas. Sie bezeichnete ihn als einen ihrer Liebhaber auf Abruf, weil sie für einen gemeinsamen Restaurant- oder Kinobesuch oder eine Liebesnacht immer mit Dennis rechnen konnte. Was ihn allerdings von ihren anderen Liebhabern auf Abruf unterschied, war die Tatsache, daß er sie heiraten wollte und sie deswegen in regelmäßigen Abständen befragte. Obwohl sie nicht beabsichtigte, ihm nachzugeben, mochte sie ihn gern. Während der Steuersaison schliefen sie drei- oder viermal im Monat miteinander und doppelt so oft in der Zwischenzeit. Nach dieser Methode verfuhren sie schon seit drei Jahren, was Dallas' Sinn für Humor noch immer ansprach.

Er war weder der jüngste der Männer, mit denen sie sich traf, noch der bestaussehendste oder der witzigste – und auch nicht der tollste Liebhaber. Trotzdem war er ihr Favorit. Als sie jetzt auf ihn hinunterschaute, mit seiner vom Schlaf zerknautschten Wange und den über Nacht gesprießten Bartstoppeln am Kinn, versuchte sie den Grund dafür herauszufinden. Bei ihm stieg sicherlich nicht ihr Blutdruck wie bei Evan Gibson. Und er war auch kein so erfahrener Liebhaber wie der junge italienische Kranführer, mit dem sie vorige

Woche Langustini und Leidenschaft geteilt hatte. Er verfügte weder über den I.Q. noch über den Körperbau des EDV-Assistenten; aber er war, dachte Dallas, als sie sich eine Locke von den Augen pustete, zuverlässig... und einfach goldig. In einer Anwandlung von Zuneigung beschloß Dallas, ihn zu wecken. Sie rollte sich auf ihn und biß ihn in die Schulter.

»Himmel!« Er riß die Augen mit einem zugleich verschleierten und überraschten Blick auf. »Dallas, was zum Teufel...«

Sie erstickte seine Beschwerde mit einem langen, leidenschaftlichen Kuß. Er grunzte ein wenig, als ihre Zunge seine Lippen nachstreichelte, dann wanderten seine Hände zu ihren flachen Pobacken. Schon war er steif, noch ehe er ganz wach war.

»Guten Morgen.« Sie löste den Mund von dem seinen und lächelte. Ihr eckiges Gesicht war blaß ohne Make-up und ihr Haar zerzaust. Nackt bestand ihr Körper mit den Brüsten einer Zwölfjährigen aus lauter Ecken und geraden Linien. Dennoch hielt Dennis, wie eine erhebliche Zahl anderer Männer, sie für eines der sexuell attraktivsten Geschöpfe, die er je gekannt hatte. Ihre Anziehungskraft resultierte zum Teil aus ihrem völligen Mangel an Hemmungen und kleinlichen Bedenken. Er war bis über beide Ohren in sie verliebt, aber realistisch genug zu erkennen, daß er sie nicht würde halten können. Außerdem riet ihm seine Vorsicht, seine Gefühle ihr gegenüber nicht gänzlich zu offenbaren. Denn er wußte, daß sie sich nicht mehr mit ihm treffen würde, wenn sie Bescheid wüßte.

»Wieviel Uhr ist es?« fragte er. Er ließ die Hand ihren Rükken hinaufwandern, dann wieder hinab. Dallas schmiegte sich an ihn.

»Der Wecker läutet in einer Viertelstunde.« Der Geruch ihrer gemeinsamen Nacht haftete noch auf seiner Haut. Sie biß ihm in die Lippen, dann streichelte sie ihm die Lenden. »Ich habe Sarah versprochen, daß ich sie heute früh zum Flughafen bringe.«

»Sarah?« Er fühlte sich träge und warm und knetete weiter ihren Po.

»Die Architektin von schräg gegenüber, von der ich dich fernhalte, weil du ihr sonst verfallen und mich aus dem Fenster schmeißen würdest.«

»Von wegen! Wenn du mich heiraten würdest, müßtest du dir keine Sorgen wegen Sarah von schräg gegenüber machen.«

Dallas erkannte seine ernste Absicht, obwohl er sich um einen fröhlichen Ton bemüht hatte. Einen Augenblick lang vergrub sie, von Bedauern überflutet, das Gesicht in seiner Halsbeuge. Der Mann taugt doch etwas. Was zum Teufel stimmt mit mir nicht? Sie kniff die Augen fest zusammen, bis das Bedauern schwand.

»Ich glaube, du meinst das im Ernst, Dennis«, murmelte sie und fuhr ihm schnell mit der Zunge über die Haut. Sie ließ die Hand zwischen ihnen beiden hinuntergleiten und nahm ihn in ihre langen Finger. »Zeig's mir.«

»Himmel, kriegst du denn nie genug!« Er atmete schon unregelmäßig.

Lachend öffnete sie die Beine, glitt tiefer und nahm ihn so rasch in sich auf, daß er nur noch stöhnen und ihr die Führung überlassen konnte. Als der Wecker losschrillte, war er hellwach, schweißgebadet und erschöpft. Dallas streckte die Arme zur Decke, küßte ihn flüchtig und schlenderte unter die Dusche. Besser, dachte sie, konnte man den Tag nicht beginnen.

Eine Stunde später flitzte Sarah auf dem Beifahrersitz von Dallas' grellorangefarbenem TR3 zum Flughafen. Sie fuhren mit offenem Verdeck. Der Wind peitschte Dallas' fuchsrotes Haar aus ihrem schmalen Gesicht nach hinten hoch und zerrte rücksichtslos an Sarahs Haarnadeln; aber sie genoß, zurückgelehnt auf ihrem Sitz, die Fahrt.

»Das hättest du doch wirklich nicht tun müssen!« schrie sie gegen den Wind an. »Du kommst noch zu spät zur Arbeit!«

»Wenn die Leiterin der Beschaffungsabteilung zu spät kommt, freut sich eh alles.« Dallas schaltete herunter und nahm mit quietschenden Reifen eine Kurve.

»Himmel noch mal, Dallas, du fährst wie der Henker.«

Lachend drehte Dallas den Kopf, wobei sie sich automatisch eine verirrte Strähne von den Augen wischte.

Heute sieht sie großartig aus, zufrieden mit sich, dachte Sarah. Dafür konnte es nur einen Grund geben. »Du könntest in New York als Taxifahrerin arbeiten«, sagte sie laut. »Da suchen sie immer so Verrückte.«

»Das liegt nur am Auto.« Die Landstraße verlief wieder gerade, und der Tacho hüpfte so bei hundert herum. »Wenn ich einen Kombi mit künstlicher Holzmaserverkleidung hätte, würde ich nie schneller als fünfzig fahren und bei Stoppschildern eine geschlagene Minute warten, egal ob ein Auto käme oder nicht.«

Sarah versuchte sich Dallas in einem Kombi vorzustellen. Es gelang ihr nicht. »Ich weiß nicht, warum ich überhaupt zum Flughafen muß«, bemerkte sie, als die Tachonadel sich langsam höher bewegte. »Du könntest mich genauso schnell nach L.A. fahren, wie ich mit dem Flugzeug dorthin brauche.«

»Führ mich nicht in Versuchung. Ich würde mir schrecklich gern Harrison Reed in Wirklichkeit anschauen. Die Architekten haben eben immer Massel.« Für gefährliche drei Sekunden schaute sie von der Straße weg, um Sarah einen finsteren Blick zuzuwerfen. »Daß du dir ja alles ganz genau merkst«, verlangte sie. »Und damit meine ich nicht Einzelheiten über sein Haus. Ich will wissen, wie er ausschaut, wie er in *Wirklichkeit* ausschaut. Aus der Nähe. Ich möchte seine genaue Augenfarbe wissen, seine Schuhgröße, wie er riecht, wie er nackt aussieht. Zum Teufel, ich mache mich noch selber ganz verrückt!« Sie grinste Sarah an, ehe sie fortfuhr. »Ich möchte alles haarklein erfahren, meine Liebe, alle unverblümten Einzelheiten, die klitzekleinsten Details. Himmel, diese fantastische Stimme... Man sagt, daß er vor dem Mittagessen keinen Ton von sich gibt.«

»Man?«

»Das habe ich in den Klatschspalten gelesen.«

»Dallas.« Sarah drehte sich ganz auf ihrem Sitz herum. Sie lachte, als ihr der Wind eine Haarnadel herausriß und auf die Straße fegte. »Du liest doch nicht im Ernst die Klatschspalten?«

»Ich? Ach, nein.« Fröhlich wedelte Dallas mit einer Hand herum und lenkte mit der anderen in eine Kurve. »Ich habe rein zufällig das eine oder andere aufgeschnappt.«

»Ich verstehe.« Sarah nickte. »Und ich werde mein Bestes versuchen, aber ich bleibe nur ein paar Tage. Höchst unwahrscheinlich, daß ich die Gegenwart des großartigen Harrison Reed mehr als nur ein paar Stunden genießen darf.«

»Hast du eine Ahnung, was man in ein paar Stunden alles bewerkstelligen kann!« Dallas grinste noch breiter, als sie an die ergiebigen zehn Minuten heute früh dachte. »Es heißt, er ist sexuell unersättlich. Nimm dich lieber in acht, Mädchen.«

Das Auto stoppte ruckartig vor dem Hauptterminal.

»Danke für den Ratschlag.« Sarah schlüpfte heraus und schnappte sich ihre Aktentasche und die Reisetasche vom Rücksitz. »Und fürs Herbringen.« Sie beugte sich kurz zu Dallas hinüber und wisperte. »Gib auf dem Rückweg auf die Polizisten acht.«

»Weshalb?« Dallas' Brauen hoben sich bis in die zerzausten Locken.

»Es heißt, sie sind sexuell unersättlich.«

»Wirklich?« Dallas lachte übers ganze Gesicht und legte den ersten Gang ein. »Ich mach' mich besser auf die Socken. Guten Flug.« Sie zischte wie der Blitz davon, und Sarah sah noch, wie sich Dallas auf wundersame Weise durch den Flughafenverkehr schlängelte, ehe sie das Terminal betrat.

Die Klimaanlage traf sie mit voller Wucht. Zitternd fragte sie sich, warum sich niemand mit vernünftigen 22 Grad zufriedengab, und stieß direkt auf Byron. Leute schwirrten um sie herum, über Lautsprecher wurden Starts und Landungen durchgegeben, aber sie starrte nur ihn an und verlor sich für einen Moment in seinen Augen.

Er hatte sie an den Armen gepackt, als sie sich zu ihm umgedreht hatte, und ließ sie noch immer nicht los. Etwas an ihrem überraschten, selbstvergessenen Blick gefiel ihm. Während ihres Schweigens geschah irgend etwas, aber keiner von beiden gestand es sich ein. Der ganze Vorfall schien endlos, dauerte aber nicht länger als zehn Sekunden..

Byron brach schließlich den Blickkontakt und musterte sie

von oben bis unten. »Sie schauen aus, als kämen Sie gerade aus dem Windkanal.«

Sarah trat einen Schritt zurück, wobei sie sein kurzes Zögern spürte, ehe er ihren Arm freigab. »Ich bin mit dem Hochgeschwindigkeitszubringer aus der Stadt gekommen. Eigentlich habe ich Sie hier nicht erwartet.«

Byron langte nach ihren Taschen. Als sie die Griffe nicht losließ, schaute er auf sie herunter. »Ich klaue sie Ihnen schon nicht, Sarah«, meinte er. »Ich will sie Ihnen nur tragen.«

»Sie sind nicht schwer.« Sie standen sich von Angesicht zu Angesicht gegenüber, wobei seine Hände über ihren auf den Griffen lagen. Seine Handflächen fühlten sich auf ihren Handrücken hart an, härter, als man erwarten würde, wenn man ihn so in dem perfekt sitzenden schwarzen Anzug sah. Sarah pustete sich das Haar aus den Augen. »Hören Sie zu, Byron. Ich stehe schrecklich gern herum und halte einen kleinen Plausch, aber ich muß meine Maschine erwischen. Sie haben doch nichts dagegen?«

Der Lautsprecher verkündete, daß die Fluggäste nach Houston zum Flugsteig kommen sollten. »Ihre Reservierung für den Linienflug wurde storniert«, teilte er ihr mit. »Wir fliegen zusammen mit einer Firmenmaschine. Ich lasse Sie in L.A. raus, ehe ich nach Madrid weiterfliege.«

»Davon weiß ich ja gar nichts.«

»Dann wissen Sie es jetzt.«

Etliche Sekunden sagte keiner etwas. Byron bemerkte, daß sich der rosige Ton ihres Teints vertiefte und das Grün in ihren Augen heller leuchtete. Ihm kam der Gedanke, daß er sie auf der Stelle entlassen und auf diese Weise aus seinem Berufs- und Privatleben befördern könnte. Aber schon einen Augenblick später fiel ihm ein, daß er keineswegs die Absicht hatte, dies zu tun.

»Vielleicht gehen Sie lieber zu Fuß nach L.A., bevor Sie im selben Flugzeug wie ich sitzen wollen?«

Sarah öffnete den Mund, dann machte sie ihn wieder zu, ohne einen Ton von sich gegeben zu haben. Ihr Lächeln kam ganz langsam, zuerst sah man es in ihren Augen. »Tut mir leid.«

Sowohl das Lächeln wie auch die Entschuldigung brachten ihn durcheinander. Eine Sekunde verstrich, ehe er merkte, daß sich ihre Hände unter den seinen entspannt hatten.

»Ich trage die Aktenmappe«, sagte sie. »All meine lebenswichtigen Besitztümer sind darin, wie meine Bürste und meine Umrechnungstabelle ins metrische System.« Als ihre Hände wieder frei waren, gab sie ihren Koffer preis und hakte sich bei ihm unter, um mit ihm durch das Terminal zu gehen.

An Bord musterte Sarah gründlich die Hauptkabine. Auf dem Boden lag ein dicker blauer Teppich. Die Möblierung bestand aus austernfarbenen Sesseln, einem großen Sofa und einer eingebauten Bar. Ein Komfort wie zu Hause. Sie wirbelte zu Byron herum und legte ihre Aktenmappe auf das Sofa. »Sehr elegant und überaus geschmackvoll. Gibt es keine heißen Bäder, aktuelle Filme oder Live-Unterhaltung?«

»Nur in dem großen Jet, den wir für P.R. benutzen.« Byron bedeutete ihr mit einer Geste, Platz zu nehmen. Er wartete, bis sie saß und angeschnallt war, ehe er sich auf den Platz ihr gegenüber setzte. Dann tippte er auf einen Schalter und gab damit dem Piloten das Signal. Sarah hörte das Aufheulen der Motoren und spürte das kraftvolle Vibrieren unter ihren Füßen. Aufmerksam schaute sie aus dem Fenster, um den Start zu verfolgen; sie liebte das Gefühl, wenn der Boden unter einem wegzog.

»Ich hörte, Sie hatten Ärger mit Evan Gibson.«

Sarah wandte sich rasch zu ihm hin. Wie üblich verriet seine Miene nichts von seinen Gedanken.

»Nicht der Rede wert.« Hol dich der Teufel, Cassidy, dachte sie flüchtig und wechselte das Thema. »Was machen Sie in Madrid?«

»Ist Ihnen Gibson zu nahe getreten?«

»Himmel, Byron, wissen Sie eigentlich, wie entsetzlich altmodisch das klingt?«

Byron wartete ab, während das Flugzeug an Höhe gewann und sich dann stabilisierte. »Ich habe Ihnen eine Frage gestellt.«

»Cassidy hätte Sie damit gar nicht behelligen sollen...«

»Cassidy weiß sehr wohl, daß er mich mit so etwas behelligen muß.«

»Byron, es war gar nicht der Rede wert. Es war ein Mißverständnis. Evan...« Sie zögerte. »Ich habe mich ihm gegenüber wohl nicht klar genug ausgedrückt. Evan hat einen falschen Eindruck gewonnen.«

Byron sah, wie sie an der Unterlippe nagte. Er kannte das noch von ihrem Vorstellungsgespräch.

Sarah seufzte. »Bitte, Byron, lassen wir das Thema.« Sie machte ihren Sicherheitsgurt auf und stand unverzüglich auf, um in der Kabine umherzugehen. Er beobachtete, wie sie die Hände in den tiefen Rocktaschen vergrub.

Jetzt stand er auch auf, und sie neigte den Kopf weit nach hinten, um ihn direkt ansehen zu können. »Wenn sich Evan noch einmal etwas Derartiges erlaubt, möchte ich davon erfahren.«

Sarah kniff die Augen zusammen, aber ehe sie antworten konnte, überraschte er sie durch ein Lächeln. Dann ging er in die angrenzende Bordküche. »Einen Kaffee?« fragte er, als er die Kaffeemaschine bediente.

Das Lächeln entwaffnete sie. Sie ging zur Tür der Bordküche und schaute ihm zu, wie er die Tassen herrichtete. »Wie vielen Frauen haben Sie damit schon den Kopf verdreht?« fragte sie unvermittelt.

Byron wandte ihr das Gesicht zu. »Hm?«

»Mit diesem Lächeln.« Sarah neigte den Kopf. »Das Sie so unerwartet hervorzaubern. Das schafft einen ja völlig.«

Erst dachte sie, er würde gar nicht antworten, aber dann entspannten sich seine Gesichtszüge. »Ich habe aufgehört, zu zählen.« Der Schalk in seinen Augen brachte sie augenblicklich zum Lachen. Mit einem Kopfschütteln drehte sie sich wieder um.

»Ich glaube, Sie sind ein überaus durchtriebener Kerl, Byron.«

»Sehr scharfsichtig.«

»Gestern nachmittag bin ich zum Woodloe-Winfield-Grundstück gefahren und habe mich dort mit Dutch Kelly getroffen. Gloria hat sich auch eingefunden.«

»Ist was dabei herausgekommen?«

»Wir haben drei Stunden gebraucht, aber dabei immerhin die Lage des Hauses entschieden.« Sie dachte an Glorias Ja-nein-vielleicht-Haltung. »Ach ja... sie möchte zwei Dutzend Azaleen. Sie sollen sie an ihre Kindheit erinnern. Ich habe schon mit den Entwürfen begonnen.« Beim Sprechen fuhr sich Sarah gedankenverloren durchs Haar.

Die Haarnadeln, mit denen sie ihren Nackenknoten befestigt hatte und die sich bereits auf der Fahrt zum Flughafen gelockert hatten, machten sich jetzt selbständig. Ihr Haar fiel ihr erst auf die Schultern und dann in Kaskaden über Rücken und Arme.

Die Worte, die Byron eben hatte sagen wollen, blieben ihm im Hals stecken. Er streckte die Hand aus, dann vergruben sich seine Finger wie aus eigenem Antrieb in ihren Haarmassen. Er schien in diesem Augenblick völlig gefesselt. Sarah spürte einen Druck in der Brust, dann erkannte sie ganz benommen, daß sie den Atem anhielt. Endlich atmete sie stoßweise aus. Sie hatte nicht erwartet, in seinen Augen Verlangen zu sehen. Und hatte nicht erwartet, selber Verlangen zu verspüren. Sie wollte ihn berühren, die Hand nach ihm ausstrecken.

Byron schaute sie noch immer völlig fasziniert an, ihr Haar noch immer zwischen den Fingern. Der Wildblumenduft überwältigte ihn. In diesem Moment erinnerte er sich daran, wie ihr Duft ihm gegenwärtig gewesen war, als er mit einer anderen Frau geschlafen hatte. Er ließ die Hände sinken und trat einen Schritt zurück. Zum erstenmal seit Jahren kam er sich töricht vor, und der Zauber des Augenblicks zerbarst wie Kristall. Enttäuscht erlebte Sarah, wie sich die Kluft zwischen ihnen vergrößerte. Besser so, sagte sie sich, während sie langsam und tief Luft schöpfte. Viel besser so. »Wann kommen Sie denn aus Madrid zurück?« erkundigte sie sich.

»In einer Woche.«

Er drehte sich wieder zur Bordküche um; der heftig sprudelnde Kaffee verlangte seine Aufmerksamkeit. Sarah rollte sich das Haar wieder zu einem Knoten.

»Nein.« Byron stand unter der Tür. Das Haar noch in den Händen, drehte sich Sarah zu ihm um. »Lassen Sie es offen.«

Er trug zwei Tassen Kaffee durch die Kabine und bot ihr eine an, als er vor ihr stehenblieb. »Bitte.«

Nach nur kurzem Zögern senkte Sarah die Arme und nahm den Kaffee. Er war, wie sie feststellte, sowohl heiß als auch ausgezeichnet. »Sie kochen einen großartigen Kaffee.«

Mit einer graziösen Bewegung zog sie die Beine unter sich. »Meiner schmeckt immer wie Möbelpolitur.«

Byron setzte sich. »Ich habe mir Ihre Ideen für das Reed-Grundstück angesehen. Sie sind sehr gut.«

»Danke. Cassidy meint, daß er sich gegen das Einfache sträuben wird. Ich ziehe es vor zu glauben, daß ich ihn überzeugen kann.« Die Anfänge eines Lächelns traten auf ihre Lippen, als sie an die nächste Phase des Projekts dachte. Sie würde die Begegnung mit Harrison Reed auskosten. Dann fing sie Byrons fragenden Blick auf. »Ich habe ihm wie gewünscht den Eindruck von großzügiger Raumaufteilung gegeben und die Fassade ganz schlicht gehalten. Mein Entwurf entspricht sowohl dem Grundstück als auch dem Zweck.« Sie hob ihren Kaffee, nippte daran und beobachtete ihn über den Tassenrand. »Welcher Entwurf gefällt Ihnen am besten?«

»Nummer drei«, meinte er. Sarah lachte. Es freute sie, daß sie beide denselben Geschmack hatten.

»Sieht so aus, als könnten wir zusammenarbeiten«, meinte sie. Ihr fielen wieder das Woodloe-Winfield-Projekt und Gloria ein. »Ich habe ein paar Rohskizzen für das W-W-Grundstück angefertigt. Bis nächste Woche müßte ich ein paar ausgefeiltere schaffen. Falls Sie bis dahin noch nicht zurück sind, soll ich dann persönlich mit ihr verhandeln?«

»Das ist Ihr Projekt.«

Die Stimme des Piloten drang knarzend aus der Bordsprechanlage. Sarah stellte die Füße auf den Boden und legte den Sicherheitsgurt an.

Kurz darauf beobachtete Byron vom Fenster aus, wie sie mit ihrem flotten Tänzerinnengang zum LAX-Terminal schritt. Ihr Haar schwang locker um ihre Hüften. Als er sich umdrehte, entdeckte er ihre Haarnadeln auf der ledernen Tischplatte, hob eine hoch und hielt sie kurz zwischen den Fingern. Er hätte schwören können, daß ihr Duft noch daran haftete. Verärgert warf er die Nadel beiseite und gab dem Piloten das Zeichen zum Start.

8

Selbst die Erde schien in Kalifornien sauber zu sein. Auf der Fahrt vom Flughafen zu Harrison Reeds Anwesen schimmerten die Hügel um sie herum in einem sanften, wie verwaschenen Farbton. Die Luft war lind, nicht trocken wie in Phoenix, nicht schwül wie in New York. Südkalifornien roch grün und üppig – und nach Reichtum. Sarah beschloß, vor dem Heimflug nach Beverly Hills zu flitzen und etwas Auffallendes und Teures für Dallas zu kaufen.

Es behagte ihr, daß sie sich hin und wieder etwas Extravagantes und Teures leisten konnte – und daß es ihr möglich war, sich diesen schicken kleinen Mercedes für die Fahrt vom Flughafen zum Grundstück zu mieten. Sarah kostete die finanziellen Vorzüge ihres Berufs aus, und sie genoß sogar noch mehr die Verhandlungen mit einem wichtigen Kunden – mit Harrison Reed, dem berühmten Schauspieler. Sie wußte, wenn das Gästehaus Bewunderung fand, würde ihr Name damit verbunden werden.

Als sie vor dem großen schmiedeeisernen Tor von Reeds Anwesen bremste, lächelte sie verhalten. Ihr mißfiel das Tor auf Anhieb, da es in ihr Assoziationen an ein Gefängnis weckte. Schnell glitt sie aus dem Auto und warf die Tür hinter sich zu. Ein Mann stand auf der anderen Seite des Tores und schaute sie finster an.

Sie schätzte ihn auf etwa dreißig; er war nur knapp mittelgroß, hatte einen dunklen Teint und sah in seinem ärmellosen schwarzen T-Shirt und den engen Jeans recht stämmig aus.

»Ich bin Sarah Lancaster und möchte zu Mr. Reed«, sagte sie.

Er starrte sie mißtrauisch an. »Sin' Sie die Architektin?«

Wegen seiner Manieren hatte man ihn garantiert nicht angestellt, dachte sie.

Sie nickte.

Ohne ein Wort ging er zu einem Häuschen auf der anderen

Seite des Tores. Während er telefonierte, beobachtete er sie durch ein Fenster. Kurz nachdem er den Hörer aufgelegt hatte, öffneten sich lautlos die Torflügel. Er kam näher und winkte ihr auffordernd zu. Dann gelang es ihm irgendwie, die Daumen in die Vordertaschen seiner hautengen Jeans zu quetschen.

Während Sarah zu ihrem Auto zurückging, sann sie darüber nach, daß der Ruhm seinen Preis forderte.

Die kurvenreiche Straße führte durch ein Gelände mit dichtem Baumbestand. Sarah nahm einen Geruch wahr, den sie gleich darauf als Zitrusduft erkannte. Anscheinend besaß Harrison einen Orangenhain. Die Straße erreichte eine sanfte Anhöhe und verlief dann eben, und hier wurde man der Villa zum erstenmal ansichtig. Sarah zog die Handbremse, stellte den Motor ab und starrte die Villa an. Dreidimensional sah sie noch schlimmer als auf den Fotos aus. Kein Wunder, daß Cassidy so geschnaubt hatte. Für einen Menschen mit seinem Harmonieempfinden war dieses zusammengewürfelte Ding da ein Grund zum Heulen. Sarah schien es wie ein Alptraum, auf den sie die Schnappschüsse nur unzureichend vorbereitet hatten.

Das ursprüngliche Gebäude, bemerkte sie, verfügte noch über einen gewissen angeberischen Charme. Doch hatte man allerlei Flügel und Türmchen angefügt, die sich nach oben und zu den Seiten erstreckten, bis das Lächerliche ins Groteske umgeschlagen war. Sie schloß kurz die Augen und atmete die orangenduftgeschwängerte Luft ein. Das Bild des Hauses war auf ihrer Netzhaut eingraviert.

»Mist«, murmelte sie, während sie den Motor wieder startete. Sie dachte an die schönen, klaren Entwürfe in ihrer Aktenmappe und gab Gas. »Vielleicht hat mir Cassidy alles andere als einen Gefallen getan.«

Sie stellte den Wagen neben dem Eingang ab und stieg zwei steinerne Stufen zur Vordertür hoch, um den großen Messingtürklopfer in Form eines Löwenkopfes zu betätigen.

Die Frau, die an die Tür kam, trug förmliche graue Dienstmädchenkleidung und eine weiße Schürze.

»Miß Lancaster.«

»Ja.« Sarah versuchte ein Lächeln. »Guten Tag.«

Wortlos trat die Frau zur Seite, um Sarah hereinzulassen. Dann drehte sie sich um und durchquerte auf leisen Kreppsohlen eine große Eingangshalle. Nach einem schnellen Blick auf die riesigen Kristalleuchter und die gewundene Treppe folgte ihr Sarah. Überall gab es unvermutete Bögen, und geschnitzte Türstürze stachen hier und da ins Auge. Die Haushälterin schwenkte unvermittelt nach rechts und führte sie in ein Zimmer.

»Mr. Reed kommt sofort.«

»Danke«, sagte Sarah, als sie langsam im Kreis das Zimmer abschritt. Die Überfülle faszinierte und stieß sie gleichermaßen ab.

Es gab niedrige Diwans aus Brokat, auf denen in sorgfältig berechneter Unordnung Satinkissen lagen, schwere goldfarbene Vorhänge mit dünnen Stores an den Fenstern und einen riesigen, in Gold gerahmten Spiegel über einem weißen Marmorkamin. Neben dem Kamin stand eine große, üppig verzierte Bodenvase aus Messing, die ein Arrangement aus Pfauenfedern enthielt. Sarah trat an die rote Samtbar und goß sich, als sie eine Wermutflasche entdeckte, ein Glas ein. Sie trank gerade ihren ersten Schluck, als Harrison Reed hereinkam. Sarah erkannte auf den ersten Blick, daß Dallas ihn anhimmeln würde.

Er trug bräunliche Reithosen, ein Seidenhemd mit großem Kragen und weiten Ärmeln und war schlank und braungebrannt; seine berühmte kastanienbraune Haarmähne schien perfekt zerzaust. Die klassisch geschnittenen Gesichtszüge wirkten durch die tiefen Linien noch anziehender; die dunklen Augen waren so hinreißend, wie sie sie von der Leinwand her kannte. Zweifellos wirkte er eher wie vierzig als fünfzig, und letzteres war er bekanntlich. Geld, folgerte Sarah, ist ein Jungbrunnen.

»Sie sind Sarah Lancaster, meine Architektin?« Er mußte die Überraschung in seiner Stimme nicht vortäuschen. Sarah entsprach überhaupt nicht seinen Erwartungen. »Den letzten Architekten, den mir Max ins Haus geschickt hat, um das Badehaus zu bauen, war klapperdürr, mittelalterlich und mit beginnender Glatze.«

»Carl Masters«, antwortete Sarah, als sie den Gegenstand

seiner Beschreibung erkannte. »Er arbeitet derzeit an einem Projekt im Staat Washington.« Sie streckte die Hand aus. Ihr gefielen die schroffen Gravuren seines Gesichts, und er erfüllte ihre Erwartungen voll und ganz, als er ihr die Hand küßte. Die Geste paßte zu ihm.

»Welcher Glücksfall für mich.«

»Ich würde mich freuen, wenn Sie auch so denken, nachdem ich Ihnen meine Ideen gezeigt habe.« Geschickt entzog sie ihm ihre Hand. »Hoffentlich haben Sie nichts dagegen«, fügte sie hinzu und deutete auf ihr Glas. »Das Zimmer schien förmlich danach zu verlangen.«

»Nein, ganz und gar nicht. Bitte...« Die Armbewegung fiel nur ein ganz klein wenig theatralisch aus. »Nehmen Sie Platz.«

»Danke, aber ich würde mir den Bauplatz am liebsten sofort anschauen.« Nach einem letzten Schluck stellte Sarah das Glas an der Bar ab. Da sie spürte, daß er an Zuvorkommenheit gewöhnt war, milderte sie ihren ausdrücklichen Wunsch durch ein Lächeln ab. »Hoffentlich haben Sie Zeit, die Entwürfe, die ich mitgebracht habe, ausführlich zu besprechen. Ich glaube, es ist etwas dabei, was Ihren Vorstellungen entspricht. Ehe ich detailliertere Vorschläge ausarbeiten kann, muß ich mir erst einmal das Grundstück ansehen. Könnten Sie mich jetzt hinführen, Mr. Reed?«

»Nennen Sie mich doch Harrison«, bat er sie. Und beschloß unverzüglich, an der Gestaltung seines Gästehauses aktiv mitzuwirken.

Jenseits der sanft abfallenden Hügel, am rötlichen Tennisplatz vorbei, außer Sichtweite des runden Swimmingpools und kurz vor den Stallungen befand sich ein schmaler, von einem Orangenhain umgebener Fleck Erde. Sarah ging, die Hände in den Taschen, mit zusammengekniffenen Augen über das Gras und konzentrierte sich darauf, auf dem leeren Platz das Bild eines Gästehauses vor sich aufsteigen zu lassen. Im Augenblick war Harrison Reed völlig vergessen. Sie konnte das Haus schon vor sich sehen und wußte, daß sie an ihren ursprünglichen Zeichnungen nur einige wenige Änderungen vornehmen mußte.

Harrison beobachtete sie. Er erkannte, daß er mit seinem ersten Eindruck, sie sei bloß jung und gutaussehend, falsch gelegen hatte. Sie wußte, was sie wollte. Er rief sich ins Gedächtnis zurück, daß sie für Max arbeitete. Max stellt seine Leute weder nach Alter noch nach Aussehen ein, sinnierte er, sondern nach Köpfchen. Trotzdem grinste er angesichts des hüftlangen Haars und ihrer schlanken Figur. Dieser alte Halunke merkt wahrscheinlich gar nicht, was für einen fantastischen Hintern sie hat.

Sarah ging weiter über das Grundstück, ohne Harrison Beachtung zu schenken. Sie konnte spüren, wie aus der Gewißheit, daß sie den leeren Platz umformen konnte, ohne ihn in seiner Eigenart zu zerstören, Aufregung in ihr erwuchs. Das vordere Fenster würde der Abendsonne wegen nach Westen gehen, die Küche nach Osten, damit sie Morgensonne abbekam, beschloß sie.

Harrison. Zum erstenmal seit zehn Minuten nahm Sarah ihn hinter sich wahr. Hoffentlich konnte sie ihn davon überzeugen, daß er keine Basilika hinzustellen brauchte, um seine Bedeutung zu beweisen.

»Ich kenne Leute, die für ein solches Fleckchen einen Mord begehen würden. Ich gehöre dazu«, meinte sie.

Er folgte ihrer ausladenden Armbewegung. Sie sah, daß die Falten um seine Augen im Sonnenlicht deutlicher zutage traten, aber in seinem Haar zeigten sich nur wenige graue Strähnen. »Eigentlich hat mich meine dritte Frau, die mich vor kurzem verlassen hat, davon überzeugt, daß sich dieser Platz am besten für ein Gästehaus eignet.«

Aus dem Zynismus in seiner Stimme folgerte Sarah, daß verlassen getrennt und nicht gestorben bedeutete. »Dann haben Sie wenigstens einen Grund, ihr für etwas dankbar zu sein.«

Bei dieser trockenen Bemerkung schaute Harrison sie kurz an, dann begann er zu lachen. »Es gibt wahrscheinlich noch andere.«

Sarah hakte sich bei ihm unter und deutete auf das Grundstück. »Es ist ideal, Harrison. Sehen Sie das auch so? Ein kleiner Schlupfwinkel aus alten Ziegeln mit einer überdachten Veranda und einem gepflasterten Hof auf der Rückseite.

Viele kleine Schiebefenster, weiße Schindeln auf dem Dach. Rauch steigt aus dem Schornstein auf. Und innen drin Eichenfußböden und unverputzte Balken; kleine, ansprechende Zimmer mit viel Sonnenlicht. Ein steinerner Kamin mit einer erhöhten Feuerstelle an der Nordseite.« Beim Sprechen hob Sarah die Augen. Er folgte den Gesten ihrer freien Hand, aber sein Gesichtsausdruck verriet ihr, daß er alles andere als überzeugt war.

»Klingt ein bißchen simpel.«

»Nicht simpel, Harrison«, verbesserte sie ihn und schaute ihm voll ins Gesicht. »Es gibt doch bestimmt viel Anspannung in Ihrem Beruf, im Leben Ihrer Bekannten. Manchmal heißt die Antwort darauf, all das vergessen und sich für etwas Ursprüngliches und Unkompliziertes begeistern zu können.« Prüfend sah sie ihn mit ernsten Augen an. »Sie kennen viele Leute, die beständig von Luxus umgeben sind. Sie könnten ihnen etwas anderes bieten.«

Harrison schaute sie wortlos an, dann meinte er nachdenklich: »Zeigen Sie mir Ihre Skizzen.«

Sarah lachte – und schwelgte bereits in ihrem Siegesgefühl.

Später stand Sarah barfuß auf einem rosé-pinkfarbenen Teppich und versuchte, das farblich passende Baldachinbett zu ignorieren, während sie Cassidy in Phoenix anrief.

»Na, Sarah. Haben Sie was erreicht?«

Als seine Stimme ihr ins Ohr drang, klemmte sie sich den Hörer auf die Schulter. »Ich gehe jetzt schwimmen und eine eisgekühlte Margarita trinken. Und wie geht es Ihnen?« Sie rückte den Träger ihres schwarzen Badeanzugs zurecht.

»Ich komme gerade aus einer zweistündigen Besprechung mit einer Gruppe von Ingenieuren.«

Sarah grinste, seufzte aber mitleidig. »Hören Sie zu, Cassidy – Harrison ist bereit, einen Vertrag zu unterzeichnen.«

»Wieviel Blattgold müssen wir herbeischaffen?«

»Nicht ein Gramm.« Sie war mit sich zufrieden und unternahm keinerlei Anstrengung, das zu verbergen. »Es wird ein einfaches zweistöckiges Ziegelhaus. Die äußeren Maße sind zehn mal zehn.«

»Verarschen Sie mich auch nicht?«

Sarah lachte. »Im Ernst, Cassidy. Er hat mich gebeten, bis morgen zu bleiben. Und ich tu' ihm den Gefallen. Sie können mich, falls nötig, morgen nachmittag und am Sonntag zu Hause erreichen.«

»Ich würde meine Tochter nicht in diesem Haus übernachten lassen«, brummte er.

Bei seinen Worten stieg in Sarah prompt eine Woge der Zuneigung auf. »Cassidy, hören Sie auf, sich Sorgen zu machen, und nehmen Sie zwei Aspirin gegen die Kopfschmerzen, die Sie diesen ekligen Ingenieuren verdanken.«

»Klugschwätzerin«, grummelte Cassidy, ehe er auflegte.

Lachend legte auch Sarah den Hörer auf, schnappte sich einen kurzen weißen Bademantel und spazierte aus dem Zimmer. Sie brauchte mehr als zehn Minuten für den Weg durch das Haus und das Gelände zum Swimmingpool. Harrison war schon da und hatte es sich in einem Segeltuchliegestuhl bequem gemacht. Er war, schloß sie mit einem Blick auf seinen schlanken, gebräunten Körper, in erstaunlich guter Verfassung. Bei ihrer Ankunft erhob er sich und ging zu der bestens bestückten Bar unter einem gestreiften Sonnenschirm. Sarah hatte Cassidy gegenüber nicht erwähnt, daß ihr Gastgeber während ihrer Besprechung der Skizzen etliche Martinis gekippt hatte. Doch konnte sie trotz kritischer Beobachtung nichts Unkoordiniertes an seinen Bewegungen erkennen. Er gehörte wohl zu jenen seltenen Exemplaren, die beständig trinken können und dabei nicht benebelt werden. Ob er wohl jemals richtig nüchtern war?

»Die Dame hat eine eisgekühlte Margarita bestellt«, verkündete er, als sie auf ihn zukam.

»Das hat die Dame in der Tat«, stimmte sie zu und nahm das kalte Glas. Sie nippte und äußerte sich anerkennend. »Ausgezeichnet.«

Als sie sich abwandte, um den Pool und die Palmen anzuschauen, beobachtete Harrison sie. Ihre Formen waren weniger üppig als die der Frauen, die ihm normalerweise gefielen, aber irgend etwas an diesem schlanken, fast knabenhaften Körper zog ihn an. Er hatte ihr Gesicht auf den ersten Blick für außergewöhnlich schön gehalten, aber jetzt erkannte er, daß mehr dahinter steckte. Dies war keine Frau, die sich vor den Spiegel stellte und nach kleinen Makeln oder vollendeter Schönheit suchte.

Als sie sich ihm wieder zuwandte, schwang ihr Haar mit, in dem sich schimmernd das Sonnenlicht fing.

»Sie haben den falschen Beruf«, meinte er, als er einen Schritt auf sie zumachte. »Ich könnte einen Star aus Ihnen machen.«

»Ich werde schon noch ein Star, Harrison, aber in meinem Bereich.« Lächelnd nahm sie einen weiteren Drink, aber er sah, daß sie das ernst meinte. Er hatte bei Schauspielern, die im Aufstieg begriffen waren, diesen Ton gehört, diesen Gesichtsausdruck wahrgenommen. Sie schafft es, folgerte er. Er schaute ihr zu, wie sie den Bademantel ablegte und sich hinsetzte.

»Wo in aller Welt hat Max Sie aufgestöbert?«

Sarah freute sich an den tanzenden Sonnenstrahlen auf dem Wasser und genoß das Gefühl der Wärme auf ihren bloßen Beinen. »In New York«, antwortete sie und fühlte sich schläfrig und zufrieden. »Ich habe bis vor kurzem immer in New York gelebt.«

Harrison kippte seinen Martini. »Himmel, was für eine Stadt.« Er schüttelte den Kopf. »Ich habe in New York am besten und am miserabelsten gespielt.«

»Ich habe Sie als *Richard II.* gesehen.«

»Um Himmels willen, da müssen Sie ja noch Windeln getragen haben.«

»Das ist erst zehn Jahre her. Sie waren großartig. Ich habe geweint, als sie Bolingbroke krönten.«

Er schaute erst an ihr vorbei ins Leere, dann sah er sie an.

»Der Krone ja: doch mein sind meine Leiden. Nehmt meine Herrlichkeit und Würde hin, Die Leiden nicht, wovon ich König bin.«* Er schwieg einen Augenblick und starrte auf sein leeres Glas.

»Zehn Jahre«, murmelte er. »O Gott.« Erneut füllte er sein Glas.

»Sie spielen noch immer großartig.«

* Das Zitat ist folgendem Buch entnommen: William Shakespeare: König Richard der Zweite, Reclam Universal-Bibliothek Nr. 43, Stuttgart 1993, S. 63

Er schaute sie an und erkannte ihre Aufrichtigkeit. Dann nahm er sie bei der Hand und zog sie hoch. »Wie alt sind Sie?«

»Sechsundzwanzig.«

»Du meine Güte, mein Sohn ist älter als Sie.«

Sarah lachte. »Harrison, ich werde Ihnen jetzt die Wahrheit sagen und hoffe, Sie glauben mir. Wenn Sie kein Kunde wären, würde ich sehr gerne mit Ihnen ins Bett gehen. Aber da Sie es sind« – sie hielt lange genug inne, um ihm das Martiniglas aus der Hand zu nehmen – »schlage ich vor, daß wir lieber schwimmen gehen.«

»Sarah.« Er seufzte. »Max weiß schon, wie er sich seine Leute aussucht, der alte Bursche.«

»Ich richte es ihm aus«, versprach sie.

Die Hotelsuite in Madrid war ruhig und elegant, der Brandy in Byrons Glas warm und weich. Die geschäftliche Angelegenheit, deretwegen er nach Spanien gereist war, hatte Byron schnell und erfolgreich abgeschlossen. Es gab in einer Vormittagssitzung nur noch unwesentliche Punkte zu regeln; morgen mittag würde er schon im Flugzeug nach Phoenix sitzen. Doch empfand er keine Befriedigung. Statt dessen verspürte er eine gewisse Rastlosigkeit, ein Verlangen, seinem Haladay-Image zu entkommen. Vor sich hinbrütend, trank er seinen Brandy. Er wollte etwas, und zum erstenmal in seinem Erwachsenenleben war er sich nicht völlig sicher, was es war.

Als sie vom Schlafzimmer hereinkam, schaute ihn Carmen gründlich an. Sie erkannte den versunkenen, in sich gekehrten Zug auf seinem Gesicht und wußte sehr wohl, daß dieser Mann über viele Facetten verfügte und daß er ihr nur einige davon zu kennen gestattete. Ihr Verhältnis mit Byron ging schon lange, umfaßte einige Jahre und andere Geliebte, doch wußte sie – und das freute sie –, daß sie ihm näher stand als jede andere Frau. Vielleicht war sie noch am ehesten seine Freundin. Sie verstand sein Getriebensein und respektierte es wegen ihres eigenen Ehrgeizes. Carmen hatte nur einen ständigen Geliebten – ihre Karriere.

In den zehn Jahren ihrer Bekanntschaft waren beide in ihren jeweiligen Bereichen aufgestiegen. Beide waren erfolgreich, und beide erinnerten sich an ihre Anfänge in Armut. Keiner von beiden hatte sich mit dem wachsenden Erfolg entspannt.

Carmen ging auf ihn zu und wartete. Dann lächelte sie, als er den Blick hob. »Du bist heute abend so still.« Ihr Gesicht mit den dunklen Augen, dem vollen, großen Mund, der langen Nase und den hohen Wangenknochen faszinierte den Betrachter. Aus diesem Grund war sie schon oft gemalt worden. Ihr Haar, im Rabenschwarz der echten Spanierin, trug sie mit Mittelscheitel und offen bis über die Schultern fallend. Der Goldton ihrer Haut schimmerte durch die dünne weiße Seide ihres Hausanzugs. Sie setzte sich neben ihn, nahm ihm den Brandy aus der Hand und nippte. »Hat dir die Vorstellung heute abend gefallen?«

»Du warst großartig, wie immer. Deine Stimme begeistert mich jedesmal aufs neue.« Er beobachtete, wie Carmen mit der Zunge über den Rand des Cognacschwenkers leckte. »Ich habe gehört, daß du nächsten Monat auf Europatournee gehst?«

»Von Stadt zu Stadt, von Land zu Land. Tempo, Tempo.« Ihr Achselzucken war typisch spanisch. Sie lächelte und nippte noch einmal. »Neue Leute, mehr Leute. Mehr Applaus. Hören Leute wie du und ich wohl jemals auf, nach Erfolg zu hungern, Byron?«

Sein Blick glitt über die Rubine an ihren Ohrläppchen. »Nein«, antwortete er.

»Nein«, murmelte sie, als sie sich zurücklehnte und zur Decke schaute. »Wie lange kennen wir uns schon?«

»Zehn Jahre.«

»Zehn Jahre. *Dios*, kein Wunder, daß ich mir dauernd wie beim Wettlauf vorkomme. Wie gut ich mich noch an unsere erste gemeinsame Nacht erinnere.« Sie hob die Hand zu einer trägen, lasziven Geste. »Damals sang ich in Barcelona. Und ich freue mich noch immer, wenn du mein Zuhörer bist.« Carmen lachte ihn über den Glasrand hinweg an. »Und mein Liebhaber hinterher.« Nachdem sie den Brandy abgesetzt hatte, fing sie an, ihm das Hemd aufzuknöpfen. »Habe ich mich schon für die Rosen bedankt?«

»Ja, aber du kannst es gern noch einmal tun.« Er wickelte sich eine Locke ihres Haars um den Finger und erinnerte sich daran, wie sich Sarahs Haar angefühlt hatte.

»*Caro.*« Carmen streichelte ihm über die Brust und schmiegte sich enger an ihn, als er sie in die Arme nahm. »Du denkst an eine Frau.«

Byron fand den Reißverschluß an ihrem Hals und zog ihn auf. Ihre Haut war warm und weich. »Du hast recht«, murmelte er ihr ins Ohr.

Sie lachte leise, als sie seine Lippen auf ihren Schultern spürte. »Aber, *caro,* die Frau in deinen Armen ist nicht identisch mit der Frau in deinem Kopf.« Er spannte sich an, aber sie neigte sich vor, bis sich ihre Blicke trafen. »Zehn Jahre, sagtest du, *querido.* Zwischen uns gibt es kaum noch Illusionen.« Carmen widerstand dem Drang, ihn nach dem Namen der Frau zu fragen; statt dessen führte sie seine Hände zu ihren Lippen. »Ich werde sie für eine kleine Weile aus deinen Gedanken vertreiben.«

Ihr Körper war üppig und herrlich geformt. Byron umarmte sie. Er wußte, ihre Haut würde wie ihr Duft schmekken, moschusartig und geheimnisvoll. Für den Augenblick reichte ihm das.

9

Als Sarah am Montagmorgen ins Büro kam, war sie ausgezeichnet gelaunt. Das Wochenende über hatte sie in ihrer Wohnung verbracht und den Entwurf im Detail verfeinert, um anschließend die Pläne für das Reed-Projekt maßstabgerecht zu zeichnen. Die Arbeit machte ihr große Freude. Schritt eins war von Anfang bis Ende perfekt gelaufen. Jetzt brannte sie darauf, den Boden für Schritt zwei zu erschließen. Sie fühlte sich bestens auf ihre Nachmittagssitzung mit Haladay vorbereitet.

»Hallo, Joe.« Wie üblich blieb sie stehen und lächelte den Wachmann an. »Wie geht es Rose?«

»Hallo, Sarah. Gut, danke.« Joe erwiderte ihr Lächeln, bevor er merkte, wer ihr ins Gebäude gefolgt war. »Guten Morgen, Mr. Lloyd.«

»Ach, hallo, Byron. Wie war's in Spanien?«

»Heiß«, antwortete er knapp und führte sie, indem er sie am Ellbogen packte, an den zahlreichen öffentlichen Aufzügen vorbei. »Ich bringe Sie zu Ihrem Stockwerk.«

»Schön.« Sie schaute ihm zu, wie er seinen Schlüssel ins Schloß steckte. »Dieser Aufzug gefällt mir viel besser. Ich kann singende Aufzüge nicht leiden. Ist in Madrid alles gut gelaufen?«

Byron drückte auf den entsprechenden Knopf, dann wandte er sich ihr zu. Bei seinem frostigen Blick runzelte sie die Stirn, da sie sich daran erinnerte, daß sie sich durchaus im guten getrennt hatten. »Stehen Sie mit den Wachleuten generell auf so privatem Fuß?«

»Was?«

Er beobachtete, wie sich Linien zwischen ihren Brauen bildeten, während sie überlegte.

»Sprechen Sie etwa von Joe?« Sie nahm ihre Aktenmappe in die linke Hand. »Meinen Sie das im Ernst?« Ihre Augen weiteten sich. »Du liebe Güte, Sie meinen das tatsächlich so.«

Prompt stieg Ärger in ihr hoch. »Es muß sehr schwierig

sein, so weit über den Normalsterblichen zu schweben. Sie haben sich wahrscheinlich niemals zu mehr als einem gelegentlichen Nicken diesem Mann gegenüber herabgelassen. Und Sie wissen mit Sicherheit nicht, daß er seit zehn Jahren hier arbeitet und zwei Kinder hat. Eines fängt im Herbst mit dem College an. Und seine Frau kocht gern Lasagne.«

Byron schaute sie unbeteiligt an. »Ich verfüge zweifellos von jetzt an über diese fesselnden Informationen.«

»Verflucht, behandeln Sie mich nicht so von oben herab.« Sie vergaß das Gewaltpotential seiner Wut und seine Stellung und stürmte blindlings drauflos. »Mit welchem Recht teilen Sie die Menschen in Klassen ein? Auch Sie haben unten angefangen, Byron. Vergessen Sie Ihre eigene Herkunft nicht.«

Seine Hand schloß sich fester um ihren Arm, aber diesmal wich Sarah nicht zurück.

»Ich weiß, woher ich komme«, sagte er. »Sie brauchen mich nicht daran zu erinnern.«

»Und ich brauche keine Anweisungen hinsichtlich meines Benehmens von Ihnen. Ihre Autorität endet mit meiner Arbeit.« Sie befreite sich mit einer heftigen Bewegung aus seinem Griff. »Unterstehen Sie sich, mich...«, einen Augenblick hielt sie inne, um ihre Stimme unter Kontrolle zu bekommen. »Kritisieren Sie mein persönliches Verhalten außerhalb des Büros nie wieder.«

Die Türen öffneten sich. Sie wandte ihm den Rücken zu und ging davon.

»Morgen, Mrs. Lancaster.« Mugs legte ihr neuestes Taschenbuch aus der Hand und schaute auf. Da sie Wut auf den ersten Blick wahrnehmen konnte, räusperte sie sich und setzte noch einmal an. »Möchten Sie einen Kaffee?«

»Stellen Sie die nächsten Minuten keine Anrufe für mich durch«, ordnete Sarah energisch an, als sie an Mugs vorbei in ihr Büro eilte.

»Ja, Madam.«

Scheißkerl! Sobald die Tür hinter ihr ins Schloß gefallen war, explodierte Sarah. Sie warf ihre Aktenmappe beiseite und rannte im Zimmer auf und ab. Wie hatte ich mir auch nur einbilden können, ihn zu mögen? Mit verschränkten Armen starrte sie wütend ihre Pflanzen an, schloß dann die Augen, weil sie ihre Gefühle wieder abkühlen wollte, und stand ganz still da. Allmählich schwand ihr Zorn. Mach dich an die Arbeit und vergiß es, befahl sie sich, drehte sich um, hob den Hörer und drückte auf Mugs Summer.

»Ja, Miß Lancaster.«

»Mugs, bringen Sie mir ein Sortiment Bleistifte und schauen Sie nach, ob Cassidy Zeit hat, meine letzten Entwürfe für das Reed-Projekt anzuschauen.« Sarah ließ sich beim Sprechen auf ihren Stuhl fallen, nahm einen Stift und kritzelte drauflos. »Und finden Sie heraus, ob Dutch Kelly einen Termin frei hat, damit wir die Detailpläne für das W-W-Projekt besprechen können... vielleicht irgendwann heute nachmittag. Um wieviel Uhr ist eigentlich die Sitzung mit Mr. Haladay?«

»Zwölf Uhr dreißig. Zum Mittagessen in seinem Büro. Es gibt wahrscheinlich ein kaltes Büfett.«

Sarah runzelte die Stirn, dann notierte sie ihre heutigen Termine auf ihren Block. »Nimmt Mr. Lloyd auch daran teil?«

»Für gewöhnlich schon.«

»Mist«, flüsterte sie kaum vernehmbar, aber Mugs hatte ein feines Gehör. »Na schön, kümmern Sie sich um die Bleistifte und um Kelly. Cassidy rufe ich selber an. Und, Mugs...«

»Ja, Miß Lancaster?«

»Ich könnte den Kaffee jetzt gebrauchen, wenn es Ihnen nichts ausmacht.«

»Aber klar doch.«

»Danke.« Sarah legte den Hörer auf und atmete tief durch. Dann stand sie auf und hob ihre Aktenmappe vom Boden auf.

Als Sarah das Büro Haladays betrat, befanden sich beide Männer hinter dem wuchtigen Schreibtisch. Haladay saß, während Byron hinter ihm stand. Kam es nun durch diese Stellung oder den Lichteinfall, Sarah bemerkte jedenfalls, daß Haladays Alter mit Byron an seiner Seite deutlicher zutage trat. Einen Augenblick empfand sie Bedauern für den alten Mann und den unausweichlichen Wandel.

»Hallo, Max.« Sie lächelte ihm rasch zu, als sie das Zimmer durchquerte. »Hatten sie ein schönes Wochenende?«

»Das Wochenende bedeutet in meinem Alter etwas völlig anderes als in Ihrem«, bemerkte er trocken. »Schauen wir uns doch die Pläne an.«

Nachdem sie die Aktenmappe auf seinem Schreibtisch abgestellt hatte, machte sie sie auf und reichte ihm die Pläne.

»Schenken Sie uns etwas zu trinken ein, Byron«, meinte Haladay, während er die Entwürfe aus der Rolle zog. »Ich schaue mir schon mal Ihr Werk an.« Er stand auf und breitete die Entwürfe auf seinem Schreibtisch aus.

»Einen Martini?« fragte Byron.

»Ja, bitte.«

Er drehte sich um und verblüffte Sarah mit einem Lächeln. »Trocken?«

»Knochentrocken, daß es staubt.«

Er goß zwei Martinis ein, dann suchte er eine Sherryflasche aus und schenkte ein drittes Glas halbvoll. Als er ihr den Drink reichte, langte Sarah danach, und für einen Moment hielten sie beide den Stiel fest. Sie hob die Augen. Plötzlich erinnerte sie sich an ihre erste Begegnung in seinem Büro, als seine Hand die ihre auf der Türklinke umschlossen hatte. Sie hatte damals gespürt, wie eine Botschaft dabei übermittelt wurde, und jetzt spürte sie sie wieder, konnte sie aber nicht entschlüsseln. Dann hielt nur noch sie das Glas, weil er seine Hand wieder zurückgezogen hatte.

»Sie haben anscheinend gute Arbeit geleistet«, bemerkte Haladay.

Zerstreut wandte sich Sarah von Byron ab und ordnete ihre Gedanken. »Ich habe *tatsächlich* gute Arbeit geleistet«, verbesserte sie ihn und ging zu ihm. Sie nippte an ihrem Martini, als Byron sich ihnen anschloß und Haladay das halbvolle Glas Sherry reichte. Haladay schaute es finster an, trank es auf einen Zug aus und stellte das leere Glas auf seinen Schreibtisch.

»Was meinen Sie?« wollte er von Byron wissen, wobei er eine ausladende Armbewegung über die Pläne machte.

Byron beuge sich über den Schreibtisch und ging systematisch die Entwürfe und statischen Berechnungen durch.

»Sehr gut«, sagte er schließlich und richtete sich auf. »Ich sehe keine Schwierigkeiten.«

»Es freut mich, das zu hören.« Sarahs Stimme war so trokken wie ihr Martini. »Es paßt perfekt zu dem Grundstück, Max«, sagte sie.

»Was halten Sie von Reed?« erkundigte sich Max.

»Ich finde, er ist ein sehr netter Mensch. Und ein überaus begabter noch dazu.«

»Er säuft«, bemerkte Haladay. »Aber mir gefällt dieser Bursche.«

»Auch er schätzt Sie sehr«, gab Sarah zurück.

»Ich war schon in diesem Monstrum von Haus, in dem er lebt. Cassidy würde da seinen Fuß nicht reinsetzen.«

Sarah lachte. »Nein, wohl kaum. Nicht einmal Ihnen zu Gefallen. Ich habe so etwas noch nie gesehen.« Sie schüttelte den Kopf. »Ich leide noch immer unter Alpträumen.«

Haladay schaute sie lange und unerbittlich an. »In Anbetracht von Reeds Geschmack kann ich mir kaum vorstellen, daß Sie ihn von einem so wenig monumentalen Entwurf überzeugt haben.«

Ihre Augen verengten sich. Sie stellte ihr Glas ab. »Ich habe ihn nicht im Bett überzeugt, denn ich pflege Kunden nicht auf diese Weise zu beeinflussen. Ich habe einfach zum richtigen Zeitpunkt den passenden Ton gefunden. Wenn Sie mich jetzt bitte entschuldigen wollen.« Sarah drehte sich auf dem Absatz um, aber Haladay legte ihr die Hand auf die Schulter und hielt sie zurück.

»Kurzschluß«, bemerkte er zu Byron. Lachend klopfte er ihr auf die Schulter. »Nehmen Sie sich doch Kaviar«, schlug er vor. Er trat ans Büfett und bestrich sich einen Cracker.

»Sie wollten doch, daß ich wütend werde.«

»Ich überzeuge mich nur gern von der Integrität meiner Leute.«

»Nein«, verbesserte ihn Sarah. »Damit befriedigen Sie Ihr Selbstwertgefühl.« Sie deutete auf Byron. »Unsere Integrität spiegelt Haladays Integrität wieder.«

»Sie sind ganz schön auf Draht.«

»Ach, nicht so sehr wie Sie, Max, und nicht halb so gerissen.« Sie lachte leise. »Aber ich arbeite noch daran.«

»Kommen Sie, essen Sie ein wenig Kaviar. Eins der wenigen Vergnügen, die mir noch geblieben sind.« Über ihren Kopf hinweg fing er Byrons Blick auf und schaute verdrossen drein. »Byron und die Ärzte haben sich verschworen, mir meine verbleibenden Jahre so langweilig wie möglich zu gestalten. Sie haben doch gesehen, was für einen jämmerlichen Drinkersatz er mir vorgesetzt hat, nicht wahr?« wollte Haladay von Sarah wissen. »Und wem, zum Teufel, habe ich es zu verdanken, daß man mir nur noch dieses Gebräu serviert?«

»Koffeinfreien Kaffee«, korrigierte ihn Byron und zündete sich eine Zigarette an.

»Nicht nur hier«, fuhr Haladay fort, »sondern auch zu Hause. Und sogar in meinem eigenen Scheißflugzeug. Zigarren sind auch gestrichen. Und erst meine Diät! Herrgott noch mal.« Er nahm einen ungesalzenen Cracker und verschlang ihn.

»Max' Diät ist sehr vernünftig zusammengestellt«, konstatierte Byron.

»So ein Quatsch!« Max stopfte sich eine Garnele in den Mund. »Was zum Teufel versteht er denn vom Essen? Ein Mann kann doch erst in reifen Jahren Essen wirklich schätzen.« Er nahm ein Karottenstück und brach es in zwei Hälften. »Bis sechzig ist ein Mann viel zu sehr mit Sex beschäftigt, als daß er etwas vom Essen verstehen könnte. Ihnen wird aufgefallen sein«, wies er Sarah hin, »daß er noch keinen Bissen zu sich genommen hat.«

»Wenn Sie mich nicht mehr benötigen«, meinte Sarah, während sie zu seinem Schreibtisch ging, um ihre Unterlagen zusammenzusuchen, »ich habe eine Besprechung mit Dutch Kelly wegen eines anderen Bauvorhabens.«

Byron stand auf und kam zu ihr herüber. »Ich möchte gern mit Ihnen darüber sprechen.«

»In Ordnung.« Nachdem sie ihre Aktenmappe hatte zuschnappen lassen, schaute Sarah zu ihm auf. »In meinem Büro? Dort liegen die vorläufigen Entwürfe.«

»Schön.«

Sie schaute an Byron vorbei zu Haladay. »Auf Wiedersehen, Max.«

»Auf Wiedersehen, Sarah.«

Sarah wartete nur so lange, bis Byron den Aufzug gerufen hatte. »Er hat es am Herzen, nicht wahr?« fragte sie, als sie den Aufzug betraten.

»Ja.«

»Wie schlimm?«

»Er hatte letztes Jahr einen Herzinfarkt.«

»Um Himmels willen.« Sarah hauchte das nur. Dann lehnte sie sich an die Kabinenwand. »Verdammt.« Sie starrte auf die roten Zahlen über der Tür. »Also ist er doch nicht unverwüstlich. Ich hätte gern von Ihnen gehört, daß ihn nichts umbringen kann.«

Mugs schaute von ihrer Schreibmaschine auf, als sie an ihrem Schreibtisch vorbeigingen.

»Mrs. Darcy von der Beschaffungsabteilung hat angerufen.«

»Ich rufe sie zurück.« Sarah ging sogleich an ihren Schreibtisch und stellte ihre Aktenmappe ab. Sie wartete, bis Byron die Tür geschlossen hatte, bevor sie wieder den Mund aufmachte. »Sie haben das sehr geheim gehalten.«

Er ging zum Schreibtisch. »Max wollte es so. Er möchte nicht, daß darüber Aufhebens gemacht wird. Banker und andere Industrielle werden nervös, wenn sie von Herzanfällen hören.«

»Byron, seine Arbeit... der Streß...«

»Aber gerade die Arbeit hält ihn am Leben«, sagte Byron. »Ohne sie würde er aufgeben. Außerdem nehme ich ihm soviel wie möglich ab.«

Sie musterte seinen Gesichtsausdruck und nickte, als sie verstand. »Ja, das erklärt einiges. Von Ihnen nimmt er es an. Er würde es von jemand anderem nicht dulden. Er kann Schwäche nicht ausstehen, nicht wahr?«

»Vor allem seine eigene nicht.«

»Wer weiß denn sonst noch davon?«

»Cassidy, seine Sekretärin, sein Anwalt.«

Sie hob den Blick. »Warum haben Sie mir davon erzählt?«

Er ließ sich mit seiner Antwort Zeit. »Ich will es mal so ausdrücken – Sie sind integer.«

Ein Lächeln trat in ihre Augen und erreichte ihren Mund. »Sie sind ein sehr kluger Mann, Byron.« Sie drehte sich um und ging an den Aktenschrank, um einen Hefter herauszunehmen. »Das W-W-Bauvorhaben samt der Entwürfe.« Sie reichte Byron den Hefter. »Ich bin mir ziemlich sicher, daß das ihren Vorstellungen entspricht.«

Ohne Kommentar schlug er den Hefter auf und begann, die Skizzen durchzublättern. Sie hatte Gloria zuliebe mit schmiedeeisernen Geländern und mehreren Balkonen einen Anklang an die Südstaaten gesucht, doch paßten das Gebäude generell und sein Stil perfekt in die Landschaft Arizonas.

Innen hatte sie im Schlafzimmer eine gewisse Farbenpracht zugelassen und Gloria zwei Wände mit Einbauschränken im Ankleidezimmer zugestanden. Bei der Betrachtung der Entwürfe kam Byron zu dem Schluß, daß das Haus Gloria genau entsprach.

»Sie haben anscheinend gar nichts vergessen«, bemerkte er.

Dann schlug er den Hefter zu und gab ihn ihr zurück.

Sarah runzelte die Stirn. »Ich mag negativ formulierte Komplimente nicht.«

Byron steckte die Hände in die Taschen, als sie den Hefter wieder im Aktenschrank verstaute. »Sie haben hier bei den Mauerarbeiten den englischen Stil benutzt, aber den flämischen bei den Reed-Entwürfen. Warum?«

Mit einer schnellen Bewegung schob sie die Schublade zu.

»Der flämische sieht meiner Ansicht nach mehr nach Alter Welt aus. Der englische paßt besser zu ihr. Er ist auffallender als der flämische und hübscher als der amerikanische.« Sie lehnte sich mit verschränkten Armen gegen den Schrank. »Wie gefallen Ihnen die Entwürfe?«

»Ich finde, sie passen zu ihr.«

»Verdammt, Byron.« Enttäuscht warf sie die Hände hoch, dann fing sie an, auf und ab zu gehen. »Müssen Sie denn immer so unbeteiligt sein?«

»Ja«, gab er zurück.

»Na schön. Wollen Sie ihr die Entwürfe nach meiner Besprechung mit Dutch Kelly bringen, oder soll ich sie herbitten?«

»Bestellen Sie sie her.«

Sie haben jetzt ein Verhältnis miteinander, folgerte sie, *aber er wird schon ungeduldig.* »In Ordnung. Ich mache einen Termin für Mittwoch aus. Möchten Sie auch daran teilnehmen?«

»Das ist nicht nötig.«

Sie lachte ihm zu und hob die Brauen.

»Wissen Sie, Byron, Max hatte recht. Sie haben tatsächlich nichts gegessen.«

Er erwiderte ihr spöttisches Lächeln mit einem Nicken. »Ich würde Max' Theorie nicht allzu ernst nehmen.«

Ihre Augen funkelten vor Vergnügen, und sie lachte. »Ist das eine Warnung?«

Er überraschte sowohl sich selbst als auch Sarah, als er die Hand zu ihrem Gesicht hob und ihr die Wange streichelte. Während er ihr in die Augen sah, strich er ihr mit dem Daumen über die Lippen.

Ohne eine Sekunde nachzudenken, trat Sarah einen Schritt nach vorn – in seine Arme. Ihre Lippen trafen sich leidenschaftlich, und in der Art, wie sie sich trennten und wieder berührten, begierig und glühend aufeinander gepreßt, lag fast Verzweiflung; als bliebe ihnen nicht genug Zeit, alles auszuschöpfen.

Ihr Körper verlangte danach, dem seinen näherzukommen, die Wärme von Haut an Haut zu spüren. Sie drängte sich einladend, herausfordernd an ihn, als seine Hände an ihr hinabglitten und ihre Hüften umfingen. Ein Verlangen nach ihm stieg in ihr hoch, das sie noch für keinen andern Mann empfunden hatte. Sie wollte ihn, wollte Stunden damit verbringen, seinen Körper zu erforschen und von ihm erforscht zu werden. Wo immer er sie berührte, schien sie dahinzuschmelzen.

Dann preßte er sie ganz kurz an sich und löste sich von ihr.

Als er sie anschaute, erkannte Byron dieselbe Verwundbarkeit in ihrem Gesichtsausdruck, die er auch in den ersten Augenblicken ihrer Begegnung wahrgenommen hatte. Sie war wehrlos. Er brauchte sie nur zu nehmen, und sie gehörte ihm.

Mit den Händen auf ihren Schultern, konnte er ihr leichtes Zittern spüren. Er ließ die Hände sinken und trat zurück. »Anscheinend erwischen wir immer den falschen Zeitpunkt.«

Sarah atmete unregelmäßig. Keine schlagfertige Antwort fiel ihr ein, kein beiläufiges Lächeln wollte gelingen. Während sie ihn beobachtete, drehte er sich um und ging.

10

Das Telefon läutete, als sich Dallas gerade die Haare eingeschäumt hatte. Blinzelnd öffnete sie ein Auge.

Beim dritten Klingeln war sie schon aus der Dusche und schnappte sich ein Handtuch. »So ein Mist«, murmelte sie, während sie sich den Schaum aus den Augen wischte und versuchte, sich das Tuch um den Körper zu schlingen. »Da hat sich garantiert jemand verwählt.« Sie klemmte den Handtuchzipfel zwischen ihre Brüste und nahm den Hörer ab. »Ja, bitte?«

»Hallo, Dallas. Hier ist Evan Gibson. Wir sind Arbeitskollegen bei Haladay.«

Dallas' Grinsen reichte von einem seifigen Ohr zum andern. »Gibson?« wiederholte sie mit zögernder und fragender Stimme.

»Aus der Architekturabteilung«, erklärte er. »Wir haben eine gemeinsame Bekannte, Sarah Lancaster.«

»Aus der Architekturabteilung, ja klar.« Der Schaum tröpfelte ihr kalt den Rücken hinunter, und sie zuckte mit den Schultern. »Wir hatten ab und zu schon miteinander zu tun.« Dallas ließ die Zungenspitze über die Zähne gleiten, dann zog sie das Handtuch hoch, das sich gerade selbständig machen wollte. »Und Sarah hat Sie natürlich erwähnt. Wie geht's denn so?«

»Gut.« Evan tastete sich elegant vor. »Ich komme nicht oft in die Beschaffungsabteilung.«

»Man hält mich dort hinter Gittern.« Dallas rieb sich mit der Fußsohle das herunterrieselnde Wasser vom anderen Bein.

»Sarah hat mir erzählt, daß wir eine gemeinsame Vorliebe teilen.«

»Ach ja?«

»Zum Chinesen essen gehen.«

»Ooooh!« Sie dehnte den Ausruf, ehe sie lachte.

»Ich hole Sie am besten in einer Stunde ab.«

»In eineinhalb.« Sie legte auf. Das wurde ja auch Zeit, dachte sie und fuhr sich mit der Hand über die Schaumblasen. Ehe sie den Flur bis zum Schlafzimmer hinunterlaufen konnte, klopfte es an der Wohnungstür. Sie riß die Tür auf und lachte Sarah an. »Hallo! Komm rein, du kannst mir helfen, die passenden Klamotten auszusuchen.« Dann rannte sie ins Schlafzimmer.

Sarah machte die Tür zu. »Freut mich, daß jemand gute Laune hat«, murmelte sie und folgte ihr. Dallas durchstöberte bereits ihren Kleiderschrank. »Wer steht denn unter der Dusche?« erkundigte sich Sarah, da das Geräusch von laufendem Wasser durch die offene Tür drang.

»Du lieber Himmel, ich.« Wie der Blitz schoß Dallas ins Bad.

Sarah warf sich seufzend aufs Bett, und ihre Gedanken wanderten zum Nachmittag und zu Byron zurück. Sie ärgerte sich, daß er ihr gar nicht mehr aus dem Kopf ging.

Das Rauschen der Dusche verstummte abrupt. »Sarah!« rief Dallas vom Bad herüber. »Was meinst du, soll ich das Hermès-Tuch tragen, das du mir aus Kalifornien mitgebracht hast?«

Sarah schaute in Richtung der Stimme und konnte durch die Tür einen Blick auf Dallas erhaschen, die im Bad herumhastete. »Wo gehst du denn hin?«

Dallas stand nackt im Türrahmen und rubbelte sich energisch die Haare trocken. »Zum Chinesen.« Lachend warf sie das Handtuch auf den Boden. »Mit Evan Gibson.«

»Ach, hat er angerufen?«

»Ja.« Dallas eilte zurück ins Schlafzimmer und fing an, in einer Schublade zu wühlen. »Ja, ja, ich weiß, du hast Angst, daß er meinen Körper entehrt, mir den Verstand raubt und das Herz bricht. Ich arbeite gerade an Punkt eins.« Sie zog sich unter Verrenkungen Strümpfe an und wühlte dann weiter.

Sarah musterte ihre schmalen Schultern. Einen Augenblick nagte sie an ihrer Unterlippe.

»Dallas«, setzte sie an, dann hielt sie seufzend inne. »Ach, Mist.«

»Was ist denn, Schätzchen?« Dallas zog sich die Träger eines schwarzen Seidenbodys über die Schultern und ließ sich dann auf der Bettkante nieder.

Sarah setzte sich auf und zog die Beine an. »Dallas, vorige Woche... hat sich Evan im Büro ziemlich unmöglich aufgeführt.«

»Ja?« Dallas legte die Stirn in Falten.

»Es war zum Teil meine Schuld, nehme ich an. Aber er hat mich völlig überrumpelt. Verdammt.« Sarah runzelte die Stirn. »Ich habe ihn zunächst nicht energisch genug abgewehrt.«

»Nein?«

Bei Dallas' Lächeln zuckte Sarah zusammen. »Wir haben uns nicht gerade im besten Einvernehmen getrennt. Bestimmt habe ich ihn in seinem Stolz verletzt. Womöglich meint er noch immer, er müßte mich davon überzeugen, daß mir was ganz Tolles entgeht.«

»Du machst dir ja allerhand Gedanken.« Kopfschüttelnd stand Dallas auf und suchte wieder in ihrem Kleiderschrank. »Sarah, ich bin ein großes Mädchen und kann eine Niederlage wegstecken. Und überhaupt...« Sie lächelte ihr über die Schulter zu. »Während er sich mit mir abgibt, belästigt er wenigstens dich nicht.«

»Dallas.« Sarah stand auf, um einen letzten Versuch zu unternehmen. »Er ist vielleicht nett zum Anschauen, aber er taugt nicht viel und denkt nur an sich selbst.«

»Ich auch.« Sie zog zwei gewagte Kleider aus dem Schrank. »Welches paßt besser zu dem Tuch?«

Im August brennt die Sonne in Arizona gleißend herunter. Der große Strohhut, den sich Sarah über ihren Pferdeschwanz gestülpt hatte, beschattete ihre Augen. Das T-Shirt klebte ihr am Rücken und hatte vorne einen feuchten Streifen. Aufmerksam beobachtete sie, wie die Dachdecker das Dach hochzogen. Sie arbeiteten mit nacktem Oberkörper, ihre braun gebrannten Rücken glänzten. Sarah lüftete das T-Shirt ein wenig am Rücken und sehnte sich danach, es den Männern gleichzutun. Sie wischte sich mit der Hand über die Stirn, dann steckte sie die Hände in die rückwärtigen Hosentaschen und hörte den Hammerschlägen zu.

Im Verlauf aller Bauphasen hatte Gloria die Baustelle heimgesucht. Sarahs eigenen Erfahrungen und den durchsickernden Berichten zufolge behinderte Gloria die Arbeit. Andauernd änderte sie ihre Meinung, und ständig fiel ihr etwas Neues ein.

Lauter Firlefanz, dachte Sarah verächtlich. Sie beobachtete, wie ein Balken an seinen Platz glitt und schickte ein Stoßgebet zum Himmel, daß Gloria den heutigen Tag beim Friseur verbringen möge. Ich werde mich nicht bei Byron beschweren, nahm sie sich vor. Es ist uns gelungen, über einen Monat lang die Schwerter nicht zu kreuzen. Auf keinen Fall fange ich jetzt damit an, indem ich über eine Kundin schlecht daherrede.

Ein Schweißtropfen rann ihr über den Nacken und zwischen den Schulterblättern hinunter. Sarah beachtete es gar nicht. Vom Haus stand nur wenig mehr als der Rohbau, aber Sarah konnte sich mühelos das Endergebnis vorstellen. Ein Bulldozer dröhnte in westlicher Richtung davon, wo Gloria ihren Garten angelegt haben wollte. Durch den Lärm konnte Sarah hin und wieder einen Schrei oder einen Fluch vernehmen.

Es würde eine schöne Arbeit werden. Sarah stemmte die Hände auf die Hüften und lächelte breit, während die Sonne auf sie herunterprallte. Mit einem Nicken bahnte sie sich den Weg über die Erdklumpen in das Untergeschoß. Über ihr hämmerten die schwitzenden Männer auf die Balken ein.

»Springer!« Sie erspähte den Vorarbeiter, der mit einem Zimmermann in Glorias künftigem Eßzimmer stand.

Bei ihrem Zuruf drehte er sich um und entließ dann mit einer Bewegung seines Daumens den anderen Mann. Sein rotes Stirnband über der Glatze war patschnaß, sein Hemd zeigte unter den Achseln Schweißflecken. Er kam aus Oklahoma und war schon lange Jahre bei Haladay beschäftigt. Sarah arbeitete gern mit ihm zusammen. Seine Arme waren hart, die reinsten Muskelpakete, seine Oberschenkel hatten den Umfang von Sarahs Taille.

Er sprach mit einer überraschend sanften Stimme. »Madam?«

»Die neue Lieferung ist gekommen, die weißen Ziegel, die Mrs. Woodloe-Winfield für die Gartenmauer wollte.«

»Bestens.«

»Sie wissen, wie man im Zeitplan bleibt, Springer. Hier ist anscheinend alles unter Kontrolle. Ich fahre ins Büro zurück. Sie brauchen mich ja nicht.«

»Die Dame will angeblich heute nachmittag vorbeischauen.« Er nahm eine Limonade aus der Kühlbox und bot sie Sarah an.

»Ich fahre ganz bestimmt ins Büro«, sagte sie, während sie sich die eisgekühlte Flasche an die Stirn hielt.

»Frauen sollten sich nicht auf Baustellen herumtreiben«, bemerkte er und holte noch eine Flasche aus der Kühlbox. Er schraubte den Verschluß ab, gluckerte die Hälfte des Inhalts hinunter, ehe er Sarah wieder anschaute, und grinste, als er ihren Gesichtsausdruck bemerkte. »Das bezieht sich natürlich nicht auf Frauen vom Fach. Unter meinen besten Maurern ist eine Frau. Ich merke das nicht mal, wenn sie einen Ziegel in der Hand hat. Und bei Ihnen denkt niemand hier auf der Baustelle daran, daß Sie eine Frau sind.«

Sarah trank einen langen Zug aus ihrer Flasche. »Schon gut, Springer«, meinte sie und wischte sich mit dem Handrücken über den Mund. »Geben Sie mir Bescheid, falls Sie mit der Kundin noch mehr Schwierigkeiten bekommen sollten.«

»Ja, Madam.« Springer sah ihr zu, wie sie wegging. Patente Frau, dachte er. Er ließ den Blick zu ihren Hüften wandern und hatte seine Freude an dem Muskelspiel unter den ausgebleichten Jeans.

Die langen, schönen Beine akkurat übereinander geschlagen saß Kay Rupert ihrem Chef gegenüber. Mit ihrer gleichbleibend wohltönenden Stimme legte sie ihm seinen Terminplan für den folgenden Tag dar. Als Byrons Sekretärin wußte sie vielleicht mehr als irgendeine andere Person in dem riesigen Netzwerk von Haladay Enterprises, wieviel von der Macht des alten Mannes jetzt auf ihn übergegangen war. Sie war keine hochintelligente Frau, aber ehrgeizig.

Ganz bestimmt hatte sie die ganzen Jahren nicht ihr Bestes gegeben, hatte sich nicht nur deswegen für Byron Lloyd unentbehrlich gemacht, um bloß seine Sekretärin zu bleiben. Ihre Pläne gingen erheblich darüber hinaus. Byron war ein erstklassiger Fang, und sie war sich mehr als irgendeine seiner Partnerinnen bewußt, eine welch gute Partie er doch darstellte. Sie hatte es sich zur Aufgabe gemacht, seine rechte Hand zu sein oder zumindest dem so nahezukommen, wie es nur möglich war. Natürlich kannte sie seinen Geschmack, was Frauen betraf, und richtete sich danach. Sie war geduldig – und sie wollte Byron Lloyd bekommen.

Nicht einmal hatte sie sich zu einer Geste hinreißen lassen, die man als Einladung auslegen könnte. Kay war sich durchaus bewußt, daß ein falscher Schritt sie ihren Job und ihre Chancen kosten konnte. Byron ins Bett zu bugsieren bedeutete ihr gar nichts; sie wollte seinen Namen auf der Heiratsurkunde. Nach Haladays Tod würde Byron an seine Stelle aufrücken. Und Kay wollte ihn dabei unbedingt begleiten.

»Nach der Vorstandssitzung um zehn Uhr sind Sie zum Mittagessen mit Peter Stromberg verabredet. Er macht die Ausschreibung für die Erweiterung unserer Büros in Amsterdam. Alle diesbezüglichen Informationen finden Sie in der Akte. Ihre Nachmittagstermine beginnen um ein Uhr dreißig. Erst O'Keefe, um hinsichtlich einiger Klagen gegen die Gesellschaft endgültige Vorkehrungen zu treffen, dann Bryden und Shodell von der Bank, schließlich Cassidy mit einem Bericht über das Orwell-Vorhaben. Um sieben Uhr sind Sie zum Abendessen bei Mr. Haladay zu Hause verabredet.« Kay blätterte schnell durch ihren Block. Byron stand am Fenster und schaute hinaus.

»Mrs. Woodloe-Winfield rief heute morgen an, als Sie in der Besprechung waren.« Kay, die sein Profil anschaute, entging nicht, daß er kurz die Kinnpartie anspannte.

»Noch andere Anrufe?«

»Etliche. Fletcher von AIA, Lou Trainer vom Bürgermeisterbüro, Carol Dribeck von KRJ-TV, und Marla Sumner.«

»Verbinden Sie mich mit Fletcher, verweisen Sie Trainer und die Reporterin an die PR-Abteilung und schicken Sie Miß Sumner ein Dutzend Rosen. Sie ist im Hilton abgestiegen.«

Kay notierte sich die Anweisungen peinlich genau. »Welche Farbe?«

»Rot, denke ich.« Er hob die Schultern. »Ehe Sie Fletcher anrufen, schauen Sie nach, ob Sarah Lancaster in ihrem Büro ist. Wenn nicht, machen Sie sie ausfindig. Ich möchte sie sprechen.«

»Sofort.« Sie stand auf, ging hinaus und schloß die Tür leise hinter sich.

Von seinem Fenster aus überblickte Byron das ganze östliche Phoenix. Er konnte mühelos ein halbes Dutzend Gebäude herauspicken, die Haladay gebaut hatte. In vielen Städten überall auf der Welt erginge es ihm nicht anders. Stirnrunzelnd wandte er sich vom Fenster ab und ging an seinen Schreibtisch zurück, um Sarahs Entwürfe zu studieren.

Da lagen Kopien ihrer Pläne für das Reed-Bauvorhaben und für das Haus Glorias, für alte Bauvorhaben aus ihrer Zeit bei Boumell und noch ältere College-Aufgaben. Er hob die vorbereitenden Entwürfe für die Renovierung einer Schule am Ort hoch, mit der sie kürzlich beauftragt worden war.

Springer, ein Mann, dessen Meinung und Fähigkeiten Byron schätzte, hatte Sarah als gute Architektin bezeichnet. Ein großes Lob in der Tat, sinnierte Byron, wenn es von einem Mann kam, der kein Freund großer Worte war. Byron wollte für das Delacroix-Projekt einen Architekten, der mit einem Bautrupp umgehen konnte, der gründlich und kreativ war. Er wollte zudem ein neues Gesicht, einen neuen Namen. Und eine attraktive Frau würde Haladays Image nicht schaden.

Byron zündete sich eine Zigarette an und lehnte sich auf seinem Stuhl zurück. Er wußte, daß es ein Wagnis war, Sarah nach Paris zu schicken, und er wollte ein letztes Mal die Vor- und Nachteile abwägen. Sie war jung, verflucht jung, aber sie konnte allerhand. Byron blies einen dünnen grauen Rauchfaden zur Decke. Obendrein hatte sie Mumm.

Ich werfe sie ins kalte Wasser, entschloß er sich plötzlich und zog noch einmal tief an seiner Zigarette. Dann muß sie sich eben über Wasser halten. Das Risiko, so schloß er, war äußerst gering.

Der Summer auf seinem Schreibtisch tönte kurz. »Mrs. Lancaster ist hier.«

»Schicken Sie sie herein.« Langsam drückte Byron seine Zigarette aus.

Sarah kam geradewegs von der Baustelle in Byrons Büro. Er musterte sie von ihrem Strohhut bis zu den ausgelatschten Turnschuhen. »Guten Tag, Sarah.« Er stand nicht auf, sondern schaute sie an, wie sie durch das Büro auf seinen Schreibtisch zuging.

»Guten Tag, Byron.« Sie ließ sich auf denselben Stuhl fallen, auf dem sie auch während des Vorstellungsgesprächs gesessen hatte.

Daß sie so überstürzt in sein Büro zitiert wurde, verdroß sie. Sie war müde und wünschte sich nur etwas zu trinken und eine Dusche.

»Gibt es Schwierigkeiten?« fragte sie.

»Nein.« Byron bemerkte ihren erschöpften Gesichtsausdruck. Plötzlich kam es ihm in den Sinn, daß es draußen 40 Grad hatte. »Sie waren auf der Woodloe-Winfield-Baustelle?«

»Ja. Ich bin eben erst zurückgekommen. Jetzt wird gerade das Dach hochgezogen.«

Er erhob sich, ging zur Bar am anderen Ende des Zimmers, öffnete den kleinen Kühlschrank und nahm eine Flasche Ginger Ale heraus. Den Inhalt goß er in ein großes Glas, fügte Eis hinzu und kam dann wieder zu ihr.

»Danke.«

»Sie sind die Hitze hier wohl nicht gewöhnt.« Er blieb neben ihr stehen, während sie trank. Die Sonne, stellte er fest, hatte ihrer Haut einen wärmeren Ton verliehen, sie aber nicht tief gebräunt. In ihrem Haar schimmerten jetzt mehr blonde Strähnen.

»Nein. Ob ich mich wohl je daran gewöhne?«

»Ab dem nächsten Monat werden wir Sie mit keinem neuen Bauvorhaben mehr betrauen.«

»Wie bitte?« Sofort setzte sich Sarah kerzengerade auf. Ihr Hut glitt ihr über den Rücken hinunter. Noch ehe er antworten konnte, stand sie vor ihm. »Was stimmt an meiner Arbeit nicht?«

»Nichts, meines Wissens.«

»Und warum geben Sie mir dann keine neuen Projekte mehr?« Sie bemühte sich verzweifelt, die Ruhe zu bewahren. »Ich verstehe nicht...«

Schweigend bewunderte er ihre Selbstbeherrschung. »Sie werden ein paar Monate brauchen, bis Sie Ihre Bauvorhaben abschließen oder mit ihnen ein Stadium erreichen, an dem ein Kollege sie von Ihnen übernehmen kann. Anfang nächsten Jahres gehen Sie nach Paris.«

»Nach Paris?« Sarah bewegte sich nicht. Byrons Mienenspiel verriet ihr nichts. Sie verdrängte das Kribbeln der Vorahnung in ihrem Magen, wollte es nicht wahrhaben und wartete noch einen Augenblick länger, um sicherzugehen, daß ihre Stimme ruhig klang. »Das Delacroix-Kulturzentrum?«

»Richtig. Ihre Aufgabe wird vor Ort Anfang nächsten Jahres beginnen. Vorher wird es hier natürlich Vorbesprechungen geben.«

»Byron, warten Sie einen Moment.« Sarah hob die Hand, um ihn zu unterbrechen. Irgendwie scheute sie davor zurück, eine eindeutige Frage zu stellen. Doch dann holte sie tief Luft und sprach schnell. »Machen Sie mich zum verantwortlichen Architekten für das Delacroix-Projekt?«

»Ja.«

Sarah schloß die Augen. O Gott... o mein Gott. Das Herz hämmerte ihr gegen die Rippen. Himmel, jetzt versau es dir nicht, indem du losheulst. Da sie wußte, daß ihre Selbstbeherrschung schwand, drehte sie sich um und ging an die Bar. Dort stellte sie vorsichtig ihr Glas ab.

»Wissen Sie, Byron, Sie neigen ganz schön zur Untertreibung. Wahrscheinlich ahnen Sie gar nicht, was das für mich bedeutet.«

»Nun ja, ich denke schon«, erwiderte Byron. Er war sich durchaus bewußt, wie sehr sie darum kämpfte, ihre Haltung wiederzugewinnen.

»Vielleicht.« Sie drehte sich um und schaute ihm ins Gesicht. »Warum?«

»Warum was?« wiederholte er.

»Warum geben Sie mir das Delacroix-Projekt, Byron? Es muß doch bestimmte Gründe dafür geben?«

Er wies auf seinen Schreibtisch. »Da liegen ein paar davon.«

Sarah ging hinüber und warf einen Blick auf die Entwürfe. Als sie ihre College-Arbeiten entdeckte, runzelte sie die Stirn, fragte aber nicht, wie er daran gekommen war. Sie schaute ihn wieder an. »Und warum noch?«

»Ich möchte jemanden, der mit einem Baustellentrupp gut zurechtkommt. Springer meckert nicht über Sie. Und das würde er, wenn Sie ihm dazu Anlaß gegeben hätten.« Er hielt inne und zündete sich eine Zigarette an. »Außerdem will ich auch ein unverbrauchtes Gesicht, jemand vergleichsweise Unbekannten. Und der Presse wird die Tatsache gefallen, daß Sie eine junge, schöne Frau sind.«

»Mist«, sagte Sarah leise. Kopfschüttelnd wandte sie sich ab. »So was mag ich gar nicht.« Sie legte die Handflächen aufeinander und preßte sie für eine Sekunde fest zusammen. »Das ist mir echt zuwider.« Schnell wirbelte sie zu ihm herum, und er sah Ärger in ihren Augen aufblitzen. »Aber das gehört nun mal zu dem Spiel, nicht wahr? Irgendwo ist immer ein Haken dabei.«

»Im Berufsleben müssen Sie den Haken schlucken, Sarah, oder Sie gehen unter. Jeden Vorteil sollten Sie nutzen. Man wird leicht aufgefressen in unserem Metier, wenn man einen falschen Zug macht.«

Sie sah die Rücksichtslosigkeit, das Berechnende. Vor Monaten schon hatte sie Byrons Macht erkannt; jetzt wurde sie sich bewußt, daß er seine Macht niemals kampflos aufgeben würde. »Sie kennen sich da besser aus als ich«, meinte sie bitter. »Ich muß das erst noch lernen.« Sie trat an den Sessel und nahm ihren Hut. Mit ruhiger Stimme und gelassenem Gesichtsausdruck wandte sie sich ihm wieder zu. »Ich werde das Kulturzentrum bauen, Byron, und es wird großartig werden. Wenn die Tatsache, daß ich eine Frau bin, einen strategischen Vorteil bedeutet, um so besser. Eines kann ich Ihnen versprechen – Sie werden es nie bedauern, daß Sie mich damit beauftragt haben.«

11

Sarah gefiel ihr Pariser Büro. Es war L-förmig, hatte Fenster mit geteilten Scheiben, Seidentapeten und einen antiken Schreibtisch aus Pecanholz. Auf dem Fußboden lag ein riesiger, edel verblaßter Aubusson-Teppich. Den unteren Teil des ›L‹ bildete eine Sitzecke mit Sofa, Sesseln und Beistelltischen. Auf einem stand eine Silberschale mit Pralinen, die Sarahs Sekretärin regelmäßig auffüllte.

Madame Fountblanc, eine matronenhafte Frau mit breiten Hüften, trug ein Haarnetz über ihrem Knoten und sprach perfekt Englisch. Sarah fühlte sich gut aufgehoben bei ihr und gewöhnte sich schnell daran, daß sie jeden Vormittag um elf Uhr heiße Schokolade und Gebäck servierte.

Bald hatte Sarah auch entdeckt, daß die Franzosen sich im Geschäftsleben sehr formell und angenehm höflich verhielten. Überdies wurde ihr klar, daß sie nüchtern, zäh und geldgierig waren. Während ihres ersten Monats in Paris schienen die Besprechungen kein Ende zu nehmen. Sarah verbrachte Stunden mit der Gruppe von Geschäftsleuten, die Gelder in das Kulturzentrum investierten, und noch mehr Zeit mit Raumordnungs- und Sicherheitsbeamten, Ingenieuren, Technikern, Mitarbeitern der Public-Relation-Abteilung, den stellvertretenden Leitern der Marketing- und Bauabteilung. Dann mußten stapelweise Berichte gelesen und geschrieben werden. Zähneknirschend meisterte Sarah Strategien und Protokoll. Zwar wehrte sich die Künstlerin in ihr gegen die Routineaufgaben und den endlosen Papierkram, ihr Ehrgeiz jedoch trieb sie dazu, das alles zu meistern.

André Ceseare, ein kleiner Mann in den Fünfzigern mit gerötetem Teint, flinken schwarzen Augen und zurückgekämmten graumelierten Haaren, stand dem Planungsausschuß für das Delacroix-Kulturzentrum vor. Von seinem schnellen Witz hatte sich Sarah sogleich angezogen gefühlt. Sein Englisch war nicht eben berauschend, doch obwohl Sarah überdurchschnittlich gut Französisch sprach, bestand er darauf, Englisch zu reden; und tat das überschwenglich mit den Händen. Weil sie sehr viel mit ihm persönlich zu tun hatte, fiel Sarah die Anpassung an das Leben in Frankreich und den ungewohnten Geschäftsstil ein wenig leichter.

Das einzige wichtige Mitglied der Pariser Niederlassung, das Sarah noch nicht kennengelernt hatte, war Januel Bounnet. Er leitete die Pariser Dependance von Haladay wie Dave Tyson die in Manhattan. Hier gab es keine Mugs, die sie über Bounnet hätte informieren können, und ihre eigenen Nachforschungen hatten lediglich das dürftige Bild eines siebenunddreißig Jahre alten, seit zehn Jahren geschiedenen Mannes ergeben. Seit fünfzehn Jahren arbeitete er für Haladay Enterprises, war drei Jahre der Assistent des Niederlassungsleiters gewesen und nahm nun seit fünf Jahren selber diese Position ein. Weil Sarah in Bounnets Biographie nichts entdecken konnte, das ihn hätte anschaulich machen können, vergaß sie ihn. Das Delacroix-Kulturzentrum beanspruchte ihr ungeteiltes Interesse.

Vor ihrem inneren Auge konnte Sarah bereits das fertige Theater sehen; ein niedriges, schwungvolles Gebäude, das auf der Ostseite verglast war. Die Halle würde einen Innenhof mit Gartenanlage beherbergen. Sie stellte sich die geometrischen Dimensionen vor; die breite Westseite hatte keine Fensteröffnungen in den Betonwänden; die Hauptbühne mit ihren ausladenden Balkonen auf ansteigenden Ebenen, der Schwung einer Treppe, die langen Flure... Wenn sie nur endlich anfangen könnte.

Um ihre Ungeduld bis zum Baubeginn im Zaum zu halten, verbrachte Sarah abends viel Zeit damit, den genehmigten Entwurf zu perfektionieren und zu verfeinern. Sie brütete über der Statik und sorgte sich über die Lieferzeiten für das Material. Zudem ärgerte sie sich über den Aufwand an Formularen, Genehmigungen und Vertragsverfahren. Routineabläufe gab es in jedem Land, stellte sie seufzend fest und wie immer frustrierte sie das.

Das Licht, das durch das Fenster auf Sarahs Rücken fiel, hatte die Farbe gewechselt. In ihrem Büro wurde es zunehmend düsterer. Sarah hatte seit einer halben Stunde die ganze Etage für sich, aber sie blieb noch immer. Auf ihrem

Block skizzierte sie verschiedene Ideen für die Raumgestaltung einer der kleineren Bühnen. Sie wollte etwas Einfaches, Intimes als Gegensatz zu der prachtvollen Eleganz der Hauptbühne. Theater bedeutete Prunk und Federn, aber auch schwarze Gymnastikhosen und bloße Füße. Die Zuschauer sollten die Theaterschminke riechen können.

Beim Zeichnen ließ sie ihre Gedanken schweifen. Das Kinn auf die Faust gestützt, starrte sie ins Leere.

Zuerst New York, sinnierte sie, und jetzt Europa. Wer hätte vor einem Jahr gedacht, daß sich soviel in meinem Leben ändern würde? Sie dachte an die Abschiedsparty, die Dallas ihr zu Ehren am Abend vor ihrer Abreise nach Paris gegeben hatte, erinnerte sich an Lachen und typisch amerikanische Stimmen, an den Geruch amerikanischer Zigaretten, an Budweiser-Dosen und uralte Beatles-Platten.

In der Wohnung hatten sich die Leute gedrängt, die meisten von ihnen leicht angesäuselt, und eine alte Flash-Gordon-Sendung war lautlos über den Bildschirm geflimmert. Wehmütig und mit unerwartetem Heimweh dachte Sarah an diese Szene. Erst seit sie im Ausland lebte, hatte sie erkannt, wie durch und durch amerikanisch sie war. Und wie sie Byron Lloyd vor Monaten erzählt hatte, gewöhnte sie sich anderswo nicht so leicht ein.

Im Verlauf des ersten Monats hatte Sarah sich anpassen müssen, nicht nur an eine andere Kultur, sondern auch daran, daß sie neue Verantwortung tragen mußte. Bisher hatten sich zuerst Boumell und dann Cassidy um die Geschäftsangelegenheiten gekümmert; um die Besprechungen, die Berichte, die strategischen Schachzüge. Ihre Delegationsbefugnis war äußerst gering gewesen. Jetzt mußte Sarah schnell lernen, oder sie ging unter. Sie war die Neue im Equipment, aber zudem eine Ausländerin und deshalb doppelt suspekt. Ständig stand sie unter dem Druck, sich beweisen zu müssen. Sie lernte, mit Bankern umzugehen, mit Einkaufsbevollmächtigten, mit Laien, die nichts vom Bau verstanden, aber die Kontrolle über ihre Francs behalten wollten. Sie fing an, diplomatisches Geschick zu entwickeln, das ihr früher gleichgültig gewesen war. Was sie zu tun hatte, gefiel ihr nicht immer. Aber sie lernte die Spielregeln.

Allein in ihrem Pariser Büro fühlte sich Sarah einsam und entwurzelt.

»Verdammt, Sarah, jetzt hör mal wieder auf damit.« Sie warf den Bleistift hin, sprang auf und ging ans Fenster.

Ich lebe in einer der schönsten Städte der Welt, sann sie nach, während sie das Hereinbrechen der Dunkelheit verfolgte. Ich habe ein freies Wochenende vor mir, und ich stehe hier und bedauere mich selbst, anstatt Pläne zu schmieden. Denk mal an die Bauwerke. Denk an die unglaubliche, traditionsbeladene Architektur überall um dich herum. Denk an die Museen, an die Kunst. Ihr Spiegelbild in der Fensterscheibe lächelte sie matt an.

»Herrje«, sagte sie laut. »Ich muß unbedingt in den Louvre.«

»Da werden Sie jetzt wohl vor verschlossenen Türen stehen.«

Mit einem Laut des Erschreckens stolperte Sarah gegen den Fenstersims. Die dunkle Silhouette im Türrahmen stand vor dem Licht aus der Halle. Während sie ihn beobachtete, kam der Schatten näher und entpuppte sich als Mann.

»Entschuldigen Sie bitte, daß ich Sie erschreckt habe.«

»Nicht der Rede wert.« Sie lächelte. »Was kann ich für Sie tun?«

»Sie müssen mir verzeihen.« Mit einem leisen Lachen und einem Kopfschütteln kam er auf sie zu. »Ich war überzeugt, daß Sie um die Vierzig sind, ein kräftiges Kinn und plumpe Hände haben und sehr einschüchternd wirken. Wenn ich geahnt hätte, wie falsch ich lag...« Er hielt inne und hob Sarahs Hand an die Lippen. »Ich hätte meine Geschäftsreise verkürzt und wäre viel früher zurückgekehrt.« Sein Atem strich warm über ihre Finger. »Mein Name ist Januel Bounnet, Ihr Kollege während Ihres Aufenthalts in Paris.«

Sarah ließ ihre Hand in der seinen verweilen. Seine Haut fühlte sich trocken und glatt an. Seine Augen waren grau, aber anders als die von Dallas, heller, fast durchsichtig. Sie hatte eine solche Augenfarbe noch nie gesehen. »Ich hatte Sie nicht vor nächster Woche erwartet.«

»Ich bin hocherfreut, daß ich früher zurückgekehrt bin.«

Sarah runzelte die Stirn, entzog Januel aber nur ungern

ihre Hand. Seit ihrer Ankunft in Paris hatte sie beiläufigen Körperkontakt vermißt. »Wirklich schade, daß Sie nicht früher gekommen sind. Sie haben einen Monat voll fesselnder Besprechungen versäumt.«

Sein elegantes Schulterzucken war typisch französisch. »Sie müssen mich informieren und mich über alle Neuigkeiten aus Amerika in Kenntnis setzen. Ich bin überzeugt, daß ich keine hübschere Gesprächspartnerin finden könnte.« Er sah, wie ein Lächeln in ihren Augen aufblitzte, noch ehe es um ihre Lippen spielte. Ja, er würde mit Sicherheit Sarah Lancasters Gegenwart genießen.

»Vielleicht lasse ich mich überreden, Ihnen eine Kurzversion zu geben«, erwiderte sie und fühlte sich nicht mehr einsam, »obwohl ich mir nicht gerade viel aus Papierkram mache.«

»Nun ja, Papierkram zu produzieren gehört nun mal zu meinem Metier.« Er spreizte wieder die Hände. »Aber ich halte Sie auf. Sie sind doch am Louvre verabredet?«

»Am Louvre?« wiederholte Sarah verdutzt. Mit einem Lachen klärte sich ihre Miene. »Nein, ich dachte nur an all die Bauwerke, die ich mir während meines Aufenthalts hier noch anschauen muß. Bis jetzt war ich zu beschäftigt, als daß ich die Stadt hätte erkunden können, fühle mich also immer noch wie ein Tourist.«

»Als Tourist braucht man einen Führer, wenn man Paris wirklich kennenlernen möchte.« Sein Blick wanderte zu ihrem Nacken. »Ich würde mich gern um diese Stelle bewerben.«

»Das wäre nicht schlecht.« Sarah lächelte. »Aber ich warne Sie, ich knipse wie wild und bin andauernd auf der Jagd nach Souvenirs.«

»Morgen suchen wir Schlüsselanhänger mit herabbaumelnden Eiffeltürmen für Sie, aber heute abend...« Er nahm wieder ihre Hand. »Ich kenne ein kleines, gemütliches Bistro. Wir essen zu abend, und Sie erzählen mir alles über Sarah Lancaster. Ich finde sie schon jetzt bezaubernd.«

Liebe Dallas,
Paris ist im Februar kalt und feucht, aber wundervoll. Ich habe den ersten Monat mit Heimweh und entsetzlich unangenehmen Besprechungen hinter mich gebracht. Jetzt amüsiere ich mich hier allmählich. Ich bin ganz wild auf die Bonanza-Wiederholungen. Du hast nicht wirklich gelebt, wenn du nicht gehört hast, wie Hoss Cartwright französisch deklamiert. Der Verkehr ist schauderhaft und mein Hotelzimmer schlecht geheizt. Mir geht meine Wohnung und meine laute Spülmaschine ab – und Du fehlst mir natürlich. Eine Zeitlang habe ich sogar Sears, Roebuck vermißt. Ich merke erst jetzt, wie unglaublich amerikanisch ich im Grunde bin.

Aber ich lerne gerade, gewisse französische Delikatessen wertzuschätzen. Die Süßigkeiten könnten selbst dir Fleisch auf die Knochen zaubern. Und erst die Bauwerke! Beim bloßen Gedanken daran kriege ich feuchte Hände und gerate außer Atem. Wer braucht da noch Sex? Ja, ja, ich weiß, Du, aber wie erregt wird man andererseits beim Anblick von Materialaufträgen und Bestellungen? (Ich finde es derzeit gerade heraus.) Dennoch heißt die beeindruckendste Sehenswürdigkeit, die mir bislang untergekommen ist, Januel Bounnet.

Er leitet den Laden hier. Ich habe noch keinen schöneren Mann gesehen. Absolut klassische Gesichtszüge mit sagenhaften grauen Augen, die sehr hell und völlig klar sind. Er ist blond. Und, ja, er ist toll gebaut, schlank, und obwohl er nicht die Muskeln eines Kranführers aufweisen kann, wirkt er alles andere als behäbig.

Neben dem umwerfenden Äußeren ist er obendrein nett und intelligent und verfügt über bezaubernd untadelige Manieren. Wir waren zusammen im Maxim's, im Lido und im Bois de Boulogne. In seiner Gegenwart komme ich mir wie ein verknallter Teenager vor. Soweit ich mich erinnere, habe ich mich als Teenager nie so gefühlt. Er küßt mir die Hand und schickt mir Blumen. Nie hat mich jemand so wie er behandelt, und obwohl ich nicht genau weiß, ob ich je so behandelt werden wollte, erscheint es mir jetzt ganz selbstverständlich. Ich habe mich niemals als Romantikerin eingestuft, aber vielleicht lag ich da falsch. Er vermittelt mir ein sehr romantisches Gefühl, was mir ausgezeichnet gefällt.

Laß mich wissen, wie es Max geht und ob Cassidy ohne mich zurechtkommt. Ich vermisse sie alle – und Mugs. Zu dumm, daß sie nicht Französisch kann – hier gibt es vielleicht Bücher, unglaub-

lich. Treibt Byron derzeit irgend etwas Interessantes? Sag Mugs, sie soll mir ein Memo schicken.

Übrigens ist der Leiter der Beschaffungsabteilung hier korpulent und fröhlich; er trägt einen Nikolaus-Bart. Natürlich verabscheuen ihn alle.

Liebe Grüße
Sarah

Da er Sarahs Schrift erkannte, nahm Evan den Brief von Dallas' Wohnzimmertisch. Bei der Lektüre runzelte er die Stirn. Je hartnäckiger Sarah seine Annäherungsversuche abgewehrt hatte, um so entschlossener war er geworden, sie zu erobern. Er war wie besessen von ihr, und obwohl er wußte, daß dieses Beharren auf eine bestimmte Frau seiner sonstigen Art absolut nicht entsprach, konnte er damit nicht aufhören. Ihre Gleichgültigkeit stachelte seine Begierde nur noch an.

Als er Sarahs Anmerkungen zu Januel Bounnet las, stellte er sich die beiden zusammen vor. Er sah sie im Bett, Sarah nackt und bereitwillig, ihre schmalen Hüften bewegten sich fieberhaft, ihre zarte, bleiche Haut schimmerte feucht.

Dallas kam aus dem Schlafzimmer herein, sah Evan mit dem Brief in der Hand und erkannte die nackte Begierde auf seinem Gesicht. Eine plötzliche Anwandlung von Schmerz traf sie völlig überraschend. Seit Jahren hatte kein Mann sie mehr wirklich verletzt, weil sie sich in acht genommen hatte. Einen Moment stand sie stocksteif da und versuchte, ihre Empfindung zu ergründen. Nach der ersten Welle der Überraschung stieg Wut in ihr hoch.

»Liest sich gut, was?« fragte sie, während sie zu Evan hinging. Als er aufblickte, riß sie ihm den Brief aus der Hand. »Nur weil ich mit dir schlafe, darfst du noch lange nicht in meiner Post rumschnüffeln.«

»Wenn du nicht willst, daß ich den Brief sehe, hättest du ihn verstecken müssen«, gab Evan kalt zurück. Er ging zur Bar und goß sich einen Gin ein. »Übrigens«, fuhr er fort, während er Tonikwasser hinzufügte, »hat uns ja schließlich Sarah zusammengebracht, oder?«

Dallas fingerte an dem Brief herum und sah ihm zu, wie

er trank. »O ja, wir beide mögen Sarah unheimlich gern, nicht?«

»Aber sicher.« Evan schwenkte seinen Drink. »Warum zum Teufel auch nicht?«

Sie ist sechstausend Meilen weit weg, dachte Dallas zornig. Sechstausend verdammte Meilen, und er geifert noch immer nach ihr. Abrupt wandte sie sich ab und ging durchs Zimmer, wobei sie sich Sarahs Brief gegen den Handrücken schlug. Verdammt noch mal, warum sage ich ihm nicht, daß er seinen Krempel nehmen und abhauen soll? Sie fuhr sich mit einer Hand durch die Locken. Weil ich süchtig nach ihm bin. Himmel, ich habe die Angel ausgeworfen, und jetzt hänge ich am Haken.

Hast mich ja gewarnt, nicht wahr, Sarah? Dallas schaute auf Sarahs energische Schriftzüge. Einen Moment war sie versucht, das Papier zu zerknüllen und Sarah zum Teufel zu wünschen, weil sie recht gehabt hatte, weil Evan aus irgendeinem Grund Sarah so verzweifelt begehrte. Bis zu diesem Augenblick hatte sie nicht erkannt, wie bedingungslos sie sich auf ihn eingelassen hatte. Seit Wochen hatte sie mit keinem anderen Mann mehr geschlafen. Obgleich sie sich vor Jahren geschworen hatte, es nicht mehr zu tun, tat sie jetzt genau das: Sie richtete ihr Leben, ihre Gefühle auf einen Mann aus.

Evan musterte Dallas, die im Zimmer auf und ab ging. Sie hatten sich die vergangenen Wochen gut miteinander amüsiert, dachte er. Sie war lustig, unglaublich abwechslungsreich und obendrein verrückt nach ihm. Er war sich lange vor ihr bewußt geworden, wie sehr sie sich auf ihn eingelassen hatte. Dennoch wollte er sie nicht verlieren. Aber jetzt erkannte er, daß er von nun an geschickter sein mußte. Schließlich bildete sie noch immer sein Bindeglied zu Sarah.

»Na, du bist doch nicht etwa sauer, weil ich deinen Brief gelesen habe? Ich dachte, du hast ihn liegenlassen, damit ich einen Blick drauf werfe.« Er lächelte entwaffnend. »Da stand doch auch gar nichts Persönliches drin. Übrigens...« Er lächelte wieder und stellte sein Glas ab, ehe er zu ihr hinging. Mit der Fingerspitze strich er ihr übers Ohr. »Ich dachte, du und ich, wir hätten keine Geheimnisse.«

Selbst in seinem Lächeln erkannte Dallas die Berechnung. Trotzdem sah Evan die Kapitulation in ihren Augen. Er ließ beide Hände unter ihre Bluse zu ihren kleinen, festen Brüsten gleiten. »Bist doch nicht wirklich sauer?« murmelte er, als er mit den Daumen beiläufig über ihre harten Brustwarzen streichelte.

Einen Augenblick lang haßte ihn Dallas, aber als er ihr die Hose über die Hüften streifte und die Hand zwischen die Beine schob, wehrte sie sich nicht. Er streichelte sie mit der einen Hand, während er mit der anderen ihre Taille umschlang. Sein Rhythmus war gemächlich, und er lächelte sie noch immer an. Sie kam sehr schnell, und dann ließ sie Sarahs Brief zu Boden fallen und riß Evans Reißverschluß auf.

Der Brief lag unter Evans Rücken, als sie einige Minuten später alle beide zum Höhepunkt kamen, aber keiner von ihnen dachte an Sarah.

12

Das Panthéon. Sarah hatte Abbildungen gesehen, die jede Einzelheit dieses Gebäudes aus dem 18. Jahrhundert genau wiedergaben, dennoch war sie auf die Wirklichkeit nicht gefaßt.

»Die Steinkuppel über dem Schnittpunkt des Kreuzes ist dreifach gemauert.« Sie wollte mit ihren Worten nicht Januel belehren, sondern ihre Gedanken in Worte fassen. »Die äußere Kuppel besteht aus behauenem Stein, der nicht sehr dick ist, ganz oben nur zehn bis fünfzehn Zentimeter. Zentimeter«, wiederholte sie und machte mit beiden Händen eine ausladende Geste. »Unglaublich. Stell dir das mal vor, Januel.«

Beim tiefen Durchatmen schmeckte sie die feuchte Luft. Der Anblick dieses Bauwerks erinnerte sie an den Grund, weshalb sie Architektin hatte werden wollen. Das war Leben aus Stein und Holz – ein dauerhaftes Werk. Es berührte sie, wie es vor ihr schon Generationen berührt hatte und nach ihr noch berühren würde.

Als sie sich umdrehte, stellte Sarah fest, daß Januels klare, graue Augen auf ihr ruhten. »Was siehst du, Januel, wenn du solch ein Bauwerk anschaust?« Nachdem sie sich das Haar über die Schulter zurückgeworfen hatte, hängte sie sich bei ihm ein. Sie verspürte das Bedürfnis, den großartigen Eindruck mit jemandem zu teilen.

»Wenn du ein Lied hörst«, setzte Januel an, »denkst du: ›Ach ja, das gefällt mir‹ oder ›Nein, nein, das mag ich nicht.‹ Oder du denkst gar nichts und genießt es nur.« Er wandte sich ihr zu und wischte ein paar Strähnen weg, die der Wind vor ihren Augen tanzen ließ. »Aber wenn ein Musiker ein Lied hört, vernimmt er vermutlich alle Einzelheiten – den Baß, die Höhen – und dann beurteilt er es. So studiert ein Künstler den Pinselstrich in einem Gemälde, ein Autor die Satzstruktur. Ich bin kein Künstler. Ich sehe ein Bauwerk, ein großartiges altes Bauwerk, deren es in Paris so viele gibt.«

Seine Antwort enttäuschte sie, was in ihrer schnellen Handbewegung zum Ausdruck kam. »Aber willst du nicht manchmal wissen, warum etwas so richtig oder so falsch wirkt?«

»Ich bin Geschäftsmann, Sarah.« Er hob lässig die Schultern, ehe er ihre Hand nahm. »Ich schätze Schönheit auf ganz natürliche Art. Beim Anblick einer schönen Frau frage ich nicht nach dem Wie oder Warum, ich bin einfach entzückt.«

Sarah seufzte. Allzu oft fand sie Januels Antworten zum Verrücktwerden oberflächlich, andererseits verfügte er über viele positive Eigenschaften, die sie bewunderte.

In der Woche, die sie sich jetzt kannten, hatte Sarah Januels klaren, flinken Verstand zu achten gelernt. Er war nüchtern und geistig rege. Mit Leichtigkeit und Selbstvertrauen handhabte er die in ihren Augen undurchschaubare Verwaltung. Sie nahm an ihm nicht dieselbe rohe Stärke wahr, die sie bei Byron Lloyd erkannt hatte, sondern spürte eine verfeinertere Technik. Ihr imponierte Januels diplomatisches Geschick. Er setzte da Charme ein, wo Byron Logik gebrauchte. Wie konnten zwei so völlig verschiedene Männer mit so völlig unterschiedlicher Art im selben Metier erfolgreich sein? Ehrgeiz? Sie hatte sich diese Frage mehr als einmal gestellt.

Auf einer privateren Ebene hatte Januel an ihren gemeinsam verbrachten Abenden eine Leere ausgefüllt, die Sarah seit Monaten gespürt hatte. Er war ein Gefährte, ein Mann zum Reden, den man sowohl körperlich als auch geistig berühren konnte. Er regte sie an, erinnerte Sarah an ihre Weiblichkeit, an Bedürfnisse, die seit ihrem Abschied aus New York nicht mehr befriedigt worden waren. Und er brachte ihr zu Bewußtsein, daß Arbeit nicht alles im Leben war.

Obwohl sie noch nicht miteinander geschlafen hatten, fühlte sich Sarah in seinen Armen wohl. Sie hatte ein Versprechen in seinen Küssen geschmeckt und war sich nur noch nicht sicher, ob er selber vor Nähe zauderte oder ob ihre eigene Unentschlossenheit ihn abschreckte. Sie begehrte ihn, kannte sich selbst aber gut genug, um zu wissen, daß sie sich ihm bei körperlicher Nähe auch gefühlsmäßig öffnen würde. Wenn sich Sarah hingab, hielt sie nichts von sich zurück.

Der Himmel zeigte jetzt bei ihrem Spaziergang um das Panthéon ein tieferes Grau. Die Wolken hingen dunkel und schwer am Firmament. Unvermittelt beugte sich Sarah vor und küßte Januel auf die Wange. »Du bist sehr lieb.«

Lächelnd runzelte er die Stirn. »Ja?«

»Läßt dich bereitwillig durch ganz Paris mitschleifen, um Bauwerke anzuschauen, die du schon zigmal gesehen hast.«

»Nicht lieb, sondern selbstsüchtig«, verbesserte er, während sie zu seinem Auto zurückschlenderten. »Ich möchte dich für mich haben. Wenn die Sonntage erst mal warm und trocken sind, schleife ich dich für einsame Picknicks aus der Stadt hinaus ins Grüne.« Er lächelte und küßte ihr flüchtig die Hand, als er die Beifahrertür seines Autos öffnete.

»Ich freue mich schon auf den Frühling.« Ihre Haut fühlte sich da, wo er sie geküßt hatte, warm und weich an. Sarah schaute zu, wie er um die Motorhaube herum auf die Fahrerseite ging, und war wieder beeindruckt von der klassischen Schönheit seiner Gesichtszüge.

Der erste Blitz zerteilte die Wolken, als Januel den Schlüssel im Zündschloß drehte. Donner grollte, und wieder zuckte ein Blitz, aber der Regen ließ noch auf sich warten. Die Luft wurde schwer und schwül. Wie immer war der Verkehr immens, doch mit dem Selbstvertrauen eines Mannes, der gewohnt ist, Leute aus dem Weg zu fegen, fuhr Januel zu Sarahs Hotel.

Sarahs Gedanken verweilten bei dem drohenden Sturm. Das Tageslicht nahm eine düstere, unheimliche Färbung an. Mehr als Sonne und Regen liebte Sarah jene Augenblicke unmittelbar vor Losbrechen eines Unwetters. Sie konnte es um sich prickeln spüren und erahnte es im dunklen Hintergrund des Himmels.

Über ihnen wogten die Wolken, und jetzt peitschte auch Regen gegen die Windschutzscheibe, als Januel das Auto an den Bordstein gegenüber von Sarahs Hotel lenkte.

»Ich habe im Kofferraum einen Schirm«, setzte er an, aber Sarah war schon aus dem Auto gesprungen.

Sofort war sie klatschnaß. Das Haar klebte ihr am Kopf, ihre Jacke war durchweicht, der mauvefarbene Rock ihres

Kleides haftete ihr an den Beinen. Doch entzückt stand sie da – Kopf im Nacken, die Augen geschlossen.

»*Nom de Dieu*, du ertrinkst gleich!« Januel zog sie unter seinen englischen Schirm.

»Ist es nicht herrlich?« Ihre Augen leuchteten, als ein weiterer Donnerschlag über ihren Köpfen rollte. Regentropfen hingen an ihren Wimpern.

Statt einer Antwort packte Januel sie bei der Hand und rannte mit ihr über die Straße und in die Hotelhalle. An der Tür schüttelte er den Schirm aus, bevor er ihn zumachte. Atemlos vor Lachen lehnte sich Sarah gegen die Wand und schaute ihm zu. Er lächelte sie gereizt an, ehe er ihre Hand nahm und zu den Aufzügen ging. »Du erkältest dich noch.«

»Nein, ich bin gräßlich gesund.« Sie wischte ihm ein paar Regentropfen vom Kaschmirsakko. »Ich mag schon immer Regen, selbst bei einem Picknick.« Ihr Lächeln wirkte aufrichtig und glücklich. Wie lebendig und munter der Regen sie gemacht hatte. Gerne hätte sie diese Empfindung mit ihm geteilt.

Januel küßte sie auf die Nase, als sich die Aufzugtüren hinter ihnen schlossen. »Dann müssen wir vielleicht mit unserem Picknick gar nicht mehr bis zum Frühjahr warten.«

Er entnahm ihrem prompten Lachen, daß ihr seine Antwort gefallen hatte. Weil sie sich ihrer triefenden Ärmel und Januels penibler Art bewußt war, wollte sie sich nicht bei ihm einhaken; statt dessen begann sie nach ihrem Zimmerschlüssel zu suchen, als sie ihre Etage erreichten.

»Ich habe seit meinem Wegzug von New York nur ganz wenig Regen erlebt«, meinte sie, während sie in ihrer Tasche kramte. »Möglicherweise ist dies derselbe Regen, in den ich letztes Jahr geraten bin, als ich zur U-Bahn-Station an der 59. Straße rannte.« Als sie den Schlüssel fand, nahm Januel ihn ihr aus der Hand und steckte ihn ins Schloß.

»Sarah.« Lachend zog er sie ins Zimmer. »Manchmal, fürchte ich, bist du ganz schön verrückt.«

Sie fuhr sich mit den Fingern durch das tropfende Haar und lächelte ihn an. »Möglich. In der Bar steht Brandy. Warum schenkst du uns nicht einen ein?«

Sarah schlüpfte ins Bad, um sich aus der Jacke zu schälen

und sich ein Handtuch zu holen. Beim Herauskommen stellte sie sich in die Schlafzimmertür und frottierte sich kräftig das Haar, während sie Januel beim Einschenken der Cognacschwenker zusah. Ihr gefielen seine Bewegungen, das fließende, sanfte Spiel seiner Muskeln. Auch er hatte das Sakko abgelegt. Hemd und Hose klebten ihm am Körper. Sie bewunderte den Schwung seiner Stirn und seine Kinnpartie. Noch nie hatte sie schönere, harmonischere Gesichtszüge gesehen. Lächelnd bot er ihr einen Cognac an. Sarah schlüpfte aus ihren Schuhen, als sie mit beiden Händen den Schwenker umfaßte. Draußen verklang der Donner, und der Regen wandelte sich in ein sanftes Geplätscher.

»Anscheinend hat sich der Sturm gelegt«, meinte sie. Sie ließ den Cognac ein wenig auf der Zunge verweilen. »Ich mag rasch vorbeiziehende, heftige Stürme am liebsten. Danach ist die Luft immer so klar.« Sie schaute an sich hinunter, zog den nassen Rock weg von den Beinen und lachte. »Ich ziehe mich wohl besser um.«

Januel stellte sein Glas ab, dann nahm er das Handtuch von Sarahs Schultern. Mit langsamen, sanften Bewegungen begann er, ihr das Haar trockenzureiben. Sarah erschauerte, und ihre Blicke trafen sich.

»Du bist wunderbar«, murmelte er, als er das Handtuch fallen ließ. »Dein Haar riecht nach Regen.« Er legte ihr die Hand auf den Nacken und gab ihr einen federleichten Kuß auf die Schläfe. Mit der freien Hand nahm er ihren Cognacschwenker, stellte ihn ab und begann sie zärtlich zu küssen. Sie hob die Hände, um ihn zu sich herunterzuziehen, aber er hielt sie fest und glitt weiter mit seinen Lippen über ihren Mund und ihr Gesicht. »Sarah.« Er nagte an ihrem Ohrläppchen und spürte, wie sie zitterte. »Wir müssen dich von deinen nassen Kleidern befreien.« Seine Hand zog am Reißverschluß ihres Kleides, und sie murmelte zustimmend.

Er ließ sich Zeit, sie auszuziehen. Seine Hände wanderten hierhin und dorthin, ohne wirklich Besitz von ihr zu ergreifen, als ihr nasses Kleid zu Boden gefallen war. »Entzükkend«, flüsterte er, als er sie unter der Seide ihres Hemdchens liebkoste. Vorsichtig umfaßte er ihre Taille, streichelte ihr mit den Daumen über die Hüften, streifte ihr, noch immer ohne Eile, die Hemdträger von den Schultern und schob ihr dann das Hemd hinunter. Sarahs Herz klopfte schneller. Schließlich küßte Januel sie erneut, diesmal heftiger, und sie schlang ihm die Arme um den Hals, als er sie ins Schlafzimmer führte.

Das kühle Laken unter ihrer Haut brachte sie zum Zittern. Ihre Glieder fühlten sich schwer an. Sie tastete nach seinen Hemdknöpfen, wollte ihn spüren, die Wärme seiner Haut an ihrer Haut auskosten. Das Wohlgefühl, geliebt zu werden, tat beinahe weh. Tief einatmend seufzte sie.

Januels Gemurmel, sein schönes, weiches Französisch lullte sie ein, als sie einander ungehemmter berührten. Er war geschmeidig und schlank, seine Hände ebenso geschickt wie schön. Nichts anderes wollte Sarah jetzt, als für immer nackt und eins mit ihm so dazuliegen, ihm nah zu sein, kleine Schauer der Lust auf ihrer Haut zu spüren. Als er ihre Brüste liebkoste, umfing sie mit einer Hand seinen Kopf und streichelte ihm mit der anderen den Rücken, fühlte das sanfte Spiel seiner Muskeln.

Seine Hände strichen zart an den Innenseiten ihrer Schenkel entlang, bis sie ihr gekräuseltes Haardreieck erreichten. Dort verweilte er – und sie begann sich rascher unter ihm zu bewegen. Der Duft nach Regen und Wildblumen schien überall an ihr zu haften; der Puls an ihrem Hals fing an zu hämmern. Januel küßte sie an dieser Stelle. Atemlos, keuchend küßten sie sich...

Schläfrig und zufrieden lag Sarah neben Januel, den Kopf auf seiner Schulter, und fuhr ihm mit dem Finger über die leicht behaarte Brust. Sie konnte einen Hauch von Salz auf seiner Haut schmecken. Mit der Fußsohle rieb sie ihm über den Spann und schloß dabei die Augen.

»Mmmm, das hat gut getan. Es hätte schon vor Tagen regnen sollen.«

Lachend küßte Januel sie auf den Scheitel. Ihr Haar war noch feucht und glitt wie Seide durch seine Hand, als er es anhob; dann schaute er zu, wie es wieder aufs Kopfkissen fiel. »Wußtest du, daß Lieben eine viel bessere Abwehr gegen Erkältung als Cognac ist?«

Sarah setzte sich so weit auf, daß sie den Kopf heben und ihn anlächeln konnte. Ausdrucksvoll zog sie eine Braue hoch. »Jetzt weiß ich es.« Er nahm sie in die Arme und küßte sie leidenschaftlich. Sarah legte den Kopf an seine Brust und schloß die Augen.

»Es bleibt nur Zeit für ein sehr kurzes Nickerchen, ehe du dich anziehen mußt, *chéri*«, meinte Januel und fuhr ihr mit der Hand gedankenverloren über die zarte Haut der Leiste.

Träge räkelte sie sich. »Warum muß ich mich anziehen?«

»Weil wir Ballettkarten haben«, erinnerte er sie. »Für *Giselle.*« Januel schaute auf die Uhr. »Wir müssen in eineinhalb Stunden im Theater sein?«

»Ach ja, das Ballett.« Sarah gähnte, dann streichelte sie ihm die Brust. »Und wir dürfen den ersten Akt wohl nicht versäumen, oder doch?«

Januel berührte sie leicht an der Schulter. »Nach dem Theater ist auch noch Zeit, *mon amour.*«

Sarah seufzte, als sie spürte, wie er von ihr wegrückte. Sie wünschte sich mehr Zeit, mehr Nähe. Etwas nagte in ihr, in ihrem Inneren, sagte ihr, daß dies nicht genug gewesen war. Aber er drehte sich zu ihr um und lächelte sie an, und weil sie ihm ihr Herz geöffnet hatte, erwiderte sie das Lächeln.

13

Bei der feierlichen Grundsteinlegung wurde die französische Presse zum erstenmal richtig aufmerksam auf Sarah. Neben der eleganten Erscheinung von André Ceseare bot sie Stoff für die Klatschspalten.

Sie trug einen schwarzen, lose fallenden Mantel über einem schlichten weißen Seidenkleid, und damit gelang es ihr, gleichermaßen professionell wie auch geheimnisvoll auszuschauen. Eine Amerikanerin, eine schöne Amerikanerin brachte eine hohe Auflage, insbesondere wenn sie ein wichtiges französisches Bauwerk entwarf. Zudem stand sie unter Haladays Fittichen; Haladay Paris war ein angesehenes, äußerst renommiertes Unternehmen.

Als Sarah sich von Reportern umgeben fand, beantwortete sie geduldig ihre Maschinengewehrfragen. Die Public-Relations-Abteilung hatte ihr die Vorteile einer guten Presse nachhaltig eingehämmert, außerdem erinnerte sie sich an Byrons knappe Bemerkungen damals, als er sie mit dem Delacroix-Kulturzentrum betraut hatte. Sarah machte das Spiel also Haladays und sich selber zuliebe mit.

Fragen über das Theater, den Architekturstil und die voraussichtliche Dauer der Bauarbeiten beantwortete Sarah ohne Ausflüchte. Bei Fragen zu ihrer Person gab sie sich zurückhaltender. Auf jeder Abendausgabe prangte Sarahs Bild neben dem Artikel über das Delacroix-Zentrum. Zwei künftige Berühmtheiten wurden der Öffentlichkeit vorgestellt.

Noch am selben Abend sollte Sarah bei Andrés Cocktailparty erfahren, wie schnell ihr Name bekannt geworden war. In sein mit Antiquitäten und Kunstwerken vollgestopftes Haus drängte sich die Crème der Pariser Gesellschaft. Die Luft war mit Parfum und teurem Tabak geschwängert.

Die Männer trugen alles mögliche – von lässigen Seidenhemden und handgearbeiteten Jeans bis hin zum Smoking. Die Frauen zeigten sich modebewußt und konnten es sich offensichtlich leisten, entsprechend aufzutreten. Sarah erkannte auffällige Modelle von St. Laurent und klassische von Dior. Gold glänzte in Überfülle; die Frisuren reichten von streng bis extravagant. Sarah hatte sich in ein schwarzes Seidentop und enge schwarze Hosen gekleidet, darüber trug sie eine mit Goldnieten versehen Schafslederjacke. Ihr Haar fiel offen über die Schultern. Schmuck hatte sie keinen angelegt.

Die Reichen und Berühmten mit ihrem Diamantengeglitzer und den gelangweilten Gesichtern fesselten sie. Diese Leute, die ein Vermögen mit sich herumschleppten, lebten ganz anders als sie. Sarah genoß es, sie zu beobachten. Es würde ihr Spaß machen, für sie zu bauen. Auch sie selbst hätte gerne Reichtum und Ruhm genossen, aber nur zu ihren eigenen Bedingungen.

»Habe ich dir schon gesagt, wie großartig du aussiehst?« murmelte ihr Januel ins Ohr.

Sarah neigte den Kopf und lächelte ihn an: »Ja, aber du darfst es mir gern noch einmal sagen.«

»Du schaust wie ein junger Panther aus, so schlank und geschmeidig.« Er ließ den Blick an ihr hinuntergleiten, dann schaute er ihr wieder ins Gesicht. Es war kein abschätzender Blick, sondern der eines Kenners. Januel war mit ihrem Körper bestens vertraut.

In den vergangenen Wochen hatten sie oft miteinander geschlafen, und Sarah hatte ihn als sanften, aufmerksamen Liebhaber erlebt. Ihre einzige Enttäuschung bestand darin, daß er nie die Nacht mit ihr verbringen wollte. Sie liebten einander immer in ihrer Hotelsuite, und danach verließ er sie jedesmal, um allein zu schlafen. Sie vermißte seine Gesellschaft, wollte viel länger mit ihm zusammensein.

»*Chéri*, alle sind von dir beeindruckt«, fuhr Januel fort. »Du hast heute nachmittag die Presse bezaubert, und heute abend faszinierst du die feine Gesellschaft.« Er beugte sich näher zu ihr, so daß nur sie seine Worte verstehen konnte. »Weißt du eigentlich wie schwierig es war, dich ein paar Minuten für mich zu bekommen?«

Sarah wandte ihm wieder lächelnd den Kopf zu. »Nein, aber wir könnten ja gehen, dann hättest du mich länger als für ein paar Minuten.«

»André macht mich fertig, wenn ich ihm sein Prunkstück

stehle.« Januel stieß mit ihr an. »Jetzt mußt du einem gesellschaftlichen Plan folgen, wie die Arbeiter den deinen für das Kulturzentrum einhalten. Du wirst von jetzt an mit Einladungen zu Partys und mit Anfragen für Interviews überschwemmt werden.«

Sarah zuckte mit den Schultern, während sie sich am Wein nippend umschaute. »Es wird mir vermutlich Spaß machen, solange es nicht mit meiner Arbeit kollidiert. Ich werde eine Weile ziemlich viel auf der Baustelle zu tun haben.« Sie ging gerne aus, aber nicht, wenn sie an einem Bauvorhaben arbeitete.

»Das gehört auch zu deiner Arbeit«, erinnerte sie Januel.

Geistesabwesend nickte Sarah. Sie dachte an Byrons Worte. Eine junge, schöne Frau würde Haladays Image nicht schaden. Sie hatte eingewilligt, das Spiel mitzuspielen, und wollte am Schluß gewinnen. Erfolg, Macht, Ruhm – war das alles das gleiche? fragte sie sich. Ich weiß es nicht, aber ich werde es verdammt noch mal herausfinden.

»Sarah.« Januel tippte sie auf den Arm, um ihre Aufmerksamkeit wiederzugewinnen. Er wartete ihr Lächeln ab, mit dem sie auf ihn reagierte. »Du mußte dich erst mit mir absprechen, ehe du eine Einladung annimmst oder ablehnst, und auch ehe du Interviews gibst. Wir werden dann die möglichen Fragen sowie die passenden Antworten kurz durchsprechen.«

»Muß ich das?« murmelte Sarah. »Warum?« Sie unternahm keinerlei Anstrengung, ihren Unmut zu verbergen.

Januel legte sanft die Hand über die ihre. »Sarah, du bist noch relativ fremd hier in Paris. Mit manchen Leuten hier solltest du Umgang pflegen, mit anderen nicht.« Er merkte, wie sie das Gesicht noch mehr verzog. »Möglicherweise könnte dir ohne die richtige Führung eine Gelegenheit entgehen, oder du würdest die falsche Person kränken. Oder«, fuhr er gelassen fort, »ein gerissener Reporter könnte dich zu... Indiskretionen verleiten.«

»Niemand verleitet mich zu Indiskretionen«, erwiderte Sarah. »Und ich pflege Gärten, nicht den Umgang mit Menschen.«

Januel nahm geduldig ihre Hand. »Sarah, so läuft es nun

mal im Geschäftsleben. Die Dinge können nicht immer so einfach sein, wie du es gern hättest.« In einer öffentlichen Zurschaustellung von Zuneigung beugte er sich zu ihr hinunter und küßte sie leicht auf den Mund. »Denk mal darüber nach, *chéri*.«

Sarah seufzte. »Na schön, ich lasse es mir durch den Kopf gehen.«

»Lieber Januel, wir haben uns ja ewig nicht mehr gesehen!«

»Madeleine, schön wie eh und je.« Januel küßte ihr die Hand. »Comtesse Madeleine de la Salle, darf ich Ihnen Mademoiselle Sarah Lancaster vorstellen?«

»Ah.« Das klang wissend. »Die Architektin, und in Wirklichkeit viel reizender als auf dem Foto.« Sie musterte Sarah von Kopf bis Fuß und wieder zurück. »Sie haben ein feines Gespür für Stil, Mademoiselle.«

»Danke, Madame.«

»Alle Welt redet über das Theater und wie großartig es wird. Man kann Ihnen gratulieren.«

»Ich bekäme die Gratulationen lieber nach der Fertigstellung.« Sarah lächelte. »Wir haben noch eine weite Wegstrecke vor uns.«

Bei Sarahs Lächeln stutzte Madeleine einen Augenblick; es kam ihr überraschend selbstsicher vor. »Ich gebe nächste Woche eine kleine Abendeinladung und möchte Sie gerne dazu bitten.« Ihr Blick schweifte zu Januel. »Sie beide.«

»Selbstverständlich, Madeleine«, Januel antwortete, ehe Sarah den Mund aufmachen konnte. »Wir kommen sehr gerne.«

Sarah schaute ihn fragend an. Seine vereinnahmende Antwort gefiel ihr und störte sie gleichermaßen. Gerade als Januel lächelnd ihren Blick auffing, spürte sie, wie jemand sie am Arm berührte.

»Sarah, *ma chère*, Sie dürfen sich nicht in einer Ecke verstekken«, schalt André sie in seinem rasend schnellen, holprigen Englisch. »Ich muß Sie unbedingt jemandem vorstellen. Ich entführe sie Ihnen, Januel.«

»Wenn Sie sie mir wieder zurückbringen...«

Sarah warf ihm noch einen Blick zu, ehe sie mit André auf

die andere Seite des Raumes ging. »Das klingt ja, als wäre ich ein Weihnachtsgeschenk, das nicht so recht paßt«, bemerkte sie über die Schulter.

Madeleine beobachtete sie, wie sie sich ihren Weg durch die Menge bahnten. »Ein hübsches Kind«, stellte sie fest und leckte dann mit der Zunge über den Rand ihres Glases. »Und gescheit.«

»Hübsch und gescheit«, stimmte Januel zu und zeigte mit einem schnellen Lächeln die Zähne. »Aber nicht unbedingt ein Kind, Madeleine. Jung, das sicherlich.« Als er hinüberschaute, sah er, wie einer von Andrés Schweizer Geschäftsfreunden Sarah gerade die Hand küßte. »Jung genug, um noch formbar zu sein«, fügte er hinzu, wobei er den Blick wieder auf Madeleine richtete. »Hübsch genug, um anziehend zu sein, und gescheit genug, um an die Spitze zu gelangen.«

»Und naiv genug, um dich dorthin mitzunehmen?« fügte Madeleine mit einem Nicken hinzu. Sie gluckste leise, ehe sie näher an ihn herantrat und mit ihrer vollen Brust Januel am Arm streifte, wobei sie ihn anlächelte. »Kann sie all das sein und noch dazu deinen... unermeßlichen Appetit befriedigen?« Sie lächelte ihn über ihr Champagnerglas an und beobachtete seine Augen.

»Sagen wir mal, Sarah verfügt nicht über deine Erfahrung oder deinen...« Er hielt inne und überlegte. »Einfallsreichtum.«

Sie lachte wieder, dann tauchte sie einen Finger in seinen Wein und tupfte sich damit auf die Zunge. »Ruf mich an, wenn dich das Spielen mit kleinen Mädchen langweilt«, lud sie ihn ein.

Sarah saß an ihrem Reißbrett. Sie hatte die Gardinen aufgezogen, um die warme Frühlingssonne ins Zimmer zu lassen, bemerkte im Moment allerdings nichts davon.

Es mußten einige letzte Veränderungen an der Innenausstattung einer der Bühnen vorgenommen werden, und sie konzentrierte sich ganz auf ihre Arbeit. Die heiße Schokolade und das Gebäck, die ihre Sekretärin ihr vor zwei Stunden gebracht hatte, standen kalt und vergessen auf dem eleganten

Beistelltisch in der anderen Zimmerecke. Das Telefon klingelte dreimal, ehe sie es hörte, und noch zweimal, ehe ihr einfiel, daß sie Madame Fountblanc zum Mittagessen geschickt hatte.

»Verdammt«, murmele sie und nahm den Hörer ab. »Sarah Lancaster«, sagte sie, wobei sie noch immer stirnrunzelnd auf ihren Entwurf schaute.

»Guten Tag, Sarah Lancaster.« Die tiefe, rauhe Stimme klang völlig amerikanisch.

»Max!« Sogleich überflutete sie Freude. Sie ließ den Bleistift fallen und umklammerte den Hörer mit beiden Händen. »Wie schön, einen Amerikaner amerikanisch reden zu hören. Sagen Sie doch noch was«, bat sie.

Haladay lachte. Er freute sich über ihre aufgeregte Stimme. »Erzählen Sie mir nicht, daß Sie Heimweh haben.«

»Am Anfang schon, aber das habe ich überwunden.« Bis grade eben, dachte sie wehmütig, dann schüttelte sie den Kopf. »Wie geht es Ihnen, Max?«

»Gut.« Er legte sich kurz die Hand aufs Herz und wußte nur zu gut, daß er übertrieb. »Ich höre, daß bei Ihnen alles bestens läuft, aber ich wollte es gern aus erster Hand bestätigt bekommen.«

Zum erstenmal an diesem Tag bemerkte Sarah, daß sich das Sonnenlicht über ihren Schreibtisch ergoß. Sie stand auf und nahm das Telefon mit. »Wir sind im Zeitplan. Sobald wir uns durch den Papierkram gekämpft und den Grundstein gelegt hatten, lief die Sache. Himmel, Max, was es hier an Formalitäten gibt, man glaubt es gar nicht.« Die Blätter auf dem Baum draußen vor ihrem Fenster zeigten das erste Grün. Sarah klemmte sich den Hörer zwischen Schulter und Kinn und machte das Fenster mit der freien Hand auf. Frühling strömte herein. »Bei den Aushebearbeiten hatten die Leute ganz schön mit Matsch zu kämpfen, weil es hier ziemlich geregnet hat. Aber jetzt ist es schon seit ein paar Tagen trocken. Das Fundament wächst ziemlich schnell.«

»Keine Probleme?«

»Ich habe heute morgen eine Liste überflogen.« Sarah ging an ihren Schreibtisch zurück und setzte sich. »Ziemlich unwichtige Sachen. Es klappt wie am Schnürchen, Max. Das ist fast beängstigend. André hilft mir sehr und hält mir die Geldgeber die meiste Zeit vom Leib. Januel verhandelt mit den Beamten.«

»Bounnet?« Sarah hörte, wie Max ein Pfefferminzbonbon geräuschvoll zerbiß. »Er versteht sein Geschäft. Habe Ihr Bild ein paarmal in der Zeitung gesehen.«

Sarah grinste und lehnte sich auf ihrem Stuhl zurück. Sie hätte ja wissen müssen, daß ihm nichts entging. »Vielleicht lege ich mir ein Album an. Haben Byron die Artikel gefallen?«

»Gute Publicity«, meinte Haladay zweideutig. »Werden Sie bloß nicht zu eingebildet.«

Sie lachte. »Max, das Delacroix wird ganz toll. Kommen Sie doch her und überzeugen Sie sich.«

Sie glaubte ihn seufzen zu hören, war sich aber nicht ganz sicher. »Wenn es fertig ist«, meinte er nach einer Weile, »gehe ich mit Ihnen auf die Eröffnungsveranstaltung.«

»Abgemacht!«

»Halten Sie mich auf dem laufenden«, wies er sie an, wobei er in einen geschäftsmäßigen Tonfall verfiel. »Ich möchte sowohl von Ihnen als auch von Bounnet informiert werden.«

»In Ordnung.« Sie spürte, daß er Schluß machen wollte. »Auf Wiedersehen, Max.«

14

Auf der Baustelle des Delacroix-Projekts wurde Sarah in Jeans und T-Shirt ein so vertrauter Anblick wie Stahlträger und Betonblöcke. Die Baseballkappe, die Dallas ihr geschickt hatte, bildete auch einen Teil ihrer Uniform. Fotos von Sarah auf dem wachsenden Rohbau wetteiferten mit Bildern von ihr in der eleganten Pariser Gesellschaft. Weil Januel sie immer begleitete, wurden ihre Namen miteinander verknüpft, und so bot ihre Beziehung zusätzlichen Anlaß für Spekulationen der Presse. Sarah allerdings las weder englische noch französische Boulevardblätter. Die meiste Zeit tat sie so, als gebe es sie gar nicht.

Im allgemeinen genoß Sarah die Einladungen, die Leute, ihren eigenen wachsenden Ruhm. Doch mehr als alles andere genoß sie es mitzuverfolgen, wie ihre Entwürfe allmählich in Beton und Stahl Gestalt annahmen. Im Verlauf des zweiten Monats der Bauarbeiten brachte *Newsweek* sie auf der Titelseite. Sarah las den Artikel und sorgte sich gleichzeitig um die Mitteltreppe, die zur Hauptbühne führte. Sie fand nicht die Zeit, ihren Erfolg gebührend auszukosten; all ihre Energien waren auf ihre Arbeit gerichtet.

Ich hasse es, Zeit zu verschwenden, dachte sie, als sie mit auf die Hüften gestemmten Händen den Mosaikboden in der fertiggestellten Halle des Ostflügels begutachtete. Die Wände der Halle bestanden aus Glas. Hier, wo Sarah jetzt auf und ab ging, würde sich später ein exotischer Garten befinden. Die Pflanzen dafür waren bereits bestellt; Rhododendron, Fuchsien, Glyzinien, Dutzende verschiedener Rosensorten. In Zusammenarbeit mit dem Landschaftsarchitekten hatte Sarah etwas Einzigartiges und außergewöhnlich Schönes geschaffen. Die Pfade, die sich durch den Garten schlängeln würden, waren bereits angelegt, zwei kleine Brunnen schon betriebsbereit.

Aus anderen Teilen des Bauwerks konnte Sarah die Arbeiter hören. Es war heiß und die Luft zum Schneiden, da die

Mechaniker an einer fehlerhaften Kühlanlage arbeiteten. Sarah hatte das Haar unter ihrer Kappe zusammengesteckt und ihre rote Baumwollbluse unter dem Busen verknotet. Trotzdem lief ihr der Schweiß in einem langsamen Bächlein den Rücken hinunter.

Sarah schob den Mützenschirm hoch und wischte sich mit dem Handrücken über die Stirn. Wenn sie die Belüftung nicht bald instandsetzten, würden sie Feierabend machen müssen. Sie ging in Richtung Baustellenlärm weiter. Jetzt waren sie schon fast eine Woche im Verzug. Eine Woche. Weniger als eine Woche bei einem Bauvorhaben dieser Größenordnung im Verzug zu sein, grenzte an ein Wunder. Doch sie war eine zu große Perfektionistin, als daß sie sich damit zufriedengegeben hätte.

Sarah suchte sich ihren Weg über die Plastikplane, die über dem Eingangsbereich des Westflügels lag. Zimmerleute arbeiteten mit nacktem Oberkörper an der Haupttreppe. Langsam formten sie die Eichenbohlen zu dem, was Sarah sich als geschwungene, fließende Holzfläche vorgestellt hatte, deren Stufen in einem wasserfallähnlichen Bogen herabschwingen sollten.

»*Pardon.*« Sarah unterbrach einen Arbeiter, der die Schultern und Arme eines Herkules zeigte. Verflixt, dachte sie, als er sich umdrehte. Ich sollte ihn Dallas schicken.

»*Oui,* Mademoiselle Lancaster?«

Sie sprudelte auf französisch los: »Können Sie mir sagen, wo ich Monsieur Lafitte finde?« Ein schneller Blick hatte ihr verraten, daß der Polier sich nicht bei diesem Trupp von Zimmerleuten aufhielt.

»Bei den Mechanikern. Sie reparieren noch immer die Kühlanlage.«

Einer seiner Kollegen machte eine Bemerkung über die Hitze, und zwar so schnell und Pariserisch, daß Sarah ihn nur zur Hälfte verstand. Sie wartete, bis das Gelächter abklang.

»Wenn sie nicht in einer Stunde funktioniert, hören wir für heute auf. Wie heißen Sie?« Sie wandte sich an den jungen Herkules, während sie die Kappe abnahm und sich damit Luft zufächelte.

»Jean-Marc, Mademoiselle.«

»Jean-Marc, sagen Sie allen Bescheid, daß sie Mittagspause machen sollen. Und zwar heute eine Stunde lang. Wenn die Kühlanlage bis dahin nicht funktioniert, gehen alle heim. Sie sagen es Ihren Kollegen, nicht wahr?«

»*Oui*, Mademoiselle.« Er strahlte sie an, als er sich seinen Werkzeuggürtel abschnallte.

Sie entfernte sich, während er sich ein Hemd überwarf und ihre Anweisung mit lauter Stimme weitergab.

Paul Lafitte war ein kleiner, stämmiger Mann um die Fünfzig mit gelocktem grauem Haar und einem kringeligen grauen Schnurrbart. In all den Wochen ihrer Zusammenarbeit hatte Sarah ihn kein einziges Mal die Stimme erheben hören. Sie schätzte seine Art, seine Intelligenz und seinen Sinn für Gerechtigkeit. Mehr als einmal hatten sie eine Flasche Wein und ein Stück Brot mit Käse in einer schnellen Mittagspause auf der Baustelle miteinander geteilt. Er war ebenso stolz auf das Kulturzentrum wie sie.

Sarah konnte ihn reden hören, als sie sich ihren Weg durch das Labyrinth von Korridoren und Treppen zu dem jetzt unerträglichen stickigen Bedienungsraum bahnte. Dort sah sie Derille, den Chefingenieur, zusammen mit Lafitte und drei Mechanikern. Lafitte wischte sich mit einem feuchten schmutzigen Taschentuch die Stirn ab und fluchte leise auf die riesige Anlage, die jetzt partout nicht funktionieren wollte.

»Paul.« Sarah ging auf die Männer zu.

»Sarah.« Er spreizte die Finger, eine Geste, die alle Franzosen anscheinend schon in der Wiege lernen. »Wir haben hier ein Problem«, meinte er.

Neben ihm schnaubte Derille und strich sich das feuchte dunkle Haar zurück. Er war einen Kopf größer als Lafitte, schlaksig und trug eine Brille mit dicken Gläsern. Sarah wußte, daß er ein guter Ingenieur war und mochte ihn gern, obwohl sie schon öfter hitzige Debatten über das Kulturzentrum geführt hatten. »Lafitte hat ein gradioses Talent zur Untertreibung. Wenn Sie vielleicht nicht auf soviel offenem Raum in jedem Flügel bestanden hätten ...«, setzte er mit einem grimmigen Lächeln an.

»Ich entwerfe das Gebäude«, schnitt sie ihm das Wort ab. »Heizung und Klimaanlage hingegen sind Ihr Problem, nicht meines.« Weil sie wußte, daß er genauso schwitzte und ebenso gereizt war wie sie, milderte sie die Bemerkung ab, indem sie ihn am Arm antippte. »Ehe wir uns streiten, wollen wir erst mal schauen, was uns die Mechaniker zu sagen haben. Ich verrate Ihnen eines – hier drin ist es verdammt stikkig.«

Sie fächelte sich mit ihrer Kappe Luft zu, wirbelte aber nur brütendheiße verbrauchte Luft auf. Lafitte redete währenddessen mit den Mechanikern; als er sich ihr wieder zuwandte, erklärte er: »Es liegt am Transmissionsriemen, er ist kaputt. Wir müssen ihn ersetzen.«

»Merde«, sagte sie deutlich vernehmbar.

Lafitte stimmte höflich zu.

»Wie lange dauert es, bis wir Ersatz bekommen«, fragte sie.

Er schob schulterzuckend die Unterlippe vor. »Schwer zu sagen.« Schweißperlen sammelten sich knapp unterhalb seines Schnurrbarts. »Vielleicht eine Woche.«

»Merde«, wiederholte Sarah. Dann steckte sie die Hände in die Hosentaschen. »Ich kann keine geschlagene Woche verlieren«, murmelte sie. »Auf keinen Fall. Von woher haben wir die Kühlanlage?«

Derille antwortete: »Aus Saint-Etienne. Wir müssen die Firma benachrichtigen und ein Ersatzteil bestellen. Der ganze Papierkram dauert seine Zeit – die Bearbeitung der Bestellung, der Transport.«

Sarah wandte sich wieder an Lafitte. »Beauftragen Sie einen Ihrer Leute, daß er heute nachmittag nach Saint-Etienne fliegt. Er kann das Ersatzteil mitnehmen und damit zurückfliegen. Vergewissern Sie sich, daß Sie jemand nehmen, der weiß, was wir brauchen. Ich möchte nicht, daß irgendwas dabei verbockt wird und kümmere mich selbst um die Einzelheiten. Dafür brauche ich eine Stunde.« Nach einem Blick auf ihre Armbanduhr schüttelte sie den Kopf. »Nein, verdammter Mist, um diese Zeit brauche ich womöglich zwei Stunden. Schicken Sie mir einen Boten in zwei Stunden ins Büro. Gehen Sie auf Nummer Sicher, daß unser Mann dann abreisefertig ist.« Mit festen, schnellen Schritten steuerte sie die Treppe an. »Ach ja, ich habe den Arbeitern für den Rest des Tages freigegeben. Schauen Sie auch, daß Sie hier rauskommen. Unter solchen Bedingungen kann ja kein Mensch arbeiten.«

»*Bien*«, murmelte Lafitte, aber sie sauste schon die Treppe hinunter. Er wandte sich wieder an seine Leute. »Ihr habt gehört, was Madame gesagt hat.«

Die Luft in Sarahs Büro war erheblich besser; frisch und kühl; sie duftete leicht nach Januels frischen Rosen. Sarahs feuchtes Haar kringelte sich an den Schläfen noch immer, aber zum erstenmal seit drei Stunden klebte ihr das Hemd nicht mehr an der Haut fest.

»Verbinden Sie mich mit dem Manager der Fabrik in Saint-Etienne, von der wir die Kühlanlage für das Kulturzentrum gekauft haben«, wies Sarah Madame Fountblanc an, zog die Schublade eines Aktenschranks auf und fing an, darin herumzukramen. »Dann suchen Sie den schnellsten Hin- und Rückflug nach dort heraus und reservieren Sie einen Platz. Wenn es keinen passenden Flug geben sollte, chartern Sie eine Maschine.« Sarah entdeckte die Unterlagen für das Kühlsystem und zog sie heraus. »Und schauen Sie nach, ob Monsieur Bounnet in seinem Büro ist.«

Während ihre Sekretärin telefonierte, breitete Sarah die Unterlagen aus. Die Finger auf dem Papier, überflog Sarah die Verträge. Als sie den entsprechenden Passus gefunden hatte, kritzelte sie schnell Namen und Modellnummer der Anlage auf einen Zettel. Neben ihr ertönte der Summer der Gegensprechanlage.

»Monsieur Brionne, der Manager von Gaspar in Saint-Etienne.«

»Danke.« Sarah nahm den Hörer. »Monsieur Brionne, hier spricht Sarah Lancaster. Wir haben hier ein Problem.«

Fünfzehn Minuten später meldete sich Sarah wieder bei ihrer Sekretärin. »Haben Sie Monsieur Bounnet erreicht?«

»Er hat jetzt eine Besprechung in der Weltbank und wird nicht vor vier Uhr zurückerwartet.«

»Verdammt«, murmelte Sarah leise und trommelte mit den

Fingernägeln auf die Schreibtischplatte, während sie ihre Gedanken zu ordnen versuchte. »Dann müssen wir uns an Troudeau wenden. Schauen Sie, ob Sie ihn erwischen, und schicken Sie Lafitte herein, sowie er hier eintrifft.«

Innerhalb von neunzig Minuten hatte Sarah sich durch den Papierkram gekämpft und einen Mann auf den Weg nach Saint-Etienne geschickt. Jetzt, wo ihr Büro leer war und das Telefon schwieg, fiel ihr ein, daß sie gar nicht zu Mittag gegessen hatte. Ihr T-Shirt fühlte sich unter den Achseln steif vor getrocknetem Schweiß an. Sie lehnte sich in ihrem Stuhl zurück und gestattete sich zum erstenmal an diesem Tag ein wenig Entspannung. Ihren Hunger und ihre Erschöpfung überdeckte das Gefühl, etwas zustande gebracht zu haben. Ein Problem war mit geringstmöglichem Aufwand gelöst worden, und dadurch hatten sie eine Woche Zeitverzug verhindert. Sarah wußte, daß der Bau mittlerweile weit genug fortgeschritten war, daß sie an ihre Heimreise nach Phoenix denken konnte. Sie schob die auf ihrem Schreibtisch verstreuten Unterlagen beiseite.

Ich ordne sie jetzt auf keinen Fall ein, beschloß sie, sondern gehe jetzt heim und stelle mich eine geschlagene Stunde unter die Dusche. Ehe sie sich jedoch vom Schreibtisch erheben konnte, ging die Tür auf, und Januel trat ein.

»Du kommst früh zurück«, meinte sie verärgert, weil er nicht angeklopft hatte.

»Die Besprechung war früher als erwartet beendet.« Seine Stimme klang unpersönlich. »Du hattest viel zu tun«, bemerkte er.

»Ja.« Sie strafte automatisch die Schultern. »Gibt es Probleme?«

»Es gibt immer Probleme, wenn ein Mitarbeiter seine Autorität überschreitet.«

»Wohl durchdacht«, meinte sie und hob eine Augenbraue.

»Es ist erst jetzt zu mir durchgedrungen, daß du heute nachmittag die Arbeit hast abbrechen lassen und daß einer der Mechaniker angewiesen wurde, nach Saint-Etienne zu fliegen, um ein Ersatzteil zu besorgen.«

»Ja. Möchtest du, daß ich dir die Einzelheiten schildere, oder kennst du sie bereits?«

»Troudeau hat mir von einem gerissenen Transmissionsriemen berichtet.« Januel wischte das Problem beiseite. »Mich macht jedoch die Tatsache betroffen, Sarah, daß du anscheinend vergessen hast, in wessen Zuständigkeitsbereich diese Angelegenheit fällt.«

Sie starrte ihn verblüfft an. Wie lächerlich, dachte sie. Er hat Angst um sein Selbstwertgefühl. »Das habe ich nicht vergessen, Januel«, verbesserte sie ihn. »Du warst nicht zu erreichen.«

»Dann hätte die ganze Angelegenheit so lange warten müssen, bis ich wieder zur Stelle war.«

»Nein.« Sie stand auf und schaute ihm gerade ins Gesicht. »Wir haben den letzten Flug für heute nach Saint-Etienne bekommen. Es kam auf jede Stunde an.«

»Es kommt auch auf den glatten Betriebsablauf an.«

»Verdammt noch mal, Troudeau verfügt über die nötigen Befugnisse, und ich habe die üblichen Verfahrensweisen soweit wie möglich eingehalten. Es war eine glasklare Entscheidung, Januel.« Sie hob die Hände. »Andernfalls hätten wir Tage verloren.«

»Das bleibt abzuwarten. Die Kühlanlage ist nur ein Teil des Projekts. Und zweifelsohne hast du etliche Schritte des Einkaufsverfahrens außer acht gelassen.«

Zum Teufel mit dem Einkaufsverfahren, dachte Sarah, konnte sich diese Bemerkung aber gerade noch verkneifen.

»Die Bautrupps sind zum Arbeiten angestellt«, fuhr Januel fort. »Das erwarten sie und tun sie auch, bis ich ihnen erlaube, damit aufzuhören. Heute nachmittag hast du deine Kompetenzen überschritten.«

»Vielleicht.« Sarah sprach mit der Ruhe verhaltenen Zorns. Seine Sturheit kam ihr geradezu unglaublich vor. »Unter den gleichen Bedingungen würde ich auch morgen meine Kompetenzen wieder überschreiten. Ich war vor Ort, Januel«, fügte sie im Versuch, ihn zu entschuldigen, nicht sich selbst, hinzu. »Du aber nicht.«

»Ich bin nicht in der Lage, meine Zeit damit zu verbringen, auf Baustellen herumzuspazieren.«

»Nein, aber ich. Und ich sage dir – die Arbeitsbedingungen heute waren unerträglich.«

»Bauarbeiter sind es gewohnt, unter solchen Bedingungen zu arbeiten.« Januel tat das Ganze mit einer schnellen, eleganten Geste ab.

»Spar dir deine Klassenunterscheidungen«, gab sie wütend zurück. »Ich habe nicht die Geduld für so etwas. Und erzähl mir nichts über Bauarbeiter. Ich habe mit Baustellentrupps gearbeitet, als es so heiß war, daß sie die Schindeln nicht auflegen konnten, weil ihnen der Teer die Hände verbrannte. Sie schlucken Salztabletten und literweise Wasser und schwitzen wie die Schweine. Ich weiß nicht, wie heiß es heute in dem Gebäude war, aber es war schlimmer als nur heiß. Man hatte überhaupt keine Luft mehr zum Atmen. Und unsere Ventilatoren wirbelten lediglich verbrauchte Luft auf. Es war, als steckten wir in einer verschlossenen Kiste. Wenn du meinem Urteil nicht traust, frag doch Lafitte oder Derille. Sie waren auch da.« Mit beiden Händen strich sie sich das Haar aus dem Gesicht. »Und wenn dir meine Arbeit, wie ich die Dinge anpacke, nicht gefällt, dann besprich die Angelegenheit mit Max. Ich bin nicht deine Angestellte.«

Diese Reaktion hatte Januel nicht erwartet. Sarah schaute ihm ungerührt in die Augen. Nach einem Moment fand er wieder Worte. »Ich zweifle nicht daran, daß du nach bestem Wissen gehandelt hast, Sarah. Und es kann sich in der Tat bei weiterer Betrachtung auch herausstellen, daß es so richtig war. Dennoch warst du zu ungestüm. Du mußt dich in meine Lage versetzen. Eine Unterbrechung im Arbeitsablauf anzuordnen kommt einer grundlegenden Entscheidung gleich. Solch eine Anordnung sollte erst den ganzen Entscheidungsweg durchlaufen.«

»Und wenn einige Arbeiter mit einem Hitzeschlag umkippen, während die Entscheidung sich auf dem Weg befindet, zählt es als Pause.« Erbost schüttelte Sarah den Kopf. »Nein, ich kann keine Logik darin entdecken.« Sie fing an, die Unterlagen auf ihrem Schreibtisch zusammenzuschieben. »Wenn ich andere als die üblichen Wege beschritten habe, so tut mir das leid, aber meiner Meinung nach blieb mir keine andere Wahl. Für mich zählen Menschen mehr als irgendwelche Verfahrensregeln.«

»Wir sehen die Dinge in einem unterschiedlichen Licht. Du

mußt dein Gebäude bauen.« Er legte ihr die Hände von hinten auf die Schultern. »Meine Aufgabe liegt im Verwalten.«

Bei seiner Berührung versteifte sich Sarah, was Januel nicht entging. Dennoch löste er den Körperkontakt nicht. »Behandle mich nicht herablassend, Januel.« Sie drehte sich zu ihm um.

»Nun gut.« Er bemühte sich um einen freundlichen Ton, und plötzlich konnte sie keine Anzeichen schlechter Laune mehr bei ihm entdecken. »Ich habe dir meine Meinung zu dieser Sache dargelegt. Aber da es sich um ein *fast accompli* handelt, hat es keinen Sinn, sich weiter darüber aufzuregen. Ich bitte dich lediglich, Sarah, dich in Zukunft auf architektonische Belange zu beschränken und die Verwaltungsaufgaben mir zu überlassen.«

»Und wenn du nicht zu erreichen bist?«

»Ich werde dafür sorgen, daß das nicht mehr passiert.«

»Na gut«, sagte sie kühl. »Nun weiß ich Bescheid.«

»Und jetzt...«, er machte einen Schritt auf sie zu, »legen wir unsere geschäftliche Meinungsverschiedenheit ad acta?« Er berührte sie mit dem Finger leicht an der Wange und lächelte. Seine Augen waren wieder hell und klar.

Sarah fiel es nicht leicht, ihre Gefühle an- und abzuschalten. Doch hier ging es nicht um Stolz oder Selbstwertgefühl, und so bemühte sie sich, ihre beruflichen und privaten Standpunkte zu trennen.

»Na schön, Januel.« In einem plötzlichen Anfall von Müdigkeit rieb sich Sarah die Nasenwurzel mit Daumen und Zeigefinger. »Ich bin ja sowieso nur noch ein paar Wochen hier. Das Problem wird wohl kaum noch einmal auftauchen.«

»Aber, meine Liebe, das ist doch nicht der passende Zeitpunkt, um von deiner Abreise zu sprechen.« Januel legte ihr den Arm um die Taille. »Komm, ich lade dich heute zum Abendessen ein, in das kleine Bistro, in das wir an unserem ersten Abend gegangen sind. Dann sind wir nur ein Mann und eine Frau, die einander zugetan sind. Wir sollten uns an einen Tisch draußen auf dem Boulevard setzen.« Er führte ihre Hand zu den Lippen. »Dir wird der Sternenhimmel gefallen.«

Sarah schaute ihm in die Augen. Sie konnte ihm einfach nicht böse sein. Wir sind bloß verschiedener Ansicht, dachte sie. Das ist alles. »Mit Champagner und Cognac?« fragte sie. Als er lachte, küßte sie ihn flüchtig. Dann machte sie sich aus seiner Umarmung frei. »Ja, das wäre nett, Januel.«

»Dann ist es also abgemacht, Liebes.«

15

Ihre Arbeitskluft hatte Sarah zusammengeknüllt in eine Schrankecke geworfen. Und jetzt saß sie, bekleidet mit einem hautfarbenem Spitzenbody, mit übereinandergeschlagenen Beinen auf ihrem Bett. Beim Haarebürsten dachte sie über Januel nach.

Satz für Satz ging sie ihr letztes Gespräch durch. Seine Einstellung verblüffte sie noch immer. Es war ihr überhaupt nicht in den Sinn gekommen, daß sie durch ihr eigenständiges Handeln seine Autorität untergraben hatte.

Warum sollte ein Mann in seiner Stellung und mit seinen Fähigkeiten so unsicher sein? Wie konnte ein so großzügiger und netter Mensch nur so kleinlich reagieren?

Vielleicht hatte sie vorschnell gehandelt. Hätte sie besser abwarten und erst mit Januel sprechen sollen, ehe sie die Leute nach Hause schickte?

Nein! Die Männer konnten nicht länger in diesem Backofen arbeiten. Und daß sie die Lieferung des Ersatzteils beschleunigt hatte, war für das Unternehmen wichtig gewesen.

Noch immer konnte sie nicht verstehen, warum Januel so heftig reagiert hatte. War er etwa tatsächlich der Ansicht, daß man auf Arbeiter keine Rücksicht zu nehmen brauchte? Vor ihrem geistigen Auge stieg Januels Bild auf; seine glatten, ebenmäßigen Gesichtszüge, sein hellblondes Haar, seine hellen Augen. Ich kann nicht glauben, daß er so denkt... nicht im Ernst.

Sie schüttelte den Kopf. Ich will heute abend nicht mehr daran denken, beschloß sie, stand vom Bett auf und ging an den Kleiderschrank. Da klopfte es, und Sarah sah verwundert hoch.

»Er kommt reichlich früh«, murmelte sie, während sie einen dünnen weißen Hausmantel vom Haken nahm. Den einen Arm im Ärmel, mit dem anderen sich noch hineinkämpfend, machte sie die Tür auf. »Du kommst früh«, setzte sie lächelnd an. »Oh ...« Das Lächeln verwandelte sich in eine verdutzte Miene, als sie Byron Lloyd sah.

»Scheint so.« Er musterte sie von oben bis unten, ehe er ihr ins Gesicht schaute. »Sie erwarten wohl jemanden?«

»Mit Ihnen habe ich allerdings nicht gerechnet«, meinte sie. »Ich dachte, Sie wären Tausende von Kilometern weit weg.«

»Ich bin soeben angekommen.«

»Nun, dann seien Sie willkommen, Reisender.« Sie bat ihn mit einer ausholenden Geste herein. »Ich habe Wein für Ihre Leute und Wasser für die Pferde.« Nachdem sie die Tür hinter ihm geschlossen hatte, drehte sie sich um und entdeckte, daß er kaum einen Schritt von ihr entfernt stand.

»Paris bekommt Ihnen gut«, bemerkte Byron nach einer Weile. Er machte keine Anstalten weiterzugehen und einen etwas üblicheren Abstand zwischen ihnen herzustellen. Sie roch noch immer so vertraut, und er erinnerte sich an ihren Duft. Ohne Make-up schimmerte ihre glatte Haut, ihre Augen wirkten jünger, verletzlicher. Die in Phoenix erworbene Bräune hatte sie verloren, und ihr Teint wirkte jetzt wie bei ihrer ersten Begegnung blaß und zart.

»Danke.« Das Kompliment überraschte sie, weil sie wußte, wie sehr er mit privaten Bemerkungen knauserte. Plötzlich kam ihr ein Gedanke. »Ist mit Max alles in Ordnung?« Sarah streckte die Hand aus und legte sie ihm auf den Arm.

Ihre Besorgnis war deutlich zu sehen. »Ja, es geht ihm gut.« Byron spürte, wie sich ihre Finger auf seinem Ärmel entspannten. Ihre bloße Berührung rief ihm ins Gedächtnis zurück, wie heftig er sie vor Monaten begehrt hatte und wie sehr er sich jetzt nach ihr sehnte.

Sarah ließ die Hand sinken und wandte sich ab. »Was kann ich Ihnen anbieten, Byron? Ich habe eine gut sortierte Bar; ein wenig von diesem, ein wenig von jenem.«

»Versuchen wir es mit einem kleinen Bourbon, pur.«

»Kein Problem.« Sie ging durchs Zimmer und nahm zwei Gläser. In das eine goß sie großzügig Bourbon, in das andere Pierrier-Mineralwasser. »Mit Ihnen habe ich wirklich nicht gerechnet. Hätte mich nicht jemand vorwarnen können?«

»Ich war in London bei einer Besprechung.« Byron beobachtete, wie sie sich das Haar schwungvoll auf den Rücken warf. »Und da ich schon in der Nähe war, wollte ich mir das Delacroix-Projekt mit eigenen Augen ansehen.« Er wartete, bis sie wieder bei ihm war. Der Hausmantel umspielte sanft ihre Hüften. »Sie sind eine ziemliche Berühmtheit geworden.«

»Ja. Ich kann es noch immer kaum glauben.« Nachdem sie ihm seinen Bourbon gereicht hatte, prostete sie ihm zu. Die ersten Schockwellen des Wiedersehens waren abgeebbt. »Haben Sie den *Newsweek*-Artikel gelesen?« Mit einer Geste lud sie ihn ein, Platz zu nehmen.

»Diesen und auch andere.«

»Die anderen beschränkten sich im wesentlichen auf Klatsch. Diese Party, jenes Kleid, wer war wo mit wem.« Sarah tat das alles mit einem Schulterzucken ab. »Aber der *Newsweek*-Artikel war anders. Er bedeutete gute Publicity für Haladay und die Architektur – und wahrscheinlich auch für die Architektin.«

»Die PR-Abteilung erwägt Ihre Heiligsprechung.« Byron schwenkte seinen Bourbon im Glas.

»Was die Presse betrifft, wollten Sie das doch so, Byron.«

Byron trank und beobachtete, wie sie ihn anlächelte. »Bounnet ist anscheinend hinter Ihnen her.«

Sarah runzelte die Stirn. »Ich halte das nicht für den passenden Ausdruck.« Sie nahm das Glas in beide Hände. »Hinter mir braucht niemand her zu sein.« Er war im Gesicht hagerer und knochiger als Januel. Der unwillkürliche Vergleich verdroß sie.

»Die Presse bringt Sie gern miteinander in Verbindung«, meinte er beiläufig. »Sie lassen sich so gut zusammen fotografieren.«

Sarah wußte, wann man sie reizen wollte. »Januel sieht sehr gut aus«, erwiderte sie kühl. »Und ich weiß, daß wir gute Publicity brauchen. Aber eigentlich ist mir nicht daran gelegen, jedesmal, wenn ich um die Ecke komme, geknipst zu werden.«

»Nein? Man kann nun mal nicht alles haben, Sarah.«

Zum erstenmal seit Betreten des Zimmers hatte er sie beim Namen genannt, und als sie das hörte, lächelte sie und stellte das Glas ab. »Warum sollte ich denn mein Privatleben aufgeben?«

»Weil man nichts umsonst bekommt.« Byron trank aus und erhob sich. »Da ich Sie anscheinend beim Anziehen gestört habe, lasse ich Sie jetzt besser wieder allein.«

Auch Sarah stand auf. Ihr Hausmantel machte die Bewegung mit und fiel dabei noch etwas mehr über der Brust auseinander. »Ach, bleiben Sie doch noch ein wenig. Ich habe seit Ewigkeiten niemand mehr ordentlich amerikanisch reden hören. Das ist mir ziemlich abgegangen. Unterhalten wir uns doch ein bißchen, während ich mich umziehe.« Sie ging ins Schlafzimmer. »Ich lasse die Tür einen Spalt offen.« Sarah ging wieder zu ihrem Kleiderschrank, Byron blieb an der Bar. »Wie lange bleiben Sie in Paris?«

»Eine Woche etwa.« Byron goß sich noch einen Bourbon ein, schlenderte zum Fenster und schaute den Sonnenuntergang an. Dabei stellte er sich vor, Sarah jetzt, in diesem Moment zu lieben. Er trank, ließ sich vom Bourbon innerlich wärmen, während er Kleiderbügel über die Kleiderschrankstange gleiten hörte. »Gab es viele Schwierigkeiten mit dem Kulturzentrum?«

»Schwierigkeiten?« Sarah dachte an die Kühlanlage und biß sich auf die Lippe. »Nichts von Bedeutung, nein.«

Byron bemerkte das kurze Zögern, ging jedoch nicht weiter darauf ein. Morgen, entschied er, war auch noch ein Tag. »Ich möchte morgen einen Rundgang durch das Gebäude machen und mich mit dem Papierkram beschäftigen.«

»Mhm.« Sarah erinnerte sich an das Chaos auf ihrem Schreibtisch und die Brutkastenhitze im Innern des Gebäudes. »Wie geht es Cassidy?«

»Gut.« Er hörte, wie sie den Kleiderschrank schloß. »Vorigen Monat ist er zum fünften Mal Großvater geworden.«

»Junge oder Mädchen?« erkundigte sie sich, während sie in ihrer Schmuckkassette wühlte.

»Ein Junge, siebeneinhalb Pfund. Matthew Lloyd Cassidy. Ich bin der Pate.«

»Ach.« Verdutzt versuchte sich Sarah vorzustellen, wie Byron einen zappelnden Säugling im Arm hielt. »Cassidy muß sich ja riesig freuen.«

»Natürlich. Möchten Sie Ihr Glas?«

»Wie? Ach, ja. Ich bin soweit, wenn Sie nichts dagegen haben, es mir zu bringen.«

Byron blieb in der Tür stehen und schaute ihr zu, wie sie auf einem unbestrumpften Bein stand und mit dem Verschluß einer Silberkette kämpfte. »Verdammt«, murmelte sie und pustete sich die Haare aus den Augen. Sie sah Byron im Spiegel. »Helfen Sie mir doch bitte, ja? Ich krieg' das einfach nicht zu.«

Byron stellte das Glas auf die Kommode. »Drehen Sie sich um.« Er legte ihr die Hände auf die Schultern. Als er die Handflächen auf ihre nackte Haut legte, wußte Sarah, daß sie einen Fehler gemacht hatte. Byron war kein Mann, den man um so einen beiläufigen Gefallen bitten konnte. »Heben Sie die Haare hoch.«

Sie gehorchte, wobei sie versuchte, ihr Herzklopfen zu ignorieren. Byron strich ihr mit den Fingern über den Nakken, und sie schauderte ein wenig. Ihre Blicke trafen sich im Spiegel.

Schweigend nahm er ihre Hände, so daß ihr Haar wieder ungehindert herunterflutete. Ihre Augen im Spiegel wichen nicht voneinander. Sie schüttelte den Kopf und sah, wie er lächelte. Als sie versuchte, ihm ihre Hände zu entziehen, ließ er sie nicht los.

Noch immer wortlos drehte er sie zu sich herum. Zärtlich nahm er ihr Ohrläppchen zwischen Daumen und Zeigefinger. Sarah atmete schneller.

»Smaragde«, sagte er leise. »Sie sollten Smaragde tragen. Sie würden genau zum Grün Ihrer Augen passen.« Sie erinnerte sich, wie sich sein Mund auf dem ihren angefühlt hatte. Hart, fordernd und aufregend. Als es klopfte, rührte sich keiner von ihnen.

»Das ist Januel«, brachte sie endlich heraus, dann schluckte sie. Er nahm die Hand von ihrem Ohrläppchen. »Möchten Sie mit uns zum Abendessen ausgehen?« Sie fragte sich, ob die Einladung ihm ebenso lächerlich erschien wie ihr.

»Nein, lieber nicht.«

Sarah huschte an ihm vorbei ins andere Zimmer. »Sind Sie

hier im Hotel abgestiegen?« wollte sie wissen und war sich bewußt, wie unnatürlich ihre Stimme klang.

»Ich habe das Zimmer gleich nebenan. Achtsechzehn.«

»Ach.« Sie öffnete Januel die Tür.

»*Chéri*, bezaubernd wie immer.« Sarah sah zu, wie sein Lächeln verschwand, als sein Blick an ihr vorbeischweifte.

»Byron wollte sich vor Ort überzeugen, wie unser Projekt gedeiht«, erklärte sie.

»Byron.« Januel trat einen Schritt vor und streckte die Hand aus. »Schön, daß Sie da sind. Wenn ich gewußt hätte, daß Sie kommen, hätte ich Sie vom Flughafen abgeholt.«

Ihr Händedruck fiel knapp aus. Die beiden, das merkte Sarah sofort, mochten einander nicht.

»Einen Drink, Januel?« fragte sie heiter.

»Ja, gerne, Sarah.«

Byron entging nicht, daß Sarah ihm, ohne zu fragen, Wermut einschenkte.

»Ich habe Byron gefragt, ob er uns begleiten möchte«, sagte Sarah, als sie Januel das Glas reichte. »Aber er hat abgelehnt.«

»Wir essen in einem kleinen Bistro zu Abend, das Sarah und mir besonders gut gefällt.« Januel lächelte Byron an, als er Sarah leicht an der Schulter berührte. »Es ist dort sehr ruhig und ungezwungen. Wir würden uns freuen, wenn Sie mitkommen.«

Einen Teufel würdest du tun, dachte Byron, ohne das Lächeln zu erwidern. Wortlos wandte er sich Sarah zu, wobei er bemerkte, daß sie ihn und Januel anstarrte. Sie zeigte den gleichen konzentrierten Gesichtsausdruck, den er an ihr bemerkt hatte, wenn sie ihre Entwürfe studierte.

»Ich weiß das Angebot zu schätzen«, sagte Byron, »muß aber leider passen. Für die morgige Besprechung möchte ich noch einiges vorbereiten.«

16

Von ihrem Schlafzimmerfenster aus konnte Sarah den Sonnenaufgang sehen. Ein perlmuttfarbenes Rosa breitete sich an dem von Nacht umflorten Himmel aus. Im Westen verweilten noch Sterne. Sie öffnete das Fenster, ließ den Morgen herein und fühlte sich hellwach und zufrieden. Vor zehn Minuten hatte das Telefon sie aus dem Tiefschlaf gerissen. Das Ersatzteil war eingetroffen, und Lafitte stand schon auf der Baustelle und beaufsichtigte die Reparatur. Sie konnten die Arbeit mit einer nur geringfügigen Unterbrechung fortsetzen. Sarah atmete tief und erleichtert auf, ehe sie sich unter die Dusche stellte. Als Dampf um sie herum aufstieg, dachte sie über den vergangenen Abend mit Januel nach.

Während des Essens war Januel ihr distanziert und geistesabwesend erschienen. Sarah hatte sich gefragt, ob seine Reserviertheit von ihrem Streit im Büro oder von Byrons Anwesenheit herrührte. Sie hatte gespürt, daß er Byron nicht ausstehen konnte und fragte sich jetzt, ob das private oder geschäftliche Gründe hatte.

Nachdenklich drehte sie die Dusche ab und griff nach einem Handtuch. Ich mag Byron, dachte sie. Mich beunruhigt nur seine körperliche Anziehungskraft. Seine Anziehungskraft auf mich, gestand sie sich ein und erinnerte sich wieder an jenes Gefühl, das sie überkommen hatte, als sich ihre Blicke im Schlafzimmerspiegel begegnet waren. Es hat keinen Sinn, es zu leugnen. Aber wir werden noch lange Zeit zusammenarbeiten. Ich darf dem einfach keine Beachtung schenken.

Noch nackt und vom Duschen feucht ging Sarah zurück ins Schlafzimmer. Mit schnellen, geübten Handgriffen flocht sie sich ihr Haar zu einem dicken Zopf und ließ ihn auf den Rücken herunterbaumeln.

Heute vormittag, beschloß sie, führe ich ihn durch das Kulturzentrum. Ich möchte seine Meinung dazu hören. Und am Nachmittag, dachte sie, während sie sich ein T-Shirt überstreifte, übergebe ich ihn an die Bürohengste. Da sollte er mir eigentlich nicht mehr in die Quere kommen.

Sie schaute auf die Uhr – halb acht. Na, wenn er jetzt nicht auf ist, wird es höchste Zeit. Mit einer Ledertasche von der Schulter baumelnd spazierte Sarah zu Zimmer 816.

Byron hörte das Klopfen, als er sich die letzten Spuren Rasierschaum wegspülte. *»Entrez!«* rief er und langte nach einem Handtuch. Während er sich einen Bademantel anzog, fuhr er auf französisch fort. »Stellen Sie es auf den Tisch«, ordnete er an. Dann knotete er sich den Gürtel zu und ging ins Zimmer.

»Morgen, Byron.« Sarah lächelte ihn freundlich an. »Was soll ich abstellen?«

»Zuallererst eine Kanne Kaffee.«

»Tut mir leid, ist gerade ausgegangen«, gab Sarah zurück. »Ich wußte gar nicht, daß Sie Französisch sprechen.«

»Nur ein paar Brocken. Sie stehen früh auf.« Er drehte sich um und verschwand im Schlafzimmer.

»Ich fahre gern zeitig auf die Baustelle und dachte, ich könnte Sie vielleicht mitnehmen.« Sarah schlenderte im Zimmer umher und legte ihre Tasche auf einen Stuhl. Byron war verschwunden.

»Haben Sie schon gefrühstückt?«

»Ich frühstücke nie.« Sarah ging ans Fenster und verglich die Aussicht von hier mit der von ihrem Zimmer aus.

»Ich schon.«

Angesichts seiner entschiedenen Feststellung krauste sie die Nase. »Ist gut, ich warte, solange es sich nicht um ein Fünf-Gänge-Menü mit Cognac, Kaffee und Zigarren handelt. Jetzt kommt es wohl«, meinte sie, als es klopfte.

»Den Kaffee könnte ich schon gebrauchen.«

»In Ordnung, sofort.« Nachdem sie den Zimmerkellner angewiesen hatte, das Tablett dazulassen, goß Sarah den Kaffee ein. »Schwarz«, sagte sie, als sie ins Schlafzimmer hinüberging. »Er schaut aus, als ob man Tote damit zum Leben erwecken könnte.«

Mit nacktem Oberkörper stand er neben dem Bett, die auf den Hüften sitzende Jeans lag eng an. Er war braun gebrannt nicht einmal am Jeansansatz zeigte sich ein weißer Streifen.

Die dichte, dunkle Brustbehaarung verschmälerte sich zur Taille hin. Bei aller Schlankheit waren seine Arme sehr muskulös. Wo Januel schlank war, wirkte Byron hager. Er hatte den durchtrainierten Körper eines Athleten.

Sie ging zu ihm und streckte ihm die Tasse entgegen. »Bitte«, sagte sie, wobei sie sich verzweifelt um einen unbefangenen Tonfall bemühte.

Byron hielt in einer Hand ein Jeanshemd und nahm mit der anderen den Kaffee. Ohne den Blick von ihr zu wenden, hob er die Tasse und trank.

Was würde wohl passieren, dachte sie, wenn ich noch einen Schritt weiterginge?

»Warum probieren Sie es nicht aus?« schlug Byron vor.

Verärgert darüber, wie leicht er ihre Gedanken hatte lesen können, drehte sich Sarah um und verließ das Zimmer. »Ihr Frühstück wird kalt!« rief sie ihm über die Schulter zu.

Sarah führte Byron auf dem Rundgang durch den Westflügel zur fertiggestellten kleinen Bühne, einem von Sarahs Lieblingsräumen im Kulturzentrum. Sie war nicht groß, entsprach aber etwa einer guten Collegebühne mit relativ wenig Sitzplätzen. Es war eine Experimentierbühne ohne Mätzchen.

»Die Akustik ist großartig.« Sarahs Stimme hallte das Echo von den Wänden wider; es schien in der Luft zu schweben, als sie auf der Bühne umherging. »LeClaire, der Dramatiker, gehört zum Gründungskommittee. Seiner Ansicht nach werden Schauspieler liebend gern hier auftreten. Auf den Brettern, die die Welt bedeuten...«, deklamierte Sarah. Dann lachte sie und drehte sich einmal im Kreis.

»Wie lange waren Sie denn im Ballett?« Angesichts Sarahs verblüffter Miene fuhr er fort: »Niemand bewegt sich so wie Sie ohne Ballettausbildung.«

Zum erstenmal in ihrem Leben fragte sich Sarah, wie sie sich wohl bewegte. »Ich habe mit sechs angefangen und kann mich nicht erinnern, jemals eine Stunde versäumt zu haben. Meine Mutter wollte, daß ich es beim New York City Ballett probiere, doch dann habe ich in New York Architektur studiert. Das war eine Enttäuschung für sie...

Nun ja... In diesem Theater gibt es dreihundertfünfzig Sitzplätze...«

»Sarah.« Sie war überrascht, als er ihr die Hand auf die Schulter legte. Es war die erste völlig sanfte Geste, die sie an ihm erlebte. »Sie sollten sich nicht schuldig fühlen, daß Sie so sind, wie Sie sind.«

»Ich weiß. Nützt aber nichts. Kommen Sie.« Mit einem freundlichen Lächeln wandte sie sich wieder ab. »Sie sollten sich noch die Garderoben anschauen, ehe wir weitergehen. Das Beste spare ich mir für den Schluß auf.«

Erst nach mehr als einer Stunde durchquerten sie den überdachten Freigang zum Ostflügel. Tausende von winzigen Lämpchen waren an der Decke angebracht, die des Nachts wie Sterne funkeln sollten.

»Wenn nicht noch ein gravierendes Problem auftaucht, müßten wir ziemlich genau zum angestrebten Zeitpunkt fertig werden.« Sarah schaute auf die Bauarbeiter hinunter, die unten schufteten. »Jetzt, wo wir das Ersatzteil für die Kühlanlage haben, läuft alles wieder seinen normalen Gang.«

Sie gingen an einer Gruppe von Malern in einem Flur des Ostflügels vorbei. Sarah rief einen von ihnen beim Namen und fing geschickt den Apfel, den er aus der Tasche zog und ihr zuwarf. Lachend polierte Sarah ihn am Hosenboden. »Er bringt mir immer Obst mit«, erklärte sie Byron.

»Sie erzählten gerade von einem Ersatzteil.«

»Ach ja.« Stirnrunzelnd warf sie den Apfel von einer Hand in die andere. »Tja, ein Transmissionsriemen war kaputt. Deshalb brach die Kühlanlage zusammen und hat gestern das Gebäude in einen Brutkasten verwandelt. Ich habe die Leute nach der Mittagspause nach Hause geschickt.« In Erwartung einer kritischen Bemerkung schaute sie zu ihm auf.

»Und?« fragte er, als er ihren herausfordernden Blick registrierte.

»Sie gingen heim. Ich fuhr ins Büro zurück und habe sofort mit der Fabrik in Saint-Etienne Kontakt wegen der Ersatzteil-Bestellung aufgenommen. Ein Mann wurde mit dem Flugzeug dorthin geschickt, er holte das Teil und kam wieder her.« Stirnrunzelnd hielt Sarah eine Sekunde inne.

»Dabei habe ich einen Großteil der üblichen Verfahrensweisen außer acht gelassen und den Papierkram übergangen.«

»Ja, das kann ich mir gut vorstellen«, erwiderte Byron. »Und soll ich Ihnen nun deswegen eine Streicheleinheit verpassen?«

Sie lachte unvermittelt. »Ich freue mich, daß Sie gekommen sind, Byron«, sagte sie. »Ich wußte gar nicht, wie sehr ich Sie vermißt hatte.«

Mit einer scharfen Rechtswendung führte Sarah ihn ins Haupttheater, ging unverzüglich zu den Lichtschaltern und knipste sie allesamt an. Über ihnen gingen ein Dutzend tropfenförmiger Kronleuchter flackernd an. Licht ergoß sich auf den königsblauen Teppich.

»Sehr eindrucksvoll.« Byron machte ein paar Schritte ins Theater hinein und drehte sich langsam im Kreis. Der elegante Überhang der Balkone mit den anmutig geschwungenen Bögen fiel ihm auf. Er hatte den Entwurf auf Millimeterpapier gesehen; jetzt war er mit dessen Verwirklichung konfrontiert.

»Versetzt es Sie nicht in Erstaunen, daß wir Menschen so etwas aus Holz und Stein schaffen können?« fragte Sarah, als sie den Blick im Theater umherschweifen ließ. »Ich glaube nicht, daß nur ein altes Gemäuer Geister beherbergen kann. Dieser Raum ist bereits jetzt von Dutzenden von Händen berührt worden.«

»Und vom Geist der Architektin.«

»Und vom Geist des Ingenieurs.«

Sie lächelte. Ihre Blicke trafen sich in völligem Einvernehmen.

Schon bei ihrem ersten Besuch hatte Sarah die anmutigen, fließenden Linien von Madeleine de la Salles Haus bewundert. Es war ein angestammter Familiensitz, den die Comtesse von ihrem verstorbenen adeligen Gatten geerbt hatte. Und es erschien Sarah typisch französisch. Allerdings hatte sie die Atmosphäre dort als kalt und unpersönlich empfunden. Jetzt, bei ihrem zweiten Besuch auf Château de la Salle, bestätigte sich dieser Eindruck.

Ihr gefiel der Salon mit seinen schweren Vorhängen und

verzierten Simsen, seinem weißen Kamin mit Marmorverkleidung und geschnitzten Cherubinen und die schnörkeligen Rokkoko-Möbel, die so gut zum Zimmer und der Dame des Hauses paßten. Sarah war sich nicht sicher, ob sie Madeleine de la Salle mochte, aber sie spürte, daß auch sie höchst artifiziell war.

Über der marmornen Kamineinfassung hing ein vergoldeter ovaler Spiegel, der den vergleichsweise kleinen Raum riesig erscheinen ließ. Von ihrem Platz in einer Ecke aus konnte Sarah alles und jeden beobachten, ohne sich selber völlig abzuschotten.

In einem derart überfüllten Zimmer, in dem man nahezu Ellbogen an Ellbogen nebeneinander stand, spürte sie wenig Herzlichkeit. Die anderen Gäste lachten und plauderten, aber sie verspürte kein Verlangen, sich unter sie zu mischen. Statt dessen beobachtete sie lieber die Besucher.

Eine Schauspielerin, die ihr flüchtig vorgestellt worden war, ging vorbei und streifte ihr zum Gruß mit der Fingerspitze über den Arm. Spontan bedachte Sarah sie mit einem herzlichen Lächeln von Frau zu Frau. Im Gegenzug erhielt sie das Aufblitzen von Jackettkronen.

Als sie einen bekannten Fußballspieler entdeckte, versuchte sie es mit einem schnellen, kessen Cheerleader-Lächeln. Da trafen sich ihre Augen mit Byrons Blick im Spiegel. Sie grinste und prostete ihm einen persönlichen Gruß zu.

Er schlängelte sich durch die Menge, wobei er mehreren Leuten auswich, die ihm zuriefen oder ihm die Hand auf den Arm legten. Zum erstenmal erlebte ihn Sarah in Gesellschaft. Er bewegte sich überaus gewandt und selbstsicher und speiste diejenigen, die ihn mit Beschlag belegen wollten, stets mit einer schnellen Bemerkung ab.

»Was haben Sie denn so getrieben?« fragte er, als er endlich vor ihr stand.

»Mich an diesem Spiel beteiligt. Ich bin froh, daß Sie da sind.«

»Wirklich?«

»Ja, ich habe Sie noch nie gelangweilt erlebt.« Sie wandte den Blick von ihm ab und ließ ihn durch den Salon schweifen. »Diese Leute...« Auf ihrem Gesicht zeigte sich Ekel.

»Sie haben Geld«, meinte Byron trocken.

»Das habe ich gemerkt.« Sie sah wieder ihn an. »Aber andererseits mag ich Geld. Ich plane durchaus, einiges davon zu besitzen.«

»Sie stellen sich hundert Millionen, zweihundert Millionen Dollar in Form von Gebäuden, von Immobilien vor. Das entspricht doch Ihrer Denkweise.«

Sarah runzelte die Stirn. Er hat recht, erkannte sie.

»Können Sie es sich wirklich auf Ihrem Bankkonto vorstellen?« Er lächelte. »Ich glaube nicht. Und wenn man erst einmal die ersten paar Millionen zusammen hat, was spielt Geld dann noch für eine Rolle? Wieviel kann denn ein vernünftiger Mensch zu seinen Lebzeiten ausgeben? In den meisten Fällen geht es dann so aus, daß man nur noch Leute trifft, deren einzige Sorge das Geldscheffeln ist oder die schon mehr als genug davon haben und nicht wissen, wie sie ihren Reichtum genießen sollen.«

»Sie lassen Armut geradezu verlockend erscheinen.«

»Arm zu sein hat nichts Anziehendes an sich«, entgegnete er. »Wenn man es einmal war, wird man den Geschmack nicht mehr los. Aber man lernt wirklich, Geld zu schätzen, weil es die Abwesenheit von Armut beinhaltet. Und dann will man nur deswegen immer mehr, weil man weiß, daß man nicht mehr dorthin zurück möchte.«

Ohne sich dessen bewußt zu sein, hatte er sein Schutzschild fallenlassen. Sie erkannte, daß Byrons Schwäche in seiner Empfindlichkeit seiner Vergangenheit gegenüber lag. Ungeachtet dessen, wie entschieden er sich davon abgewandt hatte, wurde er sie doch nicht los. Sarah hatte schon immer vermutet, daß auch bei ihm dunkle Schatten lauerten. Man konnte sie bloß nicht sehen. Sie wollte ihn trösten, ihn berühren, hielt sich aber zurück, weil sie wußte, daß er Mitleid verabscheute.

»Wissen Sie, daß Ihre Augen sehr viel von Ihnen offenbaren?« murmelte er.

»Ja.«

»Sarah, hast du gedacht, ich hätte dich im Stich gelassen?« Januel tauchte plötzlich neben ihr auf und führte ihre Hand zu den Lippen. »Verzeih mir, daß ich so lange weg war... Byron.« Er lächelte und nickte ihm flüchtig zu. »Ich wußte gar nicht, daß Sie hier sind.«

»Bounnet.«

Madeleine rauschte zu ihnen herüber. »Byron, Sie mischen sich ja gar nicht unter die Gäste«, schalt sie ihn, wobei sie ihm die Hand auf den Unterarm legte.

»Madeleine, hinreißend wie immer.« Er ließ die Lippen kurz über ihre Hand schweben, ehe er sie losließ. »Wir haben uns lange nicht gesehen.«

»Zu lange«, meinte sie. »Wir müssen auf Sie und unsere junge Architektin aufpassen.« Lächelnd wandte sich Madeleine an Sarah. »Nehmen Sie sich vor ihm in acht, Sarah. Er ist ein schlimmer Draufgänger.«

»Ja?« Sarah ließ ihre Augen zu Byron wandern. »Ja, vermutlich ist er das.«

17

Weil Sarah am Vormittag an einer Sitzung teilgenommen hatte, kam sie nicht gerade bester Laune auf der Baustelle an. Zudem trug sie in ihrer Tasche einen Brief von Dallas mit sich herum. Obwohl Dallas lauter Nettigkeiten geschrieben hatte, stimmte der Ton nicht mehr. Sarah spürte die Veränderung in ihrer Beziehung und kannte den Grund dafür.

Evan Gibson, grollte sie, als sie ihr Auto auf den Parkplatz des Kulturzentrums lenkte. Dieser Blödmann. Wütend stemmte sie die Hände in ihre Rocktaschen, nachdem sie die Autotür zugeschlagen hatte.

Ich hätte mich da heraushalten sollen, sagte sie sich zum tausendsten Mal. Ich hätte meinem Gefühl folgen und mich da nicht einmischen sollen.

Sarah blieb stehen und ließ den Blick langsam über das Kulturzentrum schweifen. Sie war mit ihrem Werk zufrieden. Es ist wirklich toll, dachte sie. Und es wird noch besser aussehen, wenn erst der Park fertig angelegt ist. Im Geist plazierte sie die restlichen Bäume, Sträucher und Blumenbeete. Man braucht mich hier nicht mehr. Sie seufzte und kam sich vor, als werde sie in verschiedene Richtungen gezerrt. Sie dachte an Januel und das Kulturzentrum, an ihre Wohnung, an Dallas und Maxwell Haladay, an Benedict und alles, was sie mit New York verband.

Im lauen Pariser Frühling spürte Sarah, daß sie nirgends und zu niemandem dazugehörte. Rasch machte sie sich zum Gebäude auf, sie sehnte sich nach Lärm und geschäftigem Treiben.

Bei der Bühne im ersten Stockwerk des Westflügels entdeckte sie Lafitte. Ohrenbetäubender Lärm war zu hören. Einige Männer schraubten Sitze an, während andere an den elektrischen Anlagen hinter der Bühne arbeiteten. Über ihnen standen Männer auf Gerüsten und montierten Leisten für die Bühnenbeleuchtung. Weil Lafitte sich darauf konzentrierte, mußte ihn Sarah am Arm antippen, ehe er den Kopf zu ihr umdrehte.

»Paul?«

»Ach, Sarah.« Über seinem Grinsen kräuselte sich sein Schnurrbart. »Ist Ihre Sitzung gut gelaufen?«

»Na ja«, meinte sie mit gerümpfter Nase. »Ich werde wohl nie verstehen, warum ich nicht einfach bauen kann, ohne mich mit Budgetkommissionen herumplagen zu müssen. Wen kümmern schon die Kosten, solange etwas gut ist?« Sie fuhr sich mit der Hand über den Nacken, ehe sie Lafittes belustigtem Blick begegnete. »Nun lachen Sie schon«, sagte sie, wobei zum ersten Mal an diesem Tag ein Lächeln über ihr Gesicht flog. »Sie müssen ja Ihre Seele nicht für Mahagoni aus Honduras verkaufen. Und dieselben Leute verlangten, daß ich noch das Restaurant im Dachgeschoß einbaue!«

»Und Sie haben ihnen geschickterweise gehorcht. Übrigens haben wir heute nachmittag wieder eine offizielle technische Abnahme.«

»Ja, deshalb bin ich auch gekommen. Ist alles in Ordnung?«

»*Comme ci, comme ca.* Mr. Lloyd ist hinter der Bühne bei den Elektrikern.«

»Mist.« Sarah vergrub wieder die Hände in den Taschen. »Warum verbringt er hier so viel Zeit? Das macht mich ganz kribbelig.« Sie schaute nachdenklich zur Bühne, dann wieder auf Lafitte. »Warum bleibt er nicht im Büro und wühlt sich wie ein normaler Verwaltungsmensch durch den ganzen Papierberg?«

»Mr. Lloyd ist sehr gründlich«, meinte Lafitte und zuckte leichthin mit den Schultern.

»Was halten Sie von ihm?« erkundigte sie sich unvermittelt. Als sie bemerkte, wie sich Lafittes Miene veränderte, fuhr sie ungeduldig fort: »Verflixt, Paul, jetzt tun Sie mir gegenüber nicht so verschwiegen. Was halten Sie von ihm?«

Lafitte verlagerte das Gewicht auf den anderen Fuß. Stirnrunzelnd zupfte er sich am linken Ohrläppchen, was Sarah schon früher an ihm beobachtet hatte, wenn er nachdachte. Normalerweise hätte seine schwerfällige, vorsichtige Art sie erheitert.

»Er ist sehr gescheit«, meinte Lafitte endlich, »versteht was vom Bau – und ist sachlich.« Er schaute Sarah wieder an, weil er merkte, daß sie seinen Blick suchte. »Manche Menschen lassen sich von ihren Gefühlen beherrschen, zu denen gehört er nicht.«

»Ja«, stimmte Sarah nach einer kurzen Pause zu. »Sie haben wohl recht. Aber warum ist er hier? Warum bleibt er so lange hier auf der Baustelle? Weshalb ist er nicht schon längst wieder nach Phoenix geflogen?«

»Warum fragen Sie ihn nicht selber?«

»Ich weiß nicht.« Sarahs Stimme wurde leiser, während sie den Kopf schüttelte. »Aber ich habe das unbehagliche Gefühl, daß Sie den Grund seiner Anwesenheit kennen und ihn mir nicht verraten.« Sie warf ihm einen schnellen Blick zu. »Was meinen Sie, Paul, warum beschleicht mich dieses Gefühl?«

Lafitte zuckte die Schultern, dann schaute er wieder zur Decke. »Da unterhalten Sie sich besser mit Mr. Lloyd.« Er legte die Stirn in Falten. »Warum zum Teufel ist Dupres allein da oben? Es müssen immer zwei Männer an einer Leiste arbeiten.«

»Gehen doch Sie zu ihm rauf«, meinte Sarah verstimmt. »Sie helfen mir sowieso nicht.«

Lafitte drehte sich zu ihr um und lächelte sie an. »Ich mag Sie, Sarah. Ich mag Sie, weil Sie sich von Ihren Gefühlen leiten lassen.«

Sie sah ihn lange und kühl an. »Klettern Sie hinauf«, sagte sie und schaute ihm nach. An seinem Gesichtsausdruck hatte sie bemerkt, daß er ihr auswich.

»Sarah.« Byron sprach sie erst an, als er unmittelbar vor ihr stand. Der Lärm um sie herum hatte einen hohen Pegel erreicht; er hallte von den Wänden und der Decke wider. Sarah fühlte sich in Rock und Blazer, mit hohen Absätzen und dünnen Seidenstrümpfen, ihrem formellen Aufzug zur Sitzung am Vormittag, fehl am Platze. Byron war mit seinen Jeans und seinem karierten Baumwollhemd mehr wie ein Arbeiter denn wie ein Manager angezogen.

»Ich habe heute nicht mit Ihnen auf der Baustelle gerechnet«, meinte sie.

»Ach ja?«

Byron steckte die Daumen in die Vordertaschen der Jeans. Eine Geste, die nicht gerade zu dem stellvertretenden Vorstandsvorsitzenden von Haladay Enterprises paßte. »Haben Sie etwas dagegen?«

»Nein, nein«, gab sie zurück. »Nur ein paar Fragen. Zuerst einmal – sind Sie hier als Manager, als Ingenieur oder als interessierter Beobachter?«

Byron ließ die Augen nicht von ihr. »Trifft alles zu.«

»Machen Sie sich nicht über mich lustig«, meinte sie barsch, trat einen Schritt näher, streckte die Hand aus und deutete auf Lafitte. »Paul weiß mehr als ich.«

Beiläufig schaute Byron zu Lafitte hinauf, der sich mit seinem Arbeiter oben auf dem Gerüst unterhielt. »Und worüber?«

»Byron, würden Sie es mir sagen, wenn es irgendein Problem gäbe?«

»Wie kommen Sie denn auf die Idee, daß es ein Problem geben könnte, Sarah?«

»Ach, zum Teufel noch mal!« Sie wandte sich ab. Einige Sekunden lang beobachtete sie Lafitte, der sich an der Deckenleiste zu schaffen machte. »Ich wünsche mir verdammt noch mal, daß Sie nach Phoenix fliegen und die Finger von meinen Sachen lassen würden!« rief sie. Wegen des Lärms verstand niemand außer Byron ihre Worte.

Er schaute sie an und antwortete mit ruhiger Stimme. »Ich war mir dessen nicht bewußt, daß ich mich in Ihre Angelegenheiten einmische.«

»Es sieht aber so aus.« Sie wirbelte herum. »Als ob Sie mir über die Schulter schauen würden. Mich muß niemand beaufsichtigen, Byron. Wenn Sie mir nur geradeheraus antworten wollten! Oder wenn Paul mit mir reden würde.« Aufgebracht warf sie den Kopf in den Nacken und schaute wieder zur Decke – und da stockte ihr einen Moment lang der Herzschlag.

Sie sah, wie eine Leiste losbrach und auf Lafitte fiel. Ihr entsetzter Gesichtsausdruck veranlaßte auch Byron hochzuschauen – nur um zu sehen, wie die Leiste auf Lafittes Schädel krachte und ihn über das Gerüstgeländer schleuderte.

»Um Himmels willen!«

Sarah war schon auf halbem Weg dorthin, als Lafitte und die Leiste auf dem Boden aufschlugen. Der Baustellenkrach überdeckte das Aufprallgeräusch. Langsam verebbte der Lärm, bis schließlich völlige Stille herrschte. Sarah war schon fast am Gerüst, als Byron sie einholte.

Er packte sie fest am Arm und brachte sie so zum Stehen.

»Paul. Nein, um Himmels willen, nein!«

Byron hielt sie an den Schultern fest, wobei er ihr mit seinem Körper die Sicht versperrte. Er spürte, wie sie zitterte, selbst als sie ihn wegzustoßen versuchte. Erst als er sie fest schüttelte, schaute sie endlich zu ihm auf. Sie hatte die tränenlosen Augen vor Entsetzen weit aufgerissen.

»Holen Sie den Notarzt«, befahl er, obgleich er wußte, daß es zu spät war.

»Paul«, sagte sie noch einmal und schüttelte den Kopf. Es konnte nicht wahr sein, beharrte ein Teil ihres Verstands. »Byron, lassen Sie mich...«

»Los, rufen Sie den Notarzt«, wiederholte er und verstärkte seinen Griff an ihren Schultern, bis ihm ihr deutlich vernehmbares Luftschnappen signalisierte, daß sie den Schmerz wahrgenommen hatte. »Und zwar sofort.« Sie schaute ihm noch immer in die Augen. »Jetzt sofort, verdammt noch mal!« Er drehte sie grob herum und gab ihr einen Stoß.

Ohne sich umzuschauen, rannte Sarah den Gang hinunter. Byron wartete, bis sie verschwunden war, ehe er sich umdrehte. »Lassen Sie niemanden herein«, wies er einen stämmigen Elektriker an. »Das gilt auch für Mademoiselle Lancaster.« Dann bahnte er sich seinen Weg durch die aufgeregten Arbeiter zu Lafitte.

Es schien, als seien Stunden vergangen. Sarah hatte das durch Mark und Bein gehende Heulen des Martinshorn gehört, hatte zugesehen, wie die Sanitäter mit ihrer Ausrüstung ins Theater stürzten und hatte dann die Stille ertragen müssen. Sie wußte, daß Lafitte tot war. Sie hatte es sofort gewußt, das Schreckliche aber nicht wahrhaben wollen. Würde er doch noch neben ihr stehen, sie angrinsen...

Draußen zwitscherten Vögel. Sie schaute ihnen zu, wie sie auf der Südseite, wo der Park schon fast fertig angelegt war, von Baum zu Baum flogen. Die Sonne schien ihr warm auf den Nacken. Sarah vergrub das Gesicht in den Händen.

»Sarah.« Sie wirbelte herum und sah Byron unmittelbar hinter sich. »Gehen Sie heim«, sagte er nur und hakte sie unter. Sie wehrte sich, wobei sie ihm ins Gesicht schaute.

»Byron, bitte...« Sie schüttelte den Kopf, versuchte zu schlucken. »Er ist...«

»Er ist tot. Sie können hier nichts mehr tun.«

Mit einem stöhnenden Aufseufzen schloß sie die Augen. Einen Moment lang lehnte sie sich an ihn, dann hob sie wieder die Hände vors Gesicht. »Nein.« Sie schüttelte den Kopf, wollte es nicht glauben. »Nein, o Gott... bitte nein.« Er hörte, wie ihre Stimme immer verzweifelter klang und packte sie an den Schultern.

»Gehen Sie nach Hause, Sarah. Ich kann jetzt keine hysterische Frau gebrauchen.« Seine Stimme war schroff. Er beobachtete, wie sie ihre Tränen zurückdrängte. Aber beim Atmen schüttelte es sie noch immer.

»Wie konnte das bloß passieren?« fragte sie, wobei sie sich zu der Frage, zum Zuhören zwingen mußte. *Brich jetzt bloß nicht zusammen*, befahl sie sich, verletzt durch die Kälte seiner Worte. *Brich nicht zusammen*.

»Ich weiß nicht genau.« Byron ließ ihre Schultern los, um sich eine Zigarette anzuzünden. Sie spürte noch immer den Druck seiner Finger und beobachtete ihn durch den Rauchschleier. »Anscheinend hatte er die Leiste nicht richtig gesichert, und als er daran hantierte, riß sie weg. Fahren Sie ins Hotel. Geben Sie der Vermittlung Anweisung, daß man keine Anrufe zu Ihnen durchstellt. Wenn die Presse erst davon Wind bekommt, wird man Ihnen keine Ruhe lassen und von Ihnen eine Stellungnahme verlangen.«

»Ich pfeife auf die Presse.« Sarah packte ihn am Arm. »Byron, Paul hat Familie; seine kleine Enkelin ist fünf. Sie kann schon bis zwanzig zählen. Ich habe ihn da raufgeschickt.« Ihre Stimme verlor sich in Schluchzen. »Ich habe gesagt, er solle hinaufgehen. Wenn ich das nicht gemacht hätte, wäre er vielleicht... vielleicht noch am Leben. Vielleicht wäre er...«

»Jetzt denken Sie nur an sich selber«, meinte Byron kühl.

Sarah fuhr zusammen, als hätte er sie geschlagen. Jegliche Farbe wich ihr aus dem Gesicht. »Himmel noch mal«, sagte sie leise. »Wie ich Sie hasse.« Sie wirbelte herum und rannte zu ihrem Wagen, wobei sie in ihrer Tasche nach dem Autoschlüssel suchte. Byron schaute ihr zu, wie sie den Parkplatz verließ und auf die Straße schoß. »Scheiße«, sagte er voller Grimm, dann schnippte er seine Zigarette weg.

Am Tag der Beerdigung brannte die Sonne herunter. Die frisch ausgehobene Erde roch warm und kräftig. Sarah, die weit hinten in der Menge der Trauergäste stand, versuchte an die Aufregung bei der Grundsteinlegung auf einer neuen Baustelle zu denken, an einen umgegrabenen, zur Saat vorbereiteten Garten. Doch sie sah nur Paul Lafitte vor sich, wie er ein großes Stück Brot abbrach, um es mit ihr zu teilen.

Einige Gesichter in der Menge erkannte sie. Indem sie sich auf sie konzentrierte, schottete sie sich gegen die Gebete und das Weinen ab. Da stand Derille in grimmiger Gefaßtheit bei mehreren Arbeitern, die sie kannte. Einige weinten offen, andere formten mit den Lippen Antworten auf die Gebete des Priesters. Der Duft der frischen Blumen bereitete ihr Übelkeit. Über Dutzende von gebeugten Köpfen hinweg trafen sich Sarahs und Byrons Blicke.

Seine Anwesenheit hier überraschte sie, und sie starrte ihn auch nach dem Ende der Gebete an, als die Menge sich zu zerstreuen begann. Drei Tage lang waren sie sich in weitem Bogen aus dem Weg gegangen. Jetzt sah Sarah ihn auf Lafittes Witwe zugehen. Er beugte sich herab und sprach mit ihr. Sie faßte ihn an beiden Händen und redete schnell auf ihn ein. Sarah wandte sich ab, dann ging sie über den kurzgeschnittenen Rasen davon. Sie spürte ihn hinter sich, ehe sie hundert Meter gegangen war, sagte aber erst etwas, als er sich auf gleicher Höhe mit ihr befand.

»Daß Sie auch gekommen sind?« sagte sie, ohne ihn anzusehen.

»Hat Bounnet Sie hergebracht?«

»Nein.« Die breite Hutkrempe beschattete ihre Augen. Sie schaute schnell zu Byron hinüber, dann wieder starr nach vorne. »Er mußte zu einigen Besprechungen. Ich eigentlich auch; er ist für mich eingesprungen.«

»Ich fahre Sie zurück.«

»Ich bin mit dem Auto da.«

»Ich habe gesagt, ich fahre Sie zurück.« Er brachte sie zum Stehen, indem er ihr die Hand auf den Arm legte. »Geben Sie mir die Schlüssel.« Er nahm sie ihr aus der Hand. »Warten Sie hier.« Er entfernte sich ein paar Schritte und redete kurz mit einem der Mechaniker.

Sarah sagte nichts, als Byron wiederkam und sie am Arm nahm. Während sie neben dem Auto standen, schaute sie über seine Schulter auf den Friedhof zurück. Lafittes Familie entfernte sich in einem dunklen Halbkreis vom Grab. Sarah hob den Blick zu Byron.

»Ich hasse Beerdigungen.«

Sie drehte sich um, stieg ins Auto und lehnte sich mit geschlossenen Augen gegen die Kopfstütze. Der Motor sprang an, und der Daimler glitt ruhig über die Straße. Als Byron sich eine Zigarette anzündete, trieb der Tabakgeruch zu ihr herüber.

»Ich hasse Unfälle.« Sie hielt ihre von der Hutkrempe beschatteten Augen geschlossen. »Der Tod ist an sich schon häßlich genug, aber ein Unfall... Ich möchte Sie um Entschuldigung dafür bitten, daß ich sagte, ich würde Sie hassen. Das tue ich nicht, oder tat es jedenfalls nur in diesem Moment. Da hätte ich mir gewünscht, daß Sie meine Hand halten.«

»Das wußte ich.«

Sarah nahm den Hut ab und warf ihn auf den Rücksitz. »Sie sind um so viel beherrschter als ich. Paul nannte Sie distanziert. Das beschreibt Sie gut. Ich lasse mich auf alles viel zu sehr ein. Byron...« Mit einem Mal wurde sie sich der Welt außerhalb des Autos bewußt. »Das ist nicht der Weg zum Büro.«

»Stimmt.«

Sarah schloß wieder die Augen. Die Trauerfeier hatte sie

entsetzlich ermüdet. Das Auto glitt dahin, während beide schwiegen. Erst als sie anhielten, öffnete Sarah die Augen und schaute aus dem Fenster.

Rechts von ihr befand sich ein Park voll blühender Blumen und lärmender Kinder. Sie sah einen Hund über das Gras flitzen und einem blauen Ball nachspringen. Ohne ein Wort beugte sich Byron über sie und machte ihr die Tür auf.

»Warum sind wir hier?« fragte sie. Ihre Blicke trafen sich, und sie erinnerte sich lebhaft an damals, als er sie in der Tiefgarage von Haladay das erste Mal geküßt hatte.

»Warum nicht?« fragte er zurück. »An einem so schönen Tag.«

Er stieg aus und ging dann zum Rasen zurück. Sarah folgte ihm langsam. Als sie bei ihm war, streckte er die Hand aus. Sie starrte sie überrascht einen Moment an, dann schaute sie wieder hoch, lächelte und legte ihre Hand in die seine. Sie spürte, wie sie sich zum ersten Mal seit Tagen fallenlassen konnte.

Leben pulsierte um sie herum. Lachend und kreischend rannten Kinder die Pfade entlang. Pärchen spazierten engumschlungen vorbei. Eine alte Frau mit einem unter dem Kinn geknoteten Schal warf gelangweilten Tauben Krümel hin. Sarah beobachtete eine Kunststudentin und ihren Begleiter, die ihre Blöcke und Stifte im Gras abgelegt hatten und sich leidenschaftlich im Schatten einer Ulme küßten.

»Wollen Sie mir einen Gefallen tun?« bat sie.

»Und der wäre?«

»Würden Sie mich eine Minute lang in den Arm nehmen?«

Byron strich ihr eine Haarsträhne von der Wange, dann legte er ihr den Arm um die Taille. Er konnte die Umrisse ihres Gesichts erahnen, als sie den Kopf an seine Schulter lehnte. Mit einem sanften, langen Ausatmen entspannte sie sich.

»Sie sind ein merkwürdiger Mensch, Byron«, murmelte sie. »Aber allmählich verstehe ich, warum Cassidy Sie so gern hat.« Sie fuhr ihm leicht mit den Lippen über die Wange, dann wich sie zurück. »Danke.«

18

Nach ihrer Rückkehr ins Büro zog Sarah ihren schwarzen Blazer aus. Sie wollte sich gleich an die Arbeit machen. Nach dem Spaziergang im Park fiel es ihr leichter, wieder ans Leben und nicht mehr an den Tod zu denken.

Am Nachmittag kündigte sich ein Gewitter an. In Sarahs Büro wurde es düster, und von Westen her hörte man leises Donnergrollen. Seit Lafittes Unfall war ihre Arbeit liegengeblieben, und jetzt fing Sarah an, sie zu sichten. Da lagen die endgültigen Änderungen für das Dachrestaurant, auf die sich der Ausschuß geeinigt hatte. Sarah wollte sie fertigstellen und andere Kleinigkeiten erledigen. Wenn das geschafft war, gab es für sie keinen Grund mehr, länger in Europa zu bleiben.

Sarah hatte das Gefühl, in den vergangenen sechs Monaten eine Menge gelernt zu haben. Sie wußte, daß sie eine verantwortungsvolle Position ausfüllen konnte und daß ihr das zusagte. Sie hatte entdeckt, daß es für sie äußerst lohnend war, wenn sie sich für eine längere Zeitdauer einem einzigen Bauvorhaben widmen konnte. Ihr Wunsch, ein Bauwerk verantwortlich zu gestalten, war mit der erfolgreichen Arbeit am Delacroix-Kulturzentrum noch gewachsen.

»Sarah.«

Sie schaute von dem Papierwust auf ihrem Schreibtisch hoch. Januel kam auf sie zu und nahm ihre Hände zwischen die seinen.

»Sarah, du hättest heute nicht ins Büro kommen sollen.« Seine Stimme klang sanft und verständnisvoll. Sarah drückte ihm beim Aufstehen die Hände.

»Doch, ich wollte – ich mußte arbeiten.«

»Ich weiß, wie grauenhaft das alles für dich war.« Er beugte sich zu ihr herunter, und küßte sie auf beide Schläfen. »Du hast Paul nahegestanden – und mitansehen zu müssen, wie...« Er seufzte und legte ihr sacht die Hände auf die Schultern. »Wenn ich dir das doch hätte ersparen können.«

»Seine Frau wirkte heute so zerbrechlich«, murmelte sie. »So verloren.« Sie dachte an die zierliche, schwarzgekleidete Gestalt.

»Das Unternehmen wird sich um sie kümmern«, versicherte ihr Januel und drückte ihre Schultern noch einmal, ehe er sie losließ. »Du mußt dir keine Sorgen um sie machen.«

Sarah schaute kurz zu ihm auf, dann wandte sie sich ab. Auf einmal sah sie wieder deutlich den Versicherungsscheck nach dem Tod ihrer Eltern vor sich. Sie konnte sich sogar an die Papierkörnung erinnern. »Lebensversicherungssumme«, flüsterte sie. »Das klingt richtiggehend obszön.« Sie schüttelte schnell den Kopf und versuchte, das Gefühl wiedereinzufangen, das sie mit Byron im Park empfunden hatte. Das Leben ging weiter.

Sie schritt zum Fenster und betrachtete die heftig wogenden Wolken. »Ich mag einen kräftigen Sturm«, sagte sie übergangslos und riß das Fenster auf. »Ich mag ein ordentliches Unwetter.« Der Wind peitschte herein und brachte ihre Bluse zum Flattern.

»Ja.« Januel stellte sich hinter sie und legte ihr wieder die Hände auf die Schultern. »Ich erinnere mich an deine Schwäche für Regen.«

Sarah lehnte sich an ihn, und dachte an das erste Mal, als sie sich geliebt hatten, und an die sanfte Zufriedenheit dabei. »Ich reise in ein paar Tagen ab«, meinte sie leise. »Und ich werde dich vermissen, Januel.«

Januel drehte sich herum und nahm ihr Gesicht in beide Hände. Seine Augen waren klar und schön. »Sprich nicht vom Abschiednehmen, Sarah.« Er gab ihr einen langen Kuß. »Du kannst doch ebenso gut bleiben.«

»Man braucht mich hier nicht mehr.« Sie wollte gerade den Kopf schütteln, aber er unterbrach sie in dieser Bewegung mit einem weiteren Kuß.

»Ich brauche dich.« Er hob ihre Hände an die Lippen, drehte sie um und küßte ihr die Handflächen. »Bleib in Paris, Sarah. Werde meine Frau.«

Verblüfft starrte sie ihn an. Damit hatte sie nicht gerechnet. Vor Überraschung fehlten ihr die Worte.

»Mein Liebling.« Er drückte ihr die Lippen auf die Stirn.

»Ich hatte nicht vor, dich so unvermittelt oder in einer solchen Umgebung zu fragen.« Er lächelte, wobei er noch immer ihre Hände hielt. »Als du von deiner Abreise sprachst, habe ich mich vergessen. Antworte jetzt nicht.« Als sie den Mund aufmachen wollte, drückte er ihr fest die Hände. »Laß mich dich umwerben, wie eine Frau umworben werden sollte.« Er zog sie an sich. »Ich werde dich später noch einmal fragen, und zwar so, wie es sich gehört. Aber denk bitte in den nächsten ein, zwei Tagen eher ans Bleiben denn ans Fortgehen. Versprichst du mir das?«

»Ja.« Sie ließ die Stirn an seine Schulter sinken, ehe sie ein wenig abrückte. »Ja, ich überlege es mir.«

»Darf ich dich heute zum Abendessen ausführen?«

»Nein.« Mit einem verwirrten Lachen legte sie ihm die Hände auf die Brust. »Nein, bitte, ich möchte heute auf jeden Fall lange arbeiten, und ... du hast mich ganz durcheinander gebracht, Januel. Ich brauche ein wenig Zeit für mich.«

»Ich werde dich heute abend nicht bedrängen.« Er küßte sie, dann schaute er ihr in die Augen. »Morgen?«

»Ja, morgen.«

Sarah wartete, bis die Tür hinter ihm ins Schloß gefallen war, ehe sie sich an ihrem Schreibtisch niederließ. Sie hörte, wie der Regen einsetzte.

In einem leeren Gebäude wird jedes kleinste Geräusch hörbar. Sarah saß allein im Büro, lauschte dem Ploppen und Surren der Klimaanlage, dem Knarzen der Dielen, dem Prasseln des Regens an die Fensterscheiben. Sie war schon längst mit ihrer Arbeit fertig und hatte sogar, völlig untypisch für sie, ihren Schreibtisch aufgeräumt. Ich muß nachdenken, gestand sie sich ein, als ihr keine Verzögerungstaktik mehr einfallen wollte. Die Ellbogen auf dem Schreibtisch aufgestützt, legte sie den Kopf in die Hände.

»Heiraten«, sagte sie laut, als wolle sie das Wort erproben. Dann: »Januel heiraten.« Keine Bilder stiegen vor ihrem geistigen Auge auf. Enttäuscht erhob sie sich. Verflixt, warum wollte ihr denn dabei gar nichts einfallen?

Offensichtlich, so folgerte sie einen Moment später, hatte sie über eine Heirat noch nie gründlich genug nachgedacht.

Ohne Schuhe wanderte sie im Büro auf und ab, blieb dann stehen, um durch das regenbespritzte Fenster zu starren. Januel ist nett, dachte sie, intelligent und liebenswürdig. Lächelnd lehnte sie den Kopf an die Scheibe. Bei ihm fühle ich mich wohl.

Sie erinnerte sich an ihre Eltern, an Paul und wie schnell ein Leben ausgelöscht werden konnte. Irgendwie betrachtete jeder das Leben als selbstverständlich, bis man plötzlich mit dem Tod konfrontiert wurde. Der Tod mit seiner Endgültigkeit jagte ihr Angst ein. Es gab so viel zu tun, so viel zu erleben, ehe alles vorbei war. Paul war noch jung gewesen, als er auf das Gerüst gestiegen war. Nun würde er nie alt sein. Wie viele Träume und Wünsche hatte er aufgeschoben, weil er dachte, daß es immer ein Morgen gäbe? Sarah hatte sich einmal geschworen, im Spiel gegen die Zeit zu gewinnen. In beruflicher Hinsicht hatte sie dieses Versprechen gehalten. Jetzt fragte sie sich, was sie als Frau wirklich wollte – und wie lange sie es sich leisten konnte zu warten.

»Ich hätte gern ein Zuhause«, murmelte sie. Dann drehte sie sich um und schaute ins Zimmer. Welch eine Überraschung, Sarah, sagte sie sich und hob die Hand an die Schläfe. Wie lange hatte sich das schon da drin verborgen? Ich hätte gern Kinder. »Ich möchte Kinder haben.« Das Eingeständnis verblüffte sie, und sie setzte sich kurz auf den Fenstersims, um diesen neuen Gedanken auf sich einwirken zu lassen. »Und einen Hund«, fügte sie hinzu. »Und einen Lattenzaun.« Lachend schlang sie die Arme um sich. »Ich will alles, alles bis ins kleinste Detail.«

Liebe ich ihn? fragte sie sich. Wäre ich mir sicher, wenn ich ihn liebte? Schwer zu sagen. Er macht mich glücklich, das ist genug. Sie langte nach ihrem Blazer und ihre Handtasche. Es gab keinen Grund, weshalb sie bis morgen warten sollte.

Januels Finger streichelten träge über ihre schönen Brüste. »Möchtest du etwas zu trinken, *ma belle*?« fragte er. Bei Madeleines zustimmendem Gemurmel seufzte er zufrieden und atmete den Geruch ihrer feuchten Körper ein. »Bleib liegen.« Er beugte sich über sie, küßte ihre harten Brustwarzen und stand dann auf. »Ich habe eine Flasche Champagner im Kühlschrank.«

In seinem pflaumenfarbenen Seidenhausmantel ging Januel in die Küche. Er fühlte sich körperlich zutiefst befriedigt und dachte an Sarah, daran, wie nahe er doch der Erfüllung all seiner Wünsche schon war. Vor sich hinsummend stellte er zwei Kristallgläser auf ein Tablett. Es fügte sich alles bestens. Mit geübtem Griff versenkte er den Champagner im Sektkühler. Schon jetzt spürte er neues Verlangen in sich aufsteigen.

Bei dem langen Ton des Türsummers fluchte er verärgert, stellte das Tablett auf einen Tisch im Wohnzimmer und ging zur Tür. Er würde den Besucher schnell abwimmeln. Champagner und Frauen sollte man nie warten lassen.

»Hallo!« Sarah schlang ihm die Arme um den Hals und küßte ihn stürmisch.

Heftiger Schreck durchfuhr ihn, aber da ihre Wange an seiner ruhte, entging Sarah sein Gesichtsausdruck. Auf ihrem Haar und ihrem Blazer perlten Regentropfen. Januel erholte sich rasch von seinem Schock, schob sie ein wenig von sich und lächelte sie an. »Sarah, was für eine Überraschung! Bist du mit deiner Arbeit schon fertig?«

»Ja.« Sie schlüpfte an ihm vorbei ins Zimmer, ehe er es verhindern konnte. »Ich dachte, wir könnten das ruhige Abendessen von morgen auf einen späten Imbiß heute vorverlegen.« Lächelnd schaute sie auf seinen Hausmantel. »Ich lasse mich vielleicht sogar zur Häuslichkeit überreden und schlage etwas in die Pfanne, da du nicht gerade ausgehfein angezogen bist.« Sie rieb das Revers seines Hausmantels zwischen Daumen und Zeigefinger. »Hoffentlich habe ich dich nicht aus dem Bett geklingelt.«

Januel gab sich einem Anflug von Galgenhumor hin. »Nein. Aber ich war gerade auf dem Weg dorthin.« Er langte sich an die Schläfe. »Ich habe entsetzliche Kopfschmerzen und gerade ein paar Tabletten genommen. Sarah, ich fürchte, mit mir ist heute nichts anzufangen. Diese Tabletten sind stark und wirken ausgezeichnet, aber sie machen einen furchtbar müde.«

»Ach, das tut mir leid.« Sie legte ihm die Hand auf die Wange, worauf er sich etwas entspannte. Er konnte die Besorgnis in ihren Augen erkennen. »Kann ich irgend etwas für dich tun?«

»Nein, nein, Liebling.« Er umklammerte ihre Hände und legte sie sich auf die Brust. »Morgen früh geht es mir wieder gut. Es tut mir leid, daß ich dich so enttäuschen muß. Morgen.« Er führte ihre Hände zum Mund und küßte sie, dann lächelte er. »Aber ich werde es wettmachen.«

»Darauf zähle ich.« Sie küßte ihn flüchtig auf den Mund. »Ich wollte dich nur meine Antwort wissen lassen.« Bei einem Blick über seine Schulter entdeckte Sarah das Tablett mit dem Champagner und den Gläsern. Erst war sie überrascht, dann neugierig – und mit dem Verstehen kam der Schmerz. Eine Sekunde lang schloß sie die Augen. »Aber wie ich sehe, hast du mich erwartet.« Sie bemühte sich verzweifelt um einen gelassenen Tonfall, als sie ihn wieder anschaute. »Solltest du denn Alkohol trinken, Januel, wo du doch Tabletten genommen hast? Das kann sich schlimm auswirken.« Sie durchquerte das Zimmer, hob ein Glas und drehte sich dann zu ihm um, wobei sie das Glas prüfend musterte. Er sah, wie in ihren Augen Wut aufstieg und überlegte, wie er die Situation am geschicktesten meistern könne. Sarah wies mit dem Glas in Richtung Schlafzimmer. »Jetzt brauchst du drei Gläser, nicht wahr?« Ihre Stimme klang gefährlich beherrscht.

»Sarah...«

»Januel, vielleicht sollte ich das erklären.« Madeleine kam aus dem Schlafzimmer. In dem dünnen, grünen Hausmantel sah sie großartig aus.

Das wird ja immer schlimmer, dachte Sarah, ich kenne sie auch noch. Sie war verletzt, was sie verabscheute. »Madeleine«,sagte sie matt. »Sollte ich mich für die Störung entschuldigen?« Sie warf einen schnellen Blick auf Januel. »Oder sollte irgend jemand etwas über kultiviertes Verhalten sagen?«

Madeleine nahm sich eine Zigarette aus einem geschliffenen Glasgefäß und seufzte, ehe sie sie sich anzündete. Wie schade, dachte sie, daß das Mädchen einen so ungünstigen Zeitpunkt erwischt hat. »Sarah.« Sie blies einen Rauchfaden in die Luft. »Das ist natürlich für uns alle eine peinliche Situation.«

»Ach, peinlich?« Sarah ließ sich das Wort auf der Zunge zergehen. »Ja, das ist ein sehr kultiviertes Wort.« Der Druck auf ihrer Brust signalisierte ihr, daß ihre Gefühle um die Oberhand kämpften, aber sie bezwang sie. »Ich stimme dem Begriff peinlich zu, Madeleine.« Es fiel ihr leichter, mit Madeleine zu sprechen als mit Januel.

»Januel und ich verstehen einander.« Madeleine zog an ihrer Zigarette und betrachtete Sarah aufmerksam durch ein Rauchwölkchen. »Wir sind alte Freunde, die einander großen körperlichen Genuß bereiten können. Das ist ganz unverbindlich.«

»Händeschütteln ist unverbindlich«, entgegnete Sarah. Ihr selbst zitterten die Hände. Sie wünschte sehr, sich an etwas festhalten zu können, um es zu verbergen. Sarah wußte, daß nichts so deutlich die Gefühle offenbarte wie die Hände. Beiläufig steckte sie sie in die Taschen ihres Blazers. »Ich sehe keinen Anlaß zum Streit mit Ihnen, Madeleine. Es gab für Sie keinen Grund, weshalb Sie nicht mit Januel schlafen sollten. Doch ich denke, daß er Grund genug gehabt hätte, nicht mit Ihnen zu schlafen. Treue setze ich wohl als selbstverständlich voraus.«

»Sarah.« Januel stand hinter ihr und trat einen Schritt vor. Der Blick, den sie ihm über die Schulter zuwarf, ließ ihn erstarren.

»Entschuldigen Sie«, meinte sie zu Madeleine, dann wandte sie sich Januel zu. »Ich würde gerne wissen«, setzte sie an und schaute ihm fest in die Augen, »warum du mich heute nachmittag um meine Hand gebeten hast, dann heimgefahren und mit einer anderen Frau ins Bett gestiegen bist.«

»Sarah, das eine hat doch gar nichts mit dem anderen zu tun.«

»Dann erklär es mir getrennt voneinander.« Ihre Stimme war tonlos. »Warum hast du mich gebeten, dich zu heiraten?«

»Weil ich dich zur Frau haben möchte.« Seine Antwort war prompt, die Augen klar. »Sarah.« Er nahm sie bei den

Schultern, ehe sie ihm ausweichen konnte. »Weißt du denn nicht, wie gerne ich dich mag?«

»Ach ja, ich glaube schon. Ich denke, ich weiß genau, wie gern du mich hast.« Ihre Wangen waren blaß, sie wollte sich durch ein Schulterzucken seiner Hände entledigen, aber zwang sie zum Stillhalten. »Nimm deine Hände weg«, forderte sie leise.

»Benimm dich doch nicht wie ein Kind.« Sein Tonfall verschärfte sich. »Welcher Mann oder welche Frau ist denn schon treu? Und was für einen Unterschied macht das auch? Unsere Ehe, Sarah, wird uns beiden zu derart großem Erfolg verhelfen, daß wir uns wegen irgendwelcher törichter Belanglosigkeiten nicht den Kopf zerbrechen sollten.«

Sie spannte die Muskeln an, damit sie nicht unter seiner Berührung zu zittern begann. Er sollte keine Schwäche an ihr wahrnehmen. Während sie sein Gesicht aufmerksam betrachtete, fragte sie sich, warum ihr bisher dieser verschlagene Zug in seiner Miene entgangen war.

»*Erfolg,* Januel? Welcher Art?«

»Persönlicher Erfolg, Sarah, natürlich.« Sie erinnerte sich, wie überzeugend seine sanfte, liebenswürdige Stimme klingen konnte. Jetzt zerrte sie an ihren Nerven. »Aber auch gesellschaftliche, berufliche Erfolge. Denk mal darüber nach, Sarah.« Sie sah ihn lächeln. »Dank meiner gesellschaftlichen Verbindungen wird es mit deiner Karriere steil bergauf gehen. Mit dem Namen Haladay hinter dir und den Türen, die ich dir in Europa öffnen kann, könntest du zum gefragtesten Architekten des Jahrzehnts werden. Das Delacroix-Kulturzentrum ist nur der Anfang, Sarah. In ein oder zwei Jahren kannst du Haladay hinter dir lassen. Du brauchst ihn dann nicht mehr.«

»Ich verstehe.« Sie atmete tief durch. »Aber ich werde jemanden brauchen, der sich um das Geschäftliche kümmert, jemanden, der mit den Verwaltungsaspekten umzugehen weiß, mit all den finanziellen Einzelheiten, die ich so gern außer acht lassen würde. Und du verstehst dich ausgezeichnet auf diese Dinge. Mir haben deine diesbezüglichen Fähigkeiten immer imponiert.«

»Wir beide zusammen, Sarah.« Er senkte den Mund zu

dem ihren und küßte sie leicht. »Uns eröffnen sich zahllose Möglichkeiten.«

Sarah erduldete den Kuß, dann wich sie zurück. »Wenn ich einen Handlanger für die Verwaltung brauche, stelle ich dich ein. Und jetzt nimm endlich deine Hände weg.« Sie beobachtete, wie Wut in seinem Gesicht aufflackerte. Seine Augen wurden hart wie Glas. »Ich sag's nicht noch mal, Januel«, warnte sie ihn leise, während sie sich die Fingernägel ins Fleisch bohrte. »Nimm deine Hände weg.«

»Schön.« Seine Stimme klang in seinem Bemühen um Beherrschung gepreßt, als er einen Schritt zurücktrat. »Vielleicht sollten wir uns am besten morgen weiter unterhalten, wenn du länger darüber nachgedacht hast.«

Sarah stolzierte zu dem Tablett hinüber, hob die Champagnerflasche aus dem Sektkübel und las das Etikett. »Du hast einen vorzüglichen Geschmack, Januel. Dieser Meinung war ich schon immer. Die Flasche darf ich doch mitnehmen?« Sie nickte Madeleine zu.

»*Au revoir*, Sarah.«

»Auf Wiedersehen, Madeleine.« Der Flaschenhals fühlte sich kalt in ihrer Hand an, als sie zur Tür ging. Dort drehte sie sich noch einmal um und warf ihm einen letzten Blick zu. »Weißt du, Januel, jede Frau sollte sich einen französischen Liebhaber leisten, über den sie in ihren Memoiren schreiben kann. Ich werde dir fast eine ganze Seite widmen.«

Als die Tür sich hinter Sarah schloß, lachte Madeleine leise und anerkennend auf. »Du hast sie unterschätzt, *chéri*.«

»Vielleicht. Von jetzt an nicht mehr.«

Madeleine erkannte die kaum beherrschte Wut in seiner Miene und drückte lässig ihre Zigarette aus. Sie ging zu ihm und knotete ihm den Hausmantel auf. Dann schlang sie ihm die Arme um die Taille. »Bei dieser Dame hast du verspielt, *mon cher ami*.«

»Fürs erste.« Nach einem Blick zur Tür runzelte Januel die Stirn, dann widmete er seine Aufmerksamkeit wieder Madeleine. »Nur fürs erste.«

19

Sarah hatte die Füße auf den Schreibtisch gelegt und zappelte mit den bestrumpften Zehen, während sie in ihr Wasserglas schaute, in dem Champagner perlte. Sie kippte ihn hinunter, beugte sich vor, griff sich die Flasche und füllte das Glas noch einmal. Kollossale Koordination, folgerte sie. Unglaubliche Geschicklichkeit. Und nicht die Spur von Verstand.

»Man kann nicht alles haben«, erzählte sie dem Champagner, ehe sie einen Schluck nahm. Sie hatte ihre Haarnadeln herausgezogen und strich sich gerade das Haar aus dem Gesicht, als sie Byron am Türpfosten lehnen sah. »Hallo.« Sie grinste ihn an, bevor sie das Glas wieder erhob. Während sie sich mit den Zehen am Unterschenkel kratzte, bedeutete sie ihm durch Gesten, er solle doch eintreten. »Bleiben Sie nicht in der Kälte stehen, Byron. Kommen Sie herein ins Warme.«

Ehe Byron sich aufrichtete, ließ er den Blick von ihren schuhlosen Füßen die Beine hinauf, die ihr verrutschter Rock großzügig entblößte, zu ihrem geröteten Gesicht und dem zerzausten Haar schweifen. Sie erschien ihm ungewöhnlich schön – und sturzbetrunken. »Was ist denn hier los, Sarah?«

Sie prostete ihm kurz zu und leerte das Glas. »Ich feiere.« Lächelnd warf sie den Kopf in den Nacken. »Mir fällt bloß der passende Ausdruck für die Gelegenheit nicht ein. Aber vielleicht Ihnen.«

Byron kam herein und beobachtete sie, wie sie sich schon wieder einschenkte. Er hob prüfend die Flasche.

»Haben Sie das etwa allein getrunken?«

»Ganz alleine.« In ihrer Stimme schwang ein wenig Stolz mit. Sie trank schon wieder. »Und wenn Sie auch etwas wollen, gehen Sie raus und besorgen Sie sich selber was.«

»Huldvoll bis zuletzt.« Er stellte die Flasche ab, sie hatte sie bereits zu drei Vierteln geleert. Ihm imponierte ihr Durchhaltevermögen. »Was feiern Sie denn, Sarah?«

Sie nahm die Füße vom Schreibtisch und stellte sich hin. In aufrechter Stellung wankte sie ein bißchen, doch dann schüttelte sie den Kopf, um den Nebel zu vertreiben. Mit überraschender Anmut kam sie um den Schreibtisch herum. »Dieser verdammte Fußboden ist ja ganz schief, Byron. Da stimmt was nicht mit den Stützbalken. Sie sollten sich mal drum kümmern.«

»Selbstverständlich.« Während er ihr zuschaute, kickte sie ihre Schuhe aus dem Weg und hob erneut das Glas.

»Wo bin ich gerade stehengeblieben?« Sie drehte sich stirnrunzelnd zu ihm um.

»Bei den fehlerhaften Stützbalken«, half er nach.

Sie kicherte. »Nein, noch davor. Warten Sie eine Minute.« Sarah kämmte sich mit den Fingern durch das Haar und hielt es sich aus dem Gesicht, während sie angestrengt nachdachte. »Ach ja.« Sie ließ das Haar wieder ins Gesicht fallen. »Die Feier. Januel hat mir heute nachmittag einen Heiratsantrag gemacht. Von genau der Stelle aus, an der Sie jetzt stehen«, fügte sie hinzu.

Byron schaute ihr geradewegs in die Augen, ohne ihr Lächeln zu erwidern. »Ich verstehe.«

»Nein, tun Sie nicht«, korrigierte sie ihn, dann piekste sie ihm mit dem Finger auf die Brust. »Was halten Sie von der Institution Ehe, Byron? Ich habe heute abend ein wenig darüber nachgedacht. Ziemlich viel sogar.« Die Worte kamen ihr nicht mehr flüssig über die Lippen, und sie trank wieder, als wolle sie damit ihre Zunge lösen. »Meine Eltern waren verheiratet, müssen Sie wissen. Ich kenne eine Unmenge von verheirateten Leuten. Einige bleiben das auch. Und manche versuchen es immer wieder, bis es klappt. Muß schon was dran sein. Viele Leute kriegen auch Kinder, wenn sie verheiratet sind. Manche sogar schon vorher...« Ihre Stimme versagte. »Mögen Sie kleine Kinder, Byron? Ich schon. Aber wir haben uns über Januel unterhalten«, fiel ihr plötzlich ein.

»Sie sollten wirklich beim Thema bleiben.«

»Entschuldigung.« Sie winkte ihm zu. »Ich kam zu dem Schluß, daß Januel zu heiraten eine tolle Idee wäre. Er schaut großartig aus, ist Ihnen das schon aufgefallen? Himmel, ich habe mich wirklich in dieses Gesicht verknallt. Wie ein Gemälde von Raffael, finden Sie nicht?«

»Ich habe noch nicht allzu viele Gedanken daran verschwendet.« Sein trockener Tonfall drang durch den Champagnernebel.

Lachend drehte Sarah drei Pirouetten. Danach kippte sie den Rest ihres Glases hinunter, wobei sie sich eine Hand auf die Brust drückte.

»Heute abend habe ich ihn zu Hause besucht, um ihm zu sagen, daß ich ihn heiraten will.« Sie schaute auf das Glas in ihrer Hand. »Mein Glas ist schon wieder leer. Wo war ich stehengeblieben?«

»Bei Bounnets Wohnung.«

»Ach ja. Ich war also in Januels Wohnung. Und Madeleine auch. Sie erinnern sich doch an Madeleine, Comtesse de la Salle, nicht?« Während sie redete, ging sie zum Schreibtisch, um sich wieder einzuschenken. Der Champagner perlte und schäumte. »Ich war – wie sagt man? – *de trop*. Oder wie sich Madeleine ausdrückte – es war eine peinliche Situation.« Nachdem sie über die letzten Worte gestolpert war, hob Sarah lachend das Glas. »Wir benahmen uns alle sehr kultiviert, gewiß doch. Er hat alles erklärt. Das hat Januel toll drauf.«

Sie hielt sich einen Augenblick das Glas gegen die Stirn. »Sie verstehen, seine Scheiß-Madeleine hatte mit ihm und mir überhaupt nichts zu tun. Das habe ich natürlich nicht kapiert, bis er es mir erklärte. Ich fürchte, ich habe mich wie eine Provinzgans benommen.« Ihre Stimme hatte zu zittern begonnen, weshalb sie den ganzen Champagner hinunterkippte. »Verdammter Mistkerl!« Sie schleuderte das Glas durchs Zimmer. Es knallte gegen die Wand und fiel in kleinen Splittern auf den Teppich. »Seinetwegen fange ich doch nicht etwa zu heulen an.« Sie preßte sich die Handballen fest gegen die Augen. »Ich habe mir geschworen, als er so dastand und die Hände auf mir hatte und mir sein Geschwätz auftischte, daß ich seinetwegen nicht heule. *Nie, niemals.*«

Byron verfolgte ihren Kampf gegen die Tränen. Einmal, zweimal atmete sie schluchzend ein und aus, ehe sie die Beherrschung wiedergewann. Dickköpfig, dachte er und bewunderte sie dafür. Als sie die Hände sinken ließ, glänzten ihre weit geöffneten Augen, aber sie waren tränenlos. »Gut gemacht, Sarah.«

Sie holte noch einmal tief Luft, dann schaute sie sich suchend um, weil sie mit dem Champagner den Schmerz betäuben wollte. »Ich brauche ein neues Glas.«

»Genug.« Byron nahm sie am Arm. Ihre Haut fühlte sich durch die Bluse heiß an. Sie schwankte erst, dann richtete sie sich gerade auf. »Ich glaube, Sie könnten einen Kaffee und einen Happen zu essen vertragen.«

Kopfschüttelnd pustete sie sich das Haar aus dem Gesicht. »Ich habe mir gelobt, daß ich die ganze Flasche trinke.« Sie stützte sich an seiner Brust ab, bis sie ihre Balance wiedergewonnen hatte. »Und daran halte ich mich auch.«

»Wie Sie wollen.« Achselzuckend ließ er sie los und setzte sich hin, während sie sich nach einem neuen Glas umschaute und endlich eines fand. »Wenn Sie sich schon einen antrinken wollen, haben Sie wenigstens eine gute Marke ausgesucht.«

»Das war Januels Wahl«, verbesserte sie ihn, während sie sich eingoß. »Ich habe die Flasche bei ihm mitgehen lassen. Stand bereits gekühlt im Sektkübel. Das war meine Rettung.« Sie hob das Glas und schaute es gründlich an. »Wenn ich nämlich nicht die Flasche und die Gläser hätte herumstehen sehen, hätte ich ihm noch seinen Mist abgekauft, daß er sich nicht wohlfühlt. Ich wäre nach Hause gegangen, und dann würden jetzt er und Madeleine den Champagner trinken. Prost auf meine scharfe Beobachtungsgabe. Ich hoffe doch sehr, daß er nicht noch eine in Reserve hatte.« Sarah kicherte selbstzufrieden.

»Waren Sie in ihn verliebt?«

Bei der unvermittelten Frage hielt sie das Glas auf halbem Weg zu ihrem Mund an. Langsam wanderte ihr Blick umher, bis sich ihre Augen mit denen Byrons trafen. »Ich habe es mir gewünscht«, flüsterte sie. Sie schüttelte so wild den Kopf, daß ihr Haar herumflog. »Ich habe es versucht.«

»Dann waren Sie's nicht«, folgerte er und zog an seiner Zigarette. »Es sich wünschen und es zu versuchen ergeben zusammen null.« Sein Schulterzucken machte ihre Antwort unnötig.

»Er hat mich zum Narren gehalten.« Sarah trank, dann setzte sie das Glas mit lautem Klirren ab.

»Er hat Ihrem Stolz einen Schlag versetzt.« Byrons Stimme

klang mitleidslos, als er sich eine neue Zigarette anzündete. Sarah beobachtete, wie sein Feuerzeug aufflackerte.

»Er hat mich verletzt.« Ihre Stimme festigte sich mit zunehmender Wut. »Dieser Mistkerl hat mich wirklich verletzt. Und er hat sich nie, nie das Geringste aus mir gemacht. Das war alles bloß Lug und Trug.« Sie sah ihn einen Moment eindringlich an. Dann schloß sie die Augen. »O Gott.« Sarah drückte sich die Hand gegen den Kopf, weil sich auf einmal alles um sie herum drehte. »Ich bin fürchterlich betrunken.«

»Ja«, pflichtete ihr Byron bei. »Das habe ich schon gemerkt.«

»Ihnen entgeht nicht viel«, meinte sie, als sie die Augen wieder aufschlug. »Im Suff fällt es einem schwer, wütend zu sein. Deshalb habe ich zuviel getrunken. Na schön.« Sie zuckte mit den Schultern und lächelte ihn wieder an. »Es hätte noch schlimmer kommen können. Wenn ich diesen Scheißkerl wirklich geheiratet hätte. Erscheint Ihnen das logisch genug, Byron? Sie sind so ein wahnsinnig logischer Mensch.« Beim Gähnen riß sie den Mund weit auf. »Wahrscheinlich sind sie nicht der Typ Mann, der es ausnützt, wenn sich eine Frau in meinem gegenwärtigen Zustand befindet.«

Er hob die Braue. »Ist das eine Frage oder eine Einladung?«

Sarah zuckte wieder mit den Schultern und widmete sich dann der Flasche. Die Stirn vor Konzentration gerunzelt, schüttelte sie die letzten paar Tropfen heraus. »Weiß nich'. Macht das was? Ich bezweifle, daß ich Sie jetzt verführen könnte.« Sie schleuderte sich das Haar über die Schulter, danach wandte sie sich wieder Byron zu und beobachtete ihn über den Glasrand hinweg.

Er grinste. »Sollen wir wetten?«

Beim Lachen kam sie erneut ins Wanken und griff haltsuchend nach dem Tisch, weil die Wände wackelten. Ihr Lachen klang trotzdem kehlig und anerkennend, als sie den Kopf in den Nacken warf. »Manchmal sind sie mir direkt sympathisch, Byron. Im Ernst.«

»Und sonst?« fragte er, während er sie durch eine Rauchwolke anschaute.

»Sonst weiß ich es nicht. Sie machen mir angst. Erzählen

Sie mir von sich, Byron«, lud sie ihn ein, während sie sich mit einer Pobacke auf dem Schreibtisch niederließ. Um ein Haar wäre sie abgerutscht, konnte sich aber noch fangen. »Ich weiß schließlich fast nichts von Ihnen. Und ich wundere mich oft über Sie.«

Er sah zu, wie der restliche Champagner in ihrem Glas bedrohlich schwappte. »Später.«

»Ich mag Rachmaninow, Rad Bradbury und die Hot Dogs beim Yankee-Stadion. Und außerdem Dylan Thomas und wenn man mir die Füße massiert.« Sie leerte ihr Glas.

»Wie spannend.« Byron sah zu, wie Sarah geistesabwesend das Bein baumeln ließ. »Scheint so, als hätten Sie die Flasche ausgetrunken.«

Überrascht schaute sie auf ihr leeres Glas.

»Ist nicht noch mehr da?« Sie schüttelte schnell die Flasche, dann stellte sie sie wieder hin. »Sollen wir noch eine kommen lassen?«

Er drückte die Zigarette aus, ehe er aufstand und auf sie zukam. »Ich sollte besser nichts trinken. Ich muß Sie schließlich nach Hause fahren.«

»Oh.« Als er sie um die Taille faßte, um sie vom Schreibtisch wegzubugsieren, sank sie ihm warm, weich und nachgiebig in die Arme. Gähnend legte sie den Kopf an seine Schulter. »Ist die Party aus?« murmelte sie.

»Scheint so.« Ihre Lippen berührten ihn am Hals. Er griff ihr mit den Fingern ins Haar und neigte ihren Kopf nach hinten, bis er ihr ins Gesicht schauen konnte. Ihre Lider hingen schwer herab, waren schon fast geschlossen. Das Grün schimmerte nur noch schwach unter den Wimpern hervor.

Als er sie küßte, öffnete sich ihr Mund willig – sie schmeckte nach Champagner. Der Kuß wurde entgegen seiner Absicht leidenschaftlicher.

Ihm fiel ein, daß er noch nie ihre Haut geküßt hatte, und er ließ seine Lippen über ihre Halsbeuge bis zur Schlagader wandern.

Jetzt konnte er den Regen in ihrem Haar riechen. Mit einem Seufzer lehnte sich Sarah schwer gegen ihn.

»Bringen Sie mich heim, Byron.« Sie spürte, wie der Boden unter ihren Füßen schwankte. »Ich möchte nicht mehr hier sein. Ich möchte heim, heim nach Phoenix.«

»Jetzt sofort?« Er bettete ihren Kopf an seine Brust.

»Wenn ich aufwache«, verbesserte sie ihn und verlor sanft das Bewußtsein.

20

Mit dröhnendem Schädel und entsetzlich verkatert saß Sarah in Haladays Privatflugzeug und verschloß die Augen vor der durchgehenden weißen Wolkendecke. Die betäubende Wirkung des Dom Perignon war verflogen; jetzt fühlte sie sich mies und elend. Aber ihr Erinnerungsvermögen war klar. Sie erinnerte sich an alle Vorkommnisse des vorigen Abends bis zu jenem Moment, als sie in Byrons Armen das Bewußtsein verloren hatte.

Als nächstes wußte sie wieder, daß sie in ihrem Bett aufgewacht war, warm zugedeckt, nur mit Unterhemd und Höschen bekleidet. Sie konnte sich leicht ausmalen, wie sie dorthin gelangt war und daß sie sich zweimal an einem Abend bis auf die Knochen blamiert hatte, war schwer zu verdauen.

Schlimmer noch, sinnierte sie mit geschlossenen Augen, er hat *überhaupt nichts* gesagt. Er sitzt nur einfach da. Sarah konnte von Byron lediglich ein gelegentliches Papiergeraschel hören, ansonsten herrschte Stille in der Kabine. Sie wäre sehr gerne wieder im Zustand des Vergessens versunken, aber der Kater und ihre eigene Verlegenheit hielten sie wach. Niemals hätte sie in ihrem Büro diesen Saufmarathon abhalten dürfen. Ganz unprofessionelles Verhalten. Sie hatte sich in eine alles andere als geschäftsmäßige Lage manövriert. Jetzt mußte sie den Preis dafür zahlen.

Byron hatte sie heute früh aus dem Bett geholt. *Sie herausgezogen*, präzisierte Sarah finster. Nicht einmal die Mühe anzuklopfen hatte er sich gemacht, erinnerte sie sich. Er hatte einfach mit ihrem Schlüssel aufgesperrt. *Ihrem Schlüssel*. Himmel. Dann, rief sie sich ins Gedächtnis zurück, hatte er ihr eine Tasse Kaffee unter die Nase gehalten und ihr gesagt, sie solle duschen und ihre Sachen packen.

Und was hatte sie getan? Genau das, was er ihr angewiesen hatte. Sie war halbnackt aufgestanden, hatte den Kaffee heruntergeschüttet und war dann unter die Dusche getappt. Byron hatte sich um alles gekümmert. Er hatte ihre Hotelrechnung beglichen, ihr Gepäck aufgegeben und sie ins Flugzeug verfrachtet. Mit keinem Sterbenswörtchen hatte sie sich dagegen gewehrt. Nicht zu diesem Zeitpunkt; sie war zu benommen für irgendwelche Einwände gewesen. Doch jetzt...

Sarah schlug die Augen auf und drehte sich im Sitzen um, um Byron zu beobachten. Er blätterte gerade einige Unterlagen durch und warf keinen Blick in ihre Richtung. Ebensogut hätte sie allein sein können. War es möglich, die ganze Angelegenheit auf sich beruhen zu lassen, überlegte sie. Aber dann zwang sie sich trotz der pochenden Kopfschmerzen zum ernsthaften Nachdenken.

Byron wirkte gut ausgeruht und beherrscht. Sollte sie sich ganz einfach zu alldem nicht äußern? Das wäre vielleicht das vernünftigste. Bestimmt würde er dann den Vorfall nicht mehr erwähnen. Er gehörte genau zu der Sorte Mann. Einen Moment haßte sie ihn deswegen.

»Sie hätten das doch nicht machen müssen«, platzte sie heraus.

Byron schaute auf. Er musterte ihr Gesicht, ehe er sich wieder seinen Unterlagen zuwandte. »Sie sollten sich wirklich noch ein wenig ausruhen, Sarah. Sie schauen zum Erbarmen aus.«

»Wie nett von Ihnen, mich darauf hinzuweisen.« Als sie aufstand, überkam sie Brechreiz, den sie aber nicht beachtete. Sie ging zur Bordküche und fing an, Kaffee zu kochen.

Er schaute kurz auf und dachte wieder daran, wie er sie vorige Nacht im Arm gehalten hatte. Und wie sehr er sie begehrt hatte. Wenn sie nicht bewußtlos gewesen wäre, hätte er das Sofa in ihrem Büro durchaus zu verwenden gewußt. Sie in ihrem Hotelzimmer auszuziehen und sie dann allein zu lassen, damit sie ihren Rausch ausschlafen konnte, war ihm alles andere als leicht gefallen. Seltsam, daß er gefühlsmäßig so sehr bei einer Frau engagiert war, mit der er noch nie geschlafen hatte. Aber seine Gefühle für sie waren nicht zu leugnen, und das gefiel ihm gar nicht.

Sein ganzes Leben lang war der Gedanke an Frauen für ihn kein Problem gewesen. Sie waren für ihn Kameradinnen oder Geschäftspartnerinnen oder Geliebte. Doch er würde Sarah nicht als Kameradin einstufen, und sie war auch nicht seine Geliebte. Allerdings bereitete es ihm große Schwierigkeiten, sie in der strengen Kategorie Geschäftspartnerin zu halten. Nein, das mußte er sich eingestehen, ihm war der Gedanke an sie nie ganz geheuer. Und er dachte öfter an sie, als ihm lieb war.

Er würde mit ihr ins Bett gehen, beschloß er und blätterte schnell um. Das würde allem ein Ende setzen. Wenn er sie erst einmal gehabt hatte, würde er aufhören, sich zu fragen, wie es wohl wäre. Wenn er sie erst einmal gehabt hatte, würde er wieder problemlos an sie denken können.

Mit einem heimlichen Fluch schlug er wieder die Seite auf, die er soeben umgeblättert hatte, und ärgerte sich, daß ihm kein Wort davon mehr in Erinnerung war. Plötzlich ging ihm Januel Bounnet im Kopf herum.

Zum Glück hatte sich Sarah von ihm getrennt. Zum Glück war sie auf ihre Abreise von Frankreich vorbereitet gewesen. Sie mußte sich nicht mehr länger auf der Baustelle des Delacroix-Kulturzentrums aufhalten; dort brauchte man sie nicht mehr. Was jetzt noch getan werden mußte, konnte sie auch telefonisch erledigen. Auch Byron war bereit zum Aufbruch gewesen. Er spürte, daß er alles getan hatte, was er in Paris hatte erledigen wollen. Wenigstens für den Augenblick.

»Sie hätten sich nicht um alles kümmern müssen«, meinte Sarah, die in der Küchentür stand. »Ich wäre schon zurechtgekommen.«

»Bringen Sie mir doch auch eine Tasse, wenn Sie schon dabei sind.«

Mit zusammengebissenen Zähnen goß Sarah eine zweite Tasse ein, ehe sie in die Kabine zurückging. Eine Tasse in jeder Hand, so stand sie vor ihm. »Verdammt, Byron, wenn Sie doch endlich den Mund aufmachen würden. Ich habe mich vorige Nacht entsetzlich blamiert.«

Er nahm ihr die Tasse aus der Hand und nippte daran. »Wenn Sie das wissen, was wollen Sie dann von mir hören?«

Vor Ärger verfärbten sich ihre Wangen. »Ich habe vergessen, wie unfehlbar Sie sind.«

Ihre Blicke hielten einander stand. »Setzen Sie sich, Sarah.« Als sie stehen blieb, nahm er ihr die zweite Tasse aus der Hand, dann zog er sie auf den Platz neben sich. Ihr Kopf dröhnte bei dieser Bewegung. »Sie sind nicht der erste Mensch mit einem untreuen Liebhaber, und Sie sind auch nicht der erste Mensch, der sich bis zum Umfallen betrinkt. Vergessen Sie das Ganze.«

»Sie meinen im Ernst, daß das so leicht geht, nicht wahr?«

»Tut es das nicht?«

»Nein, nein.« Sie wollte eigentlich nicht mit ihm darüber sprechen, aber die Worte sprudelten einfach aus ihr heraus. »Mir gefällt es überhaupt nicht, daß ich mich vor Ihnen blamiert habe. Und mir paßt es überhaupt nicht, daß Sie wissen, was zwischen mir und Januel vorgefallen ist. Sie sind der letzte Mensch, dem ich mich anvertrauen würde.«

»Stimmt«, pflichtete er ihr bei. »Aber der springende Punkt liegt meiner Meinung nach darin, daß es Ihnen nicht gefällt, daß man Sie ausgenutzt hat.«

»Er hat nicht...«, setzte sie wütend an, doch dann unterbrach sie sich. Aber ja doch, ja, das hatte er. Byron hatte den Nagel auf den Kopf getroffen. Jetzt kämpfte sie ebenso gegen den Schmerz wie gegen die Wut an. »Herrgott, Sie sind ein gefühlloser Mensch, Byron – aber Sie haben recht. Ich habe sein Gesicht, habe einen schönen Mann gesehen... und wollte gar nicht genauer hinschauen. Er schickte mir Blumen, er war romantisch. Er sagte mir Dinge, die ich hören wollte.« Als Byron schwieg, raufte sie sich mit beiden Händen das Haar. »Ich genoß das – das Kerzenlicht, die Schmeicheleien. Ich bin darauf hereingefallen, und er wußte das im voraus. Er hat mich ausgenutzt. Und ich finde es grauenhaft, daß ich nicht erkannte, was sich hinter der attraktiven Fassade verbarg.«

»Das hätten Sie schon noch«, meinte Byron. »Wenn Sie der Blumen erst überdrüssig geworden wären.«

»Vielleicht. Aber jetzt werde ich das nie genau wissen, oder?«

»Weshalb müssen Sie das denn?« gab er zurück und nippte an seinem Kaffee. »Es ist aus.«

Sarah atmete tief und lehnte sich zurück. »Ich *mochte ihn*, Byron«, sagte sie enttäuscht. »Ich hatte ihn wirklich gern. Das macht einen Riesenunterschied.«

»Warum?«

»Gefühle kann man unmöglich erklären, Byron.« Sie seufzte. »Weil sie überhaupt nicht rational sind.« Einen Augenblick schwieg sie, dann schaute sie ihn wieder an. »Ich will es mal so ausdrücken. Wie würden Sie sich fühlen, wenn jemand, dem Sie vertrauen, Sie ausgenutzt hätte?«

Byron dachte an Max. Auf ihre Weise benutzten sie einander. »Die erste Regel lautet, niemandem zu trauen.«

»Wer kann denn so leben?« fragte Sarah. »Ich nicht. Ich lasse mich lieber verletzen, als allein zu sein.«

»Wir treffen selber unsere Wahl«, erwiderte er einfach, aber ihre Worte hallten in ihm nach. *Allein*. Bei ihr hörte es sich wie ein Ort an – ein sehr kalter, sehr leerer Ort. Er hatte die meiste Zeit seines Lebens dort verbracht.

»Ja, wir treffen unsere Wahl.« Plötzlich fühlte sich Sarah müde und schloß die Augen. »Dann müssen wir damit leben. Ich hatte mich entschieden, Januels Geliebte zu werden, und wenn man die ganzen Kinkerlitzchen wegnimmt, kommt es nicht mehr darauf an, warum. Er hat mir weh getan. Aber ich komme schon drüber weg.« Ihre Stimme wurde leiser, als sie allmählich in den Schlaf hinüber glitt. »Du lieber Himmel, hoffentlich bald.«

Sie öffnete ein letztes Mal die Augen und sah, daß Byrons Blick auf ihr ruhte. Sarah lächelte, ehe sie die Augen wieder schloß. »Wissen Sie, Byron, Sie haben mir noch immer nichts über sich selbst erzählt.«

»Stimmt«, pflichtete er ihr bei und schob den Kaffee beiseite. Er wollte ihn jetzt nicht mehr, er wollte nur noch neben Sarah sitzen und sie im Schlaf beobachten.

21

Sarah kam mit zwei Koffern, einem Kleidersack und in schlechter Verfassung zu Hause an. Seit vierundzwanzig Stunden hatte sie nichts außer Champagner und Kaffee zu sich genommen und fühlte sich allmählich ziemlich kaputt. Byrons Angebot, sie nach der Ankunft zum Essen auszuführen und heimzufahren, hatte sie abgelehnt, da sie Distanz zwischen ihnen schaffen wollte.

Gern hätte sie es ihm übelgenommen, daß er zufällig dagewesen war und ihr zugehört hatte. Doch es gelang ihr nicht. Ein Teil von ihr war dankbar, daß er nur zugehört und keine Allgemeinplätze, keine Ratschläge zum Besten gegeben hatte. Jetzt wollte sie nur fort von ihm, um Zeit zu haben, die Vorkommnisse mit Januel im richtigen Licht zu sehen.

Ihr Wohnungsschlüssel befand sich nur deshalb in ihrer Handtasche, weil Byron sie daran erinnert hatte, ihn dort zu verwahren. Stirnrunzelnd fiel ihr ihre Willfährigkeit heute früh ein, dann steckte sie den Schlüssel ins Schloß.

Denk einfach nicht mehr daran, befahl sie sich, als sie die Türklinke drückte. Denk nur daran, daß du jetzt daheim bist, und daran, wie schön es ist, endlich wieder zu Hause zu sein.

Mit ihrem Gepäck kämpfend stieß Sarah die Tür auf und trat ein. Sie knipste mit dem Ellbogen das Licht an. Alles Vertraute sprang ihr ins Auge, als habe sie es erst gestern gesehen: das alte viktorianische Sofa, das sie in der kleinen Werkstatt auf der East Side hatte neu polstern lassen, ihren Maisstrohteppich, das Ölgemälde Meeresbucht, das sie auf einem Wochenendausflug nach New Orleans gekauft hatte, der Frosch aus Ton, den ihr eine Collegefreundin vor Ewigkeiten zu Weihnachten getöpfert hatte.

»Himmel«, murmelte Sarah und stellte ihre Koffer ab. »Wie herrlich, wieder zu Hause zu sein.« Es schien soviel von ihr hier zu sein, daß sie sich fragte, welcher Teil von Sarah Lancaster nach Paris gegangen und welcher hier geblieben war.

Sie stand unter der Tür und schaute sich im Zimmer um, bevor sie ihre Handtasche ablegte. Alles wollte sie wieder berühren, sich vergewissern, daß sie hierher gehörte. Doch dann drehte sie sich um und schaute zur Tür auf der anderen Seite des Flurs hinüber. Zuerst einmal wollte sie Dallas besuchen. Sie verdrängte die Erinnerungen an den kühlen Ton, den sie im letzten Brief gespürt hatte. Jetzt brauchte Sarah sie, mußte sich davon überzeugen, daß ihre Freundschaft so wie die Wohnung überdauert, sich nicht verändert hatte. Sie wollte lachen, wollte die Freundin umarmen, den Duft von White Shoulders riechen, in dem Dallas nahezu badete. Irgend etwas Lustiges wollte sie hören und spüren, daß sie einfach um ihrer selbst willen geliebt wurde. Sie ließ die Wohnungstür offen, ging über den Flur und klopfte.

Als Evan die Tür aufmachte, starrte er Sarah verblüfft an. Er brachte kein Wort über die Lippen.

»Hallo, Evan.« Sarah lächelte und versuchte, sich über die Begegnung mit ihm zu freuen.

»Oh, Sarah.« Als er seine anfängliche Überraschung einigermaßen überwunden hatte, trat er zurück und winkte sie mit dem Gin-und-Tonic-Glas in der Hand herein. »Ich hatte gar nicht mitgekriegt, daß du heimkommst.«

»Das wurde erst in letzter Minute entschieden. Ich bin gerade erst angekommen«, sie schaute in Richtung Schlafzimmer, »und wollte Dallas begrüßen.«

Evan war bei seinem dritten Gin angelangt. Die zwei oberen Knöpfe von Sarahs Bluse standen offen. Er zählte vier weitere, ehe die Bluse in ihren Jeans verschwand. »Sie wollte nur schnell ein paar Sachen einkaufen.« Er zwang sich dazu, ihr ins Gesicht zu sehen, als sie den Blick wieder auf ihn richtete.

»Ach, dann komme ich später wieder. Ich sollte ohnehin erst mal auspacken.«

»Sie kommt bestimmt gleich zurück.« Evan nahm ihre Hand, ehe sie sich zur Tür umdrehen konnte. »Mach's dir gemütlich«, lud er sie ein. »Erzähl mir von Paris. Ich habe es noch nie bis dahin geschafft. Und wie lief das Projekt? Es heißt, du hast dir damit einen Namen gemacht.« Er lächelte überzeugend, als er ihre zögernde Miene bemerkte. »Leiste mir Gesellschaft. Ich mache dir einen Drink.«

»Nein, wirklich nicht.« Sie schüttelte den Kopf und versuchte, nicht an den Champagner zu denken. »Mir ist vom Flug noch ganz flau.« Sie bemerkte, daß das Glas in seiner Hand fast leer war. »Aber bitte, schenk dir doch ein.«

Während sich Evan das Glas vollgoß, schlenderte Sarah im Zimmer herum, erfreut, so viel von Dallas persönlichen Dingen zu entdecken: ein Paar mit Jade besetzte Ohrringe, die sie auf einen Tisch gelegt hatte, ein Fläschchen knallrosa Nagellack, ein Hochglanzklatschmagazin. Anstelle der Erschöpfung, die sie im Taxi überfallen hatte, empfand sie nun Ruhelosigkeit und Ungeduld. Sie wollte Dallas wiedersehen, wollte spüren, daß sie wirklich heimgekommen war.

»Sarah?« In Gedanken versunken schaute sie auf, als Evan ihren Namen rief. Er hob sein Glas. »Willst du wirklich nichts?«

»Oh.« Mit einem Kopfschütteln begann sie noch eine Runde durchs Zimmer. »Nein, danke, ganz sicher nicht.« Da sie seinen Blick auf sich ruhen spürte, drehte sie sich um. »Und wie lief es hier so, Evan? Ich hab' ein paar Mal mit Max telefoniert und ein oder zwei Mal mit Mugs, aber eigentlich nur über Geschäftliches.«

»Ich glaube nicht, daß sich viel für dich verändert hat«, meinte Evan. Er trank seinen Gin, ohne sie aus den Augen zu lassen. Als sie die Hände in die Hosentaschen steckte, straffte sich ihre Bluse über den Brüsten. Ihm wurde noch heißer.

Daß er sie so aufdringlich beobachtete, war ärgerlich, aber Sarah strengte sich an, freundlich zu bleiben. »Du und Dallas, ihr habt euch oft getroffen, nehme ich an.«

»Dallas ist eine tolle Frau«, bemerkte Evan, wobei er nicht erwähnte, daß ihre Beziehung in den letzten Wochen ziemlich ins Wackeln geraten war. »Ich habe mich wohl bei dir noch gar nicht richtig bedankt, daß du... uns zusammengebracht hast.« Der leicht sarkastische Anflug in seiner Stimme war nicht zu überhören.

»Ach, nicht der Rede wert.« Sie sah zu, wie Evan sein Glas leerte. »Ich fange jetzt mit dem Auspacken an, Evan. Du richtest Dallas aus, daß ich zurück bin, ja?« Noch mitten im Satz drehte sich Sarah zur Tür um.

»Was bist du denn so in Eile?« Er packte sie am Unterarm, ehe sie das Zimmer durchqueren konnte.

Sarah warf ihm einen Blick über die Schulter zu und bemühte sich um einen gelassenen Tonfall. »Ich bin fix und fertig, Evan. Ich habe einen langen Flug hinter mir.«

Er stellte sein leeres Glas ab, ehe er sie zu sich herumzog, so daß sie ihm ins Gesicht schauen mußte. Sarah machte sich steif. »Evan, ich...«

»Du hast mir noch nichts über Paris erzählt, Sarah.« Er hob die Hand und fuhr ihr mit den Fingern durchs Haar, ohne den Blick von ihrem Mund abzuwenden. »Wir haben viel nachzuholen.«

»Ein andermal.« Sie redete mit ruhiger Stimme und versuchte, sich aus seinem Griff zu befreien. »Ich bin müde, Evan. Und du hast zuviel getrunken.«

»Du hast noch nicht einmal deinen französischen Liebhaber erwähnt.«

»Das habe ich auch nicht vor.«

»Sarah – ich habe mir geschworen, daß ich dich kriege, wenn du zurück bist.« Er krallte ihr die Finger fester ins Haar und riß sie an sich. »Seit einem Jahr schon will ich dich.«

Seine Stimme war heiser vor Wut und Enttäuschung. »Ein ganzes verfluchtes Jahr. Ich habe noch nie eine Frau so lange begehrt.«

Sarah drückte ihm beide Hände gegen die Brust. »Evan, ich bin jetzt so etwas nicht gewachsen. Auf keinen Fall.« Ihre Worte, die sie gepreßt hervorstieß, stachelten seine Begierde nur noch mehr an. Er versuchte sie zu küssen, und als es ihr gelang, den Mund von dem seinen wegzudrehen, küßte er ihren Hals und begann gleichzeitig, an ihrem Jeansreißverschluß zu ziehen.

»Evan, hör auf! Untersteh dich!« In seiner Betrunkenheit war er gefährlich. Es gelang ihr, sich loszureißen, aber ehe sie zur Tür stürzen konnte, hatte er sie schon wieder gepackt, und zog sie zu Boden. Hilflos lag sie unter ihm und konnte sich nur noch verzweifelt hin und her winden.

»Laß mich los! Laß mich los, Evan!« Sie schlug ihm die Nägel in den Rücken und kratzte mit aller Kraft. Mit einem Schmerzlaut riß Evan den Kopf hoch, starrte sie mit fiebernden, wütenden Augen an, und riß mit einer schnellen Bewegung ihre Bluse auf.

Dann änderte sich plötzlich sein Gesichtsausdruck, als er ein Geräusch hörte. »Himmel.« Betreten suchte er nach Worten. »Sarah, ich...« Sein Kopf fuhr herum, als die Wohnungstür aufging.

Dallas brauchte nur einen Sekundenbruchteil, um die Situation einzuschätzen – Sarahs weitaufgerissene Augen, die vor Tränen und Angst schimmerten, die zerrissene Bluse, Evans schuldbewußte, verdutzte Miene.

»Wie schön.« Die Arme voller Lebensmittel, stieß sie die Tür mit dem Rücken zu. »Willkommen daheim, Sarah.«

»Dallas...« Evan suchte nach Worten, aber er war sturzbetrunken und völlig durcheinander.

»Hast keine Minute vergeudet, nicht wahr?« fragte sie mit ruhiger, messerscharfer Stimme und schaute erst Evan an, und dann Sarah.

Sarah war totenbleich. Ihr Atem ging schnell und stoßweise.

»Also hast du die ganze Zeit über recht gehabt«, sagte Dallas gelassen. »Muß dir ja toll vorkommen, daß du so verdammt schlau bist. Oder wolltest du das hier sogar?«

Sarah schloß die Augen, sie konnte nichts mehr ertragen. »Ach, Dallas, nein.«

»Ach, Dallas, nein?« wiederholte Dallas und schleuderte beide Einkaufstüten durchs Zimmer. Sie barsten, und ihr Inhalt kullerte über den Boden. »Ach, Dallas, nein? Was zum Teufel soll ich damit anfangen? Du hattest recht, Sarah, du hattest so verdammt recht, daß es zum Himmel stinkt.«

Sarahs Augen sprachen Bände. »Bitte nicht...«

»Hör zu, Dallas.« Evan versuchte sich aufzurappeln.

»Halt's Maul«, knallte sie ihm hin. »Und steh auf, du Dreckskerl. Kannst du nicht mal die Pfoten von ihr lassen, wenn ich dir zuschaue?«

Schwankend kam Evan auf die Füße. »Dallas, entschuldige... ich hatte zuviel getrunken...«

»Drecksack, ekliger! Glaubst du vielleicht, ich weiß nicht,

wie oft du dir vorgemacht hast, daß sie an meiner Stelle wäre!« Ihre Stimme klang vor Schmerz heiser. »Scher dich hinaus!« Sie schlug nach ihm, und der Hieb brachte ihn zum Stolpern und ernüchterte ihn.

»In Ordnung.« Er sprach jetzt ruhig, aber seine Hand zitterte, als er sich durch die Haare fuhr. »Du solltest dich mal um Sarah kümmern. Ich glaube... ich habe sie verletzt.«

»Nein.« Sarahs Stimme überschlug sich, als sie langsam hochkam. »Laß mich.« Sie taumelte, und Evan wollte nach ihrem Arm greifen.

»Sarah...«

»Rühr mich nicht an!« schrie sie. Noch während sie ihn wegstieß, hielt sie fest die Bluse zusammen. Ohne einen Blick zurück ging sie zur Tür und fingerte an der Klinke herum, bis sie sie endlich aufbekam. Dallas sah ihr nach, bis die Wohnungstür ins Schloß fiel. Steif drehte sie sich zu Evan um.

»Hau ab.«

»Ich geh' schon«, sagte er mit einem Nicken, ging auch in Richtung Tür, blieb dort aber kurz stehen. »Ich werde dir jetzt etwas verraten, was du vielleicht nicht glaubst.« Er drehte sich um und schaute sie lange an; ihre hochgewachsene, gertenschlanke Figur, den wuscheligen Lockenschopf, die tiefliegenden rauchgrauen Augen. »Ich habe nie an eine andere Frau gedacht, wenn wir miteinander geschlafen haben. Weder an Sarah noch an eine andere.« Damit ging er hinaus und ließ sie allein.

22

Verdrossen saß Cassidy vor dem Stapel Vertragsunterlagen auf seinem Schreibtisch. Es ging ihm durch den Kopf – wie immer, wenn er sich mit liegengebliebenem Papierkram konfrontiert sah –, daß er sich niemals von Haladay zu einer solchen Führungsposition hätte beschwatzen lassen dürfen.

Führungskraft, grübelte er. Aufgemotztes Wort für Schreibstubenhengste. *Scheißeschaufler,* dachte er mit größerem Wohlbehagen. Max, du Mistkerl. Er stierte auf ein zehn Seiten langes Angebot, und als er den Ruf der Gegensprechanlage beantwortete, klang es wütend.

»Miß Lancaster würde Sie gerne sprechen«, kündete Mrs. Fitzwalter in ihrem gepflegten Tonfall an.

»Was zum Teufel macht sie denn hier?« fragte er. »Lassen Sie sie nicht warten! Schicken Sie sie rein.«

»Gewiß, Mr. Cassidy.«

Cassidy klemmte sich eine glimmende Zigarre zwischen die Zähne und schaute auf die Unterlagen.

Sarah trat ein und umarmte ihn stürmisch. Errötend und zugleich erfreut erwiderte er die Umarmung und klopfte ihr mit seiner dicken Hand auf die Schulter.

»Nun, Sarah Lancaster, willkommen daheim. Und jetzt lassen Sie sich mal anschauen.« Er schob sie an den Schultern ein wenig von sich weg und lächelte sie an. Dann hob er die buschigen roten Brauen. »Mädchen, Sie sind erschöpft. Was wollen Sie denn hier?«

»Mich nach Arbeit umschauen.«

»Gehen Sie nach Hause und legen Sie sich ins Bett.«

»Das habe ich schon probiert.« Sarah lächelte. »Ich brauche Arbeit, Cassidy.« Sie trat einen Schritt zurück und hob flehend die Hände. »Geben Sie mir Arbeit, irgend etwas.«

»Sie haben in dem Jahr, seit Sie hier arbeiten, noch keinen Urlaub genommen«, meinte er besorgt.

»Nächstes Jahr. Jetzt ist nicht der richtige Zeitpunkt dafür. Von mir aus ein Baumhaus, Cassidy«, fuhr sie fort. »Ganz egal, was.«

Er verschränkte die Arme vor der Brust und bemühte sich um einen unnachgiebigen Blick. »Ich habe keine Berichte über Probleme am Delacroix-Projekt bekommen.«

Sarah seufzte und ging zu seinem Reißbrett. »Beim Kulturzentrum läuft alles gut. Es ist mein Privatleben, das mir im Moment Schwierigkeiten bereitet.«

»Diesbezüglich scheint derzeit ziemlich viel los zu sein.« Mit zusammengekniffenen Augen musterte er ihr Gesicht. »Evan hat um eine Versetzung in das Büro in Houston gebeten.«

Sarah wandte sich ihm zu, sah die Frage kommen, wehrte sie aber ab. »Ich muß unbedingt arbeiten, Cassidy.«

Er runzelte die Stirn. »Sie wollen Arbeit?« Er nickte. Dann ging er zu seinem Schreibtisch und fing an, in seinen Unterlagen zu wühlen. Als er auf einen Ordner stieß, hielt er ihn hoch. »Sie sollen sie bekommen. Hier ist die ausführliche Beschreibung eines Bibliotheksprojekts auf dem Navajo-Reservat im Norden.« Er erwähnte nicht, daß er ernsthaft erwogen hatte, den Auftrag selber zu übernehmen. Es wäre eine Herausforderung für ihn gewesen.

»Super.«

Cassidy beobachtete, wie sie den Ordner aufklappte. »Byron wird bei dem Projekt der Ingenieur sein.« Er bemerkte ihr erschrockenes Zusammenzucken, legte es aber falsch aus. »Hin und wieder macht er sich die Hände schmutzig; und dieser Auftrag liegt ihm besonders am Herzen.«

»Ich verstehe.« Sarah erinnerte sich an ihren Schwur, Byron Lloyd für die nächsten sechs oder sieben Monate aus dem Weg zu gehen. Sie seufzte. Man kann nicht alles haben, dachte sie. »Ich fange gleich damit an«, erklärte sie Cassidy und ging zur Tür.

Am nächsten Tag hatte Sarah schon mehrere fundierte Konzepte im Kopf, und nach einer kurzen Besprechung mit Cassidy konnte sie es kaum erwarten, die ersten Zeichnungen zu Papier zu bringen.

Mugs blickte von ihrer Schreibmaschine hoch, als sich die doppelte Glastür öffnete und Sarah hereinkam.

»Guten Tag, Miß Lancaster. Ihr Mittagessen ist hier«, sie tippte auf eine weiße Papiertüte auf ihrem Schreibtisch, »und...«

»Hören Sie, Mugs«, unterbrach Sarah sie. »Stellen Sie bitte die nächsten paar Stunden nichts durch, sofern es nicht die nationale Sicherheit bedroht.« Sie stieß ihre Bürotür auf. Drinnen stand Maxwell Haladay und schaute finster auf ihren Dali-Druck.

»Was zum Teufel ist denn das für ein Geschmiere?«

»Ein surrealistisches«, antwortete sie und machte die Tür hinter sich zu. Sie lachte. »Möchten Sie auch etwas essen?«

Max warf einen flüchtigen Blick auf die Tüte. »Was haben Sie denn?«

»Kaviar ist mir gerade ausgegangen«, entschuldigte sie sich. Dann bedeutete sie ihm, Platz zu nehmen. »Wie wär's mit einem Vollkornbrötchen mit Thunfisch?« Sie hörte das verneinende Grunzen, als sie um ihren Schreibtisch ging. »Und es gibt noch Diät-Cola und ein Stück Rosinenkuchen«, bot sie mit einem schnellen Blick in die Tüte an. Das Grunzen steigerte sich von Verneinung zu Abscheu.

»Keine Essiggurken?«

»Leider nicht.«

Auf den ersten Blick konnte man leicht denken, daß Haladay eigentlich gesund aussehe. Er war braungebrannt, das Haar voll und von herrlichem Weiß, die Augen wachsam unter den dichten schwarzen Brauen. Doch Sarah schaute genauer hin. Sie entdeckte eine Magerkeit um seinen Hals, die vorher noch nicht dagewesen war, und tiefe Altersfalten. Sein Gesicht wirkte jetzt hagerer, nicht mehr so straff. Die Zeit hatte auch ihn am Wickel, dachte Sarah mit einem Stich von Mitleid.

»Nun ja, Sie können etwas essen oder mir beim Essen zuschauen«, sagte sie, als sie ihre Mahlzeit auf dem Schreibtisch ausbreitete. »Ich bin halb verhungert.« Sarah biß in die eine Hälfte des Brötchens, während sie die andere Haladay anbot. Er lehnte mit einer wedelnden Handbewegung ab.

»Ich habe schon vor fünfzig Jahren meinen Teil Thunfisch

gegessen.« Er lehnte sich zurück und beobachtete sie. Auch er bemerkte Veränderungen; eine Spur von kaum beherrschtem Kummer. »Byron hat mich wegen Lafitte angerufen. Er war ein guter Kerl.«

Sarah nickte.

»Wenn man lange auf Baustellen arbeitet, sieht man zwangsläufig Unfälle. Viele tüchtige Leute lassen ihr Leben auf dem Bau, Sarah, daran kann nichts auf dieser verfluchten Welt etwas ändern. Lassen Sie sich das von einem Mann sagen, der seit mehr als einem halben Jahrhundert in diesem Geschäft ist. Herrgott im Himmel.« Angesichts seiner eigenen Feststellung schüttelte er den Kopf. »Das ist ja viel zu lange.«

»Nicht für Sie«, erwiderte Sarah lächelnd.

Bei seinem Grinsen hob sich sein Schnurrbart. »Sie und Byron denken das gleiche.«

Auf ihrem Gesicht zeigte sich die Überraschung so deutlich, daß es fast komisch war. »Tatsächlich?« Sie legte die Stirn in Falten.

»Die Berichte über das Delacroix sind zum gegenwärtigen Zeitpunkt alle positiv«, begann er, da er ihr Stirnrunzeln bemerkte. »Es ist Ihnen gelungen, Byron zu beeindrucken – kein leichtes Unterfangen. Auch Bounnet berichtet nur Gutes.« Sarah biß von ihrem Brötchen ab, dennoch entging Haladay die leichte Veränderung ihres Teints nicht. »Ceseare äußert nichts als Lob über Sie.«

»Bekomme ich eine Gehaltserhöhung?« fragte Sarah mit vollem Mund.

»Fünftausend im Jahr.«

Vor Überraschung hob sie abrupt die Brauen. Schweigend beobachtete sie ihn, während sie kaute und schluckte. »Sie kleckern nicht gern, nicht wahr?« Ihr gefiel sein herzliches Lachen.

»Wenn ich Ihnen angenehme Bedingungen schaffe, dann juckt es Sie vielleicht nicht allzu bald, selbst was auf die Beine zu stellen.« Sein Lächeln verblaßte. »Junge Leute sind rastlos. Haben's viel zu eilig, sich selber was aufzubauen. Sie schauen nicht auf das Ende. Nicht einmal auf morgen. Sie als Architektin müssen an morgen denken.« Er schaute ihr plötzlich scharf in die Augen. »Das haben wir gemeinsam.«

Einen Moment ruhte sein Blick auf ihrem Gesicht. Irgend etwas daran verwirrte sie.

Die Skizzen für die Bibliothek hielten Sarah bis weit nach fünf Uhr in ihrem Büro. Ihr schossen die Ideen nur so im Kopf herum, und sie wollte sie unbedingt aufs Papier bringen.

Nächste Woche, dachte sie, fahre ich hoch und schaue mir das Grundstück an. Aber meine Ideen taugen etwas. Die Unterlippe zwischen die Zähne geklemmt, konzentrierte sie sich auf die Dachlinie. *So wird es gut.*

»Sarah.«

Sarah sog Luft ein, ließ den Bleistift fallen und wirbelte samt dem Stuhl herum. Dallas stand mitten im Zimmer, die großen, mageren Hände in den Taschen ihrer weißen Leinenhose vergraben. Sie sah zu, wie Sarahs überraschter Gesichtsausdruck wich, entdeckte aber weder die Wachsamkeit noch die Distanz, die sie eigentlich erwartet hatte. Tief Luft holend kam sie näher.

»Entschuldige, aber ich habe geklopft.« Dallas schüttelte den Kopf, da sie sich dabei ertappte, nicht weiter zu wissen. »Es tut mir leid.«

»Ist schon in Ordnung«, meinte Sarah, die den wahren Grund für die Entschuldigung erriet.

»Nein, nein.« Dallas machte noch einen Schritt auf Sarah zu, dann wandte sie sich ab. Sie bewegte sich ruckartig und unsicher. Schließlich zog sie die Hände aus den Taschen und umklammerte ihre Ellbogen. »Nein, es ist nicht in Ordnung. Ich habe Tage gebraucht, bis ich den Mut fand, dir gegenüberzutreten. Sarah, ich weiß nicht, wie ich um alles in der Welt nur solche Gedanken sagen konnte.« Sie drehte sich wieder zu Sarah um; ihre Augen waren weit geöffnet und schimmerten dunkel. Jetzt begannen die Tränen zu fließen. »Ich weiß nicht, warum ich mich so benommen habe.«

»Dallas...«

»Nein.« Sie schüttelte ungestüm den Kopf. »Herrgott, Sarah, ich wußte, daß du dich zu Tode geängstigt hast, ich wußte, daß dir dieser Mistkerl weh getan hatte, und trotzdem habe ich ... ach *Scheiße!*« Ungeduldig wischte sie sich die Tränen ab. »Ich wollte euch beide ohrfeigen. Ich konnte mich einfach nicht beherrschen, nicht einmal, als ich erkannte, was ich dir damit antat. O Gott.« Sie wandte sich wieder ab. »Ich kann es noch immer nicht fassen. Es war schlimmer, unendlich viel schlimmer als das, was Evan dir angetan hat, denn ich bin schließlich deine Freundin. Du müßtest dich doch auf mich verlassen können.« Sie setzte sich auf Sarahs Schreibtisch und stand sofort wieder auf, weil sie nicht ruhig bleiben konnte. »Ich kriege das nicht so hin, wie ich es eigentlich wollte.« Hilfeflehend schaute sie noch einmal Sarah an. »Sarah«, sagte sie aufseufzend, weil ihr schon wieder die Tränen kamen.

»Dallas, bitte.« Sarah rutschte von ihrem Hocker herunter und ging auf sie zu. »Du mußt gar nichts hinkriegen.«

»Nein, nein.« Dallas hob die Hand, um sie zu unterbrechen. Dann schlug sie sich die Hände vors Gesicht. »Warte eine Minute.« Sie wollte nicht aus Mitleid Vergebung finden, deshalb unterdrückte sie die Tränen und atmete tief durch. »Hör zu ...«, damit ließ sie die Hände sinken und schaute Sarah in die Augen. »Du hattest die ganze Zeit über recht, und ich wußte es schon vor Monaten. Aber ich konnte nicht aufhören. Ich war in ihn verliebt und habe die Dinge nicht mehr richtig wahrgenommen. So konnte ich mir ohne weiteres einreden, daß er mich auch lieben würde, wenn es dich nicht gäbe.« Sie raufte sich mit beiden Händen das Haar. »Es fiel mir nicht leicht, mit der Tatsache zu leben, daß du in allem recht gehabt hattest und daß Evan dich hundertmal mehr begehrte als mich. Die Worte, die ich dir an den Kopf warf, als ich in meine Wohnung kam, waren abscheulich. Die einzige Entschuldigung, die ich dafür habe, ist die, daß ich so verletzt war.« Sie schluckte schwer. »Es tut mir so leid, Sarah.«

Sarah schwieg einen Herzschlag lang. »Willst du etwas trinken?«

»Ja.« Dallas atmete bei diesem Wort mit einem Seufzer aus. »Gern.«

Sarah suchte in einem kleinen lackierten Schrank herum, ließ sich dabei Zeit und gewährte so Dallas die Distanz, die sie brauchte. Dann schenkte sie in zwei Gläser Wermut ein, während Dallas sich leise die Nase putzte. »Weißt du, was ich von Männern halte?« fragte Sarah, ehe sie durchs Zimmer ging und Dallas ein Glas anbot.

»Uh.« Dallas nahm einen so kräftigen Schluck Wermut, daß es sie schüttelte.

»Sie taugen nichts«, meinte Sarah freundlich, bevor auch sie trank. »Überhaupt nichts.«

»Ja«, pflichtete Dallas ihr bei und lächelte endlich. »Das kann man wohl sagen.«

»Natürlich kann sich diese Meinung jederzeit ändern.« Sarah erwiderte das Lächeln mit dem ihr eigenen Lächeln, das jeden Teil ihres Gesichts einzeln erfaßte. Dallas stiegen Tränen in die Augen. Sie stellte ihr Glas ab und umhalste Sarah stürmisch. »Ach, du meine Güte, was bin ich froh, daß du wieder hier bist. Ich freue mich ja so.«

»Du bist mir abgegangen«, meinte Sarah.

»Willkommen daheim«, murmelte Dallas, dann trat sie einen Schritt beiseite und suchte nach einem Taschentuch.

»Danke.«

Dallas holte tief Luft. »Ich habe mich gräßlich danebenbenommen.«

»Das ist komisch, ich mich nämlich auch. In Paris. Und zwar Männern gegenüber«, gestand Sarah und hob das Glas. »Diese widerlichen Mistkerle.«

Dallas nahm ihr Glas. »Sollen wir uns betrinken?«

»Ach nein.« Sarah schüttelte den Kopf. »Das habe ich in Paris auch gemacht.« Sie schaute ihr Glas an und zuckte mit den Schultern. »Es hat nicht viel geholfen.« Von Januel wollte sie jetzt noch nicht reden. »Weißt du, was du brauchst«, meinte sie plötzlich und richtete den Blick wieder auf Dallas. »Ein Date.«

Dallas ließ ein Mittelding zwischen Schnauben und Lachen hören. »Diese verfickten Männer«, sagte sie munter, dann schüttelte sie den Kopf. »Freudscher Versprecher. Das habe ich überhaupt nicht gemeint, eigentlich wollte ich verflixt sagen. Von nun an gelobe ich Enthaltsamkeit.«

»Wie viele Alternativen bleiben dir?« erinnerte Sarah sie, stellte das Glas ab und legte Dallas die Hände auf die Schultern. »Ornithologie würde dich ziemlich langweilen, und für

Football bist du zu dünn. Bleib bei dem, was du am besten kannst. Vergiß Evan.« Als Dallas widersprechen wollte, furchte Sarah die Stirn. »Und zwar völlig«, fügte sie hinzu.

»Vielleicht hast du recht.« Sie schaute Sarah einen Augenblick nachdenklich an. »Was war denn in Paris, Sarah?«

»Jetzt nicht.« Sie drückte Dallas an sich, ehe sie sie losließ. »Auch ich muß erst einmal ein paar Dinge verdauen.« Grinsend deutete sie auf das Reißbrett. »Ich stelle es nur anders an. Hör zu. Warum fahren wir nicht nächstes Wochenende nach Las Vegas? Du hast mir doch vorgeschwärmt, wie toll es dort zugeht. Das möchte ich mir mal anschauen. Wir gewinnen Unsummen von Geld, und ich kann zuschauen, wie du Männer aufgabelst.«

»Einverstanden.« Dallas stand lachend auf. »Ich kenne diesen Typ, der beim Blackjack gibt... er hat sich As und Pikbube auf die linke Backe tätowieren lassen. Pobacke natürlich.« Sie grinste über das ganze Gesicht. »Natürlich kann man das nicht sehen, wenn er seinen Smoking anhat.« Sie fuhr sich bei der Erinnerung mit der Zunge über die Lippen. »Weißt du, was ich mache?« fragte sie. Als sie sich umdrehte, lächelte Sarah sie an. »Ich rufe jetzt Dennis an und frage ihn, ob ich ihn nicht zum Essen ausführen kann. Zum Chinesen. Ich muß auch bei ihm eine Menge gutmachen.«

»Heb mir ein paar Rippenstücke und eine Frühlingsrolle auf. Ich esse sie dann zum Frühstück.«

»Genau. Soll ich dir noch etwas mitbringen? Vielleicht etwas süßsaures Schweinefleisch?«

»Aber keinen Reis.«

Auf dem Weg zur Tür drehte Dallas sich um. »Ich mag dich sehr gern, Sarah, wirklich.«

23

Kurz nach sieben stand Sarah vom Reißbrett auf. Die vorläufigen Entwürfe gefielen ihr. Sie räkelte sich, als sie den Stapel durchblätterte.

Schön, dachte sie befriedigt. Byron wird daran nichts auszusetzen finden. Er kann sie sich am Montag anschauen. Dann fahre ich zu dem Grundstück. Sollte nicht länger als einen halben Tag dauern. Noch einmal breitete sie die Zeichnungen aus und nickte erfreut. Sie sind wirklich sehr gut. Nach einem raschen Blick auf die Uhr nahm Sarah den Telefonhörer ab. Warum bis Montag warten? fragte sie sich. Er sitzt wahrscheinlich noch in seinem Büro. Mugs sagt doch, daß er für gewöhnlich lange arbeitet.

»Byron Lloyd.«

»Sarah Lancaster«, erwiderte sie sehr geschäftsmäßig und nahm auf ihrem Hocker eine aufrechte Haltung ein. »Ich habe gerade die ersten Entwürfe für die Bibliothek fertig und dachte, Sie wollen sie sich vielleicht über das Wochenende anschauen.«

»Das ging schnell!« sagte Byron. »Bringen Sie sie rauf. Ich würde sie mir gerne anschauen. Ich schicke Ihnen den Aufzug.«

»Bemühen Sie sich nicht. Ich kann doch den öffentlichen nehmen.«

»Ich bin nicht mehr in meinem Büro. Das Telefon wird nach Feierabend direkt in meine Wohnung durchgestellt. Sie können mit dem allgemeinen Aufzug nicht bis ins oberste Stockwerk fahren.«

Zum Teufel mit meinen spontanen Einfällen, dachte sie gallig. »Ich wollte Sie keinesfalls zu Hause stören, Byron. Das kann ruhig bis Montag warten. Ich...«

»Bringen Sie sie rauf.« Er schnitt ihr das Wort ab und legte sofort auf.

Sarah knallte den Hörer auf die Gabel. Während sie die Zeichnungen in eine Aktenmappe schob, erinnerte sie sich daran, daß es ihre Schuld war. Sie hätte doch bis Montag warten sollen.

Bringen Sie sie rauf, wiederholte sie für sich und schaute finster zu, wie die Zahlen über der Tür aufblitzten. Kein *Bitte* und *Danke* von Byron Lloyd. Und auch kein *Würde es Ihnen etwas ausmachen*. Warum auch eine Unterhaltung mit Umgangsformen überfrachten? Vergiß es, riet sie sich. Ich gebe ihm die Entwürfe und ziehe gleich wieder ab. Dann muß ich bis Montag nicht mehr an ihn denken.

Nachdem sie den Flur des obersten Stockwerks betreten hatte, ging Sarah in die angrenzende Halle. Ihre berufsmäßige Neugierde gewann die Oberhand. Sie mußte zugeben, daß sie sich schon öfter gefragt hatte, wie Byron Lloyd wohl lebte. Ihr gefiel der große, weite Raum zwischen dem Eingangsbereich und den Wohnräumen. Weil es keine Türen gab, wirkte er sehr großzügig. Keine Schranken, dachte sie. Ein Dachfenster neigte sich über ihr.

Byron sah sie hereinkommen und kam schweigend in einem bequemen Hausanzug auf sie zu. Sie wünschte sich insgeheim, daß er noch immer Jackett und Krawatte trüge. Dann würde er mehr nach Büroalltag ausschauen.

»Die Mappe.« Sie hielt sie ihm hin. »Die Zeichnungen sind alle drin.«

Byron nahm sie ihr ab und ging zum Sofa. Er öffnete die Mappe, ohne Sarah eines Blickes zu würdigen. »Schenken Sie sich doch etwas zu trinken ein.«

Angesichts seiner lässigen Gastfreundschaft hob Sarah die Brauen. »Nein, danke, Byron, ich kann wirklich nicht bleiben.«

»Dann gießen Sie mir einen ein, wenn Sie schon da sind.«

Sarah klappte zweimal den Mund auf und wieder zu, ehe sie sich wieder in den Griff bekam. Dann ging sie zu einer Bar aus Chrom und Leder, die eine ganze Wand einnahm. Die Regale vor der Spiegelwand waren bestens bestückt. Im Spiegel konnte Sarah Byron auf dem Sofa sitzen sehen. Sie nahm eine Flasche Bourbon herunter, entdeckte ein Glas und schenkte ein. Ohne die Flasche wieder an ihren Platz zurückzustellen, stolzierte sie zu Byron.

»Nur weil Sie so nett darum gebeten haben. Sie erinnern

sich doch, ich bin Architektin, keine Bardame.« Sie knallte ihm das Glas hin und schickte sich an zu gehen. Byron packte sie am Handgelenk und zog sie zu sich auf das Sofa.

»Sind Sie sauer, Sarah?«

»Haben Sie denn etwas getan«, erwiderte sie und versuchte, den Zorn in ihrer Stimme zu zügeln, »was mich möglicherweise hätte verärgern können? Von ihrer unverschämten Art einmal abgesehen.«

Als Antwort darauf lächelte er. In seine Augen trat eine Verwegenheit, die sie an ihm vorher noch nie wahrgenommen hatte.

»Ich gehe jetzt«, sagte sie schnell, doch als sie aufstand, hielt er sie noch immer am Handgelenk fest. Langsam erhob er sich auch.

»Nein«, verbesserte er sie. »Das machen Sie nicht.«

Er sah, wie sich ihr Gesichtsausdruck änderte – wie immer größere Wut in ihr aufstieg, je mehr sie seine Worte auf sich wirken ließ.

»Ich gehe heim, Byron. Die Bürozeit ist vorbei.«

»Aus eben diesem Grund gehen Sie nirgends hin. Diesmal nicht.« Er ließ die Hand von ihrem Handgelenk zu ihrer Taille gleiten und zog sie an sich. »Das hat nichts mit der Arbeit zu tun, sondern nur mit dir und mir, Sarah.«

»Sie haben kein Recht...«

»Mach deinen Knoten auf.«

»Scheren Sie sich zum Teufel.« Sarah stemmte sich gegen ihn, aber er zog sie noch näher heran. Lachend fuhr er ihr mit der freien Hand durchs Haar, wobei die Haarnadeln herausglitten. Schwer fiel ihr Haar herunter. Zornig warf sie den Kopf in den Nacken. »Niemand hält mich fest, wenn ich es nicht will.«

»Ich weiß.« Er legte auch den anderen Arm um sie.

Bei dem verzweifelten Versuch, sich zu befreien, geriet Sarah ins Stolpern, doch Byron fing die Bewegung ab. Mit einem überraschten Aufkeuchen klammerte sie sich an ihn, und beide fielen hin. Dabei nahm er sie schützend in die Arme, rollte sich dann aber sofort herum und legte sich auf sie. Außer Atem packte Sarah ihn an den Schultern. »Mistkerl«, brachte sie heraus, aber das klang bereits kraftlos.

Byron strich ihr das Haar aus dem Gesicht. Ihre Haut fühlte sich warm an. Er sah, wie in ihren Augen Verlangen mit Wut kämpfte. Sie begehrte ihn, und er wußte es.

Langsam, ihren Blick festhaltend, senkte er den Mund. Ihre Lippen waren seidenweich, Sarah verstärkte den Druck ihrer Finger auf seine Schultern, aber er ließ seinen Mund nur einen Hauch lang auf dem ihren verweilen, fuhr mit der Zunge die Kontur ihrer Lippen nach und wartete. Sie bebte, und sanft fing er ihre volle Unterlippe mit den Zähnen ein. Sarahs Augen verschleierten sich und ihre Lider flatterten, als sie aufstöhnte. Er hatte lange genug gewartet; nun küßte Byron sie voll.

Sie erfuhr, daß Begierde überwältigend sein konnte, klammerte sich an ihn, verzehrte sich nach ihm, zerrte an seinen Kleidern, wollte ihn unbedingt berühren, lieferte sich ganz diesem brennenden Verlangen aus. Schon lagen ihre Kleider neben ihr, und sie fingerte an seinem Gürtel, während er ihr Hemd und Slip auszog.

»Jetzt«, flüsterte sie, und ehe sie ihre Bitte noch einmal äußern konnte, war er schon in ihr.

Sie erreichte sofort den Höhepunkt – trieb auf einer Woge der Empfindungen dahin, die ihr den Atem raubte und klammerte sich nach Luft ringend an ihn. Dann lag sie erschöpft und benommen da.

Byron hatte das Gesicht in ihrem Haar vergraben. Sie konnte seine langen, tiefen Atemzüge hören. Obwohl er mit seinem ganzen Gewicht auf ihr ruhte, lag sie still da und kostete diese Empfindungen ganz aus.

Sein Herz dröhnte an dem ihren, sein Atem strich ihr warm über die Kehle. Der Teppich unter ihrem Rücken fühlte sich weich an, sein Körper auf ihr jedoch hart. Seine Haut war feucht wie die ihre. Sarah spürte, wie er das Gewicht verlagerte, als er den Kopf hob, um sie anzuschauen. Ihr eigener Blick war seltsam verschleiert.

Während er sie ansah, versuchte Byron, sich über seine Gefühle klar zu werden. Noch nie hatte er sich in diesem Ausmaß für eine Frau interessiert, hatte noch nie dieses völlige Aufgehen in einem anderen Menschen erfahren. Sarah legte ihm die Hand auf die Wange.

»So etwas habe ich noch nie erlebt.« Mit ihrem heiseren Flüstern entwaffnete sie ihn vollends.

Zum Teufel mit dieser Frau, dachte er und küßte sie wieder voller Leidenschaft. Obwohl sie ihm jetzt zu gehören schien, konnte er ihre Kraft spüren. Er hatte sich getäuscht, als er annahm, sie habe sich ihm hingegeben. Vielleicht, und das war reichlich verwunderlich, hatte vielmehr er sich ihr ausgeliefert. Nach dem Kuß lächelte Sarah ihn an. Byron rollte von ihr herunter, aber als sie sich aufsetzen wollte, legte er ihr die Hand auf die Schulter.

»Nein, ich möchte dich anschauen.«

Ihr Haar umgab sie wie ein Fächer. Ihr Mund war weich und ein wenig geschwollen, ihre Haut von seinen Liebkosungen rosig und warm.

»Herrlich«, murmelte Byron, dann schaute er ihr in die Augen und spürte ihre Antwort, als er mit den Händen den Weg beschritt, den seine Augen schon genommen hatten. Daß er sofort Widerhall fand, ließ ihn auflodern. Er wölbte die Hand über ihrer Brust, beugte sich dann hinunter, nahm ihre Brustwarze zwischen die Zähne und spürte, wie sie erschauderte. »Frühling«, sagte er und kostete ihren Duft aus. »Du riechst immer nach Frühling.« Er spürte, wie sie ihm über die Schultern streichelte und seinen Rücken liebkoste.

Ihre langen Künstlerinnenfinger verfingen sich in seinem Haar. Als er den Kopf hob, trafen sich ihre Blicke unmittelbar, schienen tief in den anderen einzudringen – nicht suchend, sondern voller Innigkeit. Er fragte sich, was sie sah, was sie wußte, und mit einer rein instinktiven Bewegung rückte er ab von ihr. Lächelnd zog ihn Sarah näher zu sich heran. Ihr Mund war auf dem seinen, noch ehe er einen Gedanken fassen konnte.

Er küßte sie langsam, leidenschaftlich, mit einer unerwarteten Sanftheit. Wieder und wieder trafen sich ihre Lippen, erforschten ihre Zungen den Mund des anderen. Er hielt die Hände ruhig, lenkte all sein Verlangen in den Kuß. Ihr Herz schlug schnell und gleichmäßig unter dem seinen, und so kosteten sie den Kuß lang und schwelgerisch aus.

Seine Mund begann, sich über ihre Wangen und geschlossenen Lider, über ihr Haar und die Ohren vorzutasten. Noch immer berührte er mit den Händen nur ihr Haar, während er die Lippen ihren Hals hinunterwandern ließ. Er spürte an ihrer Halsschlagader, wie ihr Puls zu rasen begann. Die untergehende Sonne verwandelte ihre Haut in Gold und warf lange Schatten im Zimmer. Sarah streichelte ihm den Rücken hinauf und hinunter und wunderte sich über die Wonnen, die er ihr allein mit seinem Mund schenken konnte.

Er fuhr mit der Erforschung ihres Körpers fort, glitt mit der Zunge langsam über ihre Brustwarzen und dann hinunter bis zur Taille.

Mit Zunge und Lippen streifte er über ihren Bauch und verweilte bei ihrem Haardreieck. Stöhnend klammerte sich Sarah an seine Schultern, aber er bewegte sich mit nahezu unerträglicher Langsamkeit.

Mit der Zungenspitze umrandete er ihr halbkreisförmiges Muttermal am Oberschenkel.

Sie hatte sich verloren und war sich nur ihrer wachsenden Wonnen und stürmischen Begierde bewußt. Nichts hatte sie je so weit getrieben. Niemand hatte ihr je gezeigt, wieviel es zu genießen gab.

Er beobachtete ihr Gesicht, als er in sie eindrang. Das dunkle Dämmerlicht schickte geheimnisvolle Schatten darüber.

Sie hatte die Augen geschlossen, ihre Lippen erbebten bei jedem Atemzug, als er sich in langen, ruhigen Stößen bewegte und sah, wie ein Ausdruck leidenschaftlicher Verzückung über ihr Gesicht huschte.

Bald verloren sie jede Kontrolle über sich. Er spürte, wie er in ihr ertrank, konnte es aber nicht verhindern, bewegte sich immer schneller und erstickte mit seinem Mund ihr Keuchen der Lust.

Zusammen bäumten sie sich auf und erreichten den Gipfel.

Danach waren sie beide erschöpft. Byron rollte von ihr herunter, wollte sich wieder lösen, aber Sarah machte die Bewegung mit.

Warm und weich kuschelte sie sich an ihn und küßte ihn auf die Schulter.

Er wandte ihr den Kopf zu und bemerkte, daß sie ihn anschaute. Ihre Augen rührten ihn an; ihre Offenheit, ihr Glück, ihre Wärme. Morgen würde er dann nachdenken, beschloß er. Heute wollte er sich von ihr erfüllen lassen. Er stand auf und hob Sarah hoch. Ihr Haar ergoß sich wie eine Schleppe unter ihr.

»Ich bringe dich in mein Bett«, sagte er und trug sie hinüber.

24

Byron erwachte aus tiefem Schlaf und war sofort hellwach. Das lebenslange zeitige Aufstehen hatte sowohl seinen Körper als auch seinen Geist ans unverzügliche Aufwachen gewöhnt. Sowie er die Augen öffnete, war er munter.

Sarah lag zusammengerollt auf der Seite. Ihr Kopf ruhte in seiner Schulterbeuge, die Hand hatte sie ihm lose auf die Brust gelegt, und er spürte ihren zarten Busen. Ihr Herzschlag ging so langsam und regelmäßig wie ihr Atem. Die Gefühle, die in ihm aufstiegen, beunruhigten ihn. Nie hätte er sich träumen lassen, daß sein Verlangen nach ihr so hartnäkkig sein könnte. Als sie seufzte, glitt ihr Atem ihm wie ein Hauch über die Brust. Er wollte sie, wollte ihre Begierde entfachen, noch bevor sie ganz wach war, wollte spüren, wie sie sich unter seinen Händen zu regen begann. Doch in seinem Ärger, daß eine lange Liebesnacht nicht genug gewesen war, hielt er sein Verlangen zurück, löste sich von Sarahs Körper und ihrem Haar und stand auf. Sie bewegte sich ein wenig und murmelte seinen Namen, ehe sie wieder ruhig lag. Fluchend ging er ins Bad.

Unter der Dusche dachte Byron darüber nach, daß er mit kunstfertigeren, abenteuerlustigeren, fordernderen Frauen geschlafen hatte – aber noch nie mit einer, die sich so hingegeben hatte. Sarah strahlte eine Offenheit aus, in der Gefahr lauerte, weil sie zu Offenheit als Gegenleistung verführte. Um die Dinge wieder im richtigen Blickwinkel zu sehen, war es seinem Gefühl nach nötig, zu Sarah auf Armeslänge Abstand zu halten. Ohne einen Ton zu sagen, forderte sie gefühlsmäßiges Engagement.

Als er ins Schlafzimmer zurückkam, hatte sich Sarah noch nicht bewegt. Sie lag ruhig auf der Seite, den Kopf nahe der Mulde, die er auf dem Kissen hinterlassen hatte. Im Schlaf wirkte ihr Gesicht friedlich. Auf ihrer bloßen Schulter entdeckte er blaue Flecken, die er selbst ihr beigebracht hatte. Sie riefen ihm ihre Zerbrechlichkeit ins Gedächtnis zurück, die er fortwährend vergaß. Stirnrunzelnd beugte er sich hinunter, um die Decke über sie zu ziehen. Ihre Wimpern flatterten, hoben sich, senkten sich und hoben sich wieder; dann schauten ihre dunkel schimmernden Augen ins Leere. Sie starrte ihn an oder durch ihn hindurch, ohne die geringste Veränderung im Ausdruck. Sarah war nicht sofort hellwach. Allmählich nahmen ihre Augen ihn wahr, dann wurde ihr Blick wärmer, noch bevor das Lächeln ihren Mund erreichte.

»Guten Morgen.« Ihre Stimme klang heiser.

»Es tut mir leid. Ich wollte dich nicht wecken.«

»Macht nichts.« Sie gähnte unbekümmert. »Ich brauche mindestens eine Stunde, bis ich halbwegs wach bin.« Sie streckte und räkelte sich unter der Bettdecke. »Ich bin darauf geeicht, am Samstag auszuschlafen. Bist du schon lange auf?«

»Nein.« Er schob die Hände in die Bademanteltaschen.

»Wie spät ist es?« Verwirrt suchte sie nach einer Uhr.

»Viertel nach sieben.«

Sie riß die Augen auf. »In der Früh?« Entsetzt wandte sie den Kopf zum Fenster, dann schaute sie Byron an. »Du lieber Himmel.« Sie hielt sich beide Hände vor den Mund und gähnte noch einmal.

»Möchtest du Kaffee, oder willst du den ganzen Tag im Bett liegen?«

Sarah setzte sich auf, wobei sie sich nicht die Mühe machte, die Decke hochzuziehen. Die Bewegung war völlig natürlich und unbefangen. Ihr Haar ergoß sich über Schultern und Rücken und fiel ihr über die Brust. »Du hast noch keinen gekocht, das würde ich riechen.«

Ihre Haut hob sich cremigweiß gegen die rehbraunen Haarmassen ab. Sie schlang ihm die Arme um den Hals und küßte ihn. Sofort erwiderte er begierig den Kuß und drückte sie an sich. Sein Hunger war noch immer nicht gestillt. Weil sie das fühlte, überraschte es Sarah, daß er zurückwich.

»Könntest du mir vielleicht einen Bademantel und eine Zahnbürste geben?« Ganz beiläufig fragte sie das und lächelte dabei.

»Vor oder nach dem Kaffee?«

»Vorher.« Er sah, wie sie an der Unterlippe nagte. »Aber vorzugsweise nahezu gleichzeitig, wenn's geht.«

Byron ging zum Kleiderschrank und holte einen dunkelblauen Bademantel heraus. »Zum Bad geht es da entlang«, ließ er sie wissen, als er ihr den Bademantel reichte. »Auf einem Bord im Arzneimittelschrank findest du eine Zahnbürste.« Er sah ihr zu, wie sie mit der einen Hand ihr Haar packte und es sich auf den Rücken warf, ehe sie den Bademantel zuknotete. »Ich setze inzwischen den Kaffee auf.«

Er benahm sich so höflich, bemerkte sie, als hätten sie zusammen den Fünf-Uhr-Tee getrunken und nicht eine leidenschaftliche Liebesnacht miteinander verbracht. »Danke«, brachte sie endlich heraus. Mit einem Nicken drehte er sich um und ließ sie allein.

Sarah war überrascht, wie sehr seine Distanziertheit sie verletzte. Männer, dachte sie kopfschüttelnd. Wenn sie je einen Mann wirklich gekannt hatte, dann Benedict. Sie ging ins Badezimmer und runzelte die Stirn, als sie sich in dem großen Spiegel über dem Waschtisch mit dem Doppelwaschbecken anschaute.

Natürlich war sie sich dessen bewußt, daß die Romantikerin in ihr auf Januel reagiert hatte, die Idealistin, die enttäuscht worden war. Und jetzt gab es da Byron. Oder treffender, dachte sie, als sie eine neue, noch verpackte Zahnbürste entdeckte, es gab Byron schon seit einiger Zeit. Es hatte keinen Sinn, die Tatsache zu leugnen, daß sie über ein Jahr lang an ihn gedacht hatte. Ihn über ein Jahr lang begehrt hatte.

Ich mache besser ein paar Schritte zurück, sinnierte Sarah. Meine Gefühle gewinnen wieder die Oberhand; das kann ich nicht zulassen. Er ist gefühlsmäßig nicht beteiligt. Sie band sich den Gürtel um die Taille und ging dem Kaffeeduft nach. Als sie die Küche betrat, goß Byron gerade den Kaffee ein.

»Ah, perfektes Timing.« Sarah lächelte und widerstand dem Drang, sich die linke Schläfe gegen den beginnenden Kopfschmerz zu massieren. Es war ein Streßsignal, das sie zu ignorieren versuchte.

Mitten im Raum befand sich eine Eßtheke, und Sarah setzte sich dort auf einen Hocker. Byron stellte ihr eine Tasse hin, blieb aber stehen, während er trank.

»Du hast hier oben ein nettes Plätzchen, Byron.« Sarah ließ den Blick im Zimmer umherschweifen, während sie sich Sahne in den Kaffee kippte. Sie trank, wobei sie die Tasse mit beiden Händen hielt. Die Bademantelärmel fielen ihr bis auf die Ellbogen hinunter. »Du bist ganz abgeschieden, kannst aber schnell im Büro sein. Natürlich«, sie sah ihn wieder an, »beinhaltet diese Annehmlichkeit sicher auch, daß du zu hart, zu lange und zu viel arbeitest.«

»Hast nicht du höchstpersönlich gestern kurz nach sieben von deinem Büro aus hier angerufen?«

Sarah grinste. »Aber ich kann auch faulenzen.« Sie warf ihm einen schnellen Blick zu. »Besonders am Wochenende. Für dich ist Nichtstun wahrscheinlich ein Fremdwort; du kannst es doch gar nicht genießen, auf der faulen Haut zu liegen.«

Ihm gefiel, wie sie aussah – wie sie mit ihren zarten Händen die Tasse hielt, wie sich ihr schlanker Körper in seinem Bademantel bewegte. Ihm gefiel ihr ungeschminktes Gesicht, das in der hellen Morgensonne so schön war, ihr noch von der Nacht zerwühltes Haar. Dabei lag in ihrer Anwesenheit eine Selbstverständlichkeit, die ihn fast erzürnte. Er drehte ihr den Rücken zu und ging zum Kühlschrank.

»Möchtest du etwas frühstücken?«

»Kannst du kochen? Ja, natürlich, keine Frage.« Lachend preßte sich Sarah die Finger an den drohenden Schmerz in der Schläfe. »Und zweifellos sehr gut. Im Vergleich dazu schmecken meine Frühlingsrollen und Steaks sicher geradezu erbärmlich.«

»Wie bitte?« Byron stellte einen Eierkarton auf die Theke, wobei er ihr wieder das Gesicht zuwandte.

»Das stand für heute früh auf meiner Speisekarte. Dallas wollte mir gestern abend ihre Reste vom Chinesen mitbringen.«

Byron kniff die Augen zusammen. »Hast du gestern abend gar nichts gegessen?«

»Mmm?« Kopfschüttelnd unterdrückte Sarah ein Gähnen. »Nein.«

»Und warum zum Teufel nicht?«

Sein scharfer Ton ließ sie aufhorchen. Sie begegnete seinem Blick mit einem kleinen Lächeln. »Ich hatte etwas Besseres zu tun.«

»Verflixt, Sarah, du hättest doch etwas sagen können.«

Sie lachte. »Ich habe gestern abend nicht eben viel ans Essen gedacht. Ach, schau doch nicht so finster, Byron. So schnell verhungere ich schon nicht.« Sie glitt vom Hocker und ging zum Herd, um sich noch Kaffee nachzuschenken.

Während dessen holte er Speck aus dem Kühlschrank.

»Byron, ich mag keine Eier.« Seufzend schaute sie sich in der Küche um. »Hast du vielleicht Erdnußbutter da?«

»Seit ich zwölf bin, nicht mehr.«

»Du warst nie zwölf.« Sie trug ihren Kaffee zur Theke. »Na schön, dann esse ich etwas Speck, aber die Eier darfst du allein genießen.«

Sarah sah ihm beim Kochen zu. Er hantierte sicher und gewandt. Der Speckgeruch vermischte sich mit dem Kaffeeduft. Als er eine Platte mit Speck und Eiern auf die Theke stellte, nahm sie sich eine knusprige Scheibe und biß geräuschvoll hinein.

»Mm, sehr gut hast du gekocht«, lobte sie ihn, als er noch Toast und Butter dazu stellte. »Ich bewundere alle, die eine komplette Mahlzeit ohne Pannen auf den Tisch bringen.« Sie knabberte an ihrem Toast. »Alles, was ich koche, schmeckt gleich«, fügte sie mit vollem Mund hinzu. »Fürchterlich.«

»Deshalb bist du so dünn.«

»Ich bin nicht dünn«, widersprach sie und nahm sich noch eine Scheibe Speck.

Byron hob lediglich eine Braue und legte sich selber auf.

»Schlank«, fuhr Sarah fort und fuchtelte mit der Speckscheibe, »das ist etwas völlig anderes als dünn. Mein Vater war dünn.« Bei dem Gedanken an ihn seufzte sie. »Dallas ist dünn.«

Byron hörte ihr zu, während er aß. Der Bademantel war am Hals aufgegangen und enthüllte Sarahs Brustansatz. Byron schenkte Kaffee nach. Er ärgerte sich über sich selber, weil er sie begehrte, und noch mehr über Sarah, weil sie ihn unabsichtlich erregte.

»Was passiert denn, wenn du mit einem Mann schläfst, der nicht gern kocht?« Byron erwartete eine wütende Reaktion. Aber er konnte ihrem Gesichtsausdruck nur entnehmen, daß er sie verblüfft und verletzt hatte. »Ich bezweifle, daß Bounnet ein großer Koch ist, aber schließlich gibt es ja den Zimmerservice.«

Sarah schaute ihm in die Augen. Unter ihren Rippen baute sich ein Druckgefühl auf. Die Kopfschmerzen waren jetzt mit voller Wucht da. »Das weiß ich nicht«, sagte sie ruhig. »Januel hat sich immer geweigert, die Nacht mit mir zu verbringen. Er hat meinen guten Ruf als Ausrede dafür benutzt. Wir beide wissen, daß ich dumm genug war, ihm das abzukaufen. Und ich war genauso dumm anzunehmen, daß uns beide, dich und mich, etwas miteinander verbindet.« Sie stand auf. »Wenn du nichts dagegen hast, würde ich gerne duschen, ehe ich gehe.«

Sarah ging ins Wohnzimmer und sammelte mit hastigen, fahrigen Bewegungen ihre Kleider zusammen. Als sie sich mit ihrem verkrumpelten Kleid und ihrer Unterwäsche in der Hand umdrehte, stieß sie mit Byron zusammen. Er packte sie am Arm, als sie abzurücken versuchte, und hielt mit der freien Hand ihr Kinn nach hinten. Er spürte, wie sie unter den Schluchzern, die sie verzweifelt in Schach zu halten versuchte, erbebte. Seine Schuldgefühle machten ihn nur noch wütender.

»Verdammt, laß mich los!« Sarah wehrte sich gegen seinen Griff und haßte sich dafür, daß er sie weinen sah. »Faß mich nicht an.«

»Hängst du noch immer an Bounnet?« wollte Byron wissen. »Brauchst du noch immer Blumen, Sarah, und Lügen?«

Sie hörte auf, sich zu wehren. »Er könnte bei dir Unterricht nehmen, Byron, wie man andere demütigt.«

Byron lockerte seinen Griff, worauf Sarah sich losriß. Schweigend sah er zu, wie sie aus dem Zimmer lief.

Sarah vergewisserte sich, daß sie alle Spuren ihrer Tränen beseitigt hatte, ehe sie ins Schlafzimmer zurück ging. Es herrschte absolute Stille, so daß sie beim Anziehen ihrer Jacke schon dachte, Byron sei gegangen. Das würde es erleichtern, fand sie, und hob sich ihr feuchtes Haar hinten über den Kragen. *O Gott.* Sie kniff kurz die Augen zusammen. Wie konnte ich das nur zulassen? Tief einatmend ging sie ins Wohnzimmer, um ihre Handtasche und ihre Schuhe zu holen.

Byron saß fertig angezogen in einem Sessel. In seinem rauchgrauen Anzug sah er gelassen und völlig entspannt aus. Er ähnelte kein bißchen dem Mann, der sie in der Nacht zuvor geliebt hatte. Einen Augenblick stand Sarah voll im Sonnenlicht, ehe sie sich abwandte, um in ihre Schuhe zu schlüpfen. Ohne ein Wort wollte sie in Richtung Halle gehen, da packte Byron sie an der Hand.

Sarah zuckte zurück.

»Ich fahre dich nach Hause.«

»Nein.« Sie versuchte, mit der freien Hand seinen Griff zu lösen. »Ich bin mit dem Auto da.«

»Und ich habe deine Schlüssel.« Er zog sie in den Aufzug, ehe sie etwas tun konnte.

»Wer gibt dir das Recht, in meiner Handtasche herumzuschnüffeln?« Wieder versuchte sie, ihm ihre Hand zu entziehen, wieder gelang es ihr nicht. »Gib mir meine Schlüssel und laß mich in Ruhe.«

Sie wandte sich ab und schaute stur geradeaus. *Ich werde mich nicht noch einmal erniedrigen, indem ich ihm eine Szene mache,* dachte sie. Sie gingen über den Parkplatz zu Sarahs Auto, wobei nur das Geräusch ihrer Schritte zu hören war.

Während der Fahrt zu ihrem Apartment schwieg Sarah. Es verschaffte ihr eine gewisse Befriedigung, daß Byron mit dem Taxi heimfahren mußte. Wenigstens eine kleine Unbequemlichkeit für ihn! Als er vor ihrem Haus parkte, hielt sie ihm die Hand mit der Handfläche nach oben hin und forderte so die Wohnungsschlüssel. Byron beachtete die Geste nicht, stieg aus und hakte sie auf dem Weg zur Haustür unter. Erst vor ihrer Wohnung zog er ihre Schlüssel aus der Hosentasche und sperrte auf. Sarah streckte die Hand nach den Schlüsseln aus, fand sich aber auf einmal zusammen mit Byron in ihrer Wohnung wieder. Er hielt noch immer die Schlüssel in der Hand.

»Ich glaube nicht, daß ich dich hereingebeten habe«, meinte sie. »Wir haben uns auf privater Ebene nichts zu sagen. Und die Bürozeiten beginnen am Montag um neun.«

Byron ließ sie los und fing an, ziellos im Zimmer auf und ab zu gehen. Irgend etwas an seiner Art, sich zu bewegen, versetzte Sarah in Alarmzustand. Da war wieder diese Verwegenheit.

»Pack ein paar Sachen«, befahl er beiläufig, während er eine delfterblaue Schale hochhob und musterte. »Nimm genug Sachen für zwei Wochen mit.«

Wütend riß ihm Sarah die Schale aus der Hand. »Was hast du vor? Mich nach Alaska zu verschiffen, damit ich dort Iglus entwerfe?«

Byron musterte ihr zorniges Gesicht. »Nein«, gab er ungerührt zurück. »Ich heirate dich.«

Sarah entglitt die Schale. Sie zerbarst auf dem Fußboden zwischen ihnen. »Du bist wohl übergeschnappt.«

Er runzelte die Stirn. »Wo ist dein Schlafzimmer?«

Sarah schüttelte wieder den Kopf.

Byrons Augen verengten sich. Wortlos ging er in den Flur und in ihr Schlafzimmer. Sarah folgte ihm und sah, wie er in ihrem Kleiderschrank herumstöberte.

»Was machst du da?« wollte sie wissen, lief zu ihm hin und zerrte ihn am Arm. »Was zum Teufel treibst du da?«

»Hier.« Byron zog ein elfenbeinfarbenes langärmeliges Kleid, das hochgeschlossen und am Ausschnitt mit Spitzen verziert war, aus dem Schrank. »Das müßte gehen.«

»Gehen – wozu?«

»Als Hochzeitskleid. Ich nehme doch an, daß du eines tragen möchtest.«

»Um Himmels willen, Byron, wovon redest du überhaupt?«

»Zieh es an.« Er warf das Kleid aufs Bett. Dann ging er wieder an den Schrank und suchte noch mehr Kleider heraus.

»Byron... du liebe Güte.« Ihr dröhnte der Schädel. Beide Hände an die Schläfen gepreßt, schaute sie zu, wie er Kleider aus ihrem Schrank nahm. »Hör auf. Hör auf damit!«

»Wenn nötig, ziehe ich dich an, Sarah, aber wahrscheinlich machst du das besser selbst.« Noch immer mit dem Rücken zu ihr, packt er sich Kleider über den Arm.

»Byron, du kannst doch nicht... du kannst doch nicht

einfach jemand zwingen, dich zu heiraten. Das ist doch absurd.«

»Und ob ich das kann.« Er warf die Kleider auf einen Stuhl.

»Warum?«

Mit einem Schritt hatte Byron sie an sich gerissen. Er schaute sie durchdringend an. »Ich will dich, und ich werde dich um alles in der Welt auch kriegen. Kein anderer Mann faßt dich mehr an.« Er ließ sie so unvermittelt los, daß sie ins Taumeln geriet. »Zieh dich um«, befahl er, während er eine Schublade aufzog.

»Nein.«

Er wirbelte herum, doch statt zurückzuweichen, ging sie auf ihn zu.

»Ich nehme außerhalb von Haladay keine Befehle von dir entgegen.«

»Jetzt schon.« Er schleuderte ihre Unterwäsche aufs Bett. »Entweder ziehst du dich um, oder du gehst so, wie du bist.«

»Du bist doch nicht dumm, Byron«, sagte sie ruhig, obwohl ihr die Knie zu zittern begannen. Sie hatte seine Launen schon früher erlebt, aber diesmal sah er aus, als könnte er einen Mord begehen. »Du weißt sehr wohl, daß ich mich nicht umziehe, bloß weil du einen Koller hast.«

»Sarah...« Er packte sie an beiden Armen, merkte aber, daß er in seinem Zorn und Gefühlsaufruhr kein Wort über die Lippen bringen würde.

»Was willst du jetzt machen, mich schlagen? Ist das dein letztes Mittel, wenn Gebrüll und Einschüchterungen nicht wirken?« Sie stemmte ihm beide Hände auf die Brust und stieß ihn weg. Jetzt war sie genauso wütend wie er. In ihr baute sich etwas auf, das sie sich nicht eingestehen wollte. »Heute früh benimmst du dich so mies, daß ich mir schäbig vorkomme. Und jetzt erwartest du, daß ich in ein Kleid schlüpfe, losrenne und dich heirate. Nein, Byron, du bist nicht dumm. Du bist schlicht und einfach verrückt.«

»Ich sagte«, seine Stimme klang eiskalt vor Beherrschung, »daß ich dich heiraten werde.«

»Warum?«

»Zieh dich um, Sarah.« Er mußte die Hände zu Fäusten ballen, um nicht Hand an sie zu legen.

»Ich habe dich nach dem Grund gefragt.«

»Weil ich dich will.«

»Das reicht nicht.« Ihr Ärger verrauchte zum Teil. Stattdessen wuchs in ihr Furcht – nicht Furcht vor ihm, sondern vor dem, was sich in ihr abspielte. »Du hast mich letzte Nacht gehabt«, fuhr sie fort. »Heute morgen schienst du nicht sehr erbaut darüber.«

Byron drehte sich um. Er bemühte sich verzweifelt um Selbstbeherrschung. »Dränge mich nicht, Sarah!«

»*Dich* drängen?« schleuderte sie ihm entgegen. Diesmal ging sie zu ihm hin und packte ihn am Arm. »*Dich* drängen? Du Scheißkerl! Du stehst hier und traust dich, mir das zu sagen, nachdem du mir befohlen hast, dich zu heiraten? Du fragst mich nicht, ob ich dich überhaupt heiraten will, du fragst nicht nach meinen Gefühlen!«

»Deine Gefühle interessieren mich nicht.« Sie hielten einander jetzt fest, beide zitterten vor Wut – und vor etwas anderem. »Ich weiß, was *ich* fühle.«

»Dann sag's mir doch!« verlangte sie von ihm und zerrte mit beiden Händen an seinem Jackett. Er schaute sie hitzig an.

»Sag's mir!«

»Ich bin in dich verliebt, verdammt.«

Danach herrschte Schweigen. Verblüfft starrten sie einander an. Sarah ließ sehr langsam sein Jackett los und trat einen Schritt zurück. Sie fühlte sich, als ob sie kilometerweit gerannt wäre – atemlos, benommen, aufgeregt.

»Um Himmels willen«, brachte sie heraus. »Du meinst das ja im Ernst.«

»Mir paßt es überhaupt nicht.« Seine Stimme klang alles andere als beherrscht. »Ich sage dir das jetzt gleich. Mir behagt das gar nicht.«

»Nein.« Sie lachte, aber es klang benommen. »Nein, das ist mir klar.«

»Ich wollte dich von Anfang an.«

»Das weiß ich.« Die Benommenheit schwand allmählich. Jetzt kam der Schrecken. Wie lange hatte sie darauf gewartet, ohne sich dessen bewußt zu sein?

»Als ich nach Paris kam und dich wiedersah, wußte ich...

da wußte ich, daß es mehr war als bloßes Begehren, aber ich wollte es nicht zulassen.«

»Das willst du noch immer nicht.«

»Nein, ich möchte nicht in dich verliebt sein.« Er streckte die Hand aus, um ihr über das Haar zu streichen. Dann verkrampften sich seine Finger fast darin. »Aber ich bin's.«

»Möchtest du gern wissen, was ich fühle?«

»Nein«, antwortete er schnell, und wieder trat Wut in seine Augen. »Ich habe dir schon gesagt, das ist mir egal.«

»Aber mir nicht, und ich bin ebenso egoistisch wie du, Byron.« Sarah hob die Hand, als er sie unterbrechen wollte. »Nein, das mußt du dir jetzt anhören, und dann mußt du dich damit auseinandersetzen.« Sie rückte von ihm ab, ehe sie weiter sprach. »Ich wollte Januel heiraten, weil ich auf einmal erkannte, daß ich mich nach einer Familie, einem Zuhause sehnte. Ich war nicht in ihn verliebt, wäre es aber gern gewesen. Zumindest wollte ich in den Mann verliebt sein, für den ich ihn hielt.«

»Ich will nichts von Bounnet hören, Sarah«, sagte Byron gefährlich ruhig.

»Das hat nichts mit Januel zu tun, Byron«, gab sie zurück, »sondern mit mir. Ich habe gelernt, daß Liebe wesentlich mehr heißt als nur Romantik. Obwohl ich vermutlich auch in Zukunft ab und zu ein paar liebevolle Worte gern hören werde. Ich wünsche mir noch immer ein Zuhause und eine Familie. Nach der Liebe ist das für mich der wichtigste Grund zum Heiraten. Und...«, sie hielt inne, während sie einen Schritt auf ihn zu machte. »Ich habe mir nach Januel geschworen, nie einen Mann zu heiraten, den ich nicht liebe.«

»Sarah...« Byron packte sie wieder an den Armen, er platzte fast.

»Ich hätte gern, daß du deine anfängliche Frage jetzt neu formulierst«, sagte sie gelassen zu ihm.

Er starrte sie an und mußte sich dazu zwingen, seinen Griff zu lockern. Wer zum Teufel war sie denn, daß er sich ihretwegen wie ein tölpelhafter Halbwüchsiger vorkam? Es gab Dutzende von Frauen, die... Byron unterbrach sich selber. Er wußte, es gab keine andere Frau. Es gab nur Sarah.

»Willst du mich heiraten, Sarah?« fragte er sie. Dann sah er ihr Lächeln, ehe sie ihn an sich zog.

Mit einer Hand tastete Dallas nach dem klingelnden Telefon, wobei sie die Augen fest geschlossen hielt. Das Telefon krachte auf den Boden, aber es gelang ihr, den Hörer festzuhalten.

Neben ihr grummelte Dennis undeutlich.

»Mhm«, hauchte Dallas in den Hörer, während sie sich wieder in die Kissen zurücklegte.

»Dallas, ich bin's, Sarah.«

»Mhmmm.« Sie wischte sich die Haare aus dem Gesicht und döste bereits wieder ein.

»Dallas, wach auf. Es ist wichtig.«

»Ja, ja.« Gehorsam öffnete Dallas die Augen und stierte mit glasigem Blick ins Zimmer. »Ich bin wach. Willst du dein Frühstück? Wie spät ist es denn?«

»Ungefähr halb elf, denke ich.«

»Ach, verdammter Mist.« Dallas verdrehte die Augen. »Du kannst dein Frühstück zum Mittagessen haben. Ich habe nur drei Stunden geschlafen. Ruf mich später noch mal an.«

»Nein, Dallas, leg nicht auf!« Sarah seufzte enttäuscht. »Ich bin in Las Vegas.«

»Vegas«, murmelte Dallas. »Ich dachte, das wäre erst nächstes Wochenende. Wir sind doch noch gar nicht nach Vegas gefahren.«

»Nein, *ich bin* in Las Vegas.« Sarah veränderte ihre Haltung in der Telefonzelle.

Das Geklacke der Slot-Maschinen drang durch das Glas. »Dallas, hör zu. Ja?«

»Jaah.« Dallas gähnte.

»Ich heirate in einer Viertelstunde.«

»Okay.« Als sie mit Gähnen fertig war, klappten Dallas' Augen weit auf. »*Was?*« Sie kam mühsam hoch, wobei sie Dennis verärgerte, weil sie ihm die Decke vom Rücken zog. Brummend drehte er sich um.

Dallas schüttelte den Kopf, um klarer denken zu können. »Was hast du gesagt?«

»Ich sagte, ich heirate in ungefähr einer Viertelstunde. In einer von diesen Ruckzuck-Traukapellen. Ich glaube, es gibt sogar ein Fenster für Trauungen vom Auto aus.«

»Du veralberst mich doch. Heiraten? In Las Vegas?«

»Ich stehe in einer Telefonzelle vor dem MGM-Casino«, sagte Sarah. »Ich wollte es dich nur noch wissen lassen, ehe...«

»Sarah, wen denn? Wen in aller Welt heiratest du in der Drive-In-Kapelle um halb elf am Samstagmorgen?«

Sarah rückte sich die Hutkrempe zurecht. »Byron Lloyd.«

»Ach, du große Scheiße.«

»Tja, ich wußte, daß dich das freuen würde.«

»Wann? Wie?« Dallas raufte sich die Haare. »Himmel noch mal, Sarah, sag doch was.«

»Das ist alles ganz schnell gegangen«, setzte Sarah an. »Erst heute morgen, ehrlich. Ich erzähl dir alles ganz genau, wenn ich mehr Zeit habe. Ich wollte nur nicht, daß du dir Sorgen machst. Ich werde ein paar Wochen verreist sein.«

»Aber, Sarah, ich wußte nicht mal, daß du dich mit ihm triffst...«

»Hab' ich auch nicht, nicht wirklich. Ach, Dallas, es ist alles so verflixt kompliziert. Es ist einfach *passiert.*« Sie spähte aus der Telefonzelle, aber Byron war noch nicht zu sehen. »Bitte, wünsch mir alles Gute oder gratulier mir oder was immer man jemandem vor seiner Hochzeit wünscht. Ich habe fürchterlich Schiß.«

»Ja, natürlich tu ich das.« Dallas setzte sich anders hin, entdeckte einen von Dennis' Socken unter sich und warf ihn auf den Boden. »Aber willst du das denn auch? Ist alles mit dir in Ordnung?«

»Ja, ich will es wirklich. Nein, mit mir ist nicht alles in Ordnung. Ich war noch nie in meinem Leben so aufgeregt. Es ist lächerlich, aber ich komme mir vor wie eine achtzehnjährige Jungfrau.«

»Sarah.« Dallas senkte die fuchsfarbenen Brauen. »Bist du in ihn verliebt?«

»Ach, du liebe Güte, ja.«

Dallas' Gesichtsausdruck hellte sich auf. »Toll. Ich kann's nicht glauben.«

»Ich auch nicht. Ich muß jetzt los. Die schleusen die Brautpaare bestimmt so flott durch wie Colaflaschen in der Fabrik.«

Dallas merkte, wie ihr die Tränen in die Augen stiegen, und seufzte. »Alles Gute, Sarah. Und viel Glück.«

Sarah lächelte, weil sie Byron entdeckte. »Ich werde mein Bestes tun.«

25

Die Wüste war unermeßlich viel größer als in Sarahs Vorstellung. Hier wuchsen vielarmige, haushohe Riesenkakteen und grotesk anmutende buschige Opuntien. Habichte flogen durch die Lüfte, und obwohl Sarah sie nicht sehen konnte, wußte sie, daß auch alle möglichen Schlangen und Eidechsen hier lebten. Die Wüste erwies sich zudem so farbenprächtig, wie sie es nie erwartet hätte: sie sah Braun und Gold, Weiß und Grau in allen Schattierungen zusammen mit den Gelb- und Grüntönen der Kakteen. Tafelland erstreckte sich in weite Ferne, Spitzkuppen und Kammlinien in wundervoll variierten Formen ragten auf. Felssäulen schienen sich aus dem Nichts zu erheben, in einen Himmel vorzustoßen, der so unglaublich blau war, daß er hätte gemalt sein können. Die Luft war knochentrocken. Sarah saß einfach da und ließ die Eindrücke auf sich wirken, während Byron den Wagen Richtung Norden lenkte.

Fünf Minuten, ein Formular, ein paar Worte und Barzahlung. Kreditkarten willkommen. Sarah war verblüfft, daß es so wenig gebraucht hatte, sich rechtmäßig mit dem Mann neben ihr zu verbinden. Sie schaute auf den Ring an ihrem Finger. Auch das war eine Überraschung. Ein schmaler Silberring, dicht besetzt mit Diamanten und Smaragden. Sie hatte nicht damit gerechnet, daß Byron sich die Zeit nehmen würde, irgend etwas Aufwendigeres als einen einfachen Goldreif zu kaufen.

Jetzt fuhren sie nach Nordosten. Sie würden zwei Wochen in Byrons Haus am Rande des Navajo-Reservats verbringen. Sarah erschien der Gedanke, daß Byron ein Haus besaß, verwunderlich. Das Penthouse mit seiner kühlen, stilvollen Einrichtung konnte sie leicht akzeptieren, aber ein Zuhause in der Wüste, fernab von der Großstadt, war schon schwierig vorstellbar. Andererseits hatte sie selber oft gedacht, wie viele verschiedene Facetten Byron Lloyd aufzuweisen hatte. Sie fuhr mit dem Daumen über ihren Ehering und seufzte.

»Müde?« fragte Byron und schaute kurz von der Landstraße zu ihr hinüber.

Lächelnd drehte sich Sarah auf ihrem Sitz zu ihm herum. »Nein.« Er hatte Jackett und Krawatte abgelegt und sich die Ärmel bis zum Ellbogen hochgekrempelt. Sie konnte beim Lenken das Muskelspiel an seinen Unterarmen beobachten. »Es erscheint mir so unwirklich.« Sie hob den Maiglöckchenstrauß und atmete seinen Duft ein, dann lächelte sie wieder. »Die Blumen sind allerdings echt.«

»Sie passen zu dir.« Byron schaute wieder zu ihr hinüber und beobachtete, wie sie das Gesicht in den kleinen Blüten vergrub. Er erinnerte sich an ihren gleichermaßen erstaunten wie erfreuten Gesichtsausdruck, als er ihr den Strauß überreicht hatte.

Er würde sich immer so an sie erinnern können – an ihre warmen, lebendigen Augen zwischen dem Maiglöckchengesteck und ihrem schulmädchenhaften Strohhut. »Ich habe mich noch gar nicht für den Ring bedankt.« Sie legte sich die Blumen auf den Schoß. »Ich war ganz verdutzt, als ich hinunterschaute und ihn an meinem Finger entdeckte. Er ist wunderschön.« Sie schaute ihn mit gespreizten Fingern wieder an. »Wie du nur die richtige Größe herausgefunden hast?«

»Ich kenne deine Hände ziemlich gut.«

Neugierig hob sie eine Augenbraue, als sie ihm das Gesicht zuwandte. »Wirklich?«

»Sie sind schmal, sehr zartgliedrig, und unter der Haut schimmern ganz leicht die Adern durch. Du hast lange, sehr schlanke Finger mit kurzgeschnittenen, rund gefeilten, unlackierten Nägeln. Die Hände einer Nonne oder einer Malerin.«

Stirnrunzelnd musterte Sarah ihre Hände. »Wie seltsam«, murmelte sie, ehe sie ihn wieder anschaute. »Ich hätte nie gedacht, daß du so etwas wahrnimmst.«

»Ich habe alles an dir wahrgenommen.«

Sarah schaute ihn noch ein wenig länger aufmerksam an, ehe sie sich zurücklehnte. »Weißt du, Byron, das alles erscheint mir so unwirklich. Vor vierundzwanzig Stunden hatte bestimmt keiner von uns eine Ahnung, was wir heute machen würden. Dallas hat es umgehauen, als ich ihr es erzählt habe. Ich glaube, allen anderen wird es genauso gehen.«

»Das sollte dich nicht weiter stören«, kommentierte Byron trocken.

»Nein, ich verblüffe die Leute gern. Was wohl Max dazu meint?« Sie drehte den Kopf wieder zu Byron hin. »Ob er es wohl gutheißt, was meinst du?«

»Warum sollte er denn nicht?«

»Du bedeutest ihm sehr viel«, erwiderte sie. »Vielleicht ist er verstimmt, daß du nicht mit ihm darüber geredet hast.«

»Ich bespreche nicht alles mit Max.«

»Nein, wohl nicht. Trotzdem, glaube ich, wird er etwas dazu zu sagen haben, daß wir durchgebrannt sind. So wird es jedenfalls in den Zeitungen stehen, wenn die Presse erst einmal Wind davon bekommt. ›Haladay-Vizevorstandsvorsitzender brennt mit Architektin durch.‹« Sarah lachte. »Das kommt davon, wenn man eine so wichtige Persönlichkeit ist.«

»Und wenn man eine heiratet?«

»Ich bin noch nicht bedeutend«, stritt Sarah ungerührt ab. »Erst nächstes Jahr. Ach, Byron, schau mal, diese Farbenpracht!«

Im Osten ragte eine Felsenkulisse empor, doch davor erstreckte sich die Wüste in einem beeindruckenden Farbenspiel. Rot dominierte, aber es mischten sich auch Schattierungen von Rosa, Purpur, Grau, Weiß und Braun mit hinein. Dank der völlig klaren Luft konnte man kilometerweit sehen. In einiger Entfernung entdeckte Sarah eine Ansammlung von Häusern.

»Du solltest das mal im Frühling anschauen«, meinte Byron und lenkte so ihre Aufmerksamkeit wieder auf sich.

»Was?«

»Die Wüste im Frühling«, erklärte er. »Dann wachsen unglaublich schöne Blumen. Mohnblumen wuchern um hohe Kakteen, Wüstenringelblumen, Kakteenblüten aller Art. Ich habe weiße Primeln so üppig auf Sanddünen wachsen sehen, als hätte sie jemand irrtümlich fallen lassen.«

»Kaum zu glauben«, murmelte Sarah. »Kommst du oft hierher.«

»Alle paar Monate.«

Nicht oft genug, ging es Sarah auf einmal durch den Kopf. Nein, nicht oft genug. Irgend etwas hier tut ihm gut, aber er vergißt es dann wieder für lange Zeit.

Die Ansammlung von Häusern entpuppte sich als ein in Sarahs Augen idyllisches Städtchen. Es gab einen Imbißwagen mit einem großen Glasfenster, eine Tankstelle mit zwei Zapfsäulen, wo sie blecherne Countrymusik aus einem Kofferradio scheppern hörte, und einen Krämer mit einem großen Holzschild als Reklametafel. Hier parkte Byron das Auto.

»Wir brauchen noch das eine oder andere...«, meinte er.

Sarah war schon ausgestiegen und schaute sich um.

»Die Stadt liegt ja völlig einsam«, sagte sie, als Byron sich ihr anschloß. »Sieht so aus, als gäbe es sie schon ewig. Die Sonne hat allen Häusern denselben staubiggrauen Farbton verpaßt.«

»Komm mit hinein.« Er nahm sie bei der Hand. »Du solltest nicht so lang in der Sonne stehen.«

Als Byron die Tür aufstieß, quietschte es erst, dann bimmelten Glöckchen. Drinnen verquirlten Ventilatoren die Luft und konnten so einer fauchenden Fensterklimaanlage ein wenig Unterstützung angedeihen lassen. Hinter der Verkaufstheke saß ein nußbrauner, klapperdürrer Mann in mittleren Jahren. Er rauchte eine selbstgedrehte Zigarette und las den Sportteil einer Tageszeitung aus Phoenix. Als er Byron sah, veränderte sich sein Gesichtsausdruck.

»Na«, sagte er und zog nachdenklich an seiner Zigarette.

»Tag, Deerfoot.« Byron ging zu ihm hinüber.

»Wie lang bleibt ihr?« Diese Frage stellte er, während er den Blick zu Sarah wandern ließ. Sie lächelte, weil sie die widerwillige Zuneigung spürte, die er Byron entgegenbrachte. Durch eine Rauchwolke beobachtete er sie.

»Ein paar Wochen.« Byron registrierte die wortlose Kommunikation zwischen seiner Frau und Deerfoot, sagte aber nichts. »Wir werden ein paar Sachen brauchen.«

Deerfoot kratzte sich an der Oberlippe und setzte sich bequemer auf seinem Hocker zurecht. »Du weißt ja, wo alles steht«, meinte er. »Hat sich nichts verändert.«

Sarah wartete, bis Byron außer Hörweite war, dann ging

sie zur Theke. »Haben Sie auch Erdnußbutterkekse?« fragte sie mit gedämpfter Stimme. »Ich bin am Verhungern.«

»Dritter Gang hinunter, auf der rechten Seite, oberstes Regal.«

Sie zwinkerte ihm zu. »Auch als Großpackung?«

Sein Grinsen empfand sie als endgültigen Sieg. »Mhm.«

»Ich heiße Sarah«, sagte sie und streckte ihm die Hand hin.

Deerfoot stand auf und wischte sich die Hand am Hosenboden ab, ehe er einschlug. »John Deerfoot, Madam.«

»Freut mich, Sie kennenzulernen, Mr. Deerfoot.«

Der Laden war vielleicht sieben mal neun Meter groß und bis auf den kleinsten Winkel mit Waren vollgestopft. Es gab Töpfe und Pfannen, Kerosinlampen, Jagdmesser, handbemalte Blumenübertöpfe, Glühbirnen, Briefpapier, Nähfaden, Haarnadeln und nach Sarahs Dafürhalten alles nur sonst Erdenkliche. Dazu noch alle mögliche Dosennahrung, Textilien sowie Milchprodukte, Bier und Erfrischungsgetränke im Kühlschrank. Sie schaute Byron zu, wie er einen Karton Eier, einen Liter Milch und ein Pfund Butter anbrachte.

»Ich mag Traubennektar ziemlich gern«, wagte sich Sarah vor, die einen Karton durch das Glas eines Regals erspähte.

»Dann bedien dich doch.«

»Weißt du, Byron«, setzte sie an, als sie die Regaltür aufschob, »wir haben den häuslichen Aspekt unserer Beziehung noch nicht erörtert.«

Er schaute sie an, wie sie einen Karton Saft herausnahm. »Wir werden uns wohl durchwursteln.«

Lachend warf sie ihm einen schnellen Blick zu.

Deerfoot tippte die Waren ein und verpackte sie dann in Tüten. Als er zu Sarahs Keksen kam, reichte er sie ihr. »Die sind gratis«, sagte er und freute sich über ihr Lächeln.

»Danke schön, Mr. Deerfoot.«

Als die Registrierkasse Byrons Wechselgeld anzeigte, redete Deerfoot mit Byron leise in einer kehligen Sprache, die Sarah für Navajo hielt. Byron antwortete kurz und hob die Tüten hoch. Als sie beim Auto ankamen, wandte er sich ihr zu.

»Wie schaffst du es nur, auf Anhieb alle Männer zu betören?«

»Tu ich das denn?« Lächelnd öffnete sie die Tür, damit er die Einkäufe auf dem Rücksitz verstauen konnte.

»Das weißt du doch ganz genau.« Er faßte sie unter dem Kinn und schaute sie an. »Deerfoot hat gemeint, dein Lächeln wäre mehr wert als alles Gold in den Bergen.«

»Wirklich?« Sarah schaute gerührt zur Ladenfront zurück. »Das war aber furchtbar nett. Und was hast du darauf geantwortet?«

Byron sah sie kurz an, dann zeichnete er ihr mit dem Daumen die Kinnpartie nach. »Daß manches nicht mit Gold aufzuwiegen ist.« Er bemerkte, wie sich der Ausdruck ihrer Augen veränderte, wie das Grün dunkler wurde, eine andere Schattierung annahm – ein deutliches Zeichen für ihre Gefühlsaufwallung. Er beugte sich zu ihr und gab ihr einen Kuß, den sie willig erwiderte.

Gleich darauf schossen sie den schmalen, zweispurigen Highway hinunter. Trockene Wüstenluft brauste durch die Fenster herein. »Willst du einen?« fragte Sarah, als sie ihre Kekspackung aufbrach.

»Nicht ohne Milch.«

»Wir haben Traubennektar«, erinnerte sie ihn und angelte eine Flasche vom Rücksitz.

»Das«, meinte er im Brustton der Überzeugung, »ist ein widerliches Zeug.«

»Nein, es schmeckt wirklich ziemlich gut.« Wie zum Beweis spülte Sarah einen halben Keks mit einem großzügigen Schluck hinunter. »Und es ist vor allem ein absolut einzigartiges Hochzeitsmahl.«

Byron warf einen zweifelnden Blick auf die Kekspackung und den Traubennektar. »Vermutlich hätte ich anhalten sollen, um dich zu füttern.«

»Ich bin schließlich kein Pferd«, erklärte sie und hielt ihm die Flasche hin; nach kurzem Zögern nahm er sie. Schließlich hatten sie eine lange Fahrt im heißen Auto hinter sich. Sarah grinste bei seinem Gesichtsausdruck, nachdem er getrunken hatte, enthielt sich aber jeden Kommentars. »Ist es noch weit?«

»Ungefähr eineinhalb Kilometer.« Byron gab ihr die Flasche wieder zurück.

»Du bist hier in der Nähe aufgewachsen, nicht wahr?«

»Auf dem Reservat. Meine Mutter ist dort Lehrerin.«

Nicht die Information an sich überraschte sie, sondern die Tatsache, daß er freiwillig damit herausgerückt war. Sie kannte seine Wortkargheit, was diesen Lebensabschnitt betraf, der mit dem sie jetzt umgebenden Land verbunden war. Sarah zerkaute geräuschvoll einen Keks, während sie Byrons Profil betrachtete. »Was unterrichtet sie denn?«

»Englisch. Sie hat sich auf englische Literatur spezialisiert.«

»Ach, dann hat sie dich also nach Lord Byron benannt.« Sarah nahm noch einen ordentlichen Schluck Traubennektar. »Ich habe mich deswegen schon gewundert. Liegt das Grundstück für die Bibliothek weit von hier weg?«

»Etwa fünfzehn Kilometer weiter nördlich.«

»Und das hier...« Das Haus, dem sie sich näherten, fesselte ihre Aufmerksamkeit.

Weiß, kühl und nüchtern stand es vor ihnen. Es war auf drei terrassenförmigen Ebenen gebaut. Jede Ebene, die nach Sarahs Schätzung ohne Patio etwa vierzehn Meter lang war, schaute in eine andere Himmelsrichtung und verfügte über eine eigene Terrasse. Die Blumen versetzten Sarah in Entzükken. Sie erkannte Sonnenblumen, Ringelblumen, Geranien und Stiefmütterchen.

Auf der Nordseite gab es einen überdachten Autostellplatz, aber Byron hielt unmittelbar vor dem Haus an.

»Byron, das ist schön, einfach wunderschön. Hat Cassidy...«

»Ja. Wahrscheinlich kannst du im ganzen Haus seine Handschrift erkennen.«

Sie schenkte ihm ein Lächeln voller Freude. »Ich weiß, es klingt so nach Klischee, wenn ich sage, daß es mir vorkommt wie ein Wunder. Aber ich sage es trotzdem. Es ist einfach fantastisch.«

Byron schaute ihr einen Moment in die Augen, ehe er sich um die Einkäufe kümmerte. Sie schob sich den Brautstrauß in die Schärpe ihres Kleides.

»Ich helfe dir«, bot sie sich an.

»Nein.« Er richtete sich auf, in jedem Arm hielt er eine Tüte. »Die Koffer hole ich gleich.«

Achselzuckend ging Sarah vor ihm zu der großen Vorhalle beim Haupteingang. Korallenbäume in lebhaften Rot- und Goldtönen wucherten links und rechts davon. Sarah konnte den Geruch von Hitze und eine intensive Mischung verschiedener Blumendüfte wahrnehmen. Sie spürte Byrons Hand auf ihrer Schulter. Als sie sich umdrehte, sah Sarah, daß er die Tüten abgestellt hatte. Er steckte den Schlüssel ins Schlüsselloch, stieß die Tür auf, dann hob er Sarah hoch. Verdutzt schaute sie ihn an, als er sie über die Schwelle ins Haus trug.

»Oh, Byron«, flüsterte sie, als sie den Mund zu dem seinen hob. »Ich liebe dich.« Byron spürte, wie eine Woge von Glück ihn erfaßte, als sie ihre Wange an seine schmiegte. Er küßte sie noch einmal, ehe er sie wieder absetzte.

»Wir sollten die Vorräte wegräumen«, meinte er. Dann streichelte er sie von den Schultern bis zu den Handgelenken, ehe er sich nach den Tüten umdrehte.

Sarah spazierte im Zimmer herum. Es war dunkel und kühl, weil die Jalousien vor den großen Fenstern heruntergelassen waren. Es gab zwei niedrige eierschalenfarbene Sofas mit dunkelbraunen Kissen. Auf dem Hartholzfußboden lag lediglich ein handgearbeiteter Navajoläufer. Sarah fielen die heimischen Töpferwaren auf den Glastischen und der Toulouse-Lautrec über dem gemauerten Kamin auf. Sie schlüpfte aus ihren Schuhen und fühlte sich zu Hause.

»Es ist so kühl«, meinte sie. »Du läßt doch während deiner Abwesenheit bestimmt nicht die Klimaanlage laufen?«

»Ich habe uns heute morgen telefonisch angekündigt«, erklärte er. Als sie ihm nachging, landete Sarah in der Küche. Hier waren die Jalousien hochgezogen und ließen das Sonnenlicht hereinfluten. Vom Fenster aus konnte Sarah die Terrasse und die Pflanzenpracht darauf vor der Kulisse von Wüste und Tafelbergen sehen.

»Wie bringst du es nur fertig, von hier wieder fortzufahren?« murmelte sie und wandte sich ihm zu, während er die frischen Lebensmittel im Kühlschrank verstaute. »Du mußt mir sagen, wo alles hinkommt.« Sie schaute sich die Eichenschränke an, dann spähte sie in eine Tüte und nahm ein Pfund Kaffee heraus. »Soll ich uns Kaffee kochen?«

»Später.« Als er die Kühlschranktür zuwarf, sah er sie angesichts des Kaffees und eines Laib Brots die Stirn runzeln. Er stellte beides auf die Theke. »Später«, meinte er noch einmal, als sie den Blick zu ihm hob. »Ich zeige dir erst einmal das Haus.«

»O ja.«

Das zweite Stockwerk beherbergte ein kleines Gästezimmer, ein Bad und das, was Sarah die Bibliothek genannt hätte. Hier waren die Wände vollgestellt mit Büchern. Eingerichtet war dieser Raum mit zwei Sesseln, einem Schreibtisch und einem Sofa. In diesem Zimmer arbeitete Byron. Ab und zu verließ er zwar Phoenix, aber nur äußerst selten vergaß er deswegen Haladay. Durch die weite Fensterfront hinter dem Schreibtisch konnte man auf die Terrasse schauen.

Über ein offenes Treppenhaus gelangten sie zur dritten Ebene, und hier befand sich das Wohnzimmer mit einer Bar, einer Stereoanlage und einem Schachbrett mit Teakholzfiguren. Es war dunkel getäfelt, die Deckenbalken unverputzt, und die Sessel tief und bequem.

»Kommt auch Max hierher?« wollte Sarah plötzlich wissen. »Ich kann mir euch zwei gut vorstellen, wie ihr hier an diesem Tisch Schach spielt.«

»Ja, und dann spielen wir auch Schach.« Als er ihr die Hand hinstreckte, legte sie die ihre hinein. Sie gingen über einen schmalen Flur ins Schlafzimmer.

Die Jalousien waren nicht ganz heruntergelassen, so daß das Sonnenlicht in schmalen Streifen einfallen konnte. Es war ein großes Zimmer mit einer antiken Kommode und einem Messingbett, das im gedämpften Licht matt schimmerte. Die hohen Türen aus gefärbtem Glas führten bestimmt auf die Terrasse hinaus. Jetzt waren sie geschlossen, und die Sonne warf bunte Flecken auf den Fußboden. Neben dem Bett standen eine Tiffany-Lampe und Kerzen in rustikalen Keramikleuchtern.

Byron ließ sie herumspazieren und beobachtete sie, wie sie alles anfaßte und aufmerksam musterte. Er hatte sich gewünscht, sie hier zu erleben, hatte wissen wollen, wie er sich dabei fühlen würde, sie inmitten seiner Dinge, seiner privaten Umgebung zu erleben.

»Es ist hübsch, Byron, ein wunderschönes Haus.« Sie warf einen Blick auf die Buntglastür. »Ich würde gern hinausgehen. Von der Terrasse hier oben muß man einen unglaublichen Blick haben.«

Schweigend ging Byron auf sie zu. Er nahm ihr den Hut ab und legte ihn auf einen Stuhl mit Lederlehne. Dann fuhr er ihr mit den Fingern zärtlich durchs Haar, ohne den Blick von ihren Augen zu wenden. Er löste den Brautstrauß von ihrer Schärpe und legte ihn auf den Nachttisch, ehe er die Schleife aufknotete. Raschelnd glitt die Seide zu Boden. Sarah begann das Herz bis zum Hals zu schlagen. Byron zog an dem Reißverschluß auf ihrem Rücken und streifte ihr das Kleid über die Schultern, so daß es zu Boden fiel.

Sie trug nur einen weißen Seidenbody, und er wußte, daß er ihn ihr mit einem Ruck vom Leib reißen konnte. Er sah ihr in die Augen, als er die Seide berührte.

»Du zitterst ja«, flüsterte er.

»Ich weiß.« Sarah schluckte, weil sie nur ein Hauchen herausbrachte. »Ich weiß, es ist albern, aber ich...« Er erstickte ihre Worte mit einem langen, schwelgerischen, leidenschaftlichen Kuß, hörte ihr leises Stöhnen und spürte, wie sie sogleich und heftig reagierte. Sollte er sie gleich jetzt an Ort und Stelle nehmen? Sein Blut geriet in Wallung bei der Erinnerung daran, wie es war, sie zu besitzen, wie weich sie sich anfühlte, wie gut sie duftete. Ein wenig schob er sie von sich und schaute ihr ins Gesicht. Ihre halb geschlossenen Augen waren schon verschleiert, den Kopf neigte sie einladend nach hinten. Byron faßte mit beiden Händen an ihren Body und zog ihn langsam nach unten. In der Stille war ihr leiser und stoßweiser Atem zu hören. Sie fühlte sich, als wäre es das erste Mal, war aufgeregt und voller Verlangen.

Er hob sie aufs Bett und streifte vorsichtig ihre Strümpfe über die Beine. Schließlich richtete er sich auf, um sich das Hemd auszuziehen, und es gelang ihr, sich jetzt aufs Bett zu knien.

»Laß mich das machen.« Ihre Stimme klang tief und heiser,

sie zitterte wie ihre Hände, als sie an seinen Knöpfen herumfingerte.

Dann schlang sie ihm die Arme um den Hals, preßte ihm den Mund auf die Lippen und zog ihn aufs Bett herunter. Er schälte sie vollends aus der hauchdünnen Seide, bis sie endlich Haut an Haut nebeneinander lagen. Das Verlangen nach ihr brannte in ihm, aber er liebkoste sie weiter mit Händen und Mund, erregt durch ihre so heftige, leidenschaftliche Antwort darauf. Ihr Atem ging flach und schnell, und erst als er merkte, daß die Begierde ihn zu überwältigen drohte, schob er ihr die Knie nach oben und drang in sie ein.

Sarah stöhnte heftiger, als er sich schnell und rhythmisch bewegte. Wie durch einen Schleier hörte sie ihn ihren Namen flüstern, ehe sich alle ihre Sinne auf eins konzentrierten. Sie spürte nur seine Härte in sich, die feurige Hitze seines Mundes an ihrem Hals, seinen feuchten Körper an dem ihren. Dann erlebte sie ein Auflodern schier unerträglicher Wonnen, als er sie leicht anhob, damit sie so viel wie möglich von ihm zu spüren bekam. Aufbäumend ergoß er sich in sie und lag dann mit dem ganzen Gewicht auf ihr. Sie zog ihn nur fester an sich, genoß die fortdauernde Nähe. Ohne sich zu bewegen, blieb er weiter in ihr.

Sarah beobachtete das Muster der bunten Sonnenflecken auf dem Fußboden und wußte, daß nichts sie dazu bringen konnte, ihre Entscheidung zu bedauern. Wenn die Zeit nahte und wenn er sie verletzte, wie es wohl unausweichlich geschehen würde, sollte sie an diesen Augenblick zurückdenken. Keine Reue, sagte sie sich und schloß die Augen. Ich nehme jetzt, was ich brauche, und bezahle später dafür.

Langsam und zärtlich küßte sie seine Schultern, an die sie ihr Gesicht angeschmiegt hatte. Er bewegte sich, und da sie sein Herz an dem ihren hämmern spürte, streichelte ihn Sarah bis zu den Hüften. Sein Körper spannte sich dort an, wo ihre Finger entlang wanderten. Sie fühlte, wie er wieder in ihr anschwoll und schrie auf, als er in einen wilden Rhythmus verfiel und den Mund heftig auf den ihren preßte. Seine verzweifelte Begierde packte sie, und wo sie geglaubt hatte, vor Erschöpfung nichts mehr geben zu können, gab sie dennoch. So viel er auch verlangte, sie fand immer neue Kraft.

Als er schließlich befriedigt war, lag er einen Augenblick ruhig da, ebenso außer Atem wie sie. Ohne ein Wort rollte er sich dann von ihr herunter und drückte sie fest an sich.

Zum erstenmal seit Jahren schlief Byron am hellichten Tag.

Als er erwachte, hatte sich das bunte Muster auf dem Fußboden verändert. Vom Stand der Sonne ausgehend, schätzte er, daß es fast fünf sein mußte. Er drehte den Kopf, Sarahs Gesicht war nur wenige Zentimeter von ihm entfernt. Sie schlief fest und dicht an ihn geschmiegt, wie schon heute morgen. Einen Moment blieb er ruhig liegen und schaute sie an. Sie rührte sich kaum, als er wegrückte. Schnell stand er auf, nahm einen Bademantel aus dem Schrank, verließ geräuschlos das Zimmer und machte die Tür hinter sich zu. Er ging unverzüglich zum Telefon auf der anderen Seite des Flurs und meldete ein Ferngespräch an.

»Byron Lloyd«, sagte er knapp, wartete und hörte, wie es ein paarmal in der Leitung klickte.

»Byron.« Haladays Stimme drang dröhnend aus Phoenix zu ihm.

»Max.« Byron entdeckte eine Schachtel Zigaretten in einer Schublade und riß sie beim Sprechen auf. »Ich bin in der Wüste und bleibe ein paar Wochen hier.« Er riß ein Streichholz an, dann zog er den Rauch in die Lungen. Der Tabak schmeckte alt und stark.

»Ach ja?« meinte Haladay neugierig. »Geschäftlich oder zum Vergnügen? Gibt es Probleme mit dem Bibliotheksprojekt?«

»Nein. Ich schaue auf der Baustelle nach dem rechten, während ich hier bin, und erledige ein paar andere Dinge telefonisch. Am Montag rufe ich Kay und Cassidy an.« Er schwieg und zog noch einmal tief an seiner Zigarette. »Sarah ist bei mir. Wir haben heute früh geheiratet.«

Es folgte völliges Schweigen. Byron langte zum Fenster und zog die Jalousie hoch. Die Sonne knallte herein. Er konnte einen noch immer eigensinnig blühenden Kaktus sehen. Ehe er weiter sprach, drehte er sich wieder um.

»Wir sind heute morgen nach Las Vegas geflogen. Ich möchte ein paar Wochen mit ihr hier verbringen. Nur wir zwei.«

Haladays Stimme klang ruhig. Aber diesen Ton, das wußte Byron, benutzte er, wenn er seine Gedanken für sich behalten wollte. »Du hast mir nie von deinen Heiratsplänen erzählt.«

»Nein.« Byron starrte auf das Schachbrett. »Bis heute früh hatte ich auch nicht die Absicht.« Er blies einen Rauchfaden aus, enttäuscht und verärgert über den unwiderstehlichen Drang, sich zu verteidigen. »Und selbst wenn, wäre es Sarahs und meine Sache gewesen. Wir sind keine Kinder, Max.«

»Und warum zum Teufel brennt ihr dann wie zwei Teenager durch?« wollte Max wissen.

Byron nahm einen letzten Zug und drückte dann die Zigarette aus. »Wir haben uns schnell entschlossen und in aller Stille geheiratet.«

»Ich glaube, wir haben eine Menge zu besprechen.«

»Ja, wenn ich zurückkomme.«

»Ich möchte mit Sarah reden.«

»Wenn wir zurück sind.«

Er hörte den alten Mann ungeduldig in den Hörer seufzen. »Wir reden noch miteinander.«

»In zwei Wochen«, sagte Byron, ehe er auflegte. Die Schlafzimmertür öffnete sich.

»Byron?«

Sarah trat auf den Flur. Während sie sich umschaute, strich sie sich ihr zerzaustes Haar zurück. Der Schlaf hatte ihr die Wangen gerötet und machte ihre Bewegungen träge. Sie blinzelte gegen die Sonne an und entdeckte ihn endlich. Lächelnd streckte sie ihm die Hand entgegen.

Er ging zu ihr hin.

26

Die sonnigen Tage mit ihren klaren, kühlen Nächten verstrichen langsam. Sarah lebte ganz in der Gegenwart, legte all ihre Energien in jede einzelne Sekunde, ohne an morgen zu denken. Sie lernte mehr über die körperlichen Seiten der Liebe, als sie für möglich gehalten hätte. Wahre Leidenschaft forderte unendlich mehr, als sie sich je hätte träumen lassen, und Byrons Verlangen nach ihr schien unersättlich.

Sie aßen, sie schliefen, sie liebten sich. Es gab keine Störungen von außen, so daß sie völlig abgeschieden für sich lebten. Wein tranken sie in der Badewanne, sonnten sich nackt auf der Terrasse und liebten sich im gleißenden Sonnenschein. Sie unterhielten sich über nichts von Bedeutung. Obwohl Sarah wußte, daß diese Idylle mit ihrem Alltag nichts zu tun hatte, genoß sie diese Zeit. Vielleicht weil sie wußte, daß dem Idyll nur eine kurze Dauer beschert sein würde – wie den Blumen, die in der Wüste im Frühling geradezu explosionsartig aufbrachen. Die Zeit würde kommen, wo sie nach Phoenix und dem Alltag des Berufs zurückkehren mußten. So verging eine Woche, und das Leben draußen schien weit weg.

Sarah erwachte, die Jalousien waren noch geschlossen. Sie räkelte sich und berührte das leere Kopfkissen neben sich mit den Fingerspitzen. Byron stand fast immer lange vor ihr auf.

Nur gelegentlich weckte er sie oder blieb neben ihr liegen, bis sie sich rührte. Nach einem letzten genüßlichen Strecken stand sie auf und nahm einen kurzen weißen Bademantel von einem Stuhl. Sie knotete ihn locker zusammen, stieß die Terrassentür auf und trat hinaus. Sogleich stieg ihr der Blumenduft als Gruß in die Nase.

Sie pflückte ein paar Stiefmütterchen vom Terrassenrand und staunte über den neuen Kurs, den ihr Leben eingeschlagen hatte. Ich bin eine Ehefrau, sann sie nach und fragte sich, wie wohl das wirkliche Leben als Ehefrau aussehen mochte. Jetzt fühlte sie sich nur als Geliebte. Sie steckte sich die Blumen hinters Ohr und war für den Augenblick zufrieden. Zu früh, um über das ganze Leben, zu spät, um über das Morgen nachzudenken. Es gab nur das Jetzt. Sie benutzte das Geländer als Übungsstange und fing mit ihrem Morgentraining an, das seit zwanzig Jahren fester Bestandteil ihres Lebens war.

Byron blieb im Türrahmen stehen, um ihr zuzuschauen. Jede kleine Bewegung führte sie langsam und anmutig aus. Mit einem leisen Summen gab sie sich den Rhythmus ihrer Übungen vor, doch er konnte an ihren Augen ablesen, daß sie sich in Gedanken weit von ihrem Körper entfernt hatte. Um ihren Mund spielte die Spur eines Lächelns, während ihre Muskeln mühelos jedem Befehl gehorchten. Tief ging sie in die Knie, wobei sich ihr Morgenmantel hob und wieder senkte. Vorne stand er ein wenig offen, so daß ein schmaler Streifen Haut zwischen dem Revers herauslugte. Die Sonne brannte auf sie hernieder und hob die helleren Nuancen ihres Haars hervor, bis sie fast weiß schimmerten.

Er beobachtete sie gern so, wenn sie ganz in sich selbst versunken seiner nicht gewahr wurde. Die schlichte, uneitle Anmut ihres Körpers erweckte in ihm eine unerwartete Zärtlichkeit.

Mit gestrecktem Fuß hob Sarah das Bein an, dann drehte sie es aus der Hüfte zur Seite, ehe sie es langsam nach hinten führte. Er dachte, daß ihre Gelenke aus Wachs sein mußten, damit sie ihr solche Freiheiten gestatteten. Ihren Rücken hielt sie gerade, ihr Blick war verträumt. Sie winkelte das Knie in der Attitude-Position an, hielt es so, streckte es dann und führte es wieder zur Seite, dann nach vorne, ehe sie schließlich in der ersten Position verharrte. All diese Bewegungen vollzog sie mit völliger Selbstbeherrschung. Erst als sie sich umdrehte, damit das andre Bein an die Reihe käme, entdeckte sie Byron im Türrahmen.

Sie lächelte. Er trug lediglich Shorts, und obwohl sie mittlerweile seinen Körper sehr gut kannte, erregte sein Anblick sie noch immer. Doch jetzt fesselten seine Augen ihren Blick. Anders als in seiner Haltung lag nichts Beiläufiges darin. Einen Augenblick lang spürte sie ihre Macht über ihn, die schnell und heiß in ihr aufstieg und sich in ihrem Blick zeigte. Sie wartete auf ihn.

Er kam auf sie zu und langte ihr mit beiden Händen ins

Haar, als sie das Gesicht zu ihm empor hob. Sie erkannte den Kampf in seinem Mienenspiel, sein Widerstreben, legte ihm die Hände auf die Hüften und streichelte ihm langsam über Bauch und Brust bis zu den Schultern. Dabei spürte sie, wie seine Muskeln zitterten, und kostete ihre Macht über ihn aus, dann erst küßte sie ihn auf den Mund.

Sofort zog er sie an sich. Sie meinte eine Spur von Zorn, von Verzweiflung bei ihm zu spüren. Fast unwillig wandte er sein Gesicht ab. Mit verständnisvoller Gelassenheit schaute sie zu ihm hoch. Er wollte sich abwenden, weggehen, sich selbst beweisen, daß er dazu fähig war. Da schmiegte sie sich wieder an ihn, und sein Verlangen nach ihr stieg ins Unermeßliche. Er küßte sie wild und stürmisch wieder und wieder, wollte mehr und immer noch mehr. Durch die dünne Seide ihres Morgenmantels konnte er jede ihrer Körperkonturen wahrnehmen. Es genügte nicht. Er riß ihr den Morgenmantel herunter, strich ihr dann mit den Händen über die bloße Haut, spürte ihre Rückenlinie, ihre schmalen Hüften. Er wußte, sie zog ihn in sich hinein und fesselte ihn gefühlsmäßig, wie sie es körperlich tat, wenn sie beieinander lagen.

»Sarah.« Seine Zähne fanden die empfindliche Stelle an ihrer Halsbeuge. Er spürte, wie sie an seinen Shorts zerrte, ehe sie ihn in ihre schlanken Finger nahm. Er erschauderte einmal, ehe er ihr Gesicht mit Küssen bedeckte. »Himmel, werde ich denn nie genug von dir bekommen?«

Es schwang etwas Verzweifeltes, etwas Wildes in seinen Worten mit, ehe er sie packte und ins Haus trug.

Es war schon Nachmittag, als sich Sarah im Bett aufsetzte. »Weißt du, was ich jetzt mache?« fragte sie und warf sich das Haar über die Schulter.

»Mmm?« Byron lag auf dem Rücken und starrte die Decke an.

»Ich koche heute das Abendessen.«

Er schaute sie stirnrunzelnd an. »Ach ja?«

»Du mußt gar nicht so skeptisch dreinschauen«, meinte sie ungerührt, drehte sich unbekümmert zu ihm hin und setzte sich rittlings auf ihn, dann sah sie ihn mit zusammengekniffenen Augen an. »Heute gelingt es mir bestimmt besser als die überbackenen Käsebrötchen, die ich neulich habe anbrennen lassen. Du bist nämlich nicht der einzige, der ein anständiges Essen zustande bringt.«

»Bist du dir bewußt, daß du stark zum Konkurrenzdenken neigst?«

»Ja. Ich koche Hühnerfrikassee und backe einen Zitronencremekuchen. Gibt es hier ein Kochbuch?«

»Wahrscheinlich schon.«

»Gut. Dann darfst du in die Stadt fahren und Eier, Milch und noch eine Packung Erdnußbutterkekse besorgen.« Sie beugte sich hinunter und gab ihm einen langen Kuß. Ihr Haar umhüllte sie beide, als sie ihre Wange an die seine drückte.

»Noch etwas?« fragte er und streichelte ihre Brüste.

»Ich denke noch einmal darüber nach ... nachdem ich dich verrückt gemacht habe.«

Tatsächlich entdeckte Sarah ein Rezept für Hühnerfrikassee und machte sich an die Arbeit, nachdem Byron in die Stadt aufgebrochen war. Sie kochte unverdrossen und zufrieden, während sie sich durch den Küchenlautsprecher mit Beethoven berieseln ließ.

Vorher hatte sie sich zwei Zöpfe geflochten und jeweils ein rotes Band um die Enden gebunden. Ihre kurzen Hosen und ihr weißes Hemd waren mehlbestäubt. Hin und wieder murmelte sie etwas vor sich hin, wenn sie mit gerunzelten Brauen das Kochbuch zu Rate zog. Sie war völlig in ihre Arbeit versunken, und als sie aufschaute und eine Frau in der Küchentür stehen sah, starrte Sarah sie entgeistert an.

Die Frau hatte ein ruhiges Gesicht mit dunklen, glänzenden Augen und vollem Mund. Das Haar trug sie straff nach hinten gekämmt und tief im Nacken zum Knoten zusammengesteckt. Abgesehen von ein paar wenigen grauen Strähnen schimmerte es tiefschwarz. Sie war groß und schlank und trug ein schlichtes, blaßblaues Hemdblusenkleid.

»Guten Tag«, begrüßte Sarah sie lächelnd.

Die Frau lächelte freundlich zurück. »Guten Tag.« Sie kam in die Küche. »Ich habe geklopft, aber Sie haben es offensichtlich überhört. Ich hörte die Musik, und die Haustür war offen. Ich bin Catherine Lloyd.«

Sarah stellte die Schüssel auf die Arbeitsfläche. »Byrons Mutter?« Sie ging mit ausgestreckten Armen auf sie zu, dann blieb sie stehen und schaute auf ihre mehligen Hände. »O je, ich schaue ja schlimm aus«, entschuldigte sie sich und wischte sich vergebens die Hände an der Hose ab. Lachend schaute sie Catherine an. »Ich habe mich selber in die Enge getrieben und versprochen, ein tolles Abendessen zu fabrizieren. Aber ich bin eine grauenhafte Köchin, und Byron macht alles so verflixt perfekt.«

Catherine lächelte. Die spontane Willkommensgeste hatte sie gerührt. »So war er schon immer, fürchte ich«, erwiderte sie. »Gelegentlich benimmt er sich mit Absicht so.«

»Ich freue mich sehr, Sie kennenzulernen.« Sarah deutete auf einen Küchenhocker. »Bitte, nehmen Sie doch Platz. Möchten Sie vielleicht einen Kaffee?«

»Ja, gerne.« Catherine ging zum Hocker und schaute dann zu, wie sich Sarah die Hände an der Spüle wusch.

»Byron ist in die Stadt gefahren«, berichtete Sarah, während sie sich an der Kaffeekanne zu schaffen machte. »Er müßte bald wieder kommen.«

»Hoffentlich ist es für einen Besuch noch nicht zu früh«, setzte Catherine an. »Als Byron mich anrief und mir von seiner Heirat erzählte, dachte ich, daß eine Woche Abwarten wohl reichen müßte.«

»Sie hätten mit Ihrem Besuch nicht zu warten brauchen«, antwortete Sarah. »Ich wollte Sie sehr gerne kennenlernen und mich mit Ihnen unterhalten, wirklich.«

Catherine schaute sie lange an, ehe sie lächelte. »Byron hat mir gar nicht gesagt, wie Sie heißen.«

Sarah ging zu ihr hin und streckte die Hände aus. »Ich bin Sarah. Und ich liebe Byron über alle Maßen.«

»Sarah, das freut mich sehr.« Catherine nahm Sarahs Hände und drückte sie fest, ehe sie sie losließ. »Können Sie sich beim Kochen unterhalten? Ich würde so gern mehr über die Frau meines Sohnes erfahren.«

»Ich kann viel besser reden als kochen«, meinte Sarah. »Was möchten Sie denn gerne wissen?«

»Wo haben Sie Byron kennengelernt?«

Sarah legte einen Deckel auf die Kasserolle mit dem Huhn.

»In seinem Büro, als ich letztes Jahr zu einem Vorstellungsgespräch nach Phoenix kam. Er hat mich eingestellt. Ich bin Architektin.«

»Architektin«, wiederholte Catherine überrascht.

»Ja. Er kam mir angsteinflößend und distanziert vor. Aber ich mußte mich immerzu fragen, was für ein Mensch er in Wirklichkeit wohl ist. Er hält so viel von sich verborgen.« Sie hob den Blick zu Catherine.

Catherine verstand die unausgesprochene Frage und nickte. »Schon immer. Er schenkt nicht leicht jemandem sein Vertrauen oder seine Zuneigung. Maxwell Haladay ist der einzige, dem er beides zuteil werden läßt. Bis zu einem gewissen Grad vielleicht auch John Cassidy. Er war schon als Junge schwer zu durchschauen – und wuchs schließlich zu einem schwierigen Mann heran. Manchmal mache ich, vielleicht zu Unrecht, Maxwell Haladay dafür verantwortlich.«

»Max?« wiederholte Sarah verblüfft. »Warum denn?«

»Er hat Byron genau das gegeben, was er wollte.« Sie saß in der Sonne, und Sarah sah, daß ihr Gesicht glatt, fast faltenlos war und die gleichen Züge wie die Byrons aufwies. »Er sah den Mann in ihm«, fuhr sie fort, »und vergaß den Jungen.«

Sarah ging an einen Küchenschrank. »Ich kann mir Byron nur mit Mühe als Kind vorstellen. Er ist so unabhängig, so beherrscht.« Schulterzuckend stellte sie Tassen und Unterteller auf die Theke. Catherine sah den schmalen Reif an Sarahs Finger und fand die Hände, wie auch ihr Sohn, wunderschön. »Max hängt jetzt geschäftlich völlig von Byron ab – und vermutlich auch persönlich«, fuhr Sarah fort. »Byron leistet hervorragende Arbeit, sowohl als Manager wie auch als Ingenieur. Obwohl ich ihm das nie sagen würde.« Sie grinste.

Der Kaffee war durchgelaufen. Sarah brachte die Kanne. »Wie trinken Sie ihn?«

»Schwarz.« Catherine wartete, bis Sarah einen Milchkarton aus dem Kühlschrank geholt und etwas Milch in ihren eigenen Kaffee gegossen hatte. »Ich habe nie ernsthaft damit gerechnet, daß Byron heiraten würde.«

Sarah setzte sich auf den Hocker ihr gegenüber und schaute ihr offen in die Augen. »Nein?«

»Er hat seinen Vater nie gekannt, denn der hat mich verlassen, als Byron noch nicht einmal ein Jahr alt war. Byrons Vater haßte es, arm zu sein.« Sie hob ihre Tasse und trank. »Byron ebenfalls. Es war schwierig für ihn, ohne Vater aufzuwachsen, ein Halbblut zu sein und arm. Es fiel ihm vielleicht noch schwerer, weil er sehr aufgeweckt, sehr gescheit war. Er verstand zu vieles zu früh.« Sie schaute Sarah wieder in die Augen. »Er war furchtbar launisch. Manchmal gab es deshalb in der Schule Probleme. Raufereien, blaue Augen, blutig geschlagene Nasen, zerfetzte Klamotten.«

»Byron?« murmelte Sarah erstaunt.

»O ja. Ich konnte ihn leichter verstehen, als er aufbegehrte, als er wütend war. Verloren habe ich ihn, als er seinen Ehrgeiz entdeckte. Natürlich mußte das so kommen.« Sie hob wieder die Tasse und schenkte Sarah ein ernstes Lächeln. »Er lernte es, seine Energie, seine Gefühle, seine Launen zu zügeln. Ich habe mir oft gewünscht, daß ihm das weniger gut gelingen würde.«

»Hier, in diesem Haus, kommt er mir offener vor.« Sarah schaute sich um und gestikulierte mit beiden Händen. »Er braucht diesen Teil seines Lebens so sehr, wie er Haladay braucht.«

»Seit jeher«, murmelte Catherine. »Und was ist mit Ihnen?« Wieder trafen sich ihre Blicke. »Was brauchen Sie?«

»Byron«, antwortete sie wie aus der Pistole geschossen. Dann schüttelte sie lächelnd den Kopf. »Es ist natürlich nicht so einfach. Ich brauche ihn, brauche das, was wir meiner Meinung nach gemeinsam haben.« Sie hielt mit beiden Händen die Tasse fest und schaute Catherine über den Rand hinweg an. »Und ich brauche Haladay. Wir sind beide ehrgeizig. Ich weiß nicht, ob das unser Leben einfacher oder komplizierter gestaltet.«

Schweigend schaute Catherine sie eine Weile an. »Soll ich Ihnen verraten, daß ich Sie mir ganz anderes vorgestellt habe, als ich von Byrons Heirat erfuhr? O ja, ich habe eine schöne Frau erwartet. Und eine intelligente. Aber...« Sie lachte ein wenig, ehe sie die Tasse absetzte. »Ich hatte auch eine sehr kühle Person erwartet, eine, die ihm *entspricht*.

Sagen Sie, Sarah, könnten Sie das Menü für eine Abendeinladung mit fünfzig Personen zusammenstellen?«

»Ich hätte nicht die leiseste Ahnung.«

Catherine langte über die Theke und drückte ihr die Hände. »Ich freue mich so. Er ist mein einziges Kind.«

Sie hörten, wie die Haustür aufging. Sarah strahlte bereits, bevor sie sich zu Byron umdrehte. »Du hast dich beeilt«, begrüßte sie ihn und ging ihm entgegen. »Wir haben Besuch.« Damit nahm sie ihm die Tüte aus der Hand und trat einen Schritt beiseite. Er schaute auf die durch Sarahs Kocherei entstandene Unordnung und entdeckte seine Mutter. Sarah beobachtete, wie in seinen Augen Überraschung aufflackerte. Ohne zu lächeln ging er zu ihr hin und schaute sie an, ehe er sie auf die Wange küßte. »Mutter.«

Bei seinem Ton runzelte Sarah die Stirn, aber Catherine schien sich nicht daran zu stören. »Guten Tag, Byron, hoffentlich ist es dir recht, daß ich gekommen bin. Ich wollte deine Frau kennenlernen.«

»Aber gewiß doch.« Eigentlich sah sie, schoß es ihm durch den Kopf, viel zu jung und zu gut aus, um seine Mutter zu sein. Dann fiel ihm, wie üblich, ein, daß sie bei seiner Geburt kaum sechzehn Jahre alt gewesen war.

»Wir trinken gerade Kaffee«, meinte Sarah. »Möchtest du auch einen?«

»Ja.« Er holte sich eine Tasse.

»Du mußt dich mit deiner Mutter auf die Terrasse setzen«, meinte Sarah beiläufig, während sie die Kanne auf ein Tablett stellte, »während ich das Abendessen mache. Mit etwas Glück müßten wir um sechs essen können.« Sie lächelte Catherine an, als sie ihre Tasse und den Unterteller aufs Tablett bugsierte. »Wir haben doch noch einen Chablis, nicht wahr, Byron?«

»Ja.« Er strich ihr mit der Hand über einen ihrer Zöpfe.

»Wenn ich zum Abendessen bleibe«, meinte Catherine mit Blick auf die verwüstete Küche, »erlaubt ihr mir vielleicht, daß ich ein bißchen mithelfe?«

Tief ausatmend folgte Sarah Catherines Blick. »Nein, das wäre wohl Schummelei. Mir persönlich würde das nichts ausmachen, aber Byron...«

»Schön, daß du Hemmungen hast«, gab Byron zurück. Er nahm ihr das Tablett ab, das sie ihm reichte.

»Wenn ich dir gestanden hätte, daß ich in Hauswirtschaft nur Fünfen bekommen habe, hättest du mich dann geheiratet?«

Er lächelte. »Nein.«

Sarah ging an ihm vorbei und öffnete die Terrassentür. »Es ist so hübsch auf der Veranda«, wandte sie sich an Catherine. »Vielleicht können Sie Byron dazu bringen, daß er Ihnen von meinen Vorzügen vorschwärmt, solange ich nicht dabei bin, damit ich nicht verlegen werde.«

Während der folgenden Stunde gab Sarah in der Küche ihr möglichstes und ließ die beiden auf der Terrasse allein. Als sie sich ihnen schließlich anschloß und noch einen Kaffee anbot, zog Byron sie auf einen Stuhl.

»Byron hat mir erzählt, daß Sie eine sehr gute Architektin sind.« Catherine beobachtete, wie Sarah ihm stirnrunzelnd einen Blick zuwarf.

»Ein ungeheures Lob von einem Ingenieur«, murmelte sie.

»Sie werden im Hinblick auf die Bibliothek für das Reservat zusammenarbeiten«, fuhr Catherine fort.

»Ja.« In Sarah erwachte das berufliche Interesse. »Kennen Sie das Grundstück? Es ist nicht weit von hier, nicht wahr?«

»Wir schauen es uns vor unserer Heimreise noch an«, versprach Byron.

Sarah lächelte ihn an und lehnte sich zurück. »Wollen wir nicht hier draußen essen?« schlug sie vor.

Das Essen schmeckte überraschend gut, und Sarah glaubte zu sehen, wie Byron sich entspannte. Er fühlte sich in Anwesenheit seiner Mutter nicht hundertprozentig wohl, doch Sarah spürte, daß das Band zwischen ihnen trotzdem stark war.

In der Dämmerung wechselte die Wüste die Farben. Die Schatten auf der Terrasse wurden länger. Im Westen war der Himmel rosa und wolkenlos. Sie blieben noch im Freien, bis sich die Luft mit Einbruch des Abends abkühlte.

»Ich würde gern beim Abwaschen helfen«, bot sich Catherine beim Aufstehen an.

Sarah willigte ein. »Vielen Dank. Byron würde ich ungern fragen«, gestand sie, als säße er nicht neben ihr. »Er ist beim

Kochen so ordentlich; mein Chaos in der Küche würde ihm einen Schrecken einjagen.«

Er sagte nichts, sondern zog nur eine Zigarette aus der Tasche und zündete sie sich an, während Sarah die Teller zusammenstellte.

Bis die Küche aufgeräumt war, fiel die Sonne schon schräg durch die Fenster herein. Als Sarah noch ein Tablett mit Kaffee ins Wohnzimmer trug, sah sie, daß Byron gerade ein Feuer entfachte.

Er blieb, wo er war, neben dem Ofen kauernd, während er den Blick von seiner Frau zu seiner Mutter wandern ließ. Lächelnd tippte Catherine Sarah auf den Arm, ehe sie zu ihm ging. »Ich kann nicht länger bleiben.« Sie streckte die Hand zu ihm aus, und er nahm sie, als er sich aufrichtete. »Flitterwöchner muß man alleine lassen.«

Byron drückte ihr die Hand, die sich von der Küchenarbeit warm und vom Gärtnern rauh anfühlte. »Ich bin froh, daß du da warst«, sagte er.

»Ich auch.« Sie redete leise auf Navajo. Byron hob ihre Hand und hielt sie sich an die Wange, während er ihr antwortete.

Sarah stellte das Tablett auf den Tisch, als Catherine auf sie zukam. Sie faßte Sarah bei den Schultern und küßte sie auf beide Wangen. »Ich habe meinem Sohn meinen Segen gegeben und wünsche euch viel Glück.« Sie umarmte Sarah, ehe sie sich abwandte. Byron begleitete sie zur Tür. Dort blieb sie stehen, um ihn noch einmal anzuschauen. »Du hast eine gute Wahl getroffen. Ich bin mit dir zufrieden.« Als sie hinausging, leuchtete der Himmel in den prächtigsten Farben.

»Deine Mutter ist eine schöne Frau.«

Er rührte sich nicht von der Stelle. »Ja, ich weiß.«

Sarah kauerte sich vor dem Feuer nieder. »Sie ist sehr stolz auf dich.« Sie warf beide Zöpfe nach hinten, wobei sie ihm weiter ins Gesicht schaute. »Du kannst dich glücklich schätzen, daß du sie hast.«

Byron starrte in die Flammen. »Sie war fünfzehn, als sie schwanger wurde, sechzehn, als er sie im Stich ließ. Und sie hatte nie eine Chance.«

Er, fiel Sarah auf. Nicht *mein Vater*. »Was für eine Chance, Byron?«

»Wählen zu können.«

»Wem gibst du die Schuld?« fragte ihn Sarah. »Deiner Mutter, deinem Vater oder dir selbst?«

Er drehte sich abrupt um, verkniff sich aber die Worte, die ihm auf der Zunge lagen. Sarah schaute ihn an, ohne Mitleid, ohne Vorwurf, aber voller Liebe und Zärtlichkeit. »Uns allesamt, wahrscheinlich.« Er hob den Schürhaken und stieß ihn gegen ein Scheit. »Sie will kein Geld von mir annehmen.«

»Sie braucht dein Geld nicht, Byron.« Sarah stand auf, schlang ihm die Arme um die Taille und legte ihm die Wange auf den Rücken. »Du hast deinen Weg von hier heraus gefunden, weil du ihn finden mußtest. Sie bleibt aus dem gleichen Grund.«

»Ich habe sie nie verstanden«, murmelte er. Es fiel ihm schwer, über seine Mutter zu sprechen, doch in Sarahs Armen kamen ihm die Worte leichter über die Lippen. »Sie war selber noch ein Kind; sie hätte mich nicht austragen müssen. Sie hätte nicht all die Jahre der Mühen und Plagen auf sich zu nehmen brauchen.«

»Sie liebt dich. Deshalb hat sie dich behalten, und deshalb hat sie dich ziehen lassen.«

Er drehte sich zu ihr um und schaute sie an. »Woher weißt du das?«

»Weil ich dich auch liebe.«

27

»Guten Morgen, Miß Lancaster – Mrs. Lloyd«, korrigierte sich Mugs und stand auf, als Sarah vor ihren Schreibtisch trat. Sie überreichte ihr eine gelbe Rose. »Willkommen im Büro.«

»Danke, Mugs.« Sarah nahm die Blume, beugte sich zu Mugs hinüber und küßte sie auf die sommersprossige Wange. »Und im Büro ist Miß Lancaster völlig in Ordnung.«

»Ja, Madame. Mr. Haladay möchte Sie um zehn Uhr sprechen.«

»Oh!« Sarah warf einen schnellen Blick auf ihre Armbanduhr. »In Ordnung. Sagen Sie mir Bescheid, wenn es soweit ist.« Sie nahm ihre Aktentasche in die andere Hand. »Gibt es noch etwas, das ich wissen sollte?«

»Die neuesten Berichte über das Delacroix-Zentrum liegen auf Ihrem Schreibtisch.«

Ehe Sarah in ihr Büro gehen konnte, öffneten sich die Glastüren des Empfangsbereichs. Dallas spazierte herein und faßte Sarah an beiden Armen. »Hallo, Mugs. Ihre Chefin ist jetzt für eine Weile beschäftigt.« Sie führte Sarah in ihr Büro und schloß die Tür. »Also«, sagte sie. »Und jetzt erzähl mal. Wie, zum Teufel, ist es gekommen, daß du Byron Lloyd geheiratet hast? Du bist doch verheiratet, oder?« Sie packte Sarahs linke Hand. Als sie den Ring sah, atmete sie hörbar aus. »Himmel, es stimmt also.«

»Das hat uns zumindest der Friedensrichter in Las Vegas erzählt. Warum setzen wir uns eigentlich nicht?«

»Ja.« Dallas seufzte und ließ Sarahs Hand los. »Tun wir das doch.« Sie ließ sich in einen Sessel plumpsen und musterte Sarah mit verschränkten Armen eingehend. »Du meine Güte, du schaust ja blendend aus!«

»Danke.« Sarah legte die Rose und die Aktentasche neben sich auf den Schreibtisch. »So fühle ich mich auch.«

»Was«, begann Dallas nach einer Pause, »in aller Welt ist passiert?«

Sarah holte tief Luft, als sie ans Fenster ging. »Ich weiß gar nicht, wie ich dir das erklären soll.« Sie überprüfte mit dem Daumen die Feuchtigkeit in ihrem Efeutopf.

»Laß dir etwas einfallen.«

»Ich war schon lange in ihn verliebt«, murmelte Sarah. »Seit wann genau, das kann ich nicht sagen. Es kam einfach so.«

»Ich hätte nicht mal geglaubt, daß du ihn besonders nett findest.«

Sarah lachte. »Ich mochte ihn auch nicht immer, auch jetzt nicht. Byron ist nicht gerade ein Mensch, den man so leicht nett findet oder gar liebt.« Sie setzte sich auf die Schreibtischkante. »Von Anfang an habe ich mich allerdings zu ihm hingezogen gefühlt. Irgendwie ist er mir nicht mehr aus dem Kopf gegangen.«

Dallas hörte schweigend zu. Sie versucht, die ganze Geschichte sich selbst ebenso begreiflich zu machen wie ich mir, dachte Sarah.

»Als ich nach Paris ging und dort Januel kennenlernte«, fuhr Sarah fort, »wollte ich wahrscheinlich ein Märchen erleben. Er hat es mir gegeben, doch es war alles nicht echt. Die ganze Zeit, die ich mit Januel zusammen war, ertappte ich mich dabei, daß ich ihn mit Byron verglich. Dann kam Byron nach Paris, und ich...« Sie schüttelte den Kopf. »Herrgott noch mal, er hat mich ganz durcheinandergebracht, Dallas. Er kann so abweisend sein und dann wieder körperlich so präsent. Er besteht aus so vielen unterschiedlichen Facetten. Ich werde ihn wohl nie ganz verstehen. Vielleicht fasziniert er mich auch deshalb so sehr.«

Dallas fuhr sich mit der Hand durch ihren Lockenkopf. »Hast du also in Paris beschlossen, ihn zu heiraten?«

»Da wollte ich nicht Byron heiraten, sondern Januel.«

»Noch einmal«, bat Dallas. »Und bitte etwas verständlicher.«

Sarah gab ihr eine Kurzfassung ihrer letzten Tage in Paris. Erst als sie ihre Geschichte zu Ende erzählt hatte, rührte sich Dallas wieder und erhob sich langsam aus ihrem Sessel.

»Und dann bist du vom Flughafen schnurstracks zu mir

gekommen.« Sie atmete hörbar ein. »Evan und ich haben dir einen mordsmäßigen Empfang bereitet.«

»Dallas...«

»Evan hatte wenigstens seinen Rausch als Entschuldigung. Ich dagegen...«

»Dallas, bitte.« Sarah nahm sie bei den Händen. »Hauptsache, du bleibst meine Freundin. Ich liebe Byron so sehr, daß es mir fast Angst einjagt. Ich werde eine Freundin brauchen.«

Dallas umarmte Sarah. »Ach, Mist«, murmelte sie. »Jetzt werde ich ganz rührselig. Garantiert.«

»Wie schön. In der Ruckzucktraukapelle war niemand, der für mich geweint hätte.«

Dallas schnüffelte und schob Sarah von sich. »So hat sie doch nicht wirklich geheißen?«

»Hätte aber gut gepaßt.«

»Und wie geht's jetzt weiter?«

»Ich weiß nicht genau. Byron und ich müssen uns wohl erst aneinander gewöhnen.« Dallas sah, wie sich zwischen Sarahs Brauen eine Falte bildete. »Flitterwochen und Eheall-tag sind zwei völlig verschiedene Stiefel. Ich glaube nicht, daß es für einen von uns leichtwerden wird. Und Geschäft und eine Ehe miteinander zu verbinden...« Sie verstummte und ging dann ans Fenster. »Byron und ich werden bei dem Navajoprojekt zusammenarbeiten.«

»Und?« half Dallas nach.

»Und wir werden wahrscheinlich gut zusammenarbeiten. Das hoffe ich doch.«

»Aber?« soufflierte Dallas, worauf Sarah lachen mußte.

»Du kennst mich genau, nicht?«

»Jedenfalls gut genug, um zu wissen, was dieser Gesichtsausdruck bedeutet.«

»Ich überlege mir, ob ich nicht vielleicht eine eigene Firma aufmachen sollte«, meinte Sarah nachdenklich.

»Bei Haladay aufhören?« Dallas kam zu ihr ans Fenster. »Warum denn das?«

»Ich möchte als Sarah Lancaster Häuser bauen, nicht als Byron Lloyds Frau.«

»Oh«, seufzte Dallas. »Und was meint Byron dazu?«

»Ich habe ihm bis jetzt noch nichts davon gesagt.« Sarah zuckte mit den Schultern. »Und bin mir auch noch nicht hundertprozentig sicher, ob ich das wirklich will. Vermutlich möchte ich mir meine Möglichkeiten offenhalten, will nicht, daß meine Ehe mit meinem Berufsleben kollidiert und umgekehrt.« Sarah lachte wieder. »Vielleicht ist dieser Wunsch unrealistisch. Ich will alles, Dallas. Wenn ich es mir nur fest genug wünsche, bekomme ich vielleicht auch das meiste davon.«

»Ich erteile ungern Ratschläge«, setzte Dallas an.

»Aber?«

Lachend umarmte sie Sarah. »Laß die Dinge erst einmal ein wenig zur Ruhe kommen, bevor du etwas unternimmst. Rom wurde schließlich nicht an einem Tag erbaut.«

»Da waren sicher die Ingenieure dran schuld«, gab Sarah zurück.

Als die Bürotür aufging, drehten sie sich beide um. Sarahs Lächeln wurde breiter, als Cassidy auf sie zustapfte.

»Jetzt muß ich wohl Sarah Lloyd sagen, nicht wahr?« Er legte ihr die Hände auf die Schultern. »Na, dann lassen Sie sich mal anschauen.« Stirnrunzelnd musterte er sie.

»Und?« Sarah schaute fragend.

»Nicht schlecht. Ihr zwei macht ja alles hübsch flott.«

»Schaut so aus. Und sind Sie damit einverstanden?«

»Sie sind genau das, was er schon seit einiger Zeit gebraucht hat.« Er rubbelte ihr schnell ein paarmal über die Arme, ehe er sie losließ. »Hoffentlich tut er Ihnen genauso gut wie umgekehrt.«

»Tut er«, versicherte ihm Sarah erfreut. »Haben Sie ihn heute vormittag schon getroffen?«

»Er ist gleich zu Max gegangen.«

»Aha.« Stirnrunzelnd schaute Sarah auf die Uhr. »Ich soll um zehn zu ihm raufkommen.« Sie sah Cassidy an. »Wie geht es Max?«

»Sie haben ihn damit völlig überrascht«, meinte er knapp. »Das passiert Max nicht oft.« Cassidy wandte sich an Dallas und schaute sie vielsagend an.

»Ich habe Probleme mit einer Anforderung, die ich Ihnen vor ein paar Tagen geschickt habe. Die für die Tür.«

Dallas' munteres, eckiges Gesicht wurde völlig ausdruckslos. »Ja, ich weiß schon. Ich habe sie Ihnen zur Begründung zurückgegeben. Haben Sie mir die vervollständigten Unterlagen wieder geschickt?«

»Ich möchte die Tür«, gab Cassidy zurück. »Das ist die Begründung.«

Dallas faltete die Hände. »Das reicht leider nicht. Ich brauche eine Begründung, ehe ich die Tür von Debilleri in Rom kaufen kann. Die Kosten überschreiten den finanziellen Rahmen, und deshalb müssen uns Angebote vorliegen. In dem Antrag, den Sie mir geschickt haben, fehlten die genauen Angaben. Natürlich könnten sie Debilleri als beste oder einzige Bezugsquelle rechtfertigen.«

»Blödsinn.«

Seufzend wandte sich Dallas an Sarah. »Architekten verschwenden nie den leisesten Gedanken an Betrug, Mißbrauch oder Verschwendung. Und auch«, fügte sie hinzu, »niemand anderer sonst, weshalb ich dieser Aufgabe mein Leben geweiht habe. Schicken Sie mir die Unterlagen, und Sie können Ihre italienische Tür haben«, wiederholte sie zu Cassidy gewandt.

»Rutschen Sie mir doch mit Ihrer Begründung den Buckel runter«, brummte Cassidy und stolzierte hinaus.

»Siehst du?« Dallas seufzte zentnerschwer. »Betrug, Mißbrauch, Verschwendung. Überall.«

Sarah hielt es für besser, Dallas nichts von den Extras zu erzählen, die sie für das Bibliotheksvorhaben plante. »Du gehst jetzt am besten in dein Büro und paßt auf, daß dir nichts entgeht«, schlug sie vor. »Ich muß hinauf.«

»Mhm«, murmelte Dallas abwesend, als sie zusammen das Büro verließen.

Byron und Haladay standen auf, als Sarah ins Zimmer kam. Sie wechselte mit Byron einen Blick, bevor sie Haladay anschaute. Spannung lag in der Luft, das spürte sie sofort.

»Guten Tag, Max.«

»Guten Tag, Sarah.« Hatte er abgenommen? Unter seinen Augen bemerkte sie Falten, die vorher noch nicht dagewesen waren. »Jetzt sind wahrscheinlich Glückwünsche angebracht.«

»Ja.« Sie trat einen Schritt näher, bis sie zwischen den beiden Männern stand. »Wollen Sie mir alles Gute wünschen, Max?«

Sie sah, wie Haladays Blick über sie hinweg schweifte, und fragte sich, ob er ihre Heirat mit Byron mißbilligte.

Dann schaute er sie wieder an. »Ich wünsche Ihnen viel Glück, Sarah.«

Lächelnd streckte sie ihm die Hand hin. »Danke, Max.«

Er drückte ihr schnell die Hand. »Ich habe auch etwas für euch beide.«

»Ein Geschenk?« Sarah wandte sich Byron zu, als Max durchs Zimmer ging. Nicht nur Haladay stand unter Spannung, sondern auch Byron. Sieht so aus, dachte sie, als müßten wir schon jetzt damit anfangen, uns an die veränderte Situation zu gewöhnen.

Haladay nahm ein Gemälde vom Tisch am anderen Ende des Raumes. »Zur Hochzeit schenkt man doch für gewöhnlich etwas.« Lächelnd überreichte er Sarah das Präsent.

»Oh, Max, das ist wunderschön!«

»Besser als das, was Sie da in Ihrem Büro hängen haben«, brummte er.

Sarah lachte, als sie zu Byron aufschaute. »Max mag lieber Cezanne als Dali.« Sie reichte Byron das Bild, dann küßte sie Max auf die Wange. »Vielen Dank.«

Der alte Mann seufzte. »Im Kühlschrank bei der Bar steht Champagner«, sagte er energisch. »Macht ihn auf, und schenkt mir bloß nichts von diesem Scheißsherry ein.«

Manchmal, wenn Byron sie liebte, spürte Sarah Verzweiflung in seinem Verlangen nach ihr. Sie dachte, wie bei ihrer ersten Liebesnacht, daß noch nie jemand sie in solchem Maße begehrt hatte. Sein Verlangen nach ihr war nahezu unvernünftig, und im Verlauf der Wochen änderte sich nichts daran. Nicht im Bett. Dennoch spürte sie dieselbe Wut in ihm, denselben Wunsch, sich zurückzuhalten. Er war kein Mann, der leicht Liebe geben oder empfangen konnte. Was er ihr vor der Hochzeit gesagt hatte, bewahrheitete sich noch immer. Er wollte sie nicht lieben. Sarah mußte sich ins Gedächtnis zurückrufen, daß sie mit offenen Augen diese Ehe eingegangen war. Sie wollte Byron und würde viel Geduld aufbringen müssen, bis sie ihn vollständig besaß. Aber Geduld zählte nicht zu Sarahs Stärken.

Das Bibliotheksprojekt nahm ihre ganze Arbeitszeit in Anspruch. Weil ihr das Projekt persönlich wichtig geworden war, wollte sie keinen Zeichner beschäftigen, sondern vollendete die Pläne eigenhändig. Sie und Byron arbeiteten eng zusammen, und in dieser Zeit wurde sie sich seiner Fähigkeiten erst völlig bewußt. Obwohl sie oft bis aufs letzte mit Ingenieuren gekämpft hatte – und Byron bildete da keine Ausnahme –, imponierte ihr sein genaues, umfassendes Fachwissen. In beruflicher Hinsicht harmonierten sie, das Kreative und das Technische hielten sich die Waage.

Mit einer Tasse kalten Kaffee in der Hand schaute sich Sarah die Blaupausen auf ihrem Schreibtisch an. Die Bibliothek war ein Teil von ihnen beiden. Bis jetzt hat er mich noch nie näher an seine Vergangenheit herankommen lassen, sann sie vor sich hin. Sie erinnerte sich an ihr Gespräch nach dem Besuch seiner Mutter. Damals hatte er sich ihr geöffnet, wenngleich nur kurz. Aber es war zweifellos ein wichtiger Schritt gewesen. Es konnte Wochen, vielleicht Monate dauern, ehe er einen weiteren Schritt wagte. Mit einem Seufzer der Enttäuschung stellte sie den Kaffee beiseite. Wochen, Monate oder gar Jahre, dachte sie. Herrgott, kann ich denn so lange warten, ohne ihn unter Druck zu setzen?

Sie wollte ihn nicht ändern. Nein, sie hätte sich nicht so sehr in ihn verliebt, wenn er anders wäre. Doch er sollte sie wissen lassen, wer er war. Er sollte ihr vertrauen. Sarah begann wieder die Entwürfe zu studieren. Byron und sie hatten sich besonders gut bei der Besprechung von Statik und möglichen Schwachstellen verstanden. Und wenn sie sich liebten, verspürten sie vollständiges, verzehrendes Verlangen.

Doch das war nicht genug. In einem Anfall von Erschöpfung preßte sich Sarah die Finger an die Augen. Es reicht mir einfach nicht. Und ich glaube, Byron auch nicht.

Als der Summer auf ihrem Schreibtisch ertönte, verdrängte Sarah die Gedanken an Byron und antwortete: »Ja, Mugs.«

»Ein Mr. Bounnet möchte Sie sprechen, Miß Lancaster.«

»Was?« Sarah hörte auf, ihren linken Ohrring zu befestigen. »Wer?«

»Mr. Januel Bounnet.«

»Januel«, murmelte sie, dann lachte sie leise und erstaunt. Nerven hat er ja, das muß man ihm lassen, dachte sie. »Schikken Sie ihn herein.«

Sarah stand hinter dem Schreibtisch. Sie machte sich nicht die Mühe, die Blaupausen und Unterlagen zu ordnen. Als er hereinkam, fiel ihr auf, wie blendend er aussah, einfach perfekt in dem teuren Anzug und der Seidenkrawatte. Sein Gesicht war so schön wie eh und je. Es überraschte sie, daß sie weder Schmerz noch Unbehagen empfand – nur Neugierde.

»Sarah!« Lächelnd kam Januel auf sie zu und faßte sie an beiden Händen. »Du siehst blendend aus!«

»Ich habe das gleiche soeben von dir gedacht.« Sie entzog ihm ihre Hände. »Ich habe nicht mit dir hier in Amerika gerechnet, Januel. Gibt es Probleme mit dem Delacroix?«

»Nein, du hast doch sicher die Berichte gelesen. Es geht gut voran., Ich bin nicht gekommen, um mit dir Geschäftliches zu besprechen, Sarah.«

»Nein?« Sie lächelte. Aber er merkte, daß es kein freudiges, sondern ein belustigtes Lächeln war, und mußte sich Mühe geben, nicht verärgert zu klingen. Er wurde nicht gerne ausgelacht.

»Mir ist etwas ganz Merkwürdiges zu Ohren gekommen.« Seine Augen ruhten noch immer warm und bewundernd auf ihr. »Daß du und Byron Lloyd geheiratet habt.«

»Was ist daran so seltsam?«

»Mein Liebes... Sarah«, verbesserte er sich, als sie die Stirn runzelte. »Vielleicht sollte ich sagen – es kommt unerwartet.«

»Vielleicht«, stimmte sie zu und wartete, daß er fortfuhr.

»Bitte.« Januel spreizte die Hände. »Darf ich offen mit dir reden?«

»Oh, unbedingt.«

Ihr sarkastischer Ton reizte ihn. »Sarah«, sagte er mit bemüht sanfter Stimme, »wie kann ich es gutmachen, daß ich solch ein Narr war?«

»Überleg's dir.«

Mit einem schnellen Lachen schüttelte er den Kopf. »Du läßt mich nicht so leicht davonkommen, nicht wahr?«

»Warum sollte ich?« entgegnete sie. »Du hast dich abscheulich benommen. Wie geht es übrigens Madeleine?«

Er lachte wieder. »Sie hat mir prophezeit, daß du dich danach erkundigen würdest. Ich soll dich herzlich grüßen. Sarah...« Sowohl in seinen Augen wie auch in seiner Stimme lag etwas Flehendes. »Ich habe einen Fehler, einen fürchterlichen Fehler begangen. Was ich tat, was ich sagte, war unverzeihlich. Ich habe nicht erkannt, was dir wichtig sein würde. Eine dürftige Entschuldigung, gewiß, aber hoffentlich glaubst du mir, daß ich dich gern hatte – dich noch immer mag, sehr gerne mag. Ist es zu viel verlangt, wenn ich dich bitte, daß wir Freunde bleiben?«

»Ja«, beschied ihm Sarah. »Viel zu viel.«

»Aber vielleicht haßt du mich wenigstens nicht?« Er lächelte gewinnend. Es erstaunte sie, daß er noch immer nicht damit rechnete, daß sie ihn durchschaute.

»Ich hasse dich nicht, Januel«, sagte sie ehrlich. »Du hast mir, wenn auch unabsichtlich, einen Gefallen erwiesen. Aber verlange bitte keinen Dank dafür.«

Er kam um den Schreibtisch herum und nahm ihre Hand. »Sarah, bist du glücklich in deiner Ehe?«

»Ja.«

Er seufzte und führte ihre Hand an die Lippen. »Sarah, wenn...«

In diesem Augenblick kam Byron herein und sah Sarahs Hand in Januels, sah den zärtlichen, vertrauten Blick, den Bounnet ihr zuwarf, sah Sarahs Lächeln. Er machte die Tür hinter sich zu und kam herein.

»Lassen Sie die Hand meiner Frau los!«

»Byron!« Verblüfft starrte ihn Sarah an. Bounnet ließ ihre Hand blitzschnell los, so plötzlich, daß sie vielleicht gelacht hätte, wenn ihr nicht der Ausdruck in Byrons Augen aufgefallen wäre. »Januel hat...«

»Unterstehen Sie sich, noch einmal meine Frau anzufassen.« Byron schnitt Sarah das Wort ab, ohne einen Blick auf sie zu werfen. Seine Augen waren nur auf Januel gerichtet.

»Ich bitte um Entschuldigung«, sagte Januel steif, als er zur Tür hinausging.

»Wie konntest du nur?« fragte Sarah, sowie sie allein waren. »Wie konntest du dich nur so idiotisch benehmen?« Sie schob ihren Stuhl weg und kam auf ihn zu. »Sag nie mehr *meine* Frau, als wäre ich eine teure Krawatte.«

Byron packte sie mit beiden Händen am Revers. »Ich dulde es nicht, daß du mit diesem Mistkerl Händchen hältst. Verstanden?«

»Das duldest du nicht?« warf sie ihm hin. »*Du* duldest es nicht? Hör dir mal genau zu. Merkst du nicht, wie lächerlich das klingt? Du benimmst dich, als hättest du uns in flagranti erwischt.«

»Ich will ihn nicht mehr in deiner Nähe sehen. Ich mußte in Paris hinnehmen, daß er an dir herumfummelte. Ich mußte tatenlos im Bett liegen, obwohl ich wußte, daß er nebenan mit dir zusammen war. Aber ich muß nicht zuschauen, wie er dich jetzt begrabscht.«

Sarah bemühte sich, ruhig zu bleiben. »Niemand begrabscht mich, Byron, nicht einmal du. Und es ist jetzt ein bißchen spät, mir einen früheren Liebhaber vorzuwerfen. Ja, ich habe mit ihm geschlafen. Wolltest du eine Jungfrau? Dann hättest du dir eine andere suchen müssen. Wir hatten beide vorher andere Geliebte. Willst du, daß ich dir eine Liste aufstelle?«

Er packte ihren Blazer fester und zwang sich, sie nicht zu schlagen. Jetzt war es ihm nicht mehr möglich, Recht von Unrecht zu unterscheiden. Und das wollte er auch gar nicht. »Nicht Bounnet«, sagte er mit gebändigter Wut. »Du hältst dich zum Teufel noch mal von Bounnet fern.«

»Byron, ich...«

Er schnitt ihr das Wort ab, indem er sie in einen Sessel stieß und dann das Zimmer verließ.

28

Geschlagene zehn Minuten saß Sarah völlig reglos da. Erst mußte das Zittern aufhören, bevor sie nachdenken konnte.

Es war nicht bloße Eifersucht gewesen, sondern kaum erklärbare Raserei. Wenn jemand Sarahs wahre Gefühle für Januel kannte, dann Byron. Er hatte miterlebt, wie ihr diese Beziehung vor ihrer Hochzeit zu schaffen gemacht hatte. Aber, erinnerte sie sich, seine Einstellung Januel gegenüber war schon immer alles andere als freundlich gewesen. Im Rückblick auf die Wochen in Paris glaubte Sarah eigentlich nicht, daß Byrons Abneigung gegen Januel etwas mit ihr zu tun hatte. Zumindest nicht ursächlich.

Kopfschüttelnd stemmte sie sich aus dem Sessel hoch. Der eigentliche Kernpunkt für sie war, daß Byron ihr nicht vertraute, und das tat weh. Mit dieser Szene hatte er sie eher in die Kategorie Besitz denn Person gestellt. Und das, beschloß Sarah zornig, mußte sich rasch ändern.

Wenn er ein niedliches Frauchen gewollt hatte, das seinen Befehlen anstandslos gehorchte, hätte er eine andere heiraten müssen. Ihn zu lieben hieß nicht, daß sie nicht mehr Sarah Lancaster sein durfte. Vielleicht war ihre Idee, bei Haladay zu kündigen und ihre eigene Firma zu gründen, die Lösung?

Trennen wir unser Berufs- von unserem Eheleben, dachte sie. Wenn sie nicht mehr für ihn arbeitete, würde das ihr Privatleben unter Umständen etwas entspannen. Und, gestand sie sich ein, dann würde auch nicht mehr der Zweifel an ihr nagen, daß man ihr besonders begehrte Aufträge zuschanzte, bloß weil sie die Frau von Byron Lloyd war.

Sie wollte an die Spitze gelangen, aber nicht indem sie sich jemandem an die Rockschöße klammerte. Zwar wünschte sie sich eine intakte Ehe, aber ihre Identität wollte sie dafür nicht opfern.

Sarah ging zum Telefon und drückte ein paar Tasten. Eine Viertelstunde später betrat sie Haladays Büro.

»Max, ich weiß es zu schätzen, daß Sie mich so prompt empfangen.«

Er lehnte sich zurück, erhob sich aber nicht. »Es klang wichtig.«

»Ja, das ist es wahrscheinlich.« Sie merkte, daß sie aufgeregt war, nervöser als damals, als sie zum erstenmal sein Büro betreten hatte.

»Nehmen Sie Platz«, meinte er. »Gibt es Schwierigkeiten mit dem Bibliotheksprojekt? Die Entwürfe gefallen mir.«

»Nein, darum geht es nicht.« Weil sie nicht wußte, wie sie anfangen sollte, kam Sarah ohne Umschweife zur Sache. »Max, ich trage mich mit dem Gedanken an Kündigung.«

»Was?« Er zog die Brauen zu einer beinahe geraden Linie. »Wovon, zum Teufel, reden Sie denn?«

»Ich überlege mir, eine eigene Firma aufzumachen. Ich hatte schon früher einmal daran gedacht, aber...«

»Was ist denn das für ein Blödsinn?« wollte er wissen.

»Es ist kein Blödsinn, Max.«

»Haben Sie denn irgendwelche Klagen?« fragte er sie mit noch immer finsterem Blick. »Über Ihr Gehalt? Ihre Aufträge?«

»Nein.« Sarah schüttelte den Kopf. »Nein, es hat damit nichts zu tun. Keiner Ihrer Mitarbeiter könnte sich darüber beschweren, wie Sie die Geschäfte führen, Max, oder Ihre Angestellten behandeln. Ich habe private Gründe.«

»Was in aller Welt soll das nun heißen?«

»Ich möchte nicht für Byron arbeiten.«

Daraufhin lehnte sich Max zurück und atmete langsam aus. »Warum?«

»Weil ich unsere Ehe fortführen und mir gleichzeitig meine Eigenständigkeit bewahren möchte.«

»Darf ich erfahren, was das bedeuten soll?«

Sarah lachte. »Nun, Max, ich liebe ihn. Ich möchte ihn nicht verlieren. Ich möchte mich selber aber auch nicht aufgeben.«

»Das erklärt nicht, weshalb Sie so hirnverbrannte Ideen haben – weggehen und sich selbständig machen!«

»Hirnverbrannt?« wiederholte Sarah und hob die Brauen. »Trauen Sie mir das nicht zu?«

Stirnrunzelnd musterte Max sie. »Ich traue Ihnen das durchaus zu«, gestand er. »Aber ich glaube nicht, daß Sie das nötig haben. Sie haben hier alle schöpferischen Freiheiten, die Sie brauchen. Ich könnte Leute wie Cassidy nicht halten, wenn ich sie gängeln würde.« Er hielt inne, hob einen Bleistift und trommelte damit auf dem Schreibtisch herum. »Was meint denn Byron zu dieser Idee?«

»Ich habe ihm noch nichts davon gesagt.«

»Warum zum Teufel nicht?«

»Weil ich das nicht mit dem Vizevorstandsvorsitzenden von Haladay besprechen möchte«, erwiderte sie gelassen, »sondern mit meinem Mann. Ich komme zuerst zu Ihnen, weil Ihnen das Unternehmen gehört. Ich werde mit Byron darüber reden, aber nicht während der Bürozeiten.«

»Ich verstehe«, meinte Haladay nachdenklich und tat es allmählich auch. »Ich hätte auch nicht gewollt, daß meine Frau für mich arbeitet. Sie sollte zu Hause bleiben und das Abendessen für mich bereit halten, wenn ich heimkam.« Er schüttelte den Kopf und konzentrierte sich dann wieder auf Sarah. »Aber Sie sind ein ganz anderer Frauentyp, nicht wahr?«

»Ja«, antwortete sie lächelnd. Sie hatte sich immer gefragt, was er wohl für seine Frau empfunden hatte. Jetzt erkannte sie, daß er verliebt in sie gewesen war.

Er legte den Bleistift hin und faltete die Hände. »Ich hatte nie einen Sohn«, fing er schließlich an.

»Tatsächlich, Max?«

Bei diesen Worten stockte er. Sie sahen einander kurz in die Augen, ehe er nickte. »Ja, Sie sind eine sehr gescheite Frau. Byron verkörpert alles, was ich mir von einem Sohn gewünscht hätte. Als ich ihn das erstemal sah, war er jung und zäh; er hungerte nach Erfolg. Himmel, dachte ich, das könnte ja ich vor dreißig Jahren sein. Aber er war gescheiter, intelligenter. Ich habe in diesen Jungen investiert, aber nicht nur geschäftlich. Es hat sich ausgezahlt.«

Sein Blick wurde durchdringender. »Es hat mir überhaupt nicht gefallen, als er mir von Ihrer Heirat erzählte.«

Sarah hielt seinem Blick stand. »Ich weiß.«

»Es gefiel mir nicht«, fuhr Haladay fort, »weil dies bedeutete, daß er sich damit von mir entfernt hatte. Wenn er an jemanden wie meine Laura geraten wäre, hätte ich nicht mal geblinzelt. Verdammt, Sarah, ich schaue Sie an und erkenne in Ihrem Ehrgeiz mich selbst wieder.«

»Ist das denn so schlimm, Max?«

Er stieß einen langen, müden Seufzer aus. »Ich bin ein alter Mann. Herrje, ich bin alt und nicht darauf vorbereitet. Sie sind die Frau, die Byron braucht. Es war höchste Zeit, daß er sich einen Schritt von mir entfernt hat. Aber das sage ich Ihnen – Haladay ist nicht darauf vorbereitet, eine seiner besten Architektinnen zu verlieren.«

»Max, das weiß ich zu schätzen, aber...«

»Sie sollen das nicht zu schätzen wissen«, brauste er auf. Plötzlich spürte er ein Stechen in der Brust. »Denken Sie darüber nach. Ich habe auch in Sie investiert. Bringen Sie Ihre Angelegenheit mit Byron in die Reihe. Ich möchte euch beide morgen früh um acht in meinem Büro sehen.«

»Ja, Sir«, tat sie gekünstelt und beobachtete, wie sein Schnurrbart zuckte.

»Verdammt, Sarah, scheren Sie sich hinaus. Ich muß arbeiten.«

Sie stand auf, blieb aber an der Tür stehen. »Max, wie immer ich mich auch entscheide, ich weiß zu schätzen, daß Sie so mit mir gesprochen haben.«

Kurz nach sieben hörte Sarah, wie die Aufzugstüren auf und wieder zu gingen. Sie erhob sich nicht vom Sofa, sondern wartete, bis Byron die Wohnung betrat. Obwohl er sie sah, ging er wortlos zur Bar, um sich einen Drink einzuschenken.

»Byron, ich würde gern etwas mit dir bereden...« Ihre Stimme klang kühl, aber sie konnte nicht anders. Noch immer war sie wütend. »Schieß los.« Er hob sein Glas, rührte sich aber nicht vom Fleck.

Und er ist auch noch wütend, dachte Sarah. »Ich habe es mir durch den Kopf gehen lassen, ob ich nicht besser von Haladay fortgehen und meine eigene Firma aufmachen sollte.«

Einen Moment lang sagte er nichts, sondern unterdrückte eine zornige Antwort. »Warum?«

»Dafür gibt es mehrere Gründe.« Sarah überflutete eine

Woge der Enttäuschung. Warum unterhalten wir uns wie Fremde? »Byron.« Sie stand auf und wagte den ersten Schritt. Da er ihr nicht entgegenkam, hielt sie inne. »Ich finde, wir sollten nicht zusammenarbeiten.«

»Haladay beschäftigt einen ganzen Stab von Mitarbeitern.« Er kippte einen ordentlichen Schluck Bourbon.

»Verflucht, du weißt genau, daß ich etwas ganz anderes meine.«

»Warum sagst du mir dann nicht, was du wirklich meinst, Sarah«, erwiderte er kalt. »Ratespielchen mag ich nicht.«

»Herrgott noch mal, Byron, bist du ein Mistkerl.« Sie wandte sich ab und kämpfte um Selbstbeherrschung. »Ich möchte nicht für dich arbeiten, weil ich nicht will, daß du mich auch in unseren vier Wänden wie eine Angestellte behandelst.«

»Wie kommst du denn auf diese Idee?«

»Weil du mich herumkommandierst, Byron«, sagte sie und schaute ihn wieder an. »Deshalb. Du hast mir einmal erzählt, daß du keine Befehle entgegennimmst. Das war in einer geschäftlichen Situation, und du hattest völlig recht. Jetzt sage ich dir: Ich dulde in unserer Ehe keine Befehle.«

»Aha.« Er begutachtete den Whisky in seinem Glas, ehe er ihn trank. »Jetzt sind wir also wieder bei Bounnet.«

»Nein!« Erzürnt ging Sarah auf ihn zu. »Wir sind wieder bei dir und mir, weil es nur darauf ankommt. Ich mache das nicht länger mit, daß du unsere Ehe und unser Berufsleben durcheinanderwirfst. Ich bitte dich nicht, eine Wahl zu treffen. Zum gegenwärtigen Zeitpunkt besteht kaum ein Zweifel, wer das Rennen machen würde.«

»Ich weiß überhaupt nicht, wovon du redest.«

Allmählich drang sie zu ihm durch. Sarah sah, wie die Wut allmählich das Eis zu schmelzen begann. Sie ließ nicht locker. »Ich glaube, du weißt das sehr wohl, Byron. Wenn wir unser Eheleben nicht von dem trennen können, was wir unten im Büro tun, muß meiner Ansicht nach einer von uns etwas ändern.«

»Und welche Art von Veränderung stellst du dir vor?«

»Ich habe genug gelernt, um eine kleine Firma leiten zu können und habe mir auch durchaus einen Ruf erworben.«

»Aber beides hast du doch Haladay zu verdanken«, bemerkte er knapp und schenkte sich noch einmal ein. Ihm paßte es nicht, daß er gerade etwas verlor – es verlor, während er mit der einen Hand danach griff und es mit der anderen wegschubste.

»Das würde ich auch nie leugnen.«

»Was möchtest du dir damit beweisen, Sarah?«

»Daß ich es könnte.«

»Du wirfst eine Menge weg für dein Selbstwertgefühl«, meinte er.

»Es geht hier nicht um mein Selbstwertgefühl, Byron.« Sie fuhr sich durchs Haar. »Ach verdammt, vielleicht schon, aber nur zum Teil. Und ich weiß auch, daß wir zwei es nicht schaffen, wenn sich nicht etwas ändert. Du stehst seit unserer Rückkehr nach Phoenix unter Hochspannung. Du willst mich noch immer nicht verstehen, Byron, und ich kann das nicht akzeptieren. Je länger das so weitergeht, um so schwerer wird es dir fallen, mir Gefühle entgegenzubringen. Ich frage mich, ob mehr Distanz auf beruflicher Ebene nicht dazu beitragen könnte, daß wir die Distanz in unserer Ehe wenigstens zum Teil überwinden.«

»Ich habe dich nie belogen.«

»Nein«, sagte sie. »Das hast du nicht.«

Er umklammerte das Glas fester. In diesem Augenblick begehrte er sie so sehr, daß er vor Wut und Enttäuschung hätte aufschreien können. Eigentlich sollte er doch in der Lage sein, sich zu beherrschen. Er hatte seine Gefühle immer unter Kontrolle gehalten – seit er das Reservat verlassen, seit er seinen langen Aufstieg begonnen hatte. Sarah warf alles über den Haufen.

Unvermittelt schleuderte er das Glas an die Bar. Als es zerschmetterte, riß er sie an sich. Er tat ihr weh, das wußte er. Irgendwie wollte er das auch. »Ich brauche dich. Das weißt du doch, verdammt noch mal.«

»Byron...«

Aber er verschloß ihr mit einem verzweifelten, wütenden Kuß den Mund und zog sie zu Boden. Sie dachte an das erstemal, als sie da gelegen hatten. Damals hatte sie ihn als verwegen und selbstsicher erlebt. Jetzt war er brutal und außer

Kontrolle. Die Heftigkeit seiner Begierde überwältigte sie beide. Er brachte nicht die Geduld für Knöpfe und Reißverschlüsse auf. Sarah spürte, wie ihre Bluse zerriß.

Nichts anderes wollte er als ihre nackte, heiße Haut. Sie zerrte noch an seinen Kleidern, als er schon die Finger zwischen ihre Schenkel schob. Sarah bäumte sich auf und schrie beim ersten Höhepunkt, doch er kannte kein Erbarmen. Hier, hier an Ort und Stelle würde er sie haben, dann würde er auch seine Beherrschung wiedergewinnen.

Sie bebte und wimmerte, als er mit dem Mund nach ihrer Brust suchte. Dann verlor er sich in seiner Begierde, stöhnte, als sich sein Verlangen noch steigerte. Er konnte nicht genug von ihr bekommen und erkannte mit einem letzten Aufflakkern von Zorn, daß er niemals genug bekommen würde. Mit ihren Händen führte sie ihn tief in sich.

Sarah lag ruhig da, obwohl ihr Atem alles andere als gleichmäßig ging. Byron neben ihr schwieg. Er hielt sie nicht im Arm, und als sie sich zu ihm hindrehte und ihn berühren wollte, stand er auf. Noch betäubt vor Leidenschaft, erschöpft vom Liebesakt, sah ihm Sarah beim Anziehen zu.

»Byron, wo gehst du hin?«

»Weg.«

»Weg?« wiederholte sie fassungslos und setzte sich auf.

»Genau.« Er knöpfte sich das Hemd zu, ohne sie eines Blikkes zu würdigen.

Ihre Oberschenkel waren noch feucht von ihm. Verwirrt schüttelte Sarah den Kopf. »Warum?«

Ohne ein Wort ging er zur Tür.

»Byron!« rief ihm Sarah nach. Obwohl Schmerz in ihr wühlte, klang ihre Stimme beherrscht. »Geh nicht. Ich brauche dich.«

Ohne stehenzubleiben, ging er hinaus. Sarah hörte das Poltern des Aufzugs.

Sie lag auf ihren zerwühlten Kleidern und weinte.

29

Ganz gegen ihre sonstige Gewohnheit erwachte Sarah früher als Byron. Langsam dämmerte sie in den Wachzustand hinüber, drehte den Kopf und entdeckte Byron neben sich. Ihr fiel ein, daß sie ihn noch nie im Schlaf gesehen hatte, weil er sonst immer vor ihr aufgewacht war. Sie wollte ihn berühren, sich ihm zuwenden. Dann erinnerte sie sich an den gestrigen Abend und drehte sich um. Bei ihrer Bewegung war Byron sofort wach. Er setzte sich zur gleichen Zeit wie sie auf und faßte sie am Arm.

»Sarah.«

Sie hielt inne. »Ich will duschen. Max möchte uns um acht sprechen.«

Er spürte den unvernünftigen Drang, sie zu schütteln, doch statt dessen ließ er sie los. Die Badezimmertür schloß sich leise hinter ihr.

Schweigend zogen sie sich an. Sarah steckte sich gerade die letzte Klammer ins Haar, als Byron sich das Hemd zuknöpfte. »Ich gehe jetzt hinunter«, meinte sie.

»Ich komme gleich nach«, gab er tonlos zurück.

Byron beobachtete, wie sie die Wohnung verließ und hörte gleich darauf das Aufzuggeräusch.

Sarah befahl sich, an nichts zu denken, als sie den Knopf für Haladays Stockwerk drückte. Sie wollte weder denken noch fühlen, solange sie es nicht unbedingt mußte. Sie wollte sich auch nicht überlegen, was sie Haladay sagen würde, wollte sich nicht eingestehen, daß sie in diesem Augenblick gar keine Pläne hatte. Als die Aufzugtüren aufgingen, atmete Sarah tief durch und betrat dann Haladays Büro.

Er lag mit dem Gesicht nach unten vor seinem Schreibtisch am Boden. Sie wollte seinen Namen rufen, brachte aber keinen Ton heraus. Dann endlich schrie sie auf und rannte zu ihm hin.

Das Herz schlug ihr bis zum Hals, als sie neben ihm niederkniete. Vergeblich versuchte sie, ihn auf den Rücken zu drehen – er war zu schwer. Sie schaffte es nicht. Mit zusammengebissenen Zähnen versuchte es Sarah noch einmal. Als es ihr endlich gelang, streifte seine Hand ihren Schenkel. Sofort zuckte Sarah zurück. Seine Hand war kalt. Sie erkannte den Tod, noch ehe sie ihm ins Gesicht sah.

Ihr drehte sich fast der Magen um. Sie schüttelte den Kopf, wollte es nicht glauben. *»Max!«* Sie packte ihn an der Schulter und schüttelte ihn. *»Max!«*

Schließlich rappelte sie sich hoch und rannte zum Telefon auf Haladays Schreibtisch. Zweimal mußte sie wählten, ehe das Freizeichen ertönte. »Byron«, sagte sie, sowie sie das Klicken hörte, als abgehoben wurde. »Byron!«

»Sarah?«

»Komm schnell.« Sie ließ den Hörer fallen und eilte zu Haladay zurück, ignorierte ihre schreckliche Vermutung und suchte erst an seinem Handgelenk den Puls, dann am Hals. Verzweifelt zerrte sie an seiner Krawatte herum, um sie zu lockern. Das Herz hämmerte ihr gegen die Rippen, und sie fluchte, weil ihr die Hände zitterten.

Als Byron sie fand, knöpfte sie Max gerade das Hemd auf. Innerhalb von Sekunden war er bei ihr und stieß sie zur Seite. Er brauchte nur einen flüchtigen Blick auf Max zu werfen, um zu erkennen, daß es keinen Sinn mehr hatte. Dennoch suchte er wie Sarah nach dem Puls. Er konnte Sarahs stoßweisen Atem hören, als sie sich ihm gegenüber neben Max hinkniete. Vorsichtig streckte Byron die Hand aus und drückte Max die Augen zu. Sarah protestierte stotternd.

»Nein, Byron. Nein, nein, es muß doch noch etwas geben...« Sie unterdrückte eine neue Woge der Übelkeit. »Wir müssen ihm doch noch irgendwie helfen.«

Einen Moment lang knieten beide schweigend neben Haladay. »Er ist tot, Sarah. Schon seit Stunden. Wir können nichts mehr für ihn tun.«

Er sah, wie ihr Gesicht bei seinen Worten erstarrte, ehe sie den Kopf auf Haladays Brust legte.

Während des Trauergottesdienstes stand Sarah gefaßt und in aufrechter Haltung da. Sie betrachtete den nächsten Grabstein und dachte benommen an das, was Max von seiner Frau erzählt hatte. Als sie und Byron dann allein am Grab standen, legte sie eine Nelke auf den Sarg. Wortlos nahm Byron sie am Arm und führte sie weg.

Sie setzten sich auf den Rücksitz der Limousine, der durch eine schalldichte Scheibe vom Fahrer abgetrennt war. Zum erstenmal seit einer Stunde machte Sarah den Mund auf.

»Beim Tod meiner Eltern war ich wütend und traurig. Aber vor allem fühlte ich mich schuldig. Sie waren so gute Menschen und hatten mir Liebe und Geborgenheit geschenkt. Ich liebte sie beide und nahm sie als selbstverständlich hin. Nach ihrem plötzlichen Tod erkannte ich, daß ich ihnen nie gesagt hatte, wie sehr ich sie liebte.«

Seufzend schaute sie aus dem Fenster. »Am Tag vor seinem Tod war ich bei Max im Büro. In diesen paar Minuten fühlte ich mich ihm so nahe. Und er sagte ...« Ihr versagte die Stimme, und kopfschüttelnd versuchte sie, sich wieder unter Kontrolle zu bekommen. »Er sagte, er sei ein alter Mann, aber er habe sich noch nicht darauf eingestellt. Grimmig unterdrückte er ein Lächeln und befahl mir, ich solle mich hinausscheren, er müsse noch arbeiten. Ich hatte ihn lieb, so wie er war. Und jetzt lebt er nicht mehr.«

Byron erwiderte nichts. Sarah hatte keine Anzeichen von Trauer an ihm wahrgenommen; wenn er Schmerz empfand, so behielt er das wohl für sich. Doch erschien er ihr jetzt fremder als damals, als sie zum erstenmal sein Büro betreten hatte. Sie holte tief Luft, des Kämpfens müde. »Ich möchte nicht in den Sitzungssaal, Byron, und mir die Testamentseröffnung anhören.«

»Aber deine Anwesenheit ist unbedingt nötig.« Das klang entschieden und endgültig. »Aus verschiedenen Gründen muß das möglichst bald vonstatten gehen. Ein Führungswechsel in einem Unternehmen von der Größenordnung Haladays ist immer eine gefährliche Zeit. Es gibt Kredite, Verträge und Kontrakte, Hunderte von größeren und kleineren Angelegenheiten, um die man sich kümmern muß. Erst nach der Testamentseröffnung kann der Übergang stattfinden.«

»Das hat doch nichts mit mir zu tun.« Sie lehnte den Kopf gegen den Sitz.

»Es ist wichtig, daß du dabei bist.«

Er wandte sich ab, und sie schwiegen den Rest der Fahrt.

Im Sitzungssaal roch es nach Leder und Möbelpolitur. Ein sechs Meter langer Walnußtisch mit hochlehnigen Stühlen und gepolsterten Sitzflächen beherrschte den Raum. An jedem Platz standen Waterford-Kristallgläser. Die schweren Damastvorhänge vor den Fenstern waren zugezogen. Cassidy riß sie mit einem schnellen Ruck auf, und Tageslicht ergoß sich in den Raum.

Sarah spürte, daß Cassidys Trauer die Form von Wut annahm und empfand Mitgefühl für ihn. Sie sah zu, wie Kay Rupert lautlos die Wassergläser füllte. Als sie damit fertig war, setzte sie sich ans Tischende und faltete die Hände. Neben ihr lagen Block und Bleistift parat. Ihr Blick huschte über Sarah, ehe sie sich diskret abwandte.

Sarah kannte fast keinen der Anwesenden. Zwei der Vorstandsmitglieder hatte man ihr früher einmal vorgestellt, aber die drei anderen, ernst dreinschauenden Männer in dunklen Anzügen, waren ihr fremd. Sie saß zwischen Byron und Cassidy und schaute gedankenverloren um sich.

Greenfield war Haladays Anwalt und, zusammen mit Byron, der Testamentsvollstrecker. Obwohl sie wußte, daß es widersinnig war, mochte ihn Sarah nicht, weil er das Testament in der Hand hielt. Mit einem Räuspern nahm er am Kopfende Platz. Seine Stimme klang sanft und erstaunlich volltönend, doch Sarah hörte ihm kaum zu.

Während er seinen Monolog herunterleierte, schnappte sie nur hin und wieder einen Fetzen irgendeines technischen Abschnitts auf; ein Stipendienfonds, eine Stiftung. Das alles hatte in ihren Augen nichts mit dem Maxwell Haladay zu tun, den sie gekannt hatte. Sie konnte Greenfields weiche, ausdruckslose Stimme nicht ausstehen. Wegen ihrer Erschöpfung fiel es ihr aber zunehmend schwerer, sich abzuschotten und seinen Vortrag an sich vorbeirauschen zu lassen. Als Cassidy die Hand ausstreckte und auf die ihre legte, drückte sie sie, dankbar für die einfache, mitfühlende Geste. Aber selbst als sich ihre Schultern gelockert hatten, verspannte sie sich wieder, als ihr Name fiel.

»Sarah Lancaster Lloyd vermache ich den Schmuck meiner

Frau, der im folgenden aufgelistet ist, mein Anwesen in Cornwall mitsamt dem Haus und seinem Inhalt. Ich hinterlasse Sarah Lloyd außerdem fünfzig Prozent meines Anteils von sechzig Prozent an Haladay Enterprises.«

Sarah hörte nicht das Geraune um sich herum, als sie Greenfield stirnrunzelnd anschaute. Was hatte er gesagt? Sie warf Byron einen flüchtigen Blick zu, konnte seiner gefaßten, verschlossenen Miene aber nichts entnehmen. Cassidys Hand lag noch immer auf der ihren, also wandte sie sich ihm zu. Er legte ihr die andere Hand auf die Schulter.

»Bleiben Sie ruhig, Sarah«, murmelte er.

»Was hat er gesagt?« fragte sie, dann sah sie wieder Byron an. »Was meint er damit?«

Ohne ihr zu antworten, stand Byron auf und nahm sie am Arm. »Machen Sie bitte mit den speziellen Verfahrensbedingungen des Vermächtnisses weiter«, sagte er zu Greenfield, »ich bin gleich wieder zurück.«

»Ja, natürlich.«

Byron führte sie hinaus und schloß die Tür hinter ihnen. Beim Betreten des großen Empfangsraums entzog sie sich ungeduldig seinem Griff. »Byron, ich will wissen, was da vor sich geht.«

»Max hat dir den Schmuck seiner Frau, sein Anwesen in Cornwall und die Hälfte seines Sechzig-Prozent-Anteils an Haladay Enterprises hinterlassen«, sagte er nüchtern. »Ich würde das auf ungefähr fünfzig Millionen schätzen.«

»Um Himmels willen.« Sie konnte es nicht fassen. Ihr Verstand streikte. »Warum?«

Byron hob die Brauen. »Weil er es so wollte.«

»Das ergibt doch keinen Sinn, Byron. Ich habe für diesen Mann eineinhalb Jahre gearbeitet. Warum sollte er mir etwas vererben?«

»Max war nie der Ansicht, anderen Menschen Erklärungen schuldig zu sein. Du wirst über das Privatanwesen frei verfügen können. Was den Unternehmensanteil betrifft...« Er stockte und schnippste sein Feuerzeug an. »Das hängt davon ab, wie sehr du dich im Unternehmen engagieren willst.«

Ungeduldig sprang Sarah auf. »Byron, das ist lächerlich.

Ich habe kein Anrecht auf das Anwesen oder die Beteiligung.«

»Max hat dir das Anrecht gegeben«, entgegnete er. »Und die Verantwortung.«

Sie verkniff sich die Worte, die ihr auf der Zunge lagen, und schaute ihn aufmerksam an. »Du hast davon gewußt«, sagte sie langsam. »Du wußtest von seinem Testament.«

»Wir haben darüber gesprochen«, entgegnete er knapp und wandte sich ab. »Warte hier.«

Ohne sie noch einmal zu Wort kommen zu lassen, ging er durch die Doppeltüren und in den Sitzungssaal. Sarah starrte ihm nach. Was wurde hier gespielt? fragte sie sich. Warum hatte ihr niemand die Regeln erklärt? Sarah hörte, wie die Türen wieder aufgingen und drehte sich um. Heraus kam nicht Byron, sondern Kay Rupert.

»Mrs. Lloyd, Mr. Lloyd bat mich, Sie nach oben zu bringen. Er möchte, daß Sie dort auf ihn warten. Sie sollten keine Reporter empfangen und auch keine Fragen beantworten.«

»Ich verstehe.« Sarah warf wieder einen Blick auf die geschlossenen Türen. »Sie müssen nicht mitkommen, Kay. Mir geht es gut.«

»Mrs. Lloyd«, lächelnd machte Kay die Flurtüren auf, »ich folge immer den Anordnungen des Chefs. So wünscht er es.«

»Na schön.« Gereizt sah Sarah zu, wie Kay den Schlüssel in die Aufzugstür steckte.

»Ich darf Ihnen doch noch einen Drink einschenken, Mrs. Lloyd?« Kay lächelte sie mitfühlend an, als sie oben angelangt waren. »Sie schauen aus, als könnten Sie einen vertragen.«

Sarah wollte sie schon anfahren, daß sie allein sein wolle, riß sich dann aber zusammen. Die Frau versuchte ja nur zu helfen. »Danke, das ist nett. Möchten Sie auch einen?«

»Nicht im Dienst. Einen Brandy?«

»Ja, bitte.« Sarah setzte sich auf das Sofa und versuchte nachzudenken.

Kay beobachtete sie in der verspiegelten Barwand. Sie spürte, wie sich der bittere Geschmack von Wut in ihrer Kehle festsetzte. Sarah saß an ihrem Platz, an dem Platz, den sie selbst hatte einnehmen wollen. Zehn Jahre lang, dachte

Kay erzürnt. Zehn Jahre habe ich gewartet, und sie hat alles in nicht einmal zwei gekriegt. Sie goß den Brandy ein und brachte ihn Sarah.

»Sie müssen über den Lauf der Dinge überrascht sein«, bemerkte sie.

»Überrascht«, murmelte Sarah, als sie den Schwenker nahm, »ist nicht der Ausdruck, der mir eingefallen wäre.«

»Mr. Lloyd dürfte sich freuen.«

»Byron?« Sarah schaute auf. »Warum denn?«

»Nun ja, jetzt verfügt er doch über die Anteilsmehrheit bei Haladay. Er hatte bereits zwanzig Prozent, und Mr. Haladay hat ihm weitere zwanzig Prozent hinterlassen. Zusammen mit Ihren dreißig Prozent hat er jetzt siebzig. Natürlich weiß ich nicht, weshalb ihm Mr. Haladay nicht gleich den ganzen Anteil vermacht hat, aber...« Sie sprach nicht weiter, sondern zuckte mit den Schultern. »Ich kann nur hoffen, daß sie ihre Meinungsverschiedenheit vor Mr. Haladays Tod noch bereinigt haben.«

»Meinungsverschiedenheit?«

»Ja, es ist zu schlimm, daß sie am Abend vor seinem Tod miteinander streiten mußten, nicht wahr?«

»Wovon in aller Welt reden Sie?« Sarah hatte sich erhoben, aber Kay hörte nicht auf zu lächeln.

»Wußten Sie nichts davon?« Ihre Stimme klang so unbeschwert und geschäftsmäßig wie immer. »Ich dachte, Mr. Lloyd hätte es Ihnen gegenüber erwähnt. Ich mußte an diesem Abend Überstunden machen und wollte gerade einige Unterlagen in Mr. Haladays Büro bringen, als ich sie streiten hörte. Natürlich lauschte ich nicht, sondern legte die Unterlagen auf den Schreibtisch seiner Sekretärin und ging. Aber Mr. Haladay war wütend. Er hatte eine kräftige Stimme.«

»Byron hätte mit Max nicht gestritten«, beharrte Sarah und dachte an sein Herz. Und an den Herzanfall, der ihn das Leben gekostet hatte.

»Nun ja, es war bestimmt nur eine Meinungsverschiedenheit.« Kay genoß den Anblick, wie entsetzt Sarah war. »Mr. Haladay hat sich manchmal zu sehr aufgeregt. Ich gehe jetzt. Sie möchten bestimmt allein sein.«

Als Kay in der Halle verschwand, setzte sich Sarah wieder.

Fünfzig Millionen Dollar, dachte sie benommen. Dreißig Prozent von Haladay Enterprise. O Gott. Und Byron hat sich mit Max am Abend bevor er starb gestritten. Nein, unmöglich, sagte sich Sarah. Er hätte Max niemals so aufgeregt, er wußte doch, wie schlimm es um sein Herz stand. Byron kann sich doch beherrschen.

Dann erinnerte sie sich daran, in welcher Verfassung er sie an diesem Abend verlassen hatte – an dem er sie wie ein Besessener geliebt und dann allein gelassen hatte. Nein, nein, nein! Sie versuchte, ihre Gedanken zu verdrängen. Er hatte bestimmt nicht seinen Zorn an Max abreagiert. Dazu hätte er gar keinen Grund gehabt. Kay hatte sich geirrt. Sich geirrt oder gelogen.

Als sie den Aufzug hörte, sprang Sarah auf und wartete.

Byron bemerkte ihre starre Haltung und das unberührte Brandyglas. »Du solltest das trinken und ins Bett gehen.«

»Wie lange hast du schon gewußt, was Max in seinem Testament angeordnet hatte?«

Byron ging zu ihr, nahm ihren Brandy und trank ihn selber. »Soweit es dich betrifft? Seit sechs Monaten von deinem Anteil, seit zwei Wochen von dem Rest.«

Sarah atmete langsam aus. »Nun gut, Byron, warum hat mir Max die Beteiligung vermacht?«

»Er kannte dich. Er wußte, daß du gescheit, ehrgeizig und voller Energie bist.« Byron stellte den Brandy hin und nahm sich die Krawatte ab. »Er wollte, daß Haladay in starken Händen bleibt – und zugleich wollte er sicherstellen, daß keiner ein zu großes Stück vom Kuchen bekommt.«

Verdammt, Sarah. Ich schaue Sie an und erkenne in Ihrem Ehrgeiz mich selbst wieder. Sarah konnte Haladay diese Worte sagen hören, als stünde er mit ihnen im Zimmer. Weil plötzlich heftige Trauer in ihr aufstieg, wandte sie sich ab.

»Wenn er mir das doch persönlich gesagt hätte«, murmelte sie. »Wenn er das doch erst mit mir besprochen hätte.«

»Max tat prinzipiell das, was er wollte.«

Sarah nickte, dann drehte sie sich um. »Du wirst jetzt Vorstandsvorsitzender?«

»Der Vorstand wird darüber abstimmen.« Er starrte auf

den Brandy. »Doch, ja, sie werden mich zum Vorstandsvorsitzenden wählen.«

»Und mit meinen dreißig Prozent hast du die Aktienmehrheit.«

Er warf ihr einen wachsamen Blick zu. »Diese Rechnung wird manchen Leuten in den Sinn kommen.«

»Ich frage mich, Byron, wie sehr du dir das gewünscht hast.«

Er verstärkte den Griff um das Glas. »Geh ins Bett, Sarah.«

»Hast du Max an dem Abend, bevor er starb, gesprochen?«

Sie sah, wie sich seine Miene veränderte. Aber es ging zu schnell, als daß sie es hätte deuten können. Sein Gesichtsausdruck war wieder verschlossen, als er antwortete. »Ja.«

Sarah spürte, wie sich der Kopfschmerz als langsames, gleichmäßiges Pochen in ihrem Hinterkopf aufbaute. »Warum?«

»Das geht nur mich etwas an.«

»Hast du dich mit ihm gestritten?«

Byron sagte nichts, hielt ihrem Blick aber stand.

»Verdammt, Byron, sag's mir. Seine Tabletten steckten noch in seiner Sakkotasche. Wenn er sich mit dir gestritten hat, wenn er sich aufgeregt hat...«

»Ich habe dir gesagt, du sollst ins Bett gehen, Sarah.« Er lockerte den Griff um das Glas, da er wußte, daß es sonst unter dem Druck seiner Finger zerbersten würde.

»Er hat dir alles gegeben!« schrie sie, zornig über seine Reserviertheit. »Du warst für ihn der Sohn, den er sich immer gewünscht hat. Er liebte dich. Kümmert dich das nicht? Hast du denn gar kein Gefühl, Byron?«

»Meine Gefühle gehen dich nichts an, Sarah.«

Wenn er sie geschlagen hätte, wäre das nicht so schlimm gewesen. Byron hörte, wie sie nach Luft schnappte und dann bebend ausatmete. »So ist das also? Mit diesem Wissen kann ich nicht leben. Ich habe es riskiert... und dabei verloren.« Sie atmete noch einmal hörbar aus. »Ich hoffte, du würdest mir allmählich vertrauen, mich mit der Zeit näher an dich herankommen lassen. Aber das war falsch. Mir reicht eine solche Ehe nicht, Byron. Ich will alles – oder nichts.«

Byron zuckte mit den Schultern, dann trank er wieder. »Das ist deine Sache.«

Sie drehte sich um und ging ins Schlafzimmer, um ihre Sachen zu packen. Als sie herauskam, war er nicht mehr da.

30

Sarah stand im zwanzigsten Stockwerk und sah auf das Verkehrsgewühl in den Straßen hinunter. Sie hatte nicht das Gefühl, heimgekommen zu sein, wie sie es gerne gehabt hätte, sondern kam sich vor, als säße sie zwischen zwei Stühlen, als starre sie auf eine Uhr, deren Zeiger sich weder vor noch zurück bewegten.

Wie hatte Dad doch immer gesagt? *Eine stehengebliebene Uhr zeigt zweimal am Tag die richtige Zeit an.* Diesmal nicht, dachte sie seufzend. Sie hörte nicht, wie die Tür hinter ihr aufging und jemand ihren Namen rief. Erst als sie eine Hand auf ihrer Schulter spürte, wirbelte sie herum.

»Ach, Benedict.« Sie fiel ihm in die Arme und klammerte sich an ihn.

Alles Vertraute an ihm überflutete sie; wie er roch, wie sein Bart an ihrer Wange kratzte, der sanfte Klang seiner Stimme, die noch leicht von der Bostoner Sprechweise geprägt war. Sie wollte in seinen Armen Schutz suchen und alles vergessen. Doch selbst wenn sie die Uhr bis zum Zeitpunkt ihrer letzten Umarmung hätte zurückdrehen können, so war sie sich doch nicht sicher, ob sie das auch wirklich tun würde.

Langsam löste sich Sarah aus der Umarmung, um ihn anzuschauen. Nachdem sie ihm beide Hände auf die Wangen gelegt hatte, lächelte sie. »Benedict, wie schön, dich zu sehen. Pat meinte, ich könnte hier auf dich warten.«

»Sarah, seit wann bist du in New York?« Er redete fröhlich drauflos, als er sie zu einem Stuhl führte, aber seinem von Berufs wegen scharfsichtigen Auge war ihre Blässe nicht entgangen. Sie hat auch abgenommen, dachte er.

»Seit letzter Woche. Du warst nicht da.« Sie lächelte noch einmal, als sie sich in einen tiefen, weichen Sessel setzte. »Also habe ich beschlossen, mich an dem Morgen, an dem man dich zurückerwartete, auf deiner Schwelle niederzulassen.«

»Ich wäre nicht weggefahren, wenn ich geahnt hätte, daß du kommst.«

»Das weiß ich, Benedict.«

»Ich habe die Zeitungen gelesen.« Er machte es sich in dem Sessel neben ihr bequem. »Bei dir hat sich allerhand getan. Das Delacroix-Kulturzentrum, eine überraschende Blitzheirat mit Byron Lloyd, dann deine gleichermaßen unerwartete Erbschaft.«

»Ein hervorragendes Jahr«, murmelte sie.

»Erzähl mir davon.«

»Ich habe jemanden gefunden, mit dem ich nicht sehr gut harmoniere, Benedict.«

»Meine Glückwünsche.«

Sie lachte und lehnte sich zurück. »Du liebe Güte, deshalb bin ich zurückgekommen. Ich mußte wieder einmal lachen.« Sie beugte sich vor und nahm seine Hände. »Ich liebe ihn, Benedict, und ich glaube – nein, ich weiß, daß er mich auch liebt. Aber irgendwie reicht es *nicht*.«

»Warum?«

»Er läßt mich nicht an sich heran.« Sie drückte ihm in ihrer Verzweiflung die Hände und ließ sie dann los. »In den ersten paar Wochen nach unserer Hochzeit fing er langsam damit an, sich zu öffnen. Doch dann hat er sich mir wieder verschlossen. Er stößt mich zurück, er haßt es richtiggehend, mich auch seelisch zu lieben, wenn du das nachvollziehen kannst. Vielleicht muß man Byron kennen, um das zu verstehen.«

»Du kennst ihn«, sagte Benedict. »Verstehst du es?«

»Ja.« Sarah lehnte sich wieder vor und ließ die Worte aus sich heraussprudeln. »Er ist voller Gefühle, nicht unbedingt nur angenehmen. In ihm ist noch viel Bitterkeit und Wut von seiner Kindheit her angestaut. Viele Jahre über hat er seine Wut gezügelt. Anscheinend durchbreche ich zu oft seinen Panzer. Byron traut Gefühlen nicht. Er wollte sich nicht in mich verlieben. Das hat er mir selbst gesagt. Eines der schwierigsten Dinge, die er je getan hat, war wohl, seine Liebe zu mir sich selber und dann mir einzugestehen. Damit hat er mir eine gewisse Macht gegeben.«

»Aber er hat es dir gesagt.«

»Ja.« Sarah lächelte in der Erinnerung daran. »Auf seine Weise. Bei Haladay hält er die Macht in Händen, und er weiß sie zu gebrauchen. In unserer Ehe war das Machtverhältnis zwischen uns ausgewogen. Und das hat ihm nicht gepaßt. Er ist ein Mensch, der nicht oft genug lockerlassen kann und der niemandem vertraut. Dennoch kann er zärtlich sein. Ach, Benedict, wenn ich Byron mit einem Wort beschreiben müßte, würde ich ihn als *kompliziert* bezeichnen. Das deckt es weitgehend ab.«

»Du bist doch noch nie vor Schwierigkeiten zurückgeschreckt, Sarah.«

»Vor dieser schon«, sagte sie leise. »Ich bin vor ihr davongelaufen. Am Abend vor Max' Tod hatten Byron und ich uns sehr böse gestritten. Er verließ das Penthouse. Ich habe später erfahren, daß er in Max' Büro hinuntergegangen ist und eine Meinungsverschiedenheit mit ihm hatte.« Sie spürte, wie sich ihre Bauchmuskeln verkrampften. Dennoch zwang sie sich, weiterzuerzählen. »Nach der Testamentseröffnung fand ich mich auf einmal als Besitzerin eines Dreißig-Prozent-Anteils von Haladay wieder. Ich forderte Erklärungen. Und mir haben die, die ich bekam, nicht gefallen.«

Sie erhob sich jetzt, weil sie es nicht mehr in ihrem Sessel aushielt. »Byron hatte von dem Anteil gewußt. Nachdem ich eine Weile darüber nachgedacht habe, kann ich Max' Gedankengang akzeptieren. Was das Geschäftliche betraf, war er ein eigennütziger Mensch. Er wollte, daß auch nach seinem Tod alles in seinem Sinn weiterginge und suchte sich die Leute aus, deren er sicher sein konnte. Wie dem auch sei, ich dachte nicht so logisch, wie ich es hätte tun können. Ich hatte diesen alten Mann aufrichtig gern. Und wie ich diesem blöden Anwalt in seinem dunklen Dreiteiler bei der Testamentseröffnung zuhören mußte... nun ja, irgendwie verankerte sich da eine Idee in meinem Kopf. Und ich habe sie weiterverfolgt. Ich schäme mich einzugestehen, daß ich leicht zu beeinflussen war.«

»Deine Schutzmechanismen waren beeinträchtigt, Sarah. Du bist schließlich nicht unbesiegbar.«

»Ja, das habe ich mir auch gesagt.« Sie starrte zum Fenster hinaus. »Es hat nichts geholfen. Ich habe Byron gegenüber den Anteil erwähnt. Wenn er vielleicht nicht so unbeteiligt getan hätte, wenn er verstanden hätte, wie sehr ich gerade da seine Hilfe brauchte... Aber weder er noch ich haben die Bedürfnisse des anderen wahrgenommen. Das passiert uns oft. Ich habe ihn um ein Haar beschuldigt, daß er geplant hat, die Aktienmehrheit an Haladay mit meinem zusätzlichen Anteil an sich zu reißen.«

»Hast du das vermutet?«

Sie drehte sich um. In ihren Augen lag Trauer und Bedauern. »Ich wollte, daß er mir das Gegenteil versicherte, daß er sagte: ›Sarah, ich liebe dich. Du bedeutest mir mehr als irgendwelche Anteile oder Haladay.‹ Und als er das nicht tat, fragte ich ihn nach seiner Auseinandersetzung mit Max. Ich wollte ihn aufrütteln, ihm irgendeine Gefühlsregung entlokken. Er hatte sich seit Max' Tod völlig verschlossen – keine Trauer, nichts, und hat mir nur erklärt, seine Gefühle gingen mich nichts an. Da erkannte ich, daß ich nicht mit einer Beziehung fortfahren wollte, in der ich nie Nähe spüren kann, nie eine wirkliche Verbindung. Liebe allein reicht nicht. Mir jedenfalls nicht.«

»Und was willst du jetzt tun?«

»Ich habe noch nicht alle nötigen Entscheidungen getroffen«, meinte sie. »Ich brauche wohl etwas Zeit. Vor meiner Abreise aus Phoenix habe ich den Anwalt aufgesucht und Byron meinen Anteil an Haladay übertragen.«

»Wolltest du das denn?«

»Ja.« Sie holte tief Luft. »Ja, der Anteil könnte für Byron wichtig sein. Mir bedeutet er nichts.«

»Und was wünschst du dir für dich selber, Sarah?« Er stand auf und ging zu ihr. »Was ich mir immer gewünscht habe: Bauen. Erfolgreich sein. Ich will auch Byron. Aber das wird wohl kaum möglich sein. Nicht so, wie ich es will. Also muß ich mich auf meine ersten beiden Wünsche konzentrieren.« Sie schluckte und sank ihm dann wieder in die Arme. »Aber im Augenblick fühle ich mich nicht sehr stark. Ich fürchte, ich finde mich bald im Flugzeug nach Phoenix wieder, wo ich bereitwillig alles hinnehme, was er mir zugesteht. Ich liebe ihn sehr, Benedict. Doch ich werde mich dafür hassen, wenn ich wieder zu ihm zurückkehre.«

»Sarah.« Er rückte ein wenig ab, damit er ihr in die Augen schauen konnte. »Laß dir ein wenig Zeit. Du gewinnst wieder an Kraft. Dann wirst du die richtige Entscheidung treffen, wie immer sie auch ausfallen mag.«

»Meinst du wirklich?« fragte sie, wobei ihr ein mattes Lächeln glückte.

»Ja, ich kenne dich doch. Gönne dir etwas Schönes. Verreise für einige Zeit. Bleib nicht hier, nicht in New York. Das birgt zu viele Erinnerungen für dich.«

»Ja«, stimmte sie zu. »Das habe ich auch schon gemerkt.«

»Warum gehst du nicht zum Skifahren? Du bist doch eine begeisterte Skiläuferin.«

»Zum Skifahren?« Sie dachte eine Weile darüber nach, dann wurde ihr Lächeln intensiver. »Ja, das würde ich gern. Aber um diese Zeit liegt in Vermont nicht genug Schnee.«

»Du bist ein paar Wochen zu früh dran.« Benedict küßte sie freundschaftlich auf die Nase. »Fahr doch nach St. Moritz.«

»St. Moritz?« Sarah lachte. »In die Schweiz?«

»Warum denn nicht?«

Sie machte den Mund auf, aber es fiel ihr kein Grund ein, der dagegen sprach. »Ja, warum eigentlich nicht?«

Sarah glitt sicher den Hang hinunter. Sie genoß die Geschwindigkeit und das Prickeln des Windes im Gesicht. Die Welt erschien ihr weiß, offen und frei. Ihre trainierten Muskeln reagierten schnell, waren auf jede Drehung, jede Kehre vorbereitet. Ihr Atem stieg als Dampfwolke auf und verlor sich hinter ihr. Am Ende der Abfahrt bremste sie im hoch aufstiebenden Schnee. Lachend schob sie sich die Schneebrille hoch.

»Angeberin.« Dallas kam auf sie zu. »Es gibt nichts Ekelhafteres als Angeber, vor allem dann, wenn sie tatsächlich was können.«

»Hallo.« Sarah bückte sich, um die Bindung aufzumachen. »Ich dachte, du hättest heute vormittag Unterricht bei diesem blonden Hünen gehabt.«

»Hatte ich auch. Wir sind schon fertig.« Sie schaute zu, wie Sarah mit Ski und Stöcken hantierte. »Du bist drei Stunden auf der Piste herumgedüst.«

»Ach, das tut mir leid.« Sarah drehte den Kopf und warf Dallas einen Blick zu. »Das habe ich gar nicht gemerkt.«

»Du brauchst dich nicht zu entschuldigen. Jens hat mich schon beschäftigt. Weißt du...«, sie atmete die dünne, klare Luft tief ein. »Mir ist schon immer eine furchtbar reiche Freundin abgegangen. Es ist so nett, wenn jemand aus heiterem Himmel anruft und sagt: ›Pack deinen Koffer, wir fahren nach St. Moritz.‹« Dallas grinste. »Irgendwie peppt das einen ganz schön auf.«

»Eine nette Abwechslung von Sonne und Kakteen.« Sarah schulterte die Ski und wies mit dem Kopf in Richtung auf ein kleines Café. »Was hältst du von einer heißen Schokolade? Hast du's heute geschafft, dich auf Skiern fortzubewegen?«

»Nur mit Müh und Not.« Sie wartete, bis Sarah draußen vor der Tür ihre Ski und Stöcke abgestellt hatte. »Jens gefällt es anscheinend, mich aufzuheben.«

»Und jetzt hast du dich entschieden, besonders langsam zu lernen?« Sarah glitt in eine Nische und zog sich dabei die scharlachrote Mütze und die Handschuhe aus.

Ihr Gesicht war von der Kälte und Aufregung gerötet, ihre Augen funkelten lebhaft. Bei der Bestellung lachte sie spontan und ungezwungen. Vor zwei Wochen, kam es Dallas in den Sinn, hatte sie ausgesehen, als würde sie jeden Moment zusammenbrechen. Sie hatte bei Reisebeginn etwas Verzweifeltes ausgestrahlt, doch das war jetzt verschwunden, und ihre Energie kehrte zurück. Dallas holte tief Luft, weil ihrer Meinung nach der richtige Zeitpunkt gekommen war.

»Weißt du, Sarah, du schaust blendend aus. Im Ernst.«

»Danke.« Sie strich sich eine lose Strähne hinter das Ohr. »Mir geht es auch ziemlich gut.«

»Du weißt, daß ich bald nach Hause muß.« Dallas hielt inne, während Sarah ihren Blick suchte. »Ich muß am Sonntag abreisen.«

»Dallas, kannst du nicht noch eine Woche bleiben?«

»Nein, ich muß heim.« Sie langte über den Tisch und tätschelte ihr leicht die Hand. »Und du mußt dir überlegen, was du dann machst.«

Sarah stellte die Ellbogen auf den Tisch und verschränkte die Finger. Als sie das Kinn aufstützte, fiel ihr Blick auf den

Ehering. Sie starrte ihn kurz an, dann schaute sie wieder zu Dallas hinüber.

»Du hast recht. Ich habe mich lang genug verkrochen. Eigentlich würde ich jetzt gern sagen, daß ich eine Zeitlang nur herumreisen und mich amüsieren möchte.« Die Kellnerin stellte ihre Tassen auf den Tisch. Sarah schaute in den Dampf, der von der heißen Schokolade mit ihrem Sahnehäubchen aufstieg. »Aber ich weiß, daß ich das nicht kann. Es geht einfach nicht. Ich muß wieder an meine Arbeit. Das ist Entscheidung Nummer eins«, sagte sie seufzend und hob die Tasse. »Entscheidung Nummer zwei: Wohin?« Nachdenklich trank sie noch einen Schluck. »Ich könnte wahrscheinlich nach New York zurück. Dort fühle ich mich wohl. Dank Max befinde ich mich in der Lage, das bauen zu können, was ich will und wann ich will. Und mit meinen Arbeiten bei Haladay als Referenz, insbesondere dem Delacroix-Kulturzentrum, sollte es mir nicht allzu schwerfallen, Auftraggeber zu finden.«

»Was ist mit Byron?«

Sarah schaute Dallas konzentriert an. »Ich glaube nicht, daß ich in dieser Angelegenheit eine Entscheidung treffen kann. Gern würde ich einen Rückzieher machen und sagen, daß meine Heirat ein Fehler war. Aber ich bin mir dessen nicht sicher. Außerdem habe ich mir irgendwann einmal geschworen, daß ich unsere gemeinsame Zeit nie bereuen werde. Ich habe ihn geliebt.« Achselzuckend hob sie wieder ihre Tasse. »Ich liebe ihn noch immer. Somit könnten wir wahrscheinlich sehr gut zusammenleben. Aber so wie die Dinge liegen, geht es einfach nicht. Ich habe das akzeptiert.«

Dallas ließ den Blick zu Sarahs Hand schweifen. »Du trägst noch immer deinen Ehering.«

»Du kennst mich zu gut«, murmelte sie und stellte die Tasse ab. »Nun, es dauert eben ein bißchen. Jetzt muß ich als erstes anfangen zu arbeiten. Alles andere ergibt sich dann schon.«

»Die Presse wird dich verfolgen, wenn du erst mal wieder in den USA bist.«

»Zum Teufel mit den Leuten.» Sarah hob die Schultern mit einer Spur ihrer üblichen Überheblichkeit. Dallas lächelte, als sie das sah. »Dank der Publicity werde ich leichter ein paar Aufträge einheimsen können. Man sollte meinen, daß sie bis zu meiner Rückkehr ihre ›Überraschungserbin‹-Story schon weitgehend ausgeschlachtet haben.«

»Nichts mag die Presse lieber als ein schönes Gesicht, eine märchenhafte Story und einen Haufen Geld. Man hat dich sogar hier schon ein- oder zweimal erkannt.«

»Es wird ihnen langweilig werden, wenn sie erkennen, daß ich mich mehr für Häuserfassaden als für Stöckelschuhe interessiere. Komm.« Sie schlüpfte aus der Nische. »Gehen wir in die Sauna.«

Als die Sterne schon am Himmel standen, entfernte sich Sarah von den Lichtern des Wintersportortes und ließ sich vom Mondschein geleiten. Der Mond stand als Dreiviertelscheibe am Himmel und erhellte mit seinem Glanz den Schnee. Die Hände in den Hosentaschen, marschierte Sarah dahin. Sie hatte Dallas allein gelassen, die mit drei italienischen Touristen aus Süditalien flirtete. Sprachschwierigkeiten, dachte Sarah, kannte Dallas nicht, insbesondere wenn die Touristen männlichen Geschlechts waren. Sie legte den Kopf in den Nacken und beobachtete, wie eine Wolkendecke über die Sterne zog. Die Wolken brachten Schnee mit sich, dessen war sie sich sicher. Morgen würde frischer Pulverschnee liegen.

Benedict hatte ihr genau das Richtige verordnet. Und mit Dallas' Unterstützung war sie über den Berg gekommen. Sie mußte jetzt nur noch nach vorne schauen. Und das werde ich, gelobte sie sich. Ich muß Byron noch einmal treffen und eine klare Trennung herbeiführen, ehe ich nach New York ziehe. Danach werde ich sehr beschäftigt sein. Vorher sollte ich meinen Verpflichtungen nachkommen... vor allem die Bibliothek war noch zu bauen. Seufzend überlegte sie. Ich glaube, ich kann jetzt damit umgehen. Wenn wir erst unsere private Bindung aufgelöst haben, müßte es mit unserer beruflichen Beziehung klappen.

Ach, Mist. Sie schüttelte den Kopf und trat nach einem Schneehaufen. Ich werde niemals mit Byron privat oder beruflich umgehen können, ohne mich total lächerlich zu machen. Ich kann vieles schaffen, mich auf vieles einstellen.

Aber nicht darauf. Das Beste wird sein, ich übergebe alle meine Unterlagen Cassidy und überlasse ihm das Ganze. Dann muß ich meine Sachen von Phoenix nach New York transportieren und mich in Manhattan einrichten. Die Rechtsanwälte können sich dann um alles kümmern, was zwischen Byron und mir noch geklärt werden muß. *Feigling,* dachte sie grimmig.

Auf einem Grat hielt sie an und schaute auf die Bergkette vor ihr, auf die Weite und den Schnee. Die Landschaft vermittelte einen großartigen Eindruck von Kälte, Schönheit, Beständigkeit. Bei diesem Anblick mußte sie an die Wüste denken und wandte sich zitternd ab.

Jemand kam auf sie zu. Im Mondlicht erkannte sie sein Gesicht. »Januel?« Überrascht wartete Sarah. Sein Gesicht sah im Dunkel blaß und edel aus.

»Sarah.« Er umfing ihre Hände mit einer herzlichen Umklammerung. »Wie wunderbar, dich hier zu finden.«

»Was in aller Welt machst du denn hier?« Sie ließ die Hände in den seinen ruhen, während sie seine Miene zu ergründen versuchte.

»Dem Büro entwischen«, erwiderte er mit einem strahlenden Lächeln. »Es herrschte dort völliges Chaos, so daß ich ein paar Tage für mich haben wollte.« Sein Lächeln schwand, als er sie anschaute. »So ein Unglück. Bei der Beerdigung blieb mir keine Zeit, mit dir zu sprechen. Und ich bin gleich danach nach Frankreich zurückgeflogen. Natürlich haben die Nachrichten über deine Erbschaft alle verblüfft.«

»Einschließlich mir selber«, entgegnete Sarah, entzog ihm ihre Hände, steckte sie wieder in die Hosentaschen und spazierte am Rand des Kammes weiter. »Ich gewöhne mich erst allmählich daran und wünsche mir nur, ich hätte mehr Zeit mit Max verbringen können.«

»Ich muß dir sagen, daß über dich im Augenblick ziemlich viele Gerüchte im Umlauf sind. Gleich nachdem du einen großen Teil eines der weltweit bedeutendsten Unternehmen und ein stattliches Privatanwesen geerbt hast, bist du von der Bildfläche verschwunden.«

»Ich bin eben exzentrisch«, antwortete sie leichthin. »Jetzt wissen das lediglich mehr Leute als vorher.«

Januel nahm sie sanft an der Hand, während sie dahinwanderten. »Andererseits war Byron in dieser, sagen wir mal Übergangszeit ziemlich präsent.«

»Byron ist eben alles andere als ein Exzentriker«, murmelte Sarah. Die Wolkendecke verdichtete sich.

»Er ist jetzt Vorstandsvorsitzender von Haladay.«

»Natürlich.«

»Es mutet etwas seltsam an, daß du derzeit nicht an seiner Seite bist.«

Sarah schaute weiterhin geradeaus. »Ich glaube, das geht nur ihn und mich etwas an, Januel.«

»Gewiß, *chéri*. Ich hätte mich auch nicht dazu geäußert, wenn ich mir nicht Sorgen um dich machen würde.« Er brachte sie zum Stehen, indem er sie auch am anderen Arm faßte und sie zu sich herumdrehte. »Sarah, der Gedanke, daß du unglücklich sein könntest, gefällt mir gar nicht. Du mußt wissen, daß ich dich sehr, sehr gern mag.«

»Januel.« Ihre Stimme und Blick waren fest. »Ich weiß deine Anteilnahme zu schätzen, sie ist aber unnötig.«

»Sarah.« Sie versteifte sich bei seinem schmeichelnden Ton, aber er ließ sich nicht aus der Ruhe bringen. »Ich war am Boden zerstört, als ich von deiner Heirat mit Byron erfuhr, kann aber nur mir selber die Schuld zuschreiben, daß ich so ein Narr war und dich von mir weg ihm in die Arme getrieben habe. Wir könnten noch immer ein Paar sein. Ich weiß, daß du mit deiner Heirat einer spontanen Laune gefolgt bist. Deine Ehe kann leicht beendet werden.«

»Meine Ehe geht nur mich etwas an«, gab Sarah zurück. »Ob ich sie weiterführe oder mich scheiden lasse, das werde allein ich entscheiden. Abgesehen davon verspüre ich keineswegs den Wunsch, mit dir zusammen zu sein, Januel. Und außerdem widert mich dieses Gespräch an.«

»Sarah, strafe mich nicht länger.« Er verstärkte seinen Griff, als sie sich von ihm losreißen wollte. »Wir könnten so viel zusammen erleben.«

»Dessen bin ich mir sicher«, pflichtete sie ihm bei. »Mit ein paar Millionen, damit wir es gemütlich haben. Du kannst mich nur einmal zum Narren halten, Januel. Du bist ein Opportunist, ein Schmarotzer.«

Seine Augen flackerten. »Und was ist dein Mann?«

»Ich rede nicht mit dir über Byron. Laß mich jetzt los.«

»Warum bist du hier?« fuhr er fort und zog sie in seiner zunehmenden Gereiztheit näher an sich. In seiner Stimme schwang überraschenderweise Verzweiflung mit. »Tausende von Kilometern entfernt von ihm. Sowie ich erfuhr, daß du hier bist, bin ich losgefahren. Und diesmal hörst du mir zu! Sei doch realistisch, Sarah. Deine Ehe mit Byron ist schon jetzt am Ende.«

Sie standen sich jetzt so nah, Gesicht an Gesicht, daß sich ihre Atemwolken vermischten.

»Wir beide zusammen könnten Haladay übernehmen. Ein paar Jahre, mehr brauchen wir nicht dazu. Ich weiß, wie das zu machen wäre und brauche lediglich deinen Einfluß dazu. Und dann könnten wir es noch viel weiter bringen!« Die Worte sprudelten ihm in seiner Erregung nur so heraus, aber sie konzentrierte sich auf seine Augen. »Byron ist ein Tölpel, wie auch Haladay einer war. Zu viele Skrupel, zu penibel. Man kann Gewinne erwirtschaften, auf die er im Traum nicht kommt.«

»Wovon redest du?« Sie starrte ihn an. Auf einmal durchschaute sie ihn. »Redest du davon, Geschäftsgrundsätze zu ändern?«

»Es gäbe keine Veränderungen, geringfügige Rechtsbeugungen. Du bist doch klug genug zu wissen, daß das tagtäglich gemacht wird. Man muß eben bestimmte Opfer bringen, wenn man unter dem Finanzrahmen bleiben will.«

»Opfer? Hast du viele Opfer gebracht, Januel? Wurden am Delacroix-Projekt Opfer gebracht, von denen ich nichts erfuhr?«

»Das Delacroix ist ein Erfolg. Welchen Unterschied macht es da schon?« Er schüttelte sie zornig. »Zum Moralisieren habe ich keine Zeit. Ich brauche deine Hilfe.«

»Ist Byron deshalb gekommen? Ist er aus diesem Grund so lange in Paris geblieben? Hat er deine Machenschaften aufgedeckt? Hat er Max davon berichtet?« Sie stemmte ihm die Hände gegen die Brust. »Er hätte dich auf der Stelle entlassen. Du bist schlimmer als ein Schmarotzer. Du bist ein Betrüger, ein Dieb.«

Er packte sie noch fester, und seine Miene wurde unnachgiebig. »Ich sehe das realistisch, Sarah, und ich bin in meinem Beruf ein As. Du bist zu ehrlich, um das Gegenteil behaupten zu können. Ich brauche deine Unterstützung in meiner Auseinandersetzung mit Byron. Ich muß meine Stellung schnell festigen.«

»Deine Stellung?« warf sie ihm hin. »Du hast keine Stellung mehr, wenn Byron dich erledigt. Ich wünschte nur, Max hätte noch das Vergnügen gehabt, dich hinauszuwerfen.«

»Das hätte er auch, aber sein cholerisches Temperament hat ihm einen Strich durch die Rechnung gemacht. Er hätte es besser wissen sollen, als mit einer solchen Herzkrankheit in Wut zu geraten.«

»Was sagst du da?« Sie erstarrte und packte ihn am Jackett. »Du warst bei ihm? Du warst bei Max?«

»Er war wütend«, meinte Januel. »Ich bin überzeugt, er hätte mich geohrfeigt, aber dazu ist er nicht mehr gekommen. Du brauchst mich nicht so entsetzt anzuschauen. Ich konnte nichts mehr machen. Er war sofort tot.«

Sie riß die Augen auf. »Du hast ihn allein gelassen. Du hast ihn da allein liegenlassen, die ganze Nacht.« Die Worte brachen aus ihr hervor. »Wie konntest du nur? Du hast es niemandem gesagt, hast keine Hilfe geholt. Du hast ihn einfach auf dem Fußboden liegenlassen.«

»Was hätte es schon genutzt, wenn ich jemand geholt hätte? In was für eine unmögliche Situation hätte ich mich da hineinmanövriert? Er war tot«, wiederholte er und schüttelte sie. »Sein eigener Zorn, seine eigene Sturheit haben ihn umgebracht.«

»Und du bist davongelaufen.« Sie schlug ihm einmal kräftig ins Gesicht, dann noch einmal. »Du hast ihn allein gelassen. Dreckskerl, nimm deine Hände von mir!« Sie hätte ihn noch einmal geschlagen, aber er verblüffte sie, indem er sie mit dem Handrücken ohrfeigte.

»Hör auf! Ich sage dir doch, man konnte nichts mehr machen.« Seine Worte verhallten laut in der Dunkelheit. »Wie kannst du mir die Schuld an seinem schwachen Herzen zuschieben, an seiner Wut, die er nicht unter Kontrolle brachte? Ich mußte an meine eigene Lage denken.«

»Du hast Spezifikationen geändert.« Sie atmete stoßweise ein und aus. Ihre eine Gesichtshälfte brannte von seinem Schlag. »Du hast seinen Namen, seinen guten Ruf ausgenutzt. Das wirst du mir büßen. Zum Teufel mit dir! Die ganze Nacht lag er auf dem Fußboden!«

»Sarah, komm zur Vernunft.« Er erkannte, daß er zu viel gesagt hatte. »Ich bin in Panik geraten. Ich wollte, es wäre anders gewesen. Er starb so plötzlich, direkt vor meinen Augen. Du mußt verstehen, in welchem Zustand ich mich befand.«

»Nein, nein!« Sie stemmte sich wieder gegen ihn. »Du hast ihn mit deinen Betrügereien umgebracht. Dann hast du ihn allein gelassen. Er könnte noch leben. In seiner Tasche hatte er Medikamente.« Die Erinnerung daran ließ ihr Tränen in die Augen steigen, und sie nahm Januels Gesicht nur noch verschwommen wahr. »Du hast es nicht einmal versucht. Er hatte noch die Krawatte um. Ich habe sie selbst aufgebunden, als ich ihn fand. Du hast überhaupt nicht versucht, ihn wiederzubeleben. Das ist dasselbe wie Mord. Genau dasselbe!«

»Nein!« Januel schüttelte sie so heftig, als ob er sie zwingen wolle, die Worte zu verschlucken. »Nein, sage ich dir. Das darfst du nicht sagen.«

»Und ich sage es!« Sie begann sich verzweifelt zu wehren, doch der Schnee unter ihren Füßen war rutschig. »Ich werde es sagen, und man wird mir zuhören. Laß mich los! Bleib mir vom Leib!« Sie riß sich los, verlor dabei aber das Gleichgewicht. Mit einem Schrei stürzte sie nach hinten über den Rand des Kammes. Ein Echo war zu hören, dann herrschte Stille.

Voller Entsetzen wich Januel langsam zurück. Dann drehte er sich um und rannte auf den hell erleuchteten Ort zu.

31

Sarah wurde vom Schnee geweckt; er fiel trocken und kalt auf ihr Gesicht. Jetzt war der Mond nicht mehr zu sehen. Sie konnte nur Dunkel und Schnee erkennen. Ihr dröhnte der Kopf, als sie sich aufzusetzen versuchte. Völlig benommen und schwindlig langte sie sich an den Hinterkopf und spürte die verfilzten Strähnen, wo sie geblutet hatte. Das Blut war wohl in der Kälte erstarrt. Allmählich erinnerte sie sich wieder, und an die Stelle der Benommenheit trat Entsetzen.

Schnee wirbelte um sie herum und flog ihr in die Augen. Vorsichtig tastete sie mit der Hand um sich, dann erschrak sie, als sie merkte, daß der Gesimsrand nur Zentimeter von ihr entfernt war.

»Man wird mich suchen«, sagte sie laut vor sich hin. Ihre vom Schnee gedämpfte Stimme klang hohl. »Sie werden mich finden. Ich bin nicht so weit vom Ort entfernt. Ich darf mich bloß nicht rühren.«

Sie rollte sich fest zusammen und drückte sich mit dem Rücken an die Felswand. Vor Kälte und Schock zitterte sie am ganzen Leib. Eine dünne Schneeschicht bedeckte sie schon, und während sie sich verzweifelt bemühte, etwas um sich herum zu erkennen, fragte sie sich, wie tief sie gefallen war. Nicht tief, redete sie sich ein. Ich kann nicht weit gefallen sein, sonst hätte ich nicht bloß eine Beule am Kopf. Panik stieg in ihr hoch, die sie zu verdrängen versuchte.

Es wird bald jemand kommen. Dallas wird Alarm schlagen... Aber sie hatte Dallas ja gar nichts davon erzählt, daß sie spazierengehen wollte. Sie wird mich bis zum Morgen nicht vermissen, und selbst dann... o mein Gott. Sarah kauerte sich noch mehr zusammen. Bei einer Nacht im Freien blieb nur eine geringe Chance, den Morgen zu erleben. Januel wird jemand Bescheid sagen. Sie werden kommen. Sie werden mich hier nicht allein lassen. Er *wird* es jemand sagen. Wieder stieg panische Angst in ihr hoch, und sie biß die Zähne zusammen. Erst allmählich beruhigte sie sich und beobachtete den Schnee. Schlaf nicht ein, befahl sie sich. Wenn du einschläfst, hörst du sie nicht nach dir rufen.

Sie atmete tief ein und versuchte, logisch zu denken. Immer nur einen Schritt auf einmal. Sie sollte aufstehen und nachschauen, wie tief sie gefallen war. Vielleicht konnte sie hinaufklettern? Schon beim bloßen Gedanken daran wogte eine Welle von Übelkeit durch ihren Magen. Doch die Augen fest auf das Dunkel vor ihr gerichtet, stand Sarah trotzdem auf. Sie blieb so lange mit dem Rücken an den Fels gepreßt stehen, bis ihr die Beine nicht mehr zitterten. Zwar wurde ihr wieder schwindlig, aber sie wartete, bis es verging. Vorsichtig drehte sie sich dann um und schaute nach oben.

Der Schnee flog ihr in die Augen. Doch sie blickte weiter hinauf, versuchte, die Form des Felsens über ihr auszumachen. Behutsam tastete sie sich mit der Hand vor und glaubte, den Rand mit den Fingerspitzen erfühlen zu können, war sich aber keinesfalls sicher. Auf den Zehenspitzen stehend streckte sie sich, während sie sich mit der anderen Hand an einem Felsvorsprung festhielt.

Ein lockerer Steinbrocken löste sich bei ihrer Berührung, worauf sie sich erschrocken an die kalte Wand schmiegte. Der Wind peitschte den Schnee gegen sie, und als ihr schwarz vor Augen wurde, kauerte sie sich wieder hin und biß sich fest auf die Lippe.

»Gut so«, sagte sie laut. »Die gute Furcht vor der Ohnmacht. Ich darf das Bewußtsein nicht verlieren, weil ich dann vielleicht nicht mehr zu mir komme. O Gott, wie lange bin ich hier denn schon?« fragte sie sich verzweifelt.

Sie vergrub das Gesicht zwischen den Knien. Denk nicht, denk nicht! Warte bloß.

Wieder dämmerte sie weg, aber diesmal merkte sie es nicht. Dann hörte sie verschwommen ihren Namen, vergrub sich aber nur noch tiefer im Schnee, wobei sie den Kopf auf die Hand bettete. Der Schnee bedeckte sie jetzt wie ein Mantel. Sarah bewegte sich ein wenig und murmelte wirr vor sich hin. Eine Stimme drang wieder zu ihr durch, diesmal aus weniger großer Entfernung. Der Ruf klang so flehend, daß sie blinzelnd die Augen aufschlug. Sie wartete, bis sie noch einmal etwas hörte. »Ich bin hier!« schrie sie und legte all ihre Kraft in ihre Stimme. »Ich bin hier!«

»Sarah! Hör nicht auf zu rufen. Ich finde dich.«

Der Wind fegte ihr den Schnee ins Gesicht. Sie wischte ihn weg und versuchte, durch das Schneetreiben etwas zu erspähen. »Ich liege auf einem Felsvorsprung! Hörst du mich?« In dem verzweifelten Bemühen, sich an die Stelle, von der aus sie heruntergestürzt war, zu erinnern, preßte sie sich die Hände gegen die Augen.

»Ja, ich komme. Rede weiter!«

»Du kommst näher. Ich kann nichts sehen, aber ...« Noch während sie in das Schneegestöber und die Dunkelheit schaute, tauchte plötzlich Byrons Gesicht über ihr auf. Er schien aus dem Nichts zu kommen, befand sich nur ein kleines Stück außerhalb ihrer Reichweite. Im gleichen Moment strömten ihr die Tränen herunter. »O Gott, Byron ...«

»Bist du verletzt, Sarah?« schrie er, als sie zu ihm hochsah. »Bist du verletzt?«

»Nein, ich ...« Sie langte sich wieder an den Hinterkopf. »Ich habe mir den Kopf angeschlagen, glaube ich.«

»Halt dich ganz ruhig. Ich renne zurück und hole ein Seil.«

»*Nein!* Laß mich nicht allein!« Sie empfand wieder panische Angst. »Geh nicht, bitte, bitte, geh nicht! Laß mich hier nicht allein!« Sie legte die Stirn gegen die Felswand und schluchzte heftig.

»Schon gut, Sarah, schon gut. *Sarah!*« Beim beruhigenden Klang seiner Stimme verebbte ihr Weinen, aber sie preßte noch immer das Gesicht gegen die Wand. »Ich lasse dich nicht allein. Du mußt ruhig bleiben, Sarah. Ich ziehe dich hoch, aber du mußt mithelfen.« Sie hob das Gesicht und schaute ihn an. »Gut, so ist es schön.« In ihm krampfte sich alles zusammen, als er das Entsetzen in ihren Augen sah. »Weißt du, wie breit der Vorsprung ist?«

»Ich ...« Sie schluckte. Dann biß sie die Zähne fest zusammen, ehe sie zu antworten versuchte. In ihrer Kehle spürte sie wieder die Panik. »Als ich aufwachte, lag ich ungefähr zwanzig Zentimeter von der Kante entfernt.«

Byron fluchte, was Sarah aber im Heulen des Windes nicht hören konnte. Der Schnee fiel in dicken, schweren Flocken, und er sah, daß sie schon damit bedeckt war. Er stand auf und schaute zurück, um die Entfernung zum Ort abzuschätzen. Dann legte er sich wieder auf den Bauch.

»Gut, hör mir jetzt genau zu. Ich möchte, daß du die Hand soweit wie nur möglich nach oben streckst. Mach bloß keinen Schritt zurück. Halte dich dicht am Felsen und streck die Hand aus. Ich ziehe dich hoch. Mach alles ganz genauso, wie ich es dir sage. Verlaß dich nur auf mich, Sarah.«

Seine Stimme klang gelassen, und Sarah tat ihr Bestes, ihm zu gehorchen. Obwohl sie wieder zitterte, streckte sie sich in die Höhe. Auf dem Felsrand über ihr lag Byron auf dem Bauch und stemmte die Beine in den Boden, wobei er mit den Stiefeln Halt am Fels unter dem Schnee suchte. Er beugte sich ins Leere vor und streckte sich nach Sarahs Hand aus. Sie berührten sich kurz mit den Fingerspitzen, verloren den Kontakt aber wieder, als Sarah sich schutzsuchend an den Fels schmiegte.

»Tut mir leid.«

Er konnte sie kaum verstehen, da der Wind ihre tränenverschleierte Stimme verwehte.

»Es tut mir leid. Ich habe solche Angst.«

»Streck dich einfach nach oben, Sarah. Gib mir die Hand. Gib mir die Hand, Sarah!«

Wieder streckte sie sich, und ihre Hände berührten sich. Sofort packte er fest zu. Er spürte, wie sie zitterte. »Stütz dich mit der anderen Hand am Fels ab. Such möglichst mit den Zehen nach einem Halt. Ich ziehe dich hoch. Hilf mit, Sarah!«

Das Atmen tat ihr in der Kehle weh, und ihre Lungen konnten die eiskalte Luft kaum verkraften. Mit der freien Hand packte sie den Fels und konzentrierte sich auf die Berührung mit Byron, während sie mit den Füßen nach Halt suchte. Sie spürte, wie er sie zwei, drei Zentimeter hochhob. Ihre Stiefel schabten und scharrten gegen den Fels. Voll Entsetzen sah Sarah nach unten. Nichts als Leere...

»Nein! Nein! Schau mich an, Sarah, schau nach oben. Nicht nach unten.« Bei seinem Befehl wandte sie sich wieder ihm zu und konzentrierte sich auf sein Gesicht. »Schau einfach nur mich an. Ich brauche deine andere Hand, Sarah. Du mußt mir auch die andere Hand geben.«

Sarah starrte ihn an. Plötzlich erinnerte sie sich lebhaft an ihr Gefühl bei ihrer allerersten Begegnung. Die Kälte, das blendende Weiß, die Furcht. Schwindel wogte wieder über sie hinweg.

»Sarah, verdammt, du wirst nicht ohnmächtig. Hörst du mich? Du wirst jetzt *nicht* ohnmächtig, verflucht noch mal!« Entsetzen überflutete ihn. »Gib mir die Hand. Schau mich an und gib mir die andere Hand. Sarah, um Himmels willen, ich brauche die andere Hand!«

Sie hörte ihn verschwommen, wie im Traum, hob aber die Hand in die Richtung, aus der die Stimme kam. Er packte schmerzhaft fest ihr Handgelenk und kroch dann unter Anspannung jedes Muskels auf dem Bauch zurück, zog sie langsam Zentimeter für Zentimeter nach oben. War sie noch bei Bewußtsein? Der Rücken tat ihm weh, als er sich in den Schnee stemmte und sie höher zog. Der Schnee peitschte ihm ins Gesicht und nahm ihm jede Sicht.

Er zog weiter, kam auf die Knie und brachte sie so bis zur Kante. Einen Augenblick schwebten sie zwischen Dunkelheit und Schneegestöber. Dann, nach einer letzten Kraftanstrengung, hielt er sie im Arm und rollte sie von der Kante weg.

Sarah spürte seinen Mund, kalt und verzweifelt, auf dem ihren. Doch seine Worte drangen nicht zu ihr durch. Ein Nebel umgab sie selbst dann noch, als sie seinen muskulösen Körper über dem ihren spürte. Er streichelte sie, als wolle er sich vergewissern, daß sie auch wirklich heil und sicher bei ihm lag.

»Es war Januel«, murmelte sie, während sie wieder in den Dämmerzustand abtauchte. Doch der Schnee holte sie ins Bewußtsein zurück. »Er hat Max allein gelassen. Einfach allein gelassen. Ich bin gefallen... ausgerutscht. Er hat die Spezifikationen geändert... Hat er dir gesagt, daß ich gestürzt bin?« Auf einmal kam sie sich ganz schwerelos vor, als Byron sie aufhob. »Er hat niemanden zu Hilfe geholt... ihn einfach allein gelassen, die ganze Nacht. Byron, laß mich nicht allein. Geh nicht weg.«

Im dichten Schneetreiben preßte er sie noch fester an sich und lief mit ihr auf den Armen auf die Lichter zu.

Sarah starrte an die Decke. Einen Augenblick pendelte sie zwischen Wachsein und Schlaf, dann schweifte ihr Blick zum Fenster.

Byrons Silhouette hob sich gegen die Balkontür ab. Er drehte ihr den Rücken zu und hatte die Hände auf dem Fensterbrett liegen. Wie er so dastand, wirkte er erschöpft, was Sarahs Neugierde erregte. Ihr fiel ein, daß sie ihn in all der Zeit bisher nie müde erlebt hatte. Es schien, als sei er unzerstörbar, wie sie es einst Max Haladay gewünscht hatte.

»Byron.« Sie dachte, sie habe nur im Geist seinen Namen gerufen, doch sie mußte ihn laut gesagt haben, weil er sich sofort umdrehte und zu ihr eilte. Noch während er die Hand ausstreckte, um ihr die Wange zu streicheln, hielt er inne, zog die Hand zurück und steckte sie in die Hosentasche.

»Wie geht es dir?«

Sarah holte tief Luft und versuchte, es selbst herauszufinden. »Ein bißchen mitgenommen, glaube ich«, meinte sie nach kurzem überlegen. »Und wackelig. Aber lebendig.« Als sie sich aufsetzen wollte, legte ihr Byron die Hand auf die Schulter.

»Nicht.« Er hob die Hand sofort wieder, als sie ihn ansah. »Du solltest schauen, daß du dich noch ein wenig ausruhst.«

»Ich würde mich aber sehr gerne unterhalten.« Entschlossen setzte sie sich auf.

»Der Arzt meinte, du könntest nach dem Aufwachen Tee trinken, wenn du Durst hast.« Ohne die Hände aus den Taschen zu nehmen, sah er ihr zu, wie sie sich die Kissen zurechtrückte. »Er hat ein Schmerzmittel dagelassen, falls dein Kopfweh zu schlimm werden sollte. Er glaubt, daß du eine leichte Gehirnerschütterung hast. Auf alle Fälle mußt du dich heute nachmittag röntgen lassen. Du hast auch ein paar Schrammen abbekommen.« Er ballte die Hände in den Hosentaschen zu Fäusten. »Gebrochen hast du dir zum Glück nichts.«

»Eine gute Nachricht.« Sarah lehnte sich zurück. »Ich hätte gerne einen Tee, aber die Medikamente möchte ich so schnell wie möglich weglassen. Ich bin ohnehin ein bißchen benommen.«

»Ich koche welchen.« Er ging in Sarahs kleine Kochnische.

Aufgestützt auf die Kissen und warm eingepackt unter der Steppdecke, saß Sarah still da und verfolgte die Morgendämmerung. Vor ein paar Stunden hatte es zu schneien aufgehört, und die Sonne verdrängte soeben die Dunkelheit. Sarah fragte sich, ob sie sich alles nur eingebildet hatte. Dann erforschte sie mit den Fingern ihren Hinterkopf, und die Beule und ihre Kopfschmerzen bestätigten ihr, daß es Realität war. Sie schloß die Augen. Verschwommen erinnerte sie sich – wie an einen Alptraum, der in der Nacht grauenerregend lebendig erscheint, aber am Morgen seltsam weit weg ist. Byron brachte den Tee mit Tasse und Untertasse und stellte ihn aufs Nachtkästchen. Sie bedankte sich mit einem Lächeln.

»Danke. Ich erinnere mich kaum mehr an das, was passiert ist, nachdem du mich gefunden und hochgezogen hast.« Sie atmete schnell. »Eigentlich weiß ich auch das nicht genau; die Einzelheiten sind reichlich unscharf.« Mit zusammengekniffenen Augen musterte sie ihn. Er hatte verstrubbelte Haare, war unrasiert, seine Kleidung verknittert. Anscheinend hatte er nicht geschlafen. Ehe sie den Mund aufmachen konnte, redete er schon.

»Du bist ohnmächtig geworden«, sagte er. »Ich habe dich hierhergetragen. Ein Arzt hat dich dann untersucht.«

»Du änderst dich aber auch nicht«, murmelte sie. Vorsichtig beugte sie sich vor, um an die Teetasse zu kommen. »Schildere es doch denen, die den letzten Akt versäumt haben, ein bißchen ausführlicher. Ich weiß nicht, was ich dir alles über Januel erzählt habe, aber...«

»Ich wußte von gewissen Schmiergeldern«, unterbrach Byron sie schroff. Sarah erwiderte nichts, sondern nippte nur ihren warmen, süßen Tee. Er beobachtete, wie sie die Tasse mit beiden Händen umfing, und zündete sich eine Zigarette an. »Nach Paris bin ich unter anderem deshalb gefahren, um einem Bericht, den Lafitte mir geschickt hatte, nachzugehen. Ich brauchte einige Zeit, um die Unklarheiten durch verschiedene Kanäle bis zu Bounnet zurückzuverfolgen. Er hatte sich ausgezeichnet abgesichert.«

»Ja, das kann ich mir vorstellen«, meinte Sarah. »Selbsterhaltung steht bei Januel an allererster Stelle.« Seufzend schaute sie auf ihren bernsteinfarbenen Tee.

»Lafitte würde noch leben, wenn die Schrauben für die Leisten nicht von minderer Qualität gewesen wären.«

»O mein Gott.«

Byron drehte sich um und erkannte an ihrem Blick, daß ihr der Schrecken in die Glieder fuhr. »Ein bißchen bei den Klempnerarbeiten, ein bißchen bei der Holzverarbeitung. Er hätte vielleicht noch länger so weitermachen können, wenn er beim Kulturzentrum nicht allzu habgierig geworden wäre. Lafitte hat das eine und andere mitgekriegt und mich informiert.«

»Armer Paul. Und Max.« Ihr Blick richtete sich wieder auf Byron. »Er war bei Max, als ...«

»Ich weiß. Du hast es mir erzählt. Ich habe mich schon darum gekümmert.«

»Aber wie?« Sarah richtete sich höher auf. Ungeduldig strich sie sich das Haar aus dem Gesicht. Dabei sah er den Ring an ihrem Finger aufblitzen.

»Ich sagte, ich habe mich darum gekümmert«, wiederholte Byron und stieß verärgert eine Rauchwolke aus. »Lassen wir das Thema.«

Bei dieser Zurückweisung senkte Sarah den Blick. Ihre Wangen waren fast so weiß wie die Kissenbezüge, aber er sah an ihrem rechten Backenknochen ein bläuliches Mal. Er dachte an die blauen Flecken überall auf ihrem Körper, die ihm aufgefallen waren, als er sie ausgezogen hatte. Und sie war dünn, dünner, als sie sein sollte.

»Hast du Hunger?«

Sarah schaute zu ihm auf. »Ich frühstücke nie«, lehnte sie lächelnd ab. Als er darauf nicht reagierte, stellte sie den Tee beiseite. »Byron, bitte, ich weiß nicht, was ich dir sagen soll.« Sie nahm seine Hand. »Ich weiß nicht, wie ...« Stirnrunzelnd senkte sie den Blick. Auf seinem Handrücken war die Haut abgeschürft, die Knöchel wundgerieben. »Was hast du mit deiner Hand gemacht?« Erschrocken nahm sie sie in beide Hände. »Hast du dich mit jemandem geprügelt?« fragte sie ungläubig als sie ihm wieder in die Augen schaute. Einen Moment lang erschien ihr die Frage absurd, dann fiel ihr Januel ein. »Byron ...«

»Ich hätte diesen Saukerl umgebracht, wenn ich ein paar

Minuten länger Zeit gehabt hätte.« Er sprach ganz nüchtern, während er die Zigarette in einem bereits überquellenden Aschenbecher ausdrückte. »So konnte ich ihm nur den Kiefer und die Nase brechen, vielleicht noch ein paar Rippen. Jetzt schaut er nicht mehr so aus, als wäre er einem Renaissancegemälde entsprungen.« Ihre entsetzte Miene erzürnte ihn. »Er hätte dich da draußen verrecken lassen!«

Sarah fuhr sich durch die Haare. »Aber hat er dir nicht Bescheid gegeben, wo ich war? Ich dachte... Woher hast du es denn gewußt?« Sie hielt kurz inne, als ihr ein Gedanke zum erstenmal in den Sinn kam. »Byron, was machst du hier überhaupt?«

Er steckte die Hände wieder in die Hosentaschen. »Dallas hat mich angerufen.«

»Dallas?« wiederholte Sarah verdutzt. »Dallas hat dich angerufen?« Sie schwieg, dann nickte sie. »Ach so. Ich würde gerne sagen, daß sie das nicht hätte tun sollen. Aber da ich andernfalls wahrscheinlich nicht mehr am Leben wäre, verkneife ich mir das lieber.«

»Du warst nicht in deinem Zimmer«, fuhr Byron fort. »Nirgendwo warst du zu finden. Der Mann an der Rezeption erinnerte sich, daß du irgendwann nach dem Abendessen weggegangen bist. Aber er konnte nicht sagen, ob du wieder zurückgekommen warst. Also habe ich mich auf die Suche nach dir gemacht.«

»Dafür bin ich dir unendlich dankbar.« Sie warf die Decke zurück.

»Du darfst nicht aufstehen«, meinte Byron und kam auf sie zu.

»Ich möchte ausprobieren, ob ich aufstehen kann, ohne auf die Nase zu fallen.« Es gelang ihr, indem sie sich auf den Bettpfosten stützte, allerdings spürte sie noch die Nachwirkungen der Medikamente. Sie trug ein langes, weites Kleinmädchennachthemd mit einem üppigen Smokeinsatz über der Brust. Byron verspürte eine unmögliche Regung und wandte sich ab.

»Ich hol' dir deinen Bademantel.« Er brachte einen dicken Chenillemorgenmantel und half ihr hinein.

»Byron.« Sarah schaute auf ihre Hände, als sie den Gürtel

zuknotete. »Ich weiß, wir haben uns nicht gerade im Guten getrennt. Und ich möchte dich um Verzeihung bitten für das, was ich dir vor meiner Abreise an den Kopf geworfen habe.«

»Ich möchte keine Entschuldigung hören.«

»Byron, bitte.«

»Du hattest guten Grund dazu. In der Nacht, als du zwischen Wachsein und Bewußtlosigkeit hin und her gedämmert bist, hast du Kay erwähnt. Ich kümmere mich darum, wenn ich wieder in Phoenix bin.«

»Ich hätte das nicht sagen sollen.« Kopfschüttelnd machte sie einen Schritt auf ihn zu. »Ich habe es nicht geglaubt.«

»Es gibt keinen Grund, warum du das nicht hättest glauben sollen. Was Max angeht, war ich mir bis vergangene Nacht selbst nicht völlig sicher, daß ich keine Verantwortung dafür trug.« Er schaute ihr gefaßt in die Augen. »Ich war bei ihm. Er stand unter großer Anspannung. Wir stimmten in einigen Punkten nicht überein. Ich dachte, ihm gehe es gut, als ich ihn verließ, aber... andererseits konnte ich mir dessen nicht völlig sicher sein.«

Sarah dachte daran, was er wohl in den Tagen nach Max' Tod durchgemacht hatte. Was er empfunden haben mußte, als sie dagestanden und Antworten von ihm gefordert hatte. »Ach, Byron.« Vor Mitleid klang ihre Stimme rauh, als sie die Hand nach ihm ausstreckte.

»Faß mich nicht an!« fuhr er sie an und wich zurück.

Mit vor Entsetzen geweiteten Augen riß Sarah sofort die Hand weg und versteckte sie hinter dem Rücken.

Sie setzte sich wieder aufs Bett und umklammerte fest ihre Knie. »Wahrscheinlich ist es das Beste, wenn wir das Nötige regeln. Ich hätte das alles schon vor meiner Abreise aus Phoenix erledigen sollen, aber ich wollte nur weg.«

»Ja, dessen bin ich mir bewußt.«

»Hast du... das Scheidungsverfahren eingeleitet?«

»Nein.«

Sie biß sich auf die Lippe und sprach dann ruhig weiter. »Mir wäre es lieber, wenn du dich darum kümmern würdest, Byron. Ich habe mich entschlossen, nach New York zurückzukehren. Mit meiner privaten und beruflichen Neuorientierung werde ich ziemlich viel um die Ohren haben. Und obendrein bist du im Umgang mit Anwälten viel erfahrener als ich.«

»Nein.«

Sarah klappte den Mund erst auf, dann wieder zu. Sie starrte auf seinen Rücken. »Nein?«

»So ist es.« Er wandte sich ihr zu. Sie langte sich an den Kopf und versuchte, seinen Gesichtsausdruck zu entschlüsseln.

»Ich weiß, daß Greenfield wegen des Erbes mich offiziell als Anwalt vertritt, aber ich kenne ihn eigentlich gar nicht«, sagte sie. »Wir hatten nur einmal miteinander zu tun, als ich die Unterlagen unterschrieb, um dir meinen Aktienanteil zu übertragen.«

»Die habe ich zerrissen.«

Sarah hörte auf, sich die Schläfe zu massieren. »Was?«

»Ich habe diese Scheißunterlagen zerrissen.«

»Die Überschreibungsdokumente?« Sarah kniff verwirrt die Augen zusammen. »Warum denn das?«

»Ich will deinen Aktienanteil nicht.«

Sarah musterte sein Gesicht. In seinem Mundwinkel zuckte es, als er die Zähne zusammenbiß. »Byron, das verstehe ich nicht. Ich dachte, du strebst die Aktenmehrheit an.«

»Ich will deinen verdammten Anteil nicht!« schrie er sie an. »Du Idiotin, ich brauche deine dreißig Prozent nicht, um Haladay zu leiten. Das mußt du doch kapieren!« Er schaute sie derart hitzig an, daß sein Blick sie fast versengte.

»Das habe ich auch nie angenommen, Byron. Ich dachte nur, daß der Anteil für dich von größerer Bedeutung als für mich wäre, weil ich nicht mehr für Haladay arbeiten will.«

»Den Teufel wirst du tun.« Bleich vor Zorn redete er weiter, bevor sie den Mund aufmachen konnte. »Max hat dir diesen Anteil vermacht, weil er wollte, daß er dir gehört. Er hat dich eingestellt, weil er dich für sein Unternehmen verpflichten wollte. Du wirst jetzt nicht dem Unternehmen – und damit ihm – den Rücken kehren.«

Einen Augenblick schwieg Sarah. »Du hast ihn wirklich geliebt, nicht wahr?«

»Ja, ich habe ihn geliebt.« Voll Schmerz und Trauer brachen die Worte aus ihm heraus. »Und ich werde dafür sorgen, daß er seinen Willen bekommt.«

»Ich verstehe. Deshalb hast du die Dokumente zerrissen. Deshalb soll ich in Phoenix bleiben.«

»Ja. Nein!« Er drehte sich um und ging zum Fenster. Fast eine geschlagene Minute schaute er wortlos hinaus, ehe er den Mund aufmachte.

»Als wir allein in der Wüste waren, habe ich mich an dich verloren. Und redete mir ein, daß das in Ordnung war. Denn sowie wir in Phoenix wären, würde ich die Sache schon in den Griff bekommen. Es ist allerdings ganz anders gekommen. Mit einem Blick konntest du mich durcheinanderbringen.« Er wirbelte herum. »Ich kämpfte dagegen an, so gut ich nur konnte. Ich wußte immer, wenn ich dich verletzte. Aber du wolltest dich partout nicht von mir abwenden und es mir leichtmachen. Ich wollte nicht, daß du mir so verdammt wichtig bist. Du solltest mir nicht so unendlich viel mehr als alle anderen Frauen bedeuten. Du solltest mich nicht so verletzen können, wie du es getan hast, als du mich verlassen hast.«

»Byron...«

»Halt den Mund!« Er kam auf sie zu und faßte sie an den Schultern. »Laß mich jetzt ausreden!« Sein Blick loderte. »Fast eine Woche habe ich es ausgehalten, dann bin ich schier verrückt geworden, als ich dich zu finden versuchte. Eine Stunde, nachdem Dallas mich angerufen hatte, saß ich im Flugzeug. Um ein Haar wäre ich zu spät gekommen. Willst du wissen, was ich fühlte, als ich hinunterschaute und dich auf dem Felsvorsprung entdeckte? Ich habe dich fast verloren. Wenn du ohnmächtig geworden wärst, ehe ich dich richtig im Griff gehabt hätte...« Er packte fester zu, weil seine Stimme zu zittern begann. »Ich nehme dich mit. Sobald du wieder reisen kannst, kommst du mit mir zurück. Es wird keine Scheidung geben.«

Sarah entzog sich ihm und wandte sich ab. Ihr Herz hämmerte so heftig wie auf dem Felsvorsprung. Aber nicht vor Angst. »Und was ist, wenn ich die Scheidung einreiche, Byron?«

»Dann werde ich mit allem, was ich habe, dagegen ankämpfen«, sagte er wütend. »Du brauchst eine ganze Armee von Anwälten, ehe du die Scheidung von mir durchdrücken kannst.«

»Ach, Byron, du bist ein Idiot!« Mit einem strahlenden Lächeln wirbelte sie zu ihm herum. »Deshalb bin ich auch so verrückt nach dir.« Sie lag in seinen Armen und küßte ihn, ehe er ihre Worte überhaupt verstand. Als sie sich an ihn schmiegte, spürte sie seinen heftigen Herzschlag.

»Sarah. O mein Gott, Sarah, ich liebe dich.« Er küßte sie stürmisch, überall, auf Gesicht und Haar. »Ich liebe dich.«

Lachend lehnte sie sich ein wenig zurück, weil sie ihm in die Augen schauen wollte. Alles Vorsichtige, Wachsame war verschwunden. »Ja, aber willst du das denn auch – mich lieben?«

»Ja, Herrgott noch mal, ja.« Er zog sie wieder an sich und hielt sie fest im Arm. »Ich wollte nie etwas anderes.«

Joanna Trollope

Überzeugende und einfühlsame Frauenromane der englischen Spitzenautorin, »mit großem erzählerischem und psychologischem Talent dargeboten.«
Frankfurter Allgemeine Zeitung

Die Zwillingsschwestern
01/9453

Herbstlichter
01/9904

Unter Freunden
01/10320

Schattenwolken
01/10560

Die nächsten Verwandten
01/10805

01/10805

HEYNE-TASCHENBÜCHER